A CANÇÃO DAS ÁGUAS

A CANÇÃO DAS ÁGUAS

Sarah Tolcser

TRADUÇÃO
Edmundo Barreiros

PLATA FORMA 21

TÍTULO ORIGINAL *Song of the Current*
© 2017 by Sarah Tolcser. Publicado mediante acordo
com Lennart Sane Agency AB.
© 2017 Vergara & Riba Editoras S.A.

Plataforma21 é o selo jovem da V&R Editoras

EDIÇÃO Fabrício Valério e Flavia Lago
EDITORA-ASSISTENTE Thaíse Costa Macêdo
PREPARAÇÃO Boris Fatigati
REVISÃO Raquel Nakasone e Olga Fernandez
DIREÇÃO DE ARTE Ana Solt
DIAGRAMAÇÃO Pamella Destefi
CAPA Jessie Gang
ILUSTRAÇÕES DE CAPA *oceano e céu noturno* © Manuel Ploetz/
  Shutterstock.com; *lua e seu reflexo* © Petrov Stanislav/Shutterstock.com;
  borda decorativa © 2017 por Si Scott e Brianna Ailie
MAPA © Virginia Allyn

Dados Internacionais de Catalogação na Publicação (CIP)
(Câmara Brasileira do Livro, SP, Brasil)

Tolcser, Sarah
A canção das águas / Sarah Tolcser; tradução Edmundo
Barreiros. — São Paulo: Plataforma21, 2017. — (Jornada
das águas; 1)

Título original: Song of the Current.
ISBN 978-85-92783-51-8

1. Ficção juvenil I. Título. II. Série.
17-11718   CDD-028.5

Índices para catálogo sistemático:
1. Ficção: Literatura juvenil   028.5

Todos os direitos desta edição reservados à
VERGARA & RIBA EDITORAS S.A.
Rua Cel. Lisboa, 989 | Vila Mariana
CEP 04020-041 | São Paulo | SP
Tel.| Fax: (+55 11) 4612-2866
plataforma21.com.br | plataforma21@vreditoras.com.br

À vovó Barbara
(in memoriam)

CAPÍTULO
UM

Existe um deus no fundo do rio.

Algumas pessoas podem lhe dizer que isso é só uma história. Mas nós, povo das barcas, sabemos que não é bem assim. Quando os juncos ao longo das margens sussurram que há uma ventania correndo pelas zonas alagadiças, nós ouvimos. Quando a maré se ergue do mar e enche o rio com água marrom barrenta, nós sabemos que é preciso prestar atenção.

O deus no rio fala conosco na língua das pequenas coisas.

Foi assim que, antes mesmo de fazermos a curva em Pontal de Hespera, meu pai soube que havia algo errado.

— Carô, pegue o leme. — Meu pai se debruçou sobre a popa para colocar a mão no rio.

Nossa barca estava carregada de toras para o mercado madeireiro em Siscema. A embarcação estava bem fundo na água, de modo que ele não teve trabalho para alcançar a superfície do rio. Um pequeno rastro redemoinhou em volta de seus dedos, formando uma linha agitada de bolhas. O sol tinha desaparecido por trás das árvores cobertas de musgo, e o rio ficava mais quieto a cada instante.

Ele puxou bruscamente a mão como se ela tivesse sido picada. Eu me sentei, ereta.

– O que foi?

– Não sei muito bem. – Ele parecia querer dizer mais, mas apenas acrescentou: – Ele está inquieto esta noite.

Ele estava falando do deus no rio. Todo mundo sabe que pode trazer má sorte – até mesmo ser perigoso – referir-se ao deus pelo nome. Os barqueiros normalmente o chamam de O Velho.

– Fogo – sussurrou Fee. Os homens-sapo não são um povo de muitas palavras.

Meu pai virou-se para ela.

– Você também sente?

Fee empoleirou-se no telhado da cabine da *Cormorant* com os dedos dos pés, que eram unidos por membranas, estendidos sobre as tábuas. Sua pele era do verde-amarronzado escorregadio de um sapo-boi de rio. Com olhos amarelos que se projetavam de uma testa nodosa, ela olhava sem piscar para a água. A barra de seu vestido de linho estava em farrapos, e fios soltos esvoaçavam na parte de trás.

Conta-se que, há muitos milhares de anos, em tempos imemoriais, o deus no rio apaixonou-se pela filha de um barqueiro. Os homens-sapo são os filhos que resultaram dessa união. Os habitantes da terra torcem o nariz e os chamam de sujos, mas os interioranos são ignorantes em relação a muitas dessas coisas.

Eu funguei.

– Não sinto nenhum cheiro de fumaça.

Enquanto eu falava, o vento mudou, e um cheiro cáustico envenenou o ar. A qualquer momento, iríamos avistar Pontal de Hespera, a primeira cidade ao sul da fronteira akhaiana. Apertei a cana do leme com tanta força que os nós dos meus dedos ficaram brancos.

A vela rígida e negra da *Cormorant* girou parcialmente para fora a estibordo. O calor do dia ainda aquecia suas tábuas, embora o sol tivesse desaparecido. Estendi sobre o convés os dedos da mão que estava livre, como se a paz pudesse de algum modo emanar dele para mim.

O deus no rio não fala comigo como faz com meu pai. Ainda não.

— Quando chegar o dia de seu destino, você vai saber — sempre me dizia meu pai. — Do mesmo jeito que eu soube quando ele veio a mim.

Bom, na minha opinião, o destino poderia se apressar um pouco. Meu pai tinha quinze anos quando o deus no rio sussurrou seu nome pela primeira vez. Sou dois anos mais velha e ainda não ouvi nada. Mas mantenho os ouvidos abertos, porque um dia eu vou herdar a *Cormorant*. Oito gerações de capitães Oresteias trilharam seu ofício nestes rios. Todos eles eram favorecidos pelo deus.

Seguimos adiante pela água sombria. As árvores foram desaparecendo gradualmente, e o porto de Pontal de Hespera surgiu à nossa frente. Ou deveria ter surgido.

— Pelas bolas de Xanto! — praguejei, com os olhos ardendo. Peguei a manga de meu suéter e a ergui sobre o rosto.

Fumaça subia dos telhados dos armazéns. Os mastros de barcas afundados projetavam-se como troncos de árvores mortas, no pântano mais feio e desolado que já devia ter existido. Essa parte do rio não era profunda, então algumas barcas estavam afundadas até o topo de suas cabines. Uma estava pronta para navegar – a verga e a retranca da vela principal flutuavam, e a vela se agitava entre elas, submersa. Parecia o vestido de uma mulher afogada. Brasas produziam um brilho cor de laranja nas estacas enegrecidas, e partículas de cinza pairavam no ar. As docas haviam desaparecido.

– Aquelas barcas… – Fui tomada por uma tosse seca. Tornei a cobrir a boca com o suéter e inalei um pouco de ar abençoadamente limpo, embora com gosto de fios. Por mais que eu apertasse os olhos em direção aos naufrágios, eu não conseguia identificar o nome de nenhuma daquelas barcas.

– Pai, essas barcas não pertencem a ninguém que nós conhecemos, pertencem?

A vela da *Cormorant* deu uma tremulada raivosa, o que me assustou. Em meu sobressalto, acabei afrouxando a pegada na cana do leme, então afastei os olhos dos destroços e ajustei com pressa o curso.

Meu pai nem percebeu meu lapso no leme, o que não era nada característico dele.

– Vamos ancorar longe das docas. – Ele apertou meu ombro. – Nós não queremos bater em nenhum destroço. Encontre um lugar na margem, o mais perto possível da estrada, e se posicione a contravento.

– Nós vamos ancorar? – Minha mente saltou para nossa segunda carga, a caixa de mosquetes amarrada ao convés e coberta discretamente por uma lona. Nós nunca parávamos em cidades quando estávamos fazendo contrabando. – Achei que estivéssemos indo para o Lago das Garças.

A CANÇÃO DAS ÁGUAS

Meu pai esfregou o queixo, com a barba por fazer, enquanto examinava as ruínas.

– Um barqueiro sempre ajuda um barqueiro em necessidade.

A visão daqueles naufrágios abandonados me causou um arrepio. Aonde tinham ido todas aquelas pessoas? Eu não precisava do deus no rio para saber que havia alguma coisa muito errada.

Meu pai e Fee dirigiram-se até a parte dianteira da barca para baixar a vela. Empurrando a cana do leme, conduzi a *Cormorant* em um arco lento, até que sua proa achatada e pintada de branco ficou apontada para o vento. Ela seguiu lentamente pela água e, aos poucos, foi parando. Meu pai baixou o cabo da âncora, e fomos cuidar das tarefas rotineiras de arrumar e preparar a barca.

Fumaça permeava o ar na coberta, fazendo com que a cabine parecesse ainda mais apertada e atulhada que o habitual. Meu pai vestiu seu sobretudo de lã bom e arrumou a gola para que ficasse no lugar certo. Seus modos sombrios aumentaram minha preocupação. Ele só usava aquele casaco para ir ao templo ou para fingir que não tinha bebido demais na noite anterior.

A luz de velas brilhou em algo metálico em sua cintura – sua melhor pistola de pederneira.

Eu parei com a mão apoiada na porta do armário.

– Armas, então?

– Só por garantia – ele grunhiu.

Peguei no armário minha faca com bainha de couro. Enfiei-a no bolso e subi os degraus da cabine.

Remamos no bote até a margem e fomos à cidade. Nossos passos arrastaram-se na estrada de cascalho; além do murmúrio triste dos juncos, esse era o único som ao longo da margem do rio. Meu pai não parava de olhar apreensivamente para o rio. A cabeça de Fee estava inclinada em direção à água, ouvindo com aquele sexto sentido desconcertante que eu teria dado qualquer coisa para possuir.

Engoli a inveja enquanto meu braço formigava de arrepio. Era primavera nas terras dos rios, e a temperatura ainda caía depois do pôr do sol, mas o frio que eu sentia estava principalmente dentro de mim. Por que o deus no rio não tinha protegido os barqueiros cujas barcas afundaram? E o que meu pai e Fee sabiam que não estavam me contando?

Encontramos o inspetor das docas parado ao lado de uma pilha de caixotes, examinando o cais com olhos vermelhos. Pelo modo aleatório como as caixas estavam empilhadas, parecia ser alguma carga que eles tinham conseguido salvar do incêndio.

– Você é um homem de sorte, Nick – cumprimentou ele enquanto apertava a mão de meu pai. – Se estivesse aqui duas horas atrás, acho que sua barca estaria no fundo do rio. Junto com o resto.

Meu pai manteve a voz baixa em sinal de respeito.

– O que aconteceu?

– Onze barcas afundaram. – Do cachimbo do inspetor, subia fumaça em uma espiral delicada. Sua voz estava bastante calma, mas percebi que sua mão tremia.

– O navio veio de Akhaia. O *Victorianos*.

– O nome não me diz nada – meu pai falou.

– Era um cúter. De aparência veloz. Com seis canhões de quatro libras. Eles foram carregados com foguetes incendiários.

Eu olhei para o rio, quase como se esperasse ver o fantasma do cúter fazendo a curva. Não havia nada além das sombras escuras das árvores que se alongavam sobre a água. Ao ver os mastros chamuscados, fui invadida por uma pontada de perda. Barcas não eram apenas navios de carga. Elas tinham personalidade. Elas eram lares.

Eu me voltei para o inspetor das docas.

— Um cúter como esse é um desperdício nessa parte das terras dos rios. Ele não pode alcançar velocidade com todas essas curvas, e sua quilha é funda demais para entrar nos melhores esconderijos. Ele pertence ao mar. O que estava fazendo aqui?

— Tentando destruir as docas? – perguntou meu pai. – Ou um dos armazéns?

O homem sacudiu a cabeça, perplexo.

— Até onde sei, nenhum dos dois. Eles apontaram primeiro para as barcas. Três delas estavam carregando. Toda a carga explodiu. Aí as docas se incendiaram, e o fogo se espalhou para o primeiro armazém. Nós conseguimos fazer funcionar uma linha de baldes, mas dois rapazes se queimaram feio lutando contra o fogo. – Ele apontou para a pilha de engradados: – Isso é tudo o que restou da carga.

O inspetor das docas parecia muito solene. Eu soube que havia mais.

— Quantos mortos? – perguntou meu pai com delicadeza.

— Só dois. Os Singers estavam dormindo a bordo da *Jenny*.

— Que a corrente os leve. – Meu pai tirou o gorro de lã e alisou para trás seu cabelo ruivo com fios prateados.

— Que a corrente os leve – repeti em um sussurro, cerrando os punhos. A borda irregular de uma unha roída afundou na palma da minha mão. Eu não conseguia imaginar quem faria algo assim. Os esqueletos queimados das barcas projetavam-se da água imóvel, onde vários barris e caixotes de madeira boiavam.

Nós tínhamos ancorado em um cemitério.

– O cabelo se parece com algas – sussurrou Fee, girando os olhos em direção à água escura.

Antes que eu tivesse a chance de perguntar o que ela queria dizer, uma voz soou às nossas costas.

– Nicandros Oresteia, capitão da barca *Cormorant*?

Eu virei para trás. Um oficial do exército estava parado no cais. Seu casaco azul, que ia até o joelho, estava coberto de poeira da estrada. Ele era iluminado por trás pelos últimos raios do sol poente, de modo que eu não conseguia ver seu rosto.

Meu pai e eu trocamos olhares. Meu pulso se acelerou nervosamente.

O homem tornou a falar, e sua voz transportou-se além da água.

– Estou à procura do capitão da barca *Cormorant*.

Meu pai virou-se lentamente para ele.

– Sou eu.

– Por ordens da margravina de Kynthessa, preciso que o senhor venha comigo agora.

Eu levei um susto. Ele tinha uma espada longa e duas pistolas. Não tinha sacado nenhuma das armas, mas não era preciso. Elas estavam bastante visíveis em seu cinto, em uma ameaça silenciosa.

– É mesmo? – disse meu pai, com notas iguais de provocação e de incredulidade na voz. – Eu não achava que a margravina soubesse meu nome para me dar ordens. Nós não nos conhecemos.

A CANÇÃO DAS ÁGUAS

Movi lentamente a mão que o comandante não conseguia ver em direção ao bolso, onde minha faca estava guardada. Eu tinha crescido ouvindo histórias de Oresteias fazendo escapadas loucas e temerárias de homens de uniforme. Eu estava pronta.

Meu pai sacudiu a cabeça para mim, e eu parei com a mão no ar.

— Sou o comandante Keros — disse o estranho. — Da Terceira Companhia da margravina. Estou autorizado a falar em seu nome, como vocês sabem muito bem, tenho certeza. O senhor faria a gentileza de vir comigo até o gabinete do mestre da baía?

Então, às suas costas, soldados marcharam até o cais, e eu soube que ele não estava pedindo.

Eu falei:

— O senhor não acha mesmo que *nós* tivemos alguma coisa a ver com isso.

— Claro que não, garota. — O comandante olhou para mim do mesmo jeito que eu poderia olhar para um lambari ou para uma formiga. Ele dirigiu as palavras a meu pai: — Tenho uma oferta que quero discutir com o senhor, capitão. Em particular.

— Mas eu... — comecei a falar.

Meu pai apontou a cabeça em direção à cidade.

— Vá para a Nós e Bortalós, Carô. Eu me encontro com você lá.

Antes que eu tivesse a chance de protestar, eles o arrastaram pelo piso de pedras enegrecidas, imprensado entre o comandante e os soldados. Eu não me deixei enganar por seu andar despreocupado. Seus ombros estavam rígidos, enquanto mantinha as mãos nos bolsos do casaco.

Observei até meu pai sumir de vista. Tudo acontecera depressa demais. Meus dedos se retorciam, alisando o contorno de minha faca escondida. Eles tinham deixado que ele mantivesse a pistola, lembrei a mim mesma. Ele podia não estar correndo *tanto* perigo.

— Bom — eu disse a Fee, e então fiz uma careta. Minha intenção era soar confiante, mas saiu quase como um grito. — Vamos.

Pontal de Hespera tinha apenas uma taverna, a Nós e Bortalós. Suas telhas estavam chamuscadas, mas, fora isso, intocadas pelo fogo. Subi os degraus, dois de cada vez, e entrei pela porta. Fee seguiu atrás de mim; seus cotovelos bulbosos reluziam verdes à luz das lamparinas.

Uma tábua do chão rangeu sob meu sapato de lona surrado. Eu olhei para baixo e percebi estar parada em uma poça d'água. Ela seguia pelo corredor, molhando as tábuas e encharcando o tapete trançado.

Uma luz tremeluziu por uma porta aberta. Ouvi vozes baixas, masculinas e femininas. Atraída pela curiosidade, espiei no interior do aposento. Algo comprido e nodoso estava disposto em uma cama, envolvido por um lençol de linho molhado. Primeiro, não percebi o que estava vendo, até que meu olhar se fixou nas botas que se projetavam de baixo do lençol.

Eu engoli em seco. Eu só conhecia os Singers de vista. A sra. Singer tinha um cabelo lindo, comprido e liso. Ele escorria sob o lençol, agora, como um emaranhado negro de enguias, pingando sem parar.

O cabelo se parece com algas. Ao me lembrar das palavras enigmáticas, imaginei o cabelo da sra. Singer emaranhado aos juncos verdes e musgosos do fundo do rio, flutuando na corrente turva.

A CANÇÃO DAS ÁGUAS

Fui atravessada por um tremor.

Eu desviei os olhos dos corpos e cambaleei pelo corredor até o banheiro. Nunca tinha visto uma pessoa morta antes. Meu coração martelava em pânico. *Burra.* Era burrice ter medo. Cadáveres não podiam machucar ninguém.

Fee tocou meu ombro.

– Força.

Assenti com a cabeça e respirei fundo, para acalmar os nervos.

A tensão pairava sobre os presentes no bar como uma respiração presa. Pessoas estavam reunidas em círculos e sussurravam em pequenos grupos, e de vez em quando batiam as canecas no balcão. Eu quase podia sentir o cheiro do choque e da raiva por sobre o odor de cerveja derramada. Havia muitas mulheres e um só menino pequeno, que observava de olhos arregalados enquanto a mãe o segurava pela gola. Não era raro que barqueiros viajassem com a família a bordo.

Alguém assoviou:

– Você é a filha de Nick?

Thisbe Brixton tinha por volta de trinta anos, uma grossa trança loura que descia pelas costas e uma tatuagem de serpente que envolvia o antebraço. O sol clareara e branqueara os pelos de seus braços e vincara a pele nas extremidades de seus olhos. Fiquei momentaneamente tomada de alívio ao ver alguém que eu conhecia – até que eu entendi que a barca da capitã Brixton possivelmente estava entre as embarcações afundadas.

Abri caminho até o balcão.

– Por que os soldados estão aqui?

— Não sei. — Ela chamou o balconista e pediu duas canecas da cerveja escura e forte apreciada no norte das terras dos rios. — Eles chegaram pouco antes de vocês.

— Eles queriam conversar com meu pai. — Minha voz parecia vazia. Eu estava abalada, ainda me lembrando da imobilidade desconcertante dos corpos e do modo brusco com que os soldados arrastaram meu pai. — Disseram que era sobre um trabalho.

Pelas bordas vermelhas dos olhos da capitã Brixton, eu podia dizer que ela tinha chorado.

— Não gosto de nada disso — murmurou ela.

Eu fechei a mão em torno da caneca gelada. Apesar das circunstâncias horríveis, não consegui evitar me sentir satisfeita por ela me considerar velha o bastante para tomar uma bebida. Eu sempre admirei a capitã Brixton. Sua barca era uma das poucas tripuladas apenas por mulheres, e ela levava a pistola mais bonita que eu já tinha visto, gravada com um padrão de arabescos e flores.

— Graças aos deuses seu pai está aqui — disse ela. — Nós estamos reunindo uma tripulação para caçar esses canalhas pelo que eles fizeram com os Singers.

O senhor de idade ao lado dela sacudiu a cabeça.

— Nós não vamos, *não*.

— Ah, não encha, Perry. A hora de agir é agora. — Ela bateu com o punho no balcão, o que fez com que as canecas chacoalhassem.

Se alguém afundasse a *Cormorant*, acho que eu estaria louca para atacar e lutar, também, mesmo com os canhões de quatro libras. Algo como excitação se revolveu imprudentemente em meu interior. Eu a segurei. Pessoas estavam mortas. Meu pai estava em dificuldades.

A CANÇÃO DAS ÁGUAS

Eu me virei para o homem.

— A sua barca também?

— Ayah — disse ele. — Embora tenhamos lutado muito para salvá-la.

Eu não podia acreditar que ele tivesse perdido a *Fabulosa*. O capitão Perry Krantor navegava com ela desde antes do nascimento de meu pai. Ela era uma bela embarcação antiga, com um convés pintado de vermelho-cereja e um cata-vento no alto do mastro em forma de moinho de vento. Em relação ao capitão, ele tinha sido amigo de meu avô. Era ruim demais para acreditar.

— O dano foi feio? — perguntei. — Ela pode ser içada?

— Que os deuses a abençoem, Carô — disse ele, e meu coração doeu com o jeito como suas mãos manchadas de sol tremiam em torno da caneca. — Não sei se é perda total, mas isso é para o avaliador decidir. E a empresa de salvamento. Nós mandamos um mensageiro a Siscema. Em um maldito *cavalo*. — Ele torceu os lábios para mostrar o que achava de barqueiros se dobrando a mandar mensagens por terra. — Não restou barco nenhum maior que um bote a remo.

De repente, visualizei o cata-vento da *Fabulosa*, retorcido e enegrecido, a tinta descascando com o calor do fogo. Minhas unhas afundaram na palma da mão.

— Vejo que você e seu pai não têm ido muito ao sul ultimamente, não é? — disse a capitã Brixton. — Bom, eu tenho. Ouvi falar desse *Victorianos*. Seu mestre é Diric Melanos, e todos nós sabemos com quem esse patife anda. — Ela cuspiu no chão.

Eu não sabia. Ela tinha razão — nós não íamos muito para o sul.

Ao ver a pergunta em meus olhos, ela se inclinou para perto.

— Os Cães Negros.

— Cães Negros? – Minha cabeça se ergueu. – Tão rio acima, assim?

Todo mundo sabia que se devia manter distância dos Cães Negros, uma tripulação de mercenários akhaianos – na verdade, piratas – cujos barcos rápidos aterrorizavam o Pescoço, a baía de água salgada comprida ao sul das terras dos rios. Agora eu sabia por que o capitão Krantor não estava animado para reunir uma tripulação. Enfrentar os Cães Negros era um bom meio de morrer.

— Piratas – chiou Fee. Ela enfiou um dedo verde e comprido na sua cerveja, retirou-o e examinou as bolhas na ponta do dedo. A capitã Brixton não deu atenção a isso. Capitães de barcas estavam acostumados aos maneirismos estranhos dos homens-sapo.

— Tem alguma coisa muito suspeita nesse maldito negócio todo. Eles nem levaram nada. – A capitã Brixton tomou um grande gole de sua caneca parcialmente vazia. – Primeiro, Cães Negros, e agora, soldados.

— Você devia ir mais devagar – disse a ela o capitão Krantor.

— E você devia cuidar da própria vida, velho.

Afastei minha cerveja, intocada. Se os piratas tinham ateado fogo àquelas barcas, eles podiam atacar outras. Meus pensamentos saltaram para a *Cormorant*, ancorada sozinha e desprotegida lá fora no rio. Aqueles piratas não estavam em busca de capturar presas nem dinheiro. Seu objetivo era destruir e, com seis canhões, eles estavam bem equipados para fazer isso.

— Cães Negros. – Minha garganta estava rouca. – Preciso contar a meu pai.

CAPÍTULO
DOIS

Havia apenas um guarda postado diante do escritório do mestre da baía. Ele não era muito mais velho que eu e estava curvado em um banco na varanda de entrada mexendo em uma cutícula. Eu passei por ele.

– Ei! – exclamou com atraso, saltando de pé com um chacoalhar metálico de armadura. – Você não pode...

Entrei bruscamente pela porta de tela.

– Pai! – eu disse, sem fôlego. – São os Cães Negros.

Meu pai estava sentado em uma cadeira de pernas delgadas e discutia com o mestre da baía, sentado do outro lado de uma escrivaninha atulhada.

– Agora olhe aqui, Jack... – Ele se interrompeu e virou ao som de minha voz. – O quê?

O comandante Keros estava parado atrás do mestre da baía, de braços cruzados. O fim do crepúsculo penetrava através das persianas, iluminando partículas de poeira no ar e refletindo no cabo de sua espada. Em toda a volta do escritório, havia armários com portas de vidro cheios de objetos exóticos de todas as terras dos rios.

– Eu... Eu ouvi as notícias na taverna – gaguejei, repentinamente envergonhada com o peso dos olhos dos estranhos sobre mim. – A capitã Brixton diz que o navio pertencia a Diric Melanos.

Meu pai ergueu a cabeça bruscamente. Ele reconheceu o nome, mesmo que eu não reconhecesse.

A boca do comandante estreitou-se.

– Uma história suspeita de um bando de barqueiros. Eles não sabem o que dizem.

Ouvi o arrastar de botas pesadas às minhas costas. Havia dois soldados parados um de cada lado da porta. Assustada, dei um passo para trás, esbarrei em um armário de vidro e fiz os objetos em seu interior chacoalharem.

– Esses barqueiros são meus amigos. – Meu pai era uma figura imponente com o cabelo ruivo comprido e a camisa relaxadamente aberta na gola, expondo as tatuagens desbotadas em seu peito. – Confio mais neles do que em tipos como vocês.

O comandante Keros virou-se para mim.

– O que você queria entrando aqui desse jeito, menina? Isto é uma reunião particular.

Meu pai sentou-se, ereto.

– Qualquer coisa que o senhor queira dizer para mim, minha filha pode ouvir.

– A menina é sua filha? – O comandante me estudou de um modo com o qual, infelizmente, eu estava bem familiarizada. Tentei ignorar a sensação incômoda enquanto seus olhos rastejavam por mim.

Nem toda garota se parece com a mãe. Pior para mim. Minha

mãe parecia uma estátua de bronze clássica. Ela me deu a pele marrom e um pescoço longo e esguio, mas as sardas e a tonalidade avermelhada de meus cachos bem encaracolados vinham de meu pai. Nas cidades costeiras, é comum ver pessoas com ascendência mista. Mas no interior das terras dos rios, especialmente ali, perto da fronteira akhaiana, minha aparência chamava atenção. O comandante olhava de um lado para o outro entre nós dois, como se fôssemos um enigma a decifrar.

Meu pai o ignorou.

— Melanos e os Cães Negros, tão ao norte assim? — Ele sacudiu a cabeça. — Isso não faz sentido.

O comandante sacou do interior do casaco um pergaminho enrolado e bateu-o na palma da mão.

— Como eu estava dizendo, capitão Oresteia, há certa… carga… à espera no armazém. Nós queremos que o senhor a entregue em Valonikos.

A cidade livre de Valonikos, uma cidade-estado independente a nordeste, ficava a uma semana de viagem por barca. Eu estava familiarizada com o percurso, que atravessava dois rios diferentes, mas nós não o fazíamos com grande frequência. Meu pai preferia trabalhar na rota entre Trikkaia e Iantiporos. O dinheiro era melhor.

— Essa é a proposta? — Os olhos de meu pai brilharam de raiva. — Isso é tudo o que tem a dizer? Me parece que onze de meus amigos foram incendiados porque os Cães Negros estavam à procura dessa sua carga. Vocês não esperavam que eu somasse dois mais dois e descobrisse a verdade, não é mesmo?

Foi o mestre da baía quem falou:

— Leve a carga a Valonikos, e eliminamos todas as acusações por contrabando. É o melhor acordo que estou preparado a...

— Que acusações? – interrompi. – O que está acontecendo?

O mestre da baía estreitou os olhos.

— Não se dê ao trabalho de se fazer de inocente. O caixote que vocês estão transportando está cheio de mosquetes e de munição suficiente para causar um bom problema.

O contrabando é uma tradição honrada e antiga nas terras dos rios. Nós nos interessávamos por isso, assim como vários outros barqueiros. Alguns homens podem pagar um bom dinheiro para que transportem uma carga não registrada para o outro lado da fronteira, e sem perguntas. Não era como se esses mosquetes fossem cair em mãos criminosas – seu destino era um grupo de rebeldes akhaianos, exilados de seu país por imprimir um panfleto do qual o emparca não tinha gostado. Meu pai simpatizava com eles, e costumava contrabandear suprimentos e pacotes de cartas de sua terra natal para eles.

— Como você sabe sobre... – Com o rosto em brasa, eu cerrei os punhos.

É claro. Enquanto Fee e eu estávamos na Nós e Bortalós, os homens do comandante pisaram com aquelas botas enlameadas por toda a *Cormorant*. Eles não tinham o direito de vasculhar nossa barca sem permissão.

Meu pai estava com as mandíbulas tensas.

— Talvez eu tenha quebrado algumas regras com esses caixotes, Jack – disse ele. – Mas você também estaria quebrando algumas com essa busca e apreensão.

Eu me adiantei.

— Isso é chantagem.

O comandante Keros me ignorou.

— Capitão Oresteia, estou preparado para lhe dar uma carta de corso — disse ele. — Uma autorização para usar todo tipo de força necessária para levar essa carga até Valonikos.

— Uma carta de corso? — ergueu-se a voz de meu pai.

— Sim. — O mestre da baía ficou vermelho nas extremidades. — O fato é que você é o único navio em Pontal de Hespera que não foi destruído pelo fogo.

— Desculpe, Jack, mas a *Cormorant* é uma barca. Estamos equipados para levar carga. Como você quer que eu me mantenha longe dos Cães Negros? Sendo mais rápido que eles? Essa empreitada iria exigir mais velocidade do que temos. Não quero ser grosseiro, é claro. Mas você entende o que eu quero dizer.

— Acho que sei o que é uma barca, obrigado, Nick.

Tomada pela curiosidade, virei-me para o mestre da baía.

— Qual é a carga?

Devia ser algo importante. Algo perigoso. Por que mais os Cães Negros deixariam o território deles nas águas do sul para subir até ali? E por que o comandante tinha se dado a todo aquele trabalho de revistar nossa barca e nos intimidar com soldados?

O mestre da baía mexeu em sua pilha de papéis.

— Não posso dizer.

— Então não posso levá-la a Valonikos. Carô tem razão. — Meu pai deu um peteleco nos papéis. — Você não quer nos deixar escolha, não é? Isso é uma coisa ruim de se fazer, Jack. — Ele olhou para o mestre da baía. — Por quanto tempo você conheceu meu pai?

– Seu pai nunca teria tocado em armas contrabandeadas, e você sabe disso.

Meu pai riu.

– Sei que meu pai era muito bom no que fazia. Não vou dizer mais que isso.

Segurei um sorriso. Meu avô tinha sido um contrabandista famoso, mas claro que o mestre da baía nunca o havia apanhado.

O mestre da baía encolheu os lábios para o lado. Percebi que meu pai não tinha necessariamente se ajudado com esse comentário.

– Você vai levar esse caixote para Valonikos.

Meu pai podia lidar com o velho Jack. Era com o comandante que eu estava preocupada. Ele tinha o ar de um homem que não estava acostumado a ser contrariado.

– Eu já tenho carga – disse tranquilamente meu pai. – Tenho uma carga completa de madeira para Siscema. Ou vocês confiscaram isso também? Vocês não fizeram isso, pois não têm os guindastes e alavancas para descarregá-la, não com as docas em cinzas. Vocês também não têm esse direito. A papelada da madeira está em perfeita ordem. – Ele tamborilou sobre a mesa. – Em relação a esse seu caixote, talvez se fosse há alguns anos. Não agora. Minha filha está comigo, Jack.

Eu fiquei irritada com isso. Meu pai sempre falava sobre a história orgulhosa dos Oresteias; malandros que faziam contrabando e escapavam de canhões. Nós éramos a barca perfeita para transportar a carga do comandante. Um fiapo fino de indignação se retorceu em meu peito. Eu não podia ouvir o deus no fundo do

A CANÇÃO DAS ÁGUAS

rio ainda, mas sabia que podia lançar uma faca melhor que qualquer um. Eu não era criança.

— Pai, eu acho…

Ele me calou com um olhar severo.

— Infelizmente, a resposta é não. Não entrego uma carga a menos que eu saiba o que é, especialmente se é algo que traz perigo para mim e para minha tripulação. Se você quer alguém que pegue seu dinheiro num piscar de olhos sem fazer perguntas, devia falar com a Companhia Bollard.

Os Bollards eram uma poderosa família de mercadores com a reputação de ser um tanto cruéis. Imaginei que eles poderiam se dar ao luxo de aceitar um contrato inescrupuloso – eles tinham baldes de dinheiro e possuíam dezenas de barcos.

Meu pai apertou com força os braços da cadeira.

— Sou um barqueiro livre – ele disse. E entendi que ele estava se preparando para se levantar e ir embora. – Não preciso fazer tarefas para você.

O comandante sorriu.

— É uma pena ouvir isso.

Os soldados agarraram os braços de meu pai e ergueram-no à força da cadeira, que caiu com um estrondo. Meu pai chutou o homem mais baixo, tentando acertar suas pernas e derrubá-lo. Mas foi como se estivesse tentando derrubar uma árvore.

— Pai! – Lancei-me à frente, com a mão sobre o cabo da faca.

Meu pai se debateu nas mãos dos soldados, retesando os músculos. Ele soprou fios de cabelo do rosto corado.

— Carô! Fique fora disso!

O comandante acenou para seus homens.

– Infelizmente, não conseguimos chegar a um acordo – disse ele calmamente, enquanto empurravam meu pai pela porta. – Mas, felizmente, há onze barqueiros na Nós e Bortalós que estão atualmente sem barca. Um deles vai concordar.

– Não! – Minha voz vacilou. A ideia de alguém, que não fosse nós, navegando com a *Cormorant* me deixou com uma sensação horrível. Ela era nosso lar. – O senhor não pode! Ela é *nossa*. – Minha mente girava com todas as coisas que poderiam dar errado. Os Cães Negros poderiam afundá-la. Eu poderia nunca mais tornar a vê-la.

O comandante virou-se para mim.

– Qual o seu nome, menina?

– Caroline. – Meu olhar lançava chamas em sua direção. Se ele me chamasse de "menina" mais uma vez...

– Guarde essa faca, Caroline.

Olhei para minhas mãos, surpresa. Eu não percebera que tinha sacado a faca da bainha. Tudo tinha acontecido rápido demais. Meu choque então foi tão grande que recuei. Minhas pernas atingiram a cadeira, e eu caí sobre ela.

Um comandante do exército da margravina. E eu havia sacado uma faca para ele.

Mas ele não parecia prestes a me enforcar. Nem me prender. Na verdade, ele nem parecia me ver como uma ameaça. O comandante olhou de relance para o espelho acima da escrivaninha do mestre da baía e ajeitou o casaco do uniforme. Ele parecia quase entediado pelos procedimentos.

A CANÇÃO DAS ÁGUAS

Devolvi a faca à bainha e saltei de pé.

— E meu pai?

— Seu pai será levado a um dos navios prisão em Iantiporos. Ele terá um advogado, como é seu direito pela lei.

— Isso não é justo. — Eu o segui para a varanda. Eu tinha ouvido histórias horrendas desses navios, onde centenas de homens ficavam acorrentados na imundície esperando julgamento por crimes contra a margravina.

— O senhor não tem a droga de nenhum maldito direito de abordar nossa barca sem nossa permissão.

— Vulgaridades não me impressionam — disse o comandante. — Eu não tolero isso dos meus soldados jovens, e isso também não me agrada vindo de você.

Bem, eu não era um de seus soldados, por isso ele não podia dizer muita coisa.

Os homens conduziram meu pai para os fundos do prédio. Fee pulou a grade e foi atrás deles. Assim que saíram de minha vista, senti uma forte pontada de incerteza.

O comandante já estava no pé da escada da varanda.

— E a *Cormorant*? — exclamei, com a raiva adensando minha voz.

— Sua barca está apreendida. Ela vai ser confiscada e posta sob o controle do mestre da baía.

Uma barca tinha personalidade, não era um reles objeto. Eu ardi de indignação.

— E eu e Fee? Para onde nós devemos ir?

— Infelizmente, você vai ter de resolver isso com seu pai. Foi ele quem fez a escolha, não eu.

— O senhor não *deu* a ele nenhuma escolha. — Eu corria para acompanhar seus passos largos.

— Devo lembrá-la, senhorita Oresteia, que, nestas águas, contrabando é um crime. — Ele ergueu as sobrancelhas. — E como é perfeitamente óbvio que você e seu homem-sapo eram cúmplices, pode-se dizer que vocês estão saindo dessa com facilidade.

— E se eu pagar a multa?

Ele parou.

— Muito bem. — Pelo tom de sua voz, eu seria capaz de dizer que ele estava perdendo a paciência. — Se você conseguir produzir sessenta talentos de prata e pagá-los ao mestre da baía, pode ficar com seu maldito pai e seu maldito barco.

O comandante sabia que eu não tinha tanto dinheiro. Estava brincando comigo. Engoli o nó amargo em minha garganta.

Ele me dirigiu um riso afetado, como se eu fosse uma crosta de lama em sua bota.

— Tenha um bom dia.

O começo de uma ideia é como a água que fica na esteira de seu barco assim que você o afasta das docas: nada além de pequenas bolhas remoinhando preguiçosamente. Aí, o barco se aprofunda e ganha velocidade, até que há uma onda espumante branca transbordando pela proa. Minha ideia começou assim, um pequeno tremeluzir de coragem que cresceu.

— Comandante Keros! — Eu corri para alcançá-lo. — Espere!

— O que é agora? — ele exclamou, mal-humorado, com voz áspera e autoritária. Percebi que, antes, ele estava se segurando, mas agora sua paciência parecia ter se esgotado.

A CANÇÃO DAS ÁGUAS

— Eu vou entregar sua carga. — Era impossível que ele não estivesse ouvindo meu coração palpitar. — Conheço o caminho até Valonikos como a palma da mão. E conheço a *Cormorant*. Eu naveguei com ela por toda minha vida. Imagino que isso faça de mim uma aposta melhor do que qualquer um daqueles outros capitães. — Na verdade, eu não estava certa de tudo isso.

— Bom… — O capitão me estudou por completo com o olhar. Eu prendi a respiração. — Então, suponho, senhorita Oresteia, que vamos precisar de um contrato.

O mestre da baía, surpreso, ergueu os olhos de seus livros de contabilidade quando tornamos a entrar no escritório. O carpete ainda estava amassado perto da porta, onde meu pai lutara contra os soldados. Afastei os olhos dali e me instalei com rigidez na cadeira. Então, me lembrei de como meu pai tinha ficado esparramado, como se não se importasse. Forcei-me a me recostar, até que minhas omoplatas tocaram a madeira.

O comandante sacou uma bela folha de pergaminho do bolso do casaco e a desenrolou esticada sobre a mesa.

— Esta é uma carta de corso, senhorita Oresteia. Você sabe exatamente o que isso significa?

Sacudi a cabeça sem sentir nada.

— A margravina é a governante de Kynthessa…

— Eu sei disso — respondi bruscamente. — Não sou idiota.

Ele prosseguiu.

— Uma capitã na posse de uma carta da margravina não pode ser detida nem interrogada. Qualquer coisa que ela faça, qualquer atitude, mesmo assassinato ou um ato de pirataria, compreende-se que foi a serviço da margravina. – Ele tamborilou sobre o pergaminho. – Você, agora, é uma corsária. Se alguém lhe criar problema, mostre esta carta.

Pensei nos Cães Negros, naquele cúter com canhões de quatro libras. Se eu mostrasse a eles um pedaço de pergaminho, eles provavelmente iriam rir da minha cara. E, depois, me matar. Mas guardei o pensamento comigo.

– Você vai entregar o caixote ao consulado akhaiano em Valonikos. Ao completar seu contrato, vai receber dez talentos de prata.

Dez talentos de prata eram uma soma incrível de dinheiro, muito mais do que poderia valer a carga de um caixote.

– E se eu fizer isso – eu disse, cautelosamente. – Se eu levar esse carregamento a Valonikos, sem fazer perguntas, *et cetera*, enfim… Se eu fizer isso, o senhor vai libertar meu pai? Vai retirar todas as acusações?

– Você não está exatamente em posição de barganhar, aqui.

Ouvi a voz de meu pai no fundo da cabeça. *Você sempre está em posição de barganhar. Se acharem que não está, melhor. Você já os ganhou.* Dei de ombros.

– Está bem. Então acho que não temos um acordo.

O comandante retorceu o maxilar.

– Esta carga deve estar na barca e deixar Pontal de Hespera em uma hora, com você ou com outro capitão.

Eu apertei os braços da cadeira.

– O senhor não ousaria. – Mas eu sabia que sim. No fundo, uma voz baixinha dentro de mim se perguntava se a *Cormorant* não estaria mais segura nas mãos da capitã Brixton ou do capitão Krantor.

A CANÇÃO DAS ÁGUAS

— Calma, senhorita Oresteia. — Ele deu um suspiro. — Encontrar outra tripulação iria levar *tempo*. Tentar argumentar com o irracional do seu pai iria, da mesma forma, levar tempo. Tempo é o que eu não tenho.

— Por que o senhor mesmo não leva a caixa, se é tão importante?

— Meus homens e eu vamos cruzar a fronteira para Akhaia — disse ele. — Existe... insatisfação na capital. Nós vamos cuidar dos interesses da margravina por lá.

— A caixa não é um de seus interesses?

— Mocinha, nós somos soldados, não carroceiros nem barqueiros — disse ele com desdém, como se um carroceiro ou um barqueiro fossem pessoas absolutamente inferiores ao *comandante* de uma companhia militar. Pessoas pouco relevantes. Ele deu de ombros. — Cada um cumpre com seu dever.

Entendi o que ele quis dizer. Ele me dizia que nossa conversa estava perto do fim. Agora, eu tinha de fazer minha obrigação.

— A margravina quer que eu esteja em Akhaia, e não perdendo horas preciosas nessa cidadezinha suja — disse ele. — Seus termos são aceitáveis. Se você entregar o caixote ao inspetor das docas em Valonikos, seu pai será um homem livre. Por enquanto, ele deve permanecer aqui, sob a custódia do mestre da baía.

O mestre da baía terminou de escrever o contrato e soprou a tinta para secá-la. Ele me ofereceu a folha de pergaminho. Puxei-a pela mesa.

— Você sabe escrever seu nome? — O comandante empurrou uma pena em minha mão.

Eu olhei para ele.

– Claro que sei. Posso não ser uma comandante com um casaco bonito, mas não sou burra.

Pelo olhar penetrante que ele me lançou, eu soube que o havia irritado. Porém, ele devia estar mesmo ansioso para se livrar de mim, porque não disse nada.

Meu pai dizia que você deve ler cada palavra de um contrato pelo menos duas vezes, mas a linguagem era floreada e havia cláusulas demais, que seguiam por tangentes infinitas. Eu expirei. *Calma. Como o rio.* Tentei visualizar a água fluindo pacificamente entre pedras e juncos, mas minhas emoções estavam tão revoltas quanto ondas oceânicas. As palavras moviam-se à minha frente como aranhas negras sobre o pergaminho. Eu desisti e assinei "Caroline Oresteia" perto do "X" no rodapé.

Então, estava feito.

CAPÍTULO
TRÊS

Meu pai diz que um barqueiro não segue homem nenhum, apenas o rio. Um barqueiro é livre.

Quando saí para a varanda da sala do mestre da baía, sabia que não era verdade. O pergaminho que eu tinha em mãos me dizia isso. Ele me subjugava com seu peso.

— Vou escoltá-la até as docas, é claro – disse o comandante. Ele não parecia desejar me escoltar mais do que eu desejava ser escoltada por ele. Acho que ele estava se coçando para partir o quanto antes com sua companhia e se dirigir aos deveres importantes em Akhaia.

— Eu provavelmente não vou chegar longe, mesmo que parta agora. O vento estava praticamente morto quando entramos em Pontal de Hespera.

Ele franziu o cenho.

— Estava?

Uma brisa fresca do leste esfriou o suor em minha testa.

— Engraçado – eu disse. – O vento mudou. O vento está soprando do leste, do mar.

Por um instante, achei poder sentir o cheiro de sal no ar. Mas não era possível. Pontal de Hespera ficava bem no interior.

Ergui a cabeça para olhar bem nos olhos do comandante.

— Eu não vou partir sem me despedir.

Eu tinha certeza de que ele ia me negar isso, mas não negou.

— Seu pai está na cela. Espero que você volte em cinco minutos.

Encontrei Fee do lado de fora da detenção, agachada, com os dedos membranosos estendidos na grama. Seus olhos brilhavam suavemente no escuro, duas orbes vidradas.

— Eu vou a Valonikos. — Eu mesma mal conseguia acreditar nas palavras. — Você vem comigo? Por favor? — O acordo dela era com meu pai, não comigo. Honestamente, eu não saberia o que fazer se ela dissesse não. Barcas podem ser navegadas por apenas uma pessoa, mas são projetadas para uma tripulação de pelo menos dois.

Ela se levantou num pulo e me cutucou com o ombro, tocando-me logo acima do cotovelo. Os homens-sapos não são pessoas altas.

— Ajudo — disse ela.

— Obrigada, Fee — respondi. — Não consigo fazer isso sem você.

A cadeia era um barraco úmido de teto baixo. Eu quase bati a cabeça no candeeiro pendurado na viga. O lugar fedia a suor e mofo, e duvidei que a palha que cobria o chão estivesse limpa. Barras enferrujadas dividiam o lado direito do aposento em duas celas. A primeira estava vazia. Meu pai estava sentado em um banco de três pernas, na segunda cela, com o casaco desabotoado caindo às suas costas.

A CANÇÃO DAS ÁGUAS

Ao som da porta se fechando, ele ergueu os olhos. Um olho estava vermelho, mas, fora isso, ele parecia perfeitamente tranquilo. Fiquei aliviada. Corri e me ajoelhei ao lado de sua cela, sem me importar que a palha úmida e podre sujasse minha calça.

– Pai, não fique com raiva de mim. – As palavras saíam abruptamente. – Eu disse ao comandante que eu vou fazer.

Seus dedos agarraram as barras.

– Carô, *não*. Não.

Lágrimas queimaram meus olhos e minha garganta.

– Eles iam mandá-lo para um navio prisão. E tomar a *Cormorant*... – expliquei o que tinha acontecido. Quando terminei, minha voz se calou no silêncio da sala escura.

Meu pai esfregou o queixo com o rosto inusitadamente imóvel. Eu me preparei para uma repreensão. Eu tinha sido inconsequente. Estava apostando nossas vidas, e a *Cormorant*. Mas ele não disse nada.

– Você não acha que eu estou pronta? – ousei sussurrar minha dúvida em voz alta. – Você disse que, quando meu destino surgisse à minha frente, eu saberia. – Empinei o nariz. – E se for isso?

Ele trocou um olhar com Fee.

– Ah, Carô, é claro que você está pronta. – Ele olhou para as próprias mãos. – Talvez eu é quem não esteja pronto.

– Aquele cúter não conhece as terras dos rios. Mas eu, sim – funguei. – Eu as conheço quase tão bem quanto você. Sei que você estava tentando me proteger quando disse a ele que não iria levar a carga. – Toquei o bolso onde eu tinha guardado a carta de corso. – Mas eu posso fazer isso.

— Não é exatamente a viagem mais fácil — suspirou meu pai. — Não é o que eu teria escolhido para ser sua primeira entrega solo. Acho que agora é tarde demais. Você já assinou o contrato?

Fiz que sim.

— Espero que você o tenha lido de cabo a rabo.

Eu revirei os olhos.

— *Pai.*

O comandante bateu bruscamente na porta. Meus cinco minutos estavam quase no fim. Esfreguei os olhos com o suéter para que o homem não visse que eu tinha chorado.

Meu pai olhou fixamente para a porta.

— Ayah, deixe que ele entre! Eu gostaria de dizer a ele o que eu penso, gostaria, sim. — Seu olhar dardejou até Fee, em seguida retornou a mim. — Carô, escute. O que você precisa saber sobre os deuses é que eles podem ser traiçoeiros. Não tenha pressa para chegar a seu destino. Ele pode não ser o que você espera, é só.

— O que você quer dizer com isso?

— Um deus faz o que… — ele hesitou. — O que ele quer. Um deus não pode ser forçado nem apressado. — Ele parecia querer dizer mais, mas apenas sacudiu a cabeça. — Bom, o que está feito, está feito.

Eu não sabia ao certo como interpretar suas palavras.

— Chega de lágrimas, garota. Você é uma Oresteia. — Meu pai pegou minha mão através da grade e a segurou. A sensação de aperto em meu peito se aliviou. — Entregue esse caixote. Pegue a rota do rio para o norte, passando por Doukas. Não mexa com Iantiporos nem com o canal. Essa parte da costa é cheia de piratas.

E não se demore em nenhuma cidade. Se precisar de ajuda... – acrescentou ele, com relutância. – Chame o povo de sua mãe.

Eu ergui as sobrancelhas. Meu pai nem sempre se dava bem com eles.

– Bom, pelo menos como último recurso – disse ele. – Escute, essa carta de corso? Você não deve usá-la a menos que seja uma emergência. Chame a menor atenção possível sobre si mesma. Mostrar essa carta por aí não vai fazer nada além de levá-la à morte, não importa o que diga esse comandante.

Eu não parava de assentir com a cabeça, embora suas palavras escorressem por mim como chuva. Doukas. Esconder a carta. Nenhuma cidade. Sobrepujada pelo choque daquela noite, eu mal conseguia absorver aquilo.

– Você pode fazer isso, Carô – disse com firmeza meu pai. – Preste atenção nisso: eu preferia ter a *Cormorant* em suas mãos do que nas de qualquer outro barqueiro da Nós e Bortalós.

– Até nas do capitão Krantor?

– Ayah, até nas dele. Ele não é um Oresteia. Você é.

Uma memória nadou até a superfície. Eu tinha sete anos de idade e estava ouvindo meu pai contar histórias enquanto minhas pernas balançavam do assento do cockpit. Eu podia sentir o cabelo esticado em dois pequenos coques dos dois lados da cabeça. Nós estávamos indo para o Lago Nemertes, e o vento do mar soprava forte contra meu rosto.

Havia uma gaivota empoleirada na amurada ao meu lado, com as penas arrepiadas. Ela me encarava com um olho negro e reluzente.

— Sua bisavó uma vez contrabandeou quatro barris de rum pelo jardim dos fundos do mestre da baía de Siscema — meu pai disse isso com a mão apoiada frouxamente sobre a cana do leme. — Porque ela era muito corajosa. Meu pai enfrentou uma gangue de bandidos do rio com nada além de uma faca e uma frigideira, e viveu para contar a história, sabe como? — ele apontou para mim. — Ele era muito corajoso. Durante a guerra, eram pessoas como os Oresteias e os Krantors que levavam seus barcos até além dos bloqueios. E você sabe por quê?

Eu tinha ouvido essa história muitas vezes.

— Porque os Oresteias eram muito corajosos.

Ele me cutucou e me fez rir.

— Ayah, você tem razão.

Fechei os meus olhos com essa lembrança, e com o mundo girando a minha volta. Eu sabia como ler uma carta de profundidade, como rizar e guardar as velas. Eu tinha as habilidades, mas nunca navegara a *Cormorant* sem meu pai. Será que eu era corajosa o bastante?

— O vento mudou — disse meu pai, trazendo-me de volta à realidade.

Não perguntei como ele sabia, encerrado na cela diminuta cuja única janela estava fechada. O deus no fundo do rio dizia coisas assim a ele.

Meu pai relaxou encostado na parede e fechou os olhos.

— É o momento — sussurrou ele. — Não posso impedi-la.

Antes que eu tivesse tempo de perguntar o que ele queria dizer, o comandante Keros assomou à porta.

— Hora de ir.

A CANÇÃO DAS ÁGUAS

Saí cambaleante na noite enfumaçada, com Fee caminhando junto, à minha esquerda. Sua presença era como a calmaria depois de uma tempestade forte. Pelo menos, eu não estava completamente sozinha.

Diante da Nós e Bortalós, vi as silhuetas de vários barqueiros reunidos na rua. Alguém havia acendido um cachimbo, suas cinzas eram uma mancha solitária de luz, enquanto outros homens conversavam com vozes abafadas. Por um momento, eu me permiti imaginar que o capitão Krantor ou a capitã Brixton pudessem intervir. Todos tínhamos pistolas, e éramos em maior número. Podíamos atacar a cela. Resgatar meu pai.

Senti a carta enfiada no bolso e soube que era uma esperança vã. Os barqueiros tinham seus próprios problemas. Em relação a mim, eu tinha assinado um contrato. Eu iria para Valonikos.

O inspetor das docas tinha carregado o caixote em um barco a remo, junto com um cesto de provisões.

– Minha mulher assou esse pão fresquinho esta manhã. Tem café, também, e o pouco de manteiga que consegui obter. – Ele se afastou do pilar do cais e apontou o barco em direção à *Cormorant*. O comandante estava sentado no assento de trás, aparentando tédio.

No caminho de volta a nosso bote, Fee e eu estávamos em silêncio. Ela, na verdade, nunca dizia muito, e eu estava ocupada demais revirando todas as preocupações e perguntas em minha cabeça. O barco a remo do inspetor das docas já estava à espera, boiando preguiçosamente na sombra projetada pela *Cormorant*, quando nos aproximamos, remando. Ignorei-o enquanto observava a posição dos cabos e do equipamento no convés e desci para inspecionar tanto a cabine como o compartimento de carga. Nada parecia fora de ordem. Ainda assim, a ideia de que alguém tinha remexido nossa barca sem nossa permissão me incomodava.

Os homens apertaram cordas em torno do caixote e o ergueram sobre o convés. Não parecia nada especial. Era simplesmente um caixote de carga grosseiro de madeira coberto por um encerado de lona.

Fingi esbarrar o quadril contra a borda da caixa. Ela não se mexeu. O que quer que houvesse dentro dela, era pesado.

Talvez fosse ouro. Um caixote cheio de tesouros, sem dúvida, era suficiente para atrair os Cães Negros. Mas eu me lembrei do que Thisbe Brixton dissera: *Eles nem levaram nada*. Então não era ouro.

— Você não deve abri-lo — disse com seriedade o comandante. — Na verdade, vai ser melhor para você se jamais tocá-lo. Você entende?

— Então, eu nunca vou vir a saber o que estou levando?

— Senhorita Oresteia, você assinou um contrato.

Isso estava no contrato? Achei que devia ter lido com mais atenção, mas naquele momento era tarde demais para discutir isso. O comandante fez um breve gesto de despedida e desceu para o barco a remo sem dizer mais uma palavra. O inspetor das docas, porém, parou no alto da escada de cordas.

Ele segurou meu pulso em uma pegada forte. Eu me assustei.

— Diric Melanos é um assassino… — disse ele em um sussurro baixo e urgente. — E um traidor. Fique atenta. O *Victorianos*, de Iantiporos. Ele tem velas brancas e é pintado de azul. Ele só estava usando uma vela principal e uma de estai quando eu o vi. — Ele me soltou. — Que a corrente vos leve.

CAPÍTULO
QUATRO

Apesar de tudo, meu estado de ânimo pesado melhorou quando o vento encheu a vela da *Cormorant*.

– Vamos para o Lago das Garças – eu disse a Fee. – Podemos pernoitar lá.

O Lago das Garças é um lago pantanoso situado vários quilômetros dali, rio abaixo. O canal estreito que levava a ele, raso demais para acomodar qualquer coisa maior que uma barca, ficava quase escondido por árvores, o que fazia do lugar um conhecido ponto de esconderijo de contrabandistas. Os piratas no *Victorianos* talvez nem soubessem do local – eles, sem dúvida, não seriam capazes de passar pela entrada.

Olhei para trás e percebi que a cidade de Pontal de Hespera tinha quase desaparecido à popa. Apertei os olhos no escuro e vasculhei telhados à procura de um último vislumbre da cadeia. Eram seis dias dali até Valonikos. Talvez mais, dependendo do vento e do clima. Meu pai poderia ficar duas semanas na prisão apertada do mestre da baía sem nada onde dormir além de um monte de palha que fazia coçar.

SARAH TOLCSER

E isso se nada desse errado. Um momento atrás eu me senti quase entusiasmada por comandar sozinha a *Cormorant*. Então, fui tomada pela culpa. Aquele transporte de carga não deveria ser divertido. Nossa situação era de uma seriedade mortal.

Velejar à noite pode ser perigoso. Às vezes, se faz isso, claro, afinal por que outra razão as proas das barcas seriam pintadas de branco? O trecho norte do Rio Melro é perigosamente estreito, com curvas e meandros para desafiar o melhor timoneiro, mas era impossível pedir um clima melhor que o daquela noite. A brisa estava constante, e as nuvens em movimento rápido não bloqueavam o luar. Eu podia ver muito bem; e Fee, ainda melhor. Visão noturna é uma das habilidades mais valiosas de seu povo.

Três horas se passaram sem incidentes, até que, finalmente, meu estômago roncou, e eu lembrei que nós não tínhamos jantado. Devia ser quase meia-noite. Flexionei a mão com câimbra, passei o leme para Fee e entrei pela escotilha da cabine.

A pequena área de habitação da *Cormorant* era dividida em três seções por grandes vigas curvadas, como os ossos de uma baleia. As duas cabines da frente tinham cortinas de lona que podiam ser fechadas para dar privacidade, mas nós, na maior parte do tempo, as deixávamos abertas, para dar a ilusão de mais espaço. O beliche de meu pai, na cabine da proa, era o maior. Meu beliche ficava na seção do meio, aninhado na lateral de estibordo. Em frente a ele, a rede de Fee pendia do teto.

A área comum tinha uma mesa com uma toalha xadrez colorida, bancos embutidos e uma extensão que podia ser desdobrada para abrir espaço para companhia. Do lado de bombordo, uma

A CANÇÃO DAS ÁGUAS

pequena bancada lateral estava enfiada entre uma parede de armários. O fogão de ferro ficava abrigado ali, e sua chaminé viajava por um buraco no teto. Era uma embarcação simples, mas estava em forma.

Havia dois peixes já limpos e filetados na bancada lateral. Ao vê-los, fui atingida por um raio de pura emoção. Meu pai tinha pescado os peixes naquela tarde. Nós devíamos ter jantado juntos, à luz aconchegante de lamparina da cabine.

Derreti manteiga na frigideira, espalhei migalhas de pão sobre o peixe e coloquei os filés macios lado a lado. A frigideira chiou.

A *Cormorant* deu uma balançada, como se alguém tivesse sacudido o braço de quem estivesse no leme. Agarrei a borda da bancada. Fee era uma timoneira tão boa quanto eu ou meu pai. Isso não era de seu feitio.

Um coaxar soou, vindo do lado de fora. Problemas. Peguei a pistola extra de meu pai no armário e subi a escada.

O luar brilhava nos olhos redondos de Fee. Em silêncio, ela ergueu um dedo comprido e apontou.

Um navio, disposto ao longo da margem a estibordo. Suas velas brancas fantasmagóricas estavam recolhidas e amarradas para a noite. Não era uma barca – tinha quase vinte pés a mais, e o mastro era posicionado mais atrás, bem no meio do barco.

Um cúter.

– Verificar – murmurou Fee, correndo para frente. Ela deu a volta pela borda da cabine e desapareceu.

Minha mão começou a suar na cana do leme.

Eles podiam estar dormindo ou bebendo e jogando na coberta,

mas, sem dúvida, teriam posicionado um vigia. Nós tínhamos içado uma lanterna no alto de um dos estais, como faz qualquer barca viajando à noite. Por um golpe fantástico de sorte, nossa vela a bloqueava da vista do cúter. Se eu mudasse de curso e seguisse junto ao lado de bombordo do rio, talvez o homem de vigia não nos notasse. Por outro lado, nós pareceríamos estar tentando evitar ser vistos. O que daria a eles uma razão para nos perseguir.

Tomei minha decisão e virei a bombordo. As árvores que estendiam seus galhos sobre o rio projetavam sombras compridas sobre a água. Uma barca com velas negras e perfil baixo poderia passar flutuando sem ser percebida em meio àquelas sombras. Talvez conseguíssemos adentrar no Lago das Garças. Ele não podia estar longe, naquele momento.

Fee voltou pelo convés. Pelo seu rosto, eu já sabia o que ela tinha visto.

– Eles – sussurrou ela.

Olhei para estibordo. Tínhamos chegado à mesma altura da popa do cúter adormecido. O vento soprou e fez com que nosso cordame rangesse. Eu prendi a respiração.

Por algumas batidas prolongadas de meu coração, achei que iríamos conseguir passar por ele. Achei que o homem de vigia não tinha visto nossa proa branca cortando a água.

Eu estava errada.

– Quem vem lá? – O grito ecoou nítido sobre a água. Um sino badalou e ressoou repetidas vezes na escuridão.

– É uma barca passando! Uma barca!

– Vocês aí, levantar velas. – Essa voz era brusca e autoritária.

A CANÇÃO DAS ÁGUAS

Eu me perguntei se era o notório capitão Melanos. – Para os canhões! Mosquetes!

Tudo na *Cormorant* era feito de madeira, lona ou corda. Se um daqueles foguetes nos atingisse, ela iria queimar como um graveto. Igual à *Fabulosa*. Igual à *Jenny*.

– Fee, pegue o leme! – Agachei-me no convés de estibordo e carreguei a velha pistola de meu pai.

Um estrondo alto rompeu o ar. O barulho passou por mim e, com ele, uma onda de excitação nervosa. Por vários segundos, eu fiquei ajoelhada, imóvel e atônita, antes de perceber que eles tinham errado.

Apontei a pistola a meia-nau e apertei o gatilho. A arma deu um coice, e seu recuo reverberou pelos ossos de meu braço. Eu não achei que tinha acertado alguma coisa. Tudo o que eu podia ver eram as formas espectrais das velas enquanto a tripulação do cúter trabalhava para içá-las.

Naquele momento, eu entendia a tolice da história de meu pai sobre seu avô. Podia ser verdade ou apenas uma mentira que ficou maior e mais comprida ao ser contada, mas não importava o quanto eu fosse corajosa: para enfrentar piratas, uma pistola era muito melhor que uma faca e uma frigideira.

– Posicionem esses malditos canhões, e não levem a noite inteira para fazer isso!

Eu girei no cockpit e apontei para a lanterna que balançava do estai do traquete da *Cormorant*. Eu a apaguei em minha primeira tentativa, com um grande estrondo. O vidro quebrado tilintou ao atingir o convés.

Uma verdadeira pena, isso. Se nossas vidas não estivessem em um terrível perigo, eu teria parado para admirar esse disparo.

Os mosquetes soaram outra vez, três em seguida.

Meu ombro direito doeu.

– Ai! – gritei, levando a mão ao ferimento.

O vento soprou em meu rosto quando fizemos uma curva e saímos momentaneamente da vista do cúter. Segurei o ombro e tentei calcular em minha cabeça. Quantos minutos para que eles levantassem as velas? Quanto tempo até nos alcançarem? O sangue corria quente e escorregadio entre meus dedos.

Eu me virei para Fee.

– Fique atenta à entrada do Lago das Garças – eu disse em voz baixa. – Talvez nós possamos despistá-los.

Estávamos perto. Normalmente, eu marcava o caminho para o interior do lago pantanoso pela linha de árvores e a casa de uma fazenda localizada mais longe, nos campos. Mas estava tão escuro que eu fiquei aterrorizada de perder a curva. Ou de já tê-la perdido. Um erro, agora, significaria a morte.

O luar revelou uma abertura na margem do rio, onde os topos felpudos das tifas eram pontos negros contra os juncos. Um alívio refrescante percorreu meu corpo.

– Ali!

Fee puxou a cana do leme com força e fizemos a curva. Borbulhas correram em um turbilhão contra o leme. Água bateu contra o casco. Acima, galhos de árvores pendiam baixos por sobre o canal estreito. Debrucei-me para fora e observei a margem passar a poucos centímetros de distância.

A CANÇÃO DAS ÁGUAS

Galhos raspavam o topo de nossa vela enquanto eu corria para prender a escota, esquecendo o ferimento em minha pressa para caçar aqueles montes de cabos. A verga superior se prendeu entre as árvores, e nós paramos repentinamente, a sete metros do rio principal. Ramos quebrados com folhas e gravetos tinham caído no convés.

Fee e eu trocamos olhares atemorizados. Estávamos presas.

– Silêncio – ela sussurrou, largando a cana do leme. Fee deslizou para o chão sob o assento. Eu fiz o mesmo. As árvores tinham engolido nossa vela negra e nos envolvido em escuridão.

Eu ouvi o cúter primeiro – o rangido de sua retranca e o chacoalhar de cabos contra blocos de madeira e o braço de verga. Então eu vi seu gurupés alto apontando para o ar como um dedo. Inspirei repentinamente, apavorada. Agora o casco dele estava à vista e passou por nós pelo que pareceu uma eternidade, embora devessem ter sido apenas segundos. Eles não podiam ter mais de oitenta pés de comprimento.

Enquanto o volumoso cúter passava, o luar brilhou nas letras pintadas sobre o amplo gio da popa. Elas diziam, em azul delineado a ouro, *VICTORIANOS*, e, embaixo, em letras menores, seu porto de origem, *IANTIPOROS*.

O navio passou muito perto. Parecia que um rufar de tambores o acompanhava, em ritmo ameaçador. Depois que a popa do cúter foi engolida pela escuridão, percebi que era apenas meu coração.

Eu estava tão abalada que meus dentes batiam. Olhei para os galhos de árvore ao alto, completamente emaranhados no nosso mastro e nas adriças.

Fee deu de ombros.

– Que confusão.

Era isso.

– Bom – eu disse. – Pelo menos não estamos mortas.

– Está tudo bem – sussurrou Fee, cutucando meu braço bom.

– Sei que está tudo bem. – Examinei o buraco sangrento em meu suéter. – Só que eles podiam ter me matado.

Foi só de raspão. Quando eu era pequena, uma vez tentei segurar o cabo da âncora no momento em que ela foi lançada e queimei a pele da mão, deixando-a em carne viva. Isso não parecia pior. A dor já estava diminuindo. E, quando o pânico recuou, outra coisa rapidamente tomou seu lugar.

Raiva.

Peguei uma lanterna no chão embaixo do assento, enquanto limpava o sangue da calça. Minhas mãos lutaram contra a pederneira, mas finalmente ela acendeu. A lanterna, envolta em vidro colorido, devia ser usada como sinal durante tempo ruim. Ela lançava um facho agourento de luz vermelha enquanto eu caminhava pelo teto da cabine. Folhas e galhos cobriam o convés, arrancados das árvores acima quando nosso mastro e a verga da vela se prenderam. Eu os chutei de meu caminho.

O caixote coberto de lona assomava no círculo de luz da lanterna. O que havia dentro dele pelo que homens matariam? Cautelosamente, me aproximei, como se a caixa pudesse se abrir de repente para liberar monstros, Cães Negros ou outros terrores desconhecidos.

– Proibido – alertou Fee às minhas costas.

A CANÇÃO DAS ÁGUAS

Eu hesitei. A escuridão ao redor era silenciosa, exceto pelo cricrilar de grilos e o coaxar de sapos. O vento movia as folhas no alto.

Eu estava quase decidida a jogar eu mesma aquele maldito caixote na água. Nós nunca pedimos para nos envolver em nada daquela confusão – nem eu, nem meu pai, nem os Singers, que a corrente os leve. Os Cães Negros, assim como aquele comandante, achavam que pessoas como nós eram descartáveis. Bom, essa era minha barca. Essa era minha vida, e eu estava assumindo o controle de volta. *Naquele instante.*

Arranquei o encerado de lona. Ele caiu, amarfanhado.

Madeira arranhou madeira quando puxei a tampa do caixote. Ela caiu sobre a lona removida. Eu ergui a lanterna.

– Ah! – Exalei, pois não consegui pensar em uma única coisa inteligente a dizer.

Havia um rapaz no caixote.

CAPÍTULO
CINCO

A luz o atingiu, e seus olhos se abriram repentinamente.

Eu dei um grito, peguei em minha cintura a pistola de meu pai e apontei o cano para a cabeça do rapaz.

Ele me olhou com seus olhos azul-claros apertados, ofuscado pelo brilho da lanterna. Fez uma careta e esfregou a nuca enquanto se desenrolava do leito de palha. Percebi que ele tinha minha idade, ou talvez fosse um pouco mais velho.

Ele cuspiu um monte de poeira.

– Abaixe essa coisa ridícula. – Ele tirou um chumaço de palha do peito e o jogou para o lado.

Olhei para Fee, que espiava o interior do caixote com olhos arregalados.

Ele tinha uma estranha coloração estrangeira, com uma nuance azulada em sua pele que a tornava quase translúcida. Seus cachos eram negros ou castanho-escuros – à noite, eu não conseguiria dizer a diferença. Entre eles, alguma coisa reluziu à luz da lanterna. Uma granada diminuta que ele tinha na orelha, percebi. Sua roupa era elegante, toda de cores vivas e com bordados elaborados,

A CANÇÃO DAS ÁGUAS

e ele usava uma jaqueta solta amarrada na cintura por uma corda franjada de seda.

– Quem são vocês? – perguntou ele.

Dei inadvertidamente um passo para trás. Minha raiva tinha se suavizado em uma confusão atordoante.

– Caroline Oresteia – respondi automaticamente, em seguida me censurei por isso. Cabia a mim fazer as perguntas. Eu me aprumei tentando soar autoritária.

– Quem é *você*?

Ele revirou os olhos, como se pedisse paciência aos deuses.

– Quero dizer, quem é seu pai? Quem é o povo dele?

– O nome dele é Nicandros Oresteia. Esta é sua barca. – Que coisa esnobe de se perguntar. Meu pai diz que apenas um tolo olha para o nome de um homem antes de olhar para o próprio homem.

– Uma barca? – O lábio do estranho se curvou. – Por que confiaram esta tarefa a vocês?

A irritação ficou visível em minha voz.

– Recebi esse caixote e uma carta de corso do mestre da baía em Pontal de Hespera.

– Muito bem. E quantos homens você tem?

– Homens? – ecoei, começando a achar que estávamos tendo duas conversas diferentes, e nenhum de nós entendia o que o outro estava dizendo.

– Homens. Soldados. Armas. – Ele segurou a borda do caixote e examinou o convés, nitidamente sem se impressionar nem um pouco com o que viu. – Não é apenas *você*, é?

– Ah, ayah, eu tenho toda uma companhia dos melhores

soldados da infantaria da margravina escondida no compartimento de carga. – Senti como se os deuses estivessem se divertindo um pouco comigo, e não gostei disso. Eu mantive a pistola apontada para ele. – Você ainda não me disse quem é.

– Meu nome é... – ele hesitou. – Tarquin – concluiu, de maneira um tanto pomposa para alguém sentado em um caixote de carga. – Tarquin Meridios. Tenho a honra de ser um mensageiro do cônsul akhaiano.

Em minha opinião, era honra em excesso. Não consegui conter o riso que escapou. Seu jeito formal de falar não combinava com nosso ambiente. Quem exatamente ele achava que era?

Ele olhou fixamente para mim.

– Leve-me imediatamente ao seu pai.

– Ele está preso em Pontal de Hespera.

– Cada vez pior – resmungou ele. – Isso não é Valonikos. Por que estou acordado? Isso parece o meio do nada.

– Quando as pessoas estão tentando me matar, eu gosto de saber o porquê.

– Esta caixa... – explicou ele devagar, como se falasse com uma pessoa simplória. – Foi encantada por um poderoso homem das sombras para me fazer dormir por toda a viagem até Valonikos. Você quebrou esse encanto quando abriu a caixa... De maneira muito estúpida, se me permite acrescentar.

Ele me surpreendeu, ficando de pé em um pulo. Eu dei um passo para trás. Ele era quase trinta centímetros mais alto que eu.

– Eu não lhe disse para guardar esse dispositivo? – perguntou ele, olhando para a arma.

— Desculpe se não estou acostumada com rapazes chocando de caixotes fechados — respondi bruscamente. — Talvez isso aconteça o tempo todo no norte, mas nunca acontece por aqui.

— Como se eu viajasse desse jeito regularmente — ele murmurou, enquanto alisava a roupa. Não adiantou muito. Ela estava muito amarrotada e cheia de palha. — E não diga "chocar". Eu não sou uma galinha.

— Foi isso o que pareceu. — Eu me sentia pasma com toda a situação. — Escute, você pode apenas... Não sei... Voltar aí para dentro?

— Não, não posso voltar — ele falou em um tom sarcástico, com o sotaque pronunciado de um nortista. — A menos que você seja um homem das sombras.

— Claro que não sou.

— Claro que não é — ele me imitou. — Ora, isso só pode ser feito por um homem das sombras. Eles deviam ter dito a você que não abrisse a caixa sob nenhuma circunstância.

Eu não tinha resposta para isso. Ele se aproveitou de meu silêncio, estreitou os olhos e disse:

— Vejo que eles lhe disseram. Só um grande tolo desrespeita os conselhos dados por seus superiores.

— Não sou nenhuma tola — eu disse. — E o que você quer dizer com superiores?

Acima de nós, um galho de árvore estalou alto, nos assustou e fez com que ficássemos em silêncio.

Um calafrio desceu pela minha nuca. A noite pega pequenos ruídos e os amplifica. As sombras transformam insetos minúsculos em monstros. Eu me segurei e não olhei para trás, para o escuro.

Fee apontou a cabeça em direção ao rio.

– Batedor – sussurrou ela, pulando pela amurada do barco com um barulho suave ao cair na água.

Tarquin seguiu-a fixamente com os olhos.

– Nunca vi um homem-sapo antes. – O lábio dele se curvou. – Eu não esperava que fosse tão… verde.

O vento agitou os galhos outra vez e fez com que eles batessem em nosso mastro. Os olhos de Tarquin cruzaram com os meus no círculo da luz da lanterna, então afastaram-se rapidamente para espiar com atenção a noite que nos envolvia. De algum modo, eu soube que aquele ruído o havia perturbado também.

– Vamos conversar lá dentro – eu disse em voz baixa enquanto pegava a lanterna. Percebi como tinha sido burrice ficar parada na luz. O *Victorianos* tinha descido o rio, mas podia voltar. Mesmo agora, ele podia estar ancorado fora do canal, ouvindo nossas vozes se elevando e se atenuando. Qualquer pessoa criada no rio sabe como o som viaja sobre a água à noite.

Ele assentiu com a cabeça. Estávamos, de repente, em completa afinidade.

Que ele estragou assim que entramos na cabine.

– Ugh, caramba! Que fedor é esse? – Ele cobriu o nariz com a manga bordada de sua túnica e se encolheu de volta contra os degraus.

Nuvens de fumaça enchiam o recinto.

– O peixe! – peguei um pano e caminhei através da fumaça.

Em nossa urgência para escapar dos Cães Negros, eu tinha me esquecido do peixe frito. Ele agora estava arruinado, enegrecido

A CANÇÃO DAS ÁGUAS

e grudado no fundo da frigideira. Enquanto eu abria as vigias e as empurrava para fora, meu estômago gemeu em protesto.

— Este é um barco grande — a voz abafada de Tarquin demonstrava desprezo. — Por que razão a cabine é tão apertada?

— Esta é uma barca de trabalho. A maior parte do espaço é para carga. — Raspei a crosta negra e grudenta da frigideira e a deixei de molho em um balde com água.

Não foi surpresa ele não ter oferecido ajuda. Ele me observou, respirando por trás da gola da túnica, que tinha sido perfurada por fragmentos de palha. Devia coçar, porque ele a esfregava distraidamente de um lado para o outro. Por baixo da túnica, eu podia ver um triângulo de peito nu. Ele se debruçou para frente com os ombros curvados, tentando evitar que a cabeça atingisse a lanterna, que balançava.

— Tem uma camisa limpa aí dentro, se você quiser. — Apontei com a cabeça em direção ao armário. — Meu pai não é tão alto quanto você, mas acho que vai caber.

Eu meio que esperava que ele fizesse algum comentário rude, mas ele apenas franziu o nariz para as roupas dobradas. Eram as roupas de um barqueiro, de tecido simples.

Estudei o estranho enquanto ele remexia no armário, perguntando-me que mensagem ele levava para que os Cães Negros tanto o quisessem morto. E por que ele estava em um caixote de carga, afinal de contas? Era um jeito peculiar e ruim de viajar – eu não podia imaginar quantos hematomas ele devia ter.

— Por que você não faz com que seu homem-sapo limpe isso? — Ele prendeu o último botão e gesticulou desdenhosamente com a mão para a frigideira. — Nós temos coisas a discutir.

— Ela não é *meu* homem-sapo.

— Você não é sua dona? — A camisa de meu pai caía solta sobre sua estrutura mais magra, mas as mangas terminavam centímetros acima do pulso.

Eu recuei, horrorizada.

— Ela não é uma escrava! Ela está em nossa tripulação. Meu pai lhe paga um salário.

— Tem certeza? Sempre me disseram que, nas terras dos rios, os homens-sapos são escravos.

— Fee trabalha neste barco desde que eu tinha nove anos de idade. Porque ela escolhe estar aqui. Achei que você tinha dito que era um mensageiro. Você nunca saiu de Akhaia antes? — Mas eles tinham homens-sapos em Akhaia, também, ao longo dos rios e dos canais. Será que ele não tinha estado em *lugar nenhum*?

Ele ficou vermelho, mas não disse nada.

Essa conversa sobre homens-sapo fez com que eu me preocupasse com Fee. Eu mordi o lábio e tentei me lembrar de quanto tempo fazia desde que ela tinha mergulhado na água.

— Você sabia que está sangrando? — disse Tarquin em uma voz entediada.

— Claro que sei. — Examinei o buraco em meu suéter, onde uma nódoa escura de sangue manchava a lã. Na verdade, eu tinha esquecido. Peguei a barra do suéter e comecei a puxá-lo cuidadosamente pela cabeça.

— *Vire-se* — ordenei a ele.

— Como?

— Preciso tirar a blusa. Vire-se. — A camisa que eu usava por baixo estava tão puída que era quase transparente. Eu não ia deixá-lo dar uma olhada, de jeito nenhum. Em nada. E eu não queria que ele risse de como éramos pobres. Nós éramos pessoas trabalhadoras. Não havia vergonha nisso, mas eu senti uma onda de vergonha mesmo assim.

Ele olhou para a parede.

— Enquanto faz isso — disse ele, mexendo com a joia em sua orelha —, vou pedir que me conte tudo o que ocorreu até o momento em que você abriu o caixote.

Eu dei um suspiro.

— Você não consegue falar como uma pessoa normal?

Ninguém que eu conhecia falava desse jeito, empolado e formal. Nem mesmo minhas primas da parte de minha mãe, e elas eram garotas da cidade que viviam em uma bela casa.

Ele puxou outra vez a orelha.

— Por que você não para de fazer isso? — perguntei. — Tocar seu brinco?

Ele o alisou com a ponta do dedo.

— Isso indica que sou membro de uma grande casa akhaiana — disse ele. — Uma casa da qual você, sem dúvida, não ouviu falar.

Eu bufei.

— Provavelmente, não.

Abri o baú de medicamentos de meu pai, removi uma lata de sálvia e um rolo de atadura. Enquanto limpava o raspão sangrento em meu ombro, relatei a história do que tinha acontecido naquela noite, começando com nossa chegada depois da curva que dava para Pontal de Hespera e terminando com os Cães Negros.

Eu vesti o suéter de volta outra vez e fiz uma careta quando ele se prendeu na atadura.

– Tudo bem, terminei. – Peguei a garrafa de *brandy* do meu pai e pus dois copos na mesa. Minhas entranhas ainda estavam trêmulas de nossa fuga acirrada. – Você quer uma bebida?

Tarquin, que ficara surpreendentemente quieto durante minha história, deu de ombros. Eu tomei isso como um sim. Ele aceitou o copo e puxou-o pela mesa. Percebi manchas escuras sob seus olhos, o que achei estranho. Com certeza, um sono encantado devia significar muito... Bem, muito sono.

Engoli o *brandy*, e seu sabor agradável queimou minha garganta. Eu me senti encorajada imediatamente. Ninguém fica bêbado depois de um gole de bebida, por isso provavelmente era bravata ou minha própria imaginação. Eu não me importava.

– Agora é sua vez. – Eu me encolhi de lado na cabine e joguei os pés para cima do banco. – Por que você estava naquela caixa? Por que os Cães Negros estão atrás de você?

– Eu vou lhe contar minha história – disse ele. – Pois, embora você seja simultaneamente rude e sem os modos de uma dama, parece que estou preso com você neste pedaço de lixo flutuante. Imagino que vou precisar de sua ajuda.

– Não ferra – eu disse. Nós olhamos um para o outro, de lados opostos da mesa, em aversão recíproca.

– Muito bem – ele passou o dedo pelo copo, mas não bebeu. – Vamos falar abertamente. O que você sabe sobre Akhaia?

– Sei que a capital é Trikkaia – eu disse. – Sei que lá existe uma loja no mercado que vende o melhor ensopado de peixe no

A CANÇÃO DAS ÁGUAS

norte das terras dos rios. – A verdade é que eu nunca havia explorado além das docas e da região do mercado.

– Isso é quase nada. – Ele passou a mão no cabelo e o despenteou. Minha ignorância pareceu deixá-lo consternado. – O que você sabe sobre a sucessão akhaiana?

– Uhm. – Eu tinha apenas uma ideia muito vaga do que era uma sucessão. Algo a ver com a realeza. E herdeiros?

– É tudo muito claro. – Ele se levantou e começou a andar pela cabine. – Os piratas que atacaram você devem ter sido contratados pelos Theucinianos.

Eu não consegui ver o que havia de claro em nada daquilo.

– O que é um Theuciniano?

– Você não sabe? – Tarquin parou e girou para me olhar. – Eu pensei... – Por um instante, ele pareceu abalado, o que fez com que assumisse uma aparência mais jovem e mais insegura. – Você disse que esta barca foi escolhida pelo homem da margravina. Eu supus que ele tivesse lhe contado...

– Me contado *o quê*?

– A notícia que estou levando para Valonikos. – O lampejo de uma expressão estranha passou por seu rosto. – O emparca de Akhaia foi assassinado.

CAPÍTULO
SEIS

— Assassinado — repeti secamente. — O emparca de toda Akhaia. Não acredito nisso, está bem?

Tarquin cerrou a mandíbula.

— Isso *não* é motivo para risos.

Akhaia era um império decadente. Quando o margrave de Kynthessa declarou a independência de sua província da emparquia, ele deu início a um conflito longo e sangrento, agora conhecido como a Guerra dos Trinta Anos. Nos duzentos anos posteriores, vários outros territórios separaram-se para formar repúblicas e cidades-estado menores. Mas, apesar de seu declínio, nosso vizinho ao norte permanecia formidável. Como o maior país do continente e berço de nossa cultura, Akhaia projetava uma sombra longa.

Eu me inclinei para frente.

— Por que esses Theucinianos querem matá-lo? O que você está levando, uma carta, ou algo assim?

— Sim. — Ele olhou com firmeza para a lanterna, cuja luz vermelha oscilante refletia em suas pupilas. Tive a sensação de que ele estava decidindo exatamente o que me contar.

— Depois que Valonikos se separou da emparquia para se tornar uma cidade-estado, certos membros distantes da linhagem real continuaram a viver ali. No exílio, é claro. O emparca não tem... – ele se corrigiu – não *tinha* nenhuma utilidade para eles. Não até agora. A mensagem que levo é vital para o futuro de Akhaia.

Quando ele parou, eu gesticulei com expectativa.

— E então?

— Então o quê?

Eu cerrei os dentes.

— O que tem na carta?

— É um segredo, obviamente. – Tarquin se aprumou. – Se eu contasse a todo trabalhador comum do rio os meus assuntos, eu não seria um bom mensageiro, seria?

Em minha curiosidade extrema, eu estava disposta a ignorar o insulto.

— O que aconteceu com o emparca?

— Ele foi assassinado – sua voz estava rouca. – Por Konto Theuciniano, que, por desígnio dos deuses, era primo do próprio emparca.

— Era?

Ele dilatou as narinas.

— Um homem que assassina seu próprio sangue não tem honra. Ele não é um homem. Os Theucinianos sempre foram amargos porque sua linhagem não herdou a emparquia na Sucessão de 1328. Um absurdo, é claro.

Ele se jogou no assento a minha frente e virou a bebida em um só gole.

— Não sei por quanto tempo eles planejaram o golpe, mas Konto Theuciniano atacou o palácio e tomou o trono.

Eu me lembrei da pressa do comandante Keros para chegar à capital akhaiana. Devia ser disso que ele estava falando quando disse que havia insatisfação na capital. Mas se a notícia do assassinato do emparca já tivesse chegado ao sul, por que os Cães Negros estavam tão dedicados a caçar Tarquin? Sua informação não era exatamente um segredo. Havia algo faltando nessa história, e isso não era a única coisa que estava me incomodando.

— Você foi o único que eles mandaram? — Eu olhei para ele com desconfiança. Com sua altura, o excesso de maneirismos e aquela túnica de seda, ele iria chamar muita atenção nas terras dos rios. Sem falar que ele não parecia muito experiente. — Com certeza, você não deve ser o melhor que o consulado tem.

— Não sei o que você *poderia* saber disso — murmurou ele. — Tenho um posto diplomático devido à influência de meu pai, apesar de minha juventude.

— Quem é seu pai?

— Ele está no conselho do emparca. Eu... — sua voz vacilou. — Eu não sei se ele conseguiu sair do palácio. — Sua mão tremia sobre a toalha de mesa xadrez. Ele me viu olhando para a mão e a recolheu sobre o colo.

Ficamos sentados em silêncio enquanto a lanterna tremeluzia, tempo o bastante para criar uma sensação de desconforto. Por mais que me irritasse admitir, ele tinha razão. Eu desejei nunca ter aberto a caixa. Meu pai e eu éramos contrabandistas, mas não era algo tão aventureiro quanto parecia. Às vezes, enterrávamos uma carga em

A CANÇÃO DAS ÁGUAS

algum esconderijo ou dávamos gorjeta a um fiscal de impostos na calada da noite, mas, na maior parte dos dias, nós apenas navegávamos de porto a porto. Nada havia me preparado para uma situação como essa. O comandante devia ter aceitado a sugestão de meu pai e dado o caixote aos Bollards. Aquilo era demais para mim.

– Tudo bem – peguei um mapa na prateleira, desenrolei-o e o abri sobre a mesa. – Nós estamos aqui – apontei o dedo sobre a linha serpenteante que marcava o Rio Melro. – E esta é a cidade livre de Valonikos.

Tarquin acenou com a mão.

– Não tenho intenção alguma de ir a Valonikos, agora que despertei.

– Ai, ai, ai. – Eu estava perto de perder a paciência. – Aonde você pretende ir, então?

– Casteria.

Ele delineou o Rio Melro no mapa até chegar à bifurcação, onde traçou uma linha que não subiu o Rio Kars em direção a Valonikos, mas desceu pelo Lago Nemertes, passando por Iantiporos. Ele não parou até chegar ao Pescoço, a grande baía estreita que ficava muitos quilômetros ao sul.

Eu espalmei as mãos sobre o mapa.

– Não.

– Isso é outra questão. Igualmente importante. – Ele apertou o copo, e os nós de seus dedos ficaram brancos. – Você *precisa* me ajudar. Eu sou um agente da coroa.

– Não de nenhuma coroa minha. Eu tenho de levá-lo a Valonikos. – A liberdade de meu pai dependia disso. De mim.

– Eu tenho uma carta de corso da margravina que diz que devo levá-lo até lá e não deixar ninguém entrar em meu caminho.

– E daí?

Eu cruzei os braços.

– Você está entrando em meu caminho.

– Mas tudo mudou, agora. Quando o homem das sombras encantou aquela caixa, ele não sabia... – Ele fechou a boca abruptamente.

Eu tinha ouvido falar dos homens das sombras que vivem no norte, cuja linhagem é cheia de segredos em sua maioria bem guardados. As histórias dizem que eles podem extrair horrores e ilusões do escuro e distorcer seus sonhos em pesadelos de gelar os ossos. Sussurra-se à boca pequena que eles são descendentes da deusa da noite, assim como os homens-sapo são filhos do deus do rio. Eu nunca tinha visto um homem das sombras. Só pessoas muito ricas podiam pagar por seus serviços.

Um calafrio percorreu meu corpo.

Tarquin percebeu.

– Você não tem medo de homens das sombras, tem?

– Não – menti.

– A magia não torna um homem mau – disse ele. – É apenas uma habilidade. Não é inerentemente boa nem má. É o que há no coração que o torna mau, como acontece com todo mundo. – Ele se debruçou sobre a mesa, e a lanterna projetou sombras de formas estranhas em seu rosto. Eu enrijeci. – Você tem medo do escuro?

Eu o olhei com desprezo.

– É claro que não.

A CANÇÃO DAS ÁGUAS

— Então você não tem razão para temer um homem das sombras. Eles trabalham com a magia da luz e do escuro, do despertar e do sono — sua voz assumiu um tom professoral. — Mas isso é tudo o que eles podem fazer. Desorientação, sombra e sono, e assim por diante. Seu poder é transmitido há muito tempo, desde épocas imemoriais, quando os deuses falavam e caminhavam abertamente entre os homens.

Eles ainda fazem isso, eu quis dizer. *Achei que todo mundo soubesse disso.* Mas achei que já tínhamos tido bastante azar. Eu não queria trazer mais do deus do rio sobre nós ao falar dele em voz alta com um estranho.

Lá fora, o vento assoviava pelo topo das árvores. Respingos de chuva entraram pela janela aberta da cabine, e a vela na lanterna queimava quase no fim.

Houve um barulho de choque de madeira contra madeira, que deu um susto em nós dois. Os pés de dedos longos de Fee surgiram na escada.

— Eles seguiram em frente — disse ela, sacudindo gotas de água.

— Você acha que eles nos viram? — perguntei.

— Eles atiraram em você. Claro que eles a viram — disse Tarquin.

Eu lancei um olhar rude em sua direção. Como se eu estivesse falando com ele.

— Eu quis dizer o nome da *Cormorant*.

Com certeza estava escuro demais. Eu engoli em seco e me lembrei de como eu tinha agachado no cockpit e lido a inscrição na popa do *Victorianos* sob o luar. Era impossível saber.

Eu me voltei para Fee.

– Um disfarce podia não cair mal.

– Amanhã – concordou ela.

– Muito bem – disse Tarquin. Por enquanto, é melhor conseguirmos dormir o máximo possível. De manhã vocês podem me levar a Casteria.

– Valonikos.

– Casteria.

Eu saquei a pistola de meu pai alguns centímetros para fora do coldre.

Ele não se impressionou.

– Quer parar de apontar esse dispositivo em minha direção? Você não vai atirar em mim. Você não quer danificar sua carga preciosa, afinal de contas.

– Por que você insiste em chamá-la de dispositivo? – perguntei. – Com certeza vocês têm pistolas em Akhaia.

– Claro que temos. Mas a arma de um cavalheiro é a espada. É o único meio honrado de se lutar.

– Ah! – Eu olhei diretamente para sua cintura. – Eu não estou vendo a sua.

– Eu parti com muita pressa. Não tive tempo para... – ele fechou a boca e ficou em silêncio.

Peguei a lanterna da mesa e olhei atentamente para ele. Ainda desconfiava que ele não estivesse me contando tudo. Mas ele tinha razão sobre uma coisa: eu não ousaria atirar nele, não quando a liberdade de meu pai dependia de sua chegada em segurança a Valonikos.

Decidi que mais investigações poderiam esperar até de manhã.

A CANÇÃO DAS ÁGUAS

— Você pode ficar com o beliche de meu pai. — Apontei com a cabeça para a cabine da frente.

O beliche era o maior que tínhamos, embora ele provavelmente ainda tivesse de dobrar os joelhos para caber nele. Mostrei a ele o banheiro, caso precisasse usá-lo durante a noite, e peguei um cobertor de lã extra no armário. Eu o empurrei em sua mão, quase em um desafio para que ele fizesse alguma observação sobre sua aspereza. Mas ele não disse nada.

Cambaleei fazendo os últimos movimentos dos preparativos para dormir, em seguida soprei a lanterna para apagá-la e desabei no meu beliche.

A *Cormorant* balançava reconfortantemente, com água batendo no casco enquanto uma pancada de chuva passageira molhava o teto da cabine. Eu permaneci acordada, desconfortável sabendo que havia um rapaz estranho dormindo do outro lado da cortina. Eu não podia vê-lo nem ouvi-lo, mas sua presença parecia encher a cabine. O ferimento em meu braço latejava. E, pior, eu sentia falta de meu pai, uma solidão rude e cheia de autocomiseração que apertava meu peito.

Demorou até que meu coração desacelerasse o suficiente para que eu pegasse no sono.

Naquela noite, sonhei com a sra. Singer, a mulher do barqueiro morta na *Jenny*. Sonhei que ela estava deitada imóvel sobre uma cama de corais, e que o coral era mais brilhante do que qualquer coisa no fundo do rio. O recife estava sobre uma faixa de areia dourada. Partículas de luz escoriam pela água escura.

A sra. Singer estava deitada com um braço pendurado da

borda do coral esponjoso. Algas verdes grudentas envolviam seu rosto e se entrelaçavam com as madeixas de seu cabelo comprido. Peixes nadavam acima dela, mas eles não eram como nenhum peixe que eu jamais tinha visto. Suas cores eram brilhantes, amarelo, laranja e azul vivos.

Aí a sra. Singer abriu os olhos e disse meu nome.

CAPÍTULO
SETE

Acordei na manhã seguinte muito aliviada por não ter sido assassinada pelos Cães Negros enquanto dormia. Lançando um olhar em direção à cortina fechada da cabine de meu pai, prendi o cabelo com um lenço vermelho estampado e saí descalça no convés.

Neblina pairava sobre as terras dos rios. Uma libélula esvoaçava no ar com as asas brilhando verdes em meio às tifas trêmulas. Fee estava empoleirada na proa da *Cormorant* com um olhar distante no rosto. Será que ela estava falando com o deus no rio? Como seus descendentes, todos os homens-sapo tinham uma conexão com o deus. Eu não sabia se era a mesma língua das pequenas coisas falada pelos barqueiros, ou algo muito mais antigo e estranho. Senti uma pontada de inveja.

Estreitei os olhos, mirei o topo do mastro e examinei o estrago da noite anterior. A verga da vela grande da *Cormorant* ainda estava emaranhada nos galhos, e seu convés estava coberto de galhos e folhas. Meu pai não aprovaria a forma como deixamos a vela amontoada. Juntas, Fee e eu limpamos o convés e conduzimos a barca para fora do canal e para o interior da Lagoa das Garças, onde ancoramos perto da margem.

Fee subiu do compartimento de carga e colocou um balde no convés.

– Pinte. – Ela pôs um pincel em minha mão.

Com relutância, olhei para o nome *Cormorant* escrito em cima da porta da cabine em letras azul-claro com floreios vermelhos.

– Odeio estragar isso.

Ela deu de ombros.

– Ou morrer.

– Eu sei, eu sei. – Passei o pincel molhado sobre o *C* e o apaguei.

Quando eu dava os toques finais na pintura, Tarquin emergiu, piscando para o sol da manhã. Ele olhou para o lago com surpresa. Na noite anterior, estava escuro demais para ver qualquer coisa.

– Eu não sabia que havia outros barcos aqui. – Ele se envolveu com a túnica bordada.

Uma embarcação estava ancorada na outra extremidade do Lago das Garças, e uma coluna de fumaça erguia-se de seu telhado. Eu não consegui identificá-lo – uma casa flutuante, talvez? Havia também uma barca, a *Bela Manhã*. A mulher do barqueiro estava sentada no convés em uma cadeira de balanço, fumando um cachimbo comprido. Ela e a filha olharam fixamente para nós. Eu não as conhecia, mas sabia que elas estavam se perguntando por que ainda não as havíamos cumprimentado. E que tipo de idiota nós éramos para prender nossa vela na árvore?

Eu baixei o balde de tinta.

– Isso é tudo o que vestem os mensageiros do emparca?

– É uma túnica – ele viu minha expressão perplexa. – Roupa de dormir.

A CANÇÃO DAS ÁGUAS

– Ah. – Meu rosto ardeu de vergonha. Bom, na verdade, por que alguém desperdiçaria um traje tão elegante para dormir?

Ele esfregou o tecido entre os dedos.

– Não tive tempo de me trocar antes de ser forçado a fugir...

– Fugir? – Mais uma vez, suas palavras dispararam um sino de alarme no fundo da minha cabeça. Algo não estava certo nessa história.

– Eu estava apressado para pegar a estrada – explicou correndo. Ele pôs as mãos nos bolsos e olhou para a terra plana enquanto a brisa agitava seus cachos.

As únicas velas brancas pertenciam a uma escuna de dois mastros que estava muito longe, do outro lado do pântano marrom-amarelado. Isso, porém, não significava nada, já que o Rio Melro tinha muitas curvas e locais onde fileiras de árvores bloqueavam o horizonte. O *Victorianos* estava lá fora à espreita em algum lugar.

O caixote de carga ainda estava no convés com a tampa desencaixada. Eu o joguei para fora da barca, e ela fez um barulho de lama.

Tarquin me seguiu.

– O que você está fazendo?

– Os Cães Negros estão à procura de uma barca que está carregando esta caixa – eu disse, olhando para trás. – Eu vou afundá-la. E você vai me ajudar.

Joguei a escada de cordas pela beira do convés e desci. No último degrau, pulei, aterrissando com água até as coxas. Lama esguichava entre meus dedos dos pés.

Ele deu um suspiro.

– Você espera que eu pule nessa imundície? Pode haver sanguessugas. Ou cobras.

Pus as mãos nos quadris e olhei para ele com os olhos estreitos. O caixote boiava na água ao meu lado.

– *Claro* que há sanguessugas. E provavelmente cobras, também.

Ele passou tempo demais removendo as botas e arregaçando as pernas da calça, enquanto eu procurava pedras grandes ao longo da margem. Quando ele desceu pela escada, eu tinha empilhado uma coleção.

– Vou me livrar de tudo o que possa fazer com que esta barca chame atenção – eu disse. – Começando por este caixote. E você.

– Bom, você não pode se livrar de *mim*. – Ele caminhou pela água até a margem com a lama sugando seus pés descalços.

– Mas eu posso fazer com que você se pareça mais com um barqueiro. – Essa era a parte da qual ele não iria gostar. – Tire a túnica e a calça e ponha na caixa.

Suas narinas se dilataram, e ele caminhou em direção a mim espalhando água.

– Agora, veja aqui…

– Ah, honestamente. Não vou olhar. – Eu o estudei. – O que você devia fazer é cortar o cabelo. E tirar esse brinco.

– Não.

– Com o que você se preocupa mais, sua vaidade ou sua sobrevivência? – retruquei. – Ninguém nas terras dos rios se veste assim. Essas roupas têm que sumir.

Seu olhar se dirigiu para mim.

– Seu lenço é incomum para a filha de um barqueiro. Feito em Ndanna, imagino, pela estampa, e de seda especialmente fina. Suponho que não vamos enterrar *isso* na lama.

A CANÇÃO DAS ÁGUAS

Toquei o lenço amarrado em volta de meu cabelo. Ele tinha sido presente de minha prima Kenté, o que não era da conta dele.

— Não é a mim que os Cães Negros estão tentando matar.

Tarquin fez todo tipo de ruído de raiva enquanto tirava a calça. Pelo canto do olho, eu o vi balançar a perna como uma garça. Ao vislumbrar o calção branco que usava por baixo, meu rosto esquentou.

— Agora que eu tinha *acabado* de tirar toda a maldita palha da túnica — murmurou. Ele jogou a trouxa de roupa no caixote e ergueu as sobrancelhas. — Tudo certo?

Sua carta do consulado não estava na calça nem na túnica. Ele a devia ter escondido na cabine do meu pai. Arquivei essa informação para usar depois.

Empilhei minhas pedras dentro da caixa e observei bolhas subirem pela água enquanto ela afundava. Quando ficou completamente submersa, caminhamos pela água de volta até a *Cormorant*. Mantive os olhos educadamente virados para baixo. As coisas entre mim e Tarquin já estavam bem estranhas sem que eu o visse em roupas íntimas.

— Ugh! Tem uma sanguessuga em meu tornozelo. — Ele pegou uma extremidade com a ponta de dois dedos e começou a puxar. Seu corpo negro e escorregadio se esticou e ficou mais comprido, mas não se soltou de onde estava grudado.

— Esfregue, não puxe. — Eu revirei meu pé e encontrei uma das criaturas grudada em meu dedão. — Assim. — Com a unha, a removi e a joguei na água.

Em vez de agradecer, ele soltou um suspiro alto.

— Não vou ter mais nenhuma conversa com você enquanto estiver sem calça. É ridículo.

Fee e eu trocamos olhares enquanto ele subia no convés e deixava pegadas molhadas. Ele poderia ser bem mais suportável se não fosse tão obcecado com a própria dignidade.

Procurei no compartimento de carga até encontrar uma placa pintada em cores com o nome *Octavia*. Letras menores embaixo davam a cidade de Doukas como nosso porto de origem. Eu a pendurei acima da porta da cabine, onde ela quase cobriu a tinta fresca. Alguém que nos examinasse de perto iria perceber, mas imaginei que, se algum dos Cães Negros chegasse tão perto, já estaríamos mortos.

Tarquin subiu a escada da cabine.

— Pronto. Eu pareço um *barqueiro*, agora? — Ele disse a palavra como se fosse um palavrão.

A verdade era que não, especialmente não com aquele olhar de escárnio no rosto. Seus antebraços eram completamente brancos. Eu não conseguia ver as palmas de suas mãos, mas sabia que elas seriam tão macias quanto as minhas eram duras. Ele parecia desconfortável nas roupas de meu pai, e, além disso, suas botas eram completamente erradas. Elas iam até o joelho e eram feitas de couro macio cor de creme, e os botões de metal eram decorados com leões. Eu me arrependi de não tê-las afundado também, mas nós não tínhamos nenhuma outra que coubesse nele.

— O que vamos fazer em relação a esses piratas? — perguntou ele.

— Há muitos esconderijos por essas partes — eu disse. — Canais, pequenos lagos, coisas assim. Lugares que só um barqueiro conheceria. – Ou um contrabandista, mas isso eu não disse em voz alta. – Mesmo que eles conheçam, acho que seu cúter não cabe. Seu calado é muito mais fundo.

– Você não pode falar de maneira simples?

– O calado. Um barco como esse deve ter pelo menos nove pés. – Ele ainda parecia confuso. – A *profundidade* dele. Nossa quilha tem apenas quatro pés de profundidade.

– Deve ser bom – disse ele. – Aposto que eles podem ficar de pé na cabine *deles*.

Eu ignorei a provocação.

– Com alguma sorte, vamos ver os Cães Negros antes que eles nos vejam. Não sou mais rápida que eles, mas sei onde me esconder. E depois de entregarmos a madeira…

– Do que você está falando? Que madeira?

– Você não é minha única carga. – Eu me esforcei para que a irritação não transparecesse em minha voz. – No compartimento de carga, tem um carregamento de madeira destinado a Siscema.

– Isso não pode esperar? Minha missão é muito mais importante que seus *troncos*.

Eu olhei para ele.

– Depois de descarregar as toras, vamos navegar muito mais rápido.

Ele pareceu aceitar isso e virou-se para examinar a tinta fresca na parede da cabine da *Cormorant*.

– Por que você tem uma placa com o nome de outro barco?

– Contrabando – eu disse. Não era como se ele pudesse me entregar a um inspetor de docas. Ele precisava de mim. – Às vezes, um disfarce é útil. Claro, qualquer um que a conheça bem o bastante não vai ser enganado.

Tarquin olhou para trás, para a *Bela Manhã*, que tinha erguido sua grande vela negra, depois outra vez para a *Cormorant*.

– Elas parecem exatamente iguais para mim.

Eu ri.

– Ayah, para *você*.

A mulher na outra barca nos deu um olhar cortante quando passaram deslizando por nós. Sem dúvida, eles tinham escutado os disparos na noite anterior e me visto pintar o nome da *Cormorant*, e decidiram que éramos marginais do pior tipo.

Tarquin apontou para o barco na outra extremidade do lago.

– Aquilo é uma barca, também?

Fee se agachou sobre o telhado da cabine com os dedos dos pés abertos.

– Homem dos porcos – disse ela.

Eu ergui os olhos rapidamente.

Alguns diziam que o homem dos porcos era um deus. Se você o pegasse em um dia de sorte, ele dizia seu destino. Nos dias de azar, ele se sentava no fogão no teto de sua casa flutuante e defumava carne de porco até descolar das costelas. Ele subia e descia o rio lentamente vendendo-a, assim como bacon e porco salgado, porque até barqueiros se cansam de peixe. Meu pai tinha comprado provisões dele muitas vezes, aparentemente sempre em dias de azar, porque ele nunca dissera nem fizera nada remotamente semelhante a um deus. Ele era apenas velho. E estranho.

Provavelmente tudo aquilo era uma história mentirosa, mas

se eu alguma vez precisei que alguém dissesse meu destino, esse era o dia. E mesmo que não fosse meu dia de sorte, o porco era delicioso.

Eu desci para o bote da *Cormorant* e remei até lá.

O homem dos porcos estava sentado ao lado de seu defumador, com o rosto oculto por um chapéu de aba mole. Era impossível dizer se ele tinha pele marrom como a família de minha mãe ou se era bronzeado daquela cor simplesmente de ficar sentado ao sol por toda a sua longa vida. Eu desconfiei do primeiro, porque seu cabelo cor de aço era tão encaracolado quanto o meu.

— Como está você esta manhã? — chamou o homem dos porcos enquanto eu amarrava o bote.

— Estou a caminho de Valonikos — eu disse com o coração pulando nervosamente. — Para levar uma carga.

— Garota tola. É seu destino que a está puxando por esse rio. — Ele olhou para mim. — O seu destino... e o daquele rapaz.

Eu levei a mão ao cabo da faca.

— O que o senhor sabe sobre... — eu me detive. Sem dúvida não era sábio dizer seu nome. — Quero dizer, o que o senhor sabe sobre meu destino?

— Porco salgado, hoje? Tenho uma boa partida de porco salgado defumado para vender. — Ele piscou. — Estou pensando que seu destino está muito longe daqui, capitã Oresteia.

Eu desejei que ele parasse de ser misterioso.

— Não sou uma capitã — eu disse, entregando a ele um punhado de moedas. — A *Cormorant* é o barco de meu pai. O senhor sabe disso tão bem quanto eu.

– Você não pode lutar contra isso. – Ele sorriu, mostrando todos os dentes brancos. – Por que toda alma acha que pode lutar contra seu destino? Um peixe nada rio acima, contra a maré?

Eu não era homem nem peixe, e estava começando a me cansar de seu olhar astuto.

– Ele provavelmente tenta – eu disse a ele. – Porco salgado, por favor – hesitei. – É verdade o que eles dizem? Que o senhor é um deus? O senhor pode falar com o deus no rio?

Ele apenas sorriu e se abaixou para retirar a porção de carne de porco do seu barril.

Eu contive um suspiro de irritação e olhei para trás, para a *Cormorant*, desconfortavelmente consciente de como ela parecia vulnerável e deteriorada. Ela não era páreo para os Cães Negros. Mas não podíamos simplesmente ficar ali escondidos para sempre. De algum modo, eu tinha de chegar a Valonikos, ou meu pai continuaria preso e, que os deuses não permitissem, eu seria presa com Tarquin.

Olhei para os juncos turvos na beira da água. Se houvesse mesmo um deus no fundo, eu poderia usar sua ajuda nesse momento.

O homem dos porcos me observou com olhos negros e penetrantes. Tive a sensação estranha de que ele sabia exatamente o que eu estava pensando.

– Ela é uma deusa maior, mais profunda. A que conduz você. – Ele cuspiu pela lateral do barco. – Ele não vai lutar contra ela.

– Eu mesma me conduzo. – A ideia dos deuses me movendo de um lado para outro por aí, como uma peça em um jogo de tabuleiro, não caía bem comigo.

A CANÇÃO DAS ÁGUAS

Ele virou o bacon na frigideira e riu.

– Todos dizem isso, também.

Tentei manter a dignidade enquanto embarcava no bote.

– Bom dia, senhor.

– Que a corrente vos leve, capitã – gritou ele para mim, parecendo outra vez igual a qualquer outro velho do rio. Era como se nossa conversa misteriosa nunca tivesse acontecido.

Enquanto eu remava de volta para a *Cormorant*, tentei não pensar sobre as palavras perturbadoras do homem dos porcos. Eu era uma Oresteia. Nós pertencíamos ao rio. A ideia de outra deusa se metendo em meus assuntos não me descia.

Tarquin me deu a mão para me ajudar a sair do bote. Enquanto eu subia pela popa, percebi que estava errada sobre suas mãos. Elas eram brancas, verdade, as mãos de um homem que nunca trabalhara por muitas horas ao sol. Mas ele tinha calos grosseiros no alto das palmas, e era forte.

Talvez ele não fosse completamente inútil, afinal de contas.

Enquanto eu içava a vela, percebi que ele estava me observando.

– O que você está olhando? – perguntei, congelando com a adriça na mão.

Ele se encolheu e tirou os olhos de minhas pernas.

– Em Akhaia, as mulheres usam saias.

– Ora, bom para elas. – Minha face e minhas orelhas ficaram quentes de repente.

– Eu não estava dizendo que era uma coisa ruim. – Ele tamborilou sobre os próprios joelhos de um jeito que me fez pensar que estava embaraçado.

— Isso porque você está olhando para minhas pernas. — Eu me abaixei para soltar o cabo, resistindo à vontade de puxar para baixo a barra de minha calça cortada, que tinha subido. Ele agia como se nunca tivesse visto um joelho de garota na vida. Não era nada. Nada para ser *observado*.

Nós partimos, com água borbulhando sob a proa da *Cormorant*. Eu a conduzi pelo canal e para o rio, arrastando o bote atrás de nós como um patinho nadando atrás da mãe. Muito tempo depois da fumaça do barco do homem dos porcos ter desaparecido às nossas costas, eu me sentei e comecei a ruminar.

— Viajar de barca é muito lento — reclamou Tarquin do assento à minha frente. Ele esfregou o dedo na faixa do acabamento em madeira que bordejava o convés. Eu desejei que ele não fizesse isso, pois estavam saindo lascas de tinta. — Estou entediado. Deixe-me conduzir o barco, um pouco.

Ele mal tinha viajado em uma barca por meia hora. Era uma pena que eu tivesse jogado a caixa na água, pois talvez eu enfiasse lá dentro outra vez.

— De que direção está vindo o vento? — perguntei.

— De lá. — Ele apontou a mão, erroneamente, para estibordo.

— Não, você não pode conduzir o barco.

— O que eu disse de errado?

— Estamos com vento de popa. — Ele olhou para mim com uma expressão inalterada. — A popa fica atrás — eu disse. Uma criança de cinco anos sabia mais que ele. — Por que você acha que a retranca está tão projetada para fora? A retranca sendo esse grande pedaço de madeira preso à vela.

A CANÇÃO DAS ÁGUAS

– Qual deles? – Ele deve ter visto a expressão rude que fiz, porque acrescentou: – Eu preciso saber essas coisas, não é? Para me misturar.

– O de baixo. O outro é a verga. A questão é que um barco não pode velejar na direção de onde vem o vento. O vento tem de empurrar o barco. Dê a volta.

A brisa agitou seus cachos quando ele protegeu os olhos para examinar a vela.

– Viu? É de onde está vindo o vento.

Tarquin pareceu absorver isso com uma expressão pensativa. Para meu alívio, ele não pediu outra vez para velejar. Em vez disso, virou-se para Fee, que estava sentada com as pernas nodosas de sapo penduradas pela lateral, e a estudou.

– É verdade que homens-sapo podem respirar embaixo d'água? – Ele dirigiu a pergunta a mim.

Eu contive a irritação.

– Sabe, pode perguntar a ela. Ela entende você muito bem.

– Oh. – Ele se aprumou e, dessa vez, dirigiu-se a Fee. – Desculpe se a ofendi, senhorita...? – Ele fez uma pausa formal.

– Fee – interrompi. – É apenas Fee.

Os olhos de Fee se franziram nas bordas, e sua língua comprida projetou-se para pegar um inseto. Tarquin deu um pulo para trás, assustado, e eu contive uma risada.

O rio era estreito ali, e elevações arredondadas cobertas de capim do pântano nos pressionavam dos dois lados. Os únicos sons eram o assovio baixo e triste do vento através dos juncos e o zunido dos insetos. Rio abaixo de onde estávamos, as velas de outras barcas flutuavam como triângulos negros acima dos campos. O cúter não estava em nenhum lugar à vista.

Um peixe saltou a bombordo, e o sol reluziu em suas escamas prateadas. Marolas lambiam a margem, e, em algum lugar, uma abelha zumbia.

Pequenas coisas. Eu desejei saber que mensagens secretas meu pai ouvia nelas. Não importava o quanto eu escutasse com atenção, eu não conseguia decifrar nada.

– No que você está pensando? – perguntou Tarquin.

– No homem dos porcos – menti. – Dizem que ele é um deus.

Ele deu um suspiro.

– Pergunte a si mesma o que é mais provável. Que um velho que vende carne em uma casa flutuante seja um deus, ou que ele seja um velho que vende carne em uma casa flutuante?

Eu também não estava convencida de que o homem dos porcos fosse um deus, mas, sem dúvida, não ia ficar ali sentada deixando que Tarquin zombasse dele.

– Bom, mas ele sabia sobre… – eu hesitei. – Olhe, é só uma coisa que as pessoas comentam em voz baixa. A coisa sobre os *deuses* é que…

Ele revirou os olhos.

– Ah, sim. Uma garota que vive em uma barca vai me contar a coisa sobre os deuses. Estou cheio de expectativas.

– A coisa sobre os deuses é que – eu disse, ignorando-o explicitamente – eles gostam de ser um pouco sigilosos em relação a seus assuntos. E, para sua informação, barqueiros conhecem muito bem os deuses. Há um no fundo do rio. Todo mundo sabe disso. Todos os capitães em minha família são favorecidos pelo deus do rio.

A CANÇÃO DAS ÁGUAS

Menos eu. Eu apertei a cana do leme e torci ardorosamente para que ele não perguntasse detalhes. Senti o olhar penetrante de Fee sobre mim, mas ela não disse nada.

— Você não acha que um deus *de verdade* tem coisas melhores a fazer do que se esconder no fundo de um rio como um crocodilo? – persistiu ele. – Ou, por falar nisso, fritar bacon?

— Não surpreende que o consulado o tenha feito viajar em uma caixa – respondi. – Você não é muito bom em diplomacia, é? Duvido que você tenha uma carreira longa como mensageiro. *Se* você conseguir voltar.

Ele cerrou os punhos.

— Isso é uma ameaça?

— É uma observação.

— Bom, sabe-se em Akhaia que os deuses que antigamente caminhavam entre nós há muito tempo voltaram para seus salões no céu e sob a terra. – Ele pousou uma bota no assento do cockpit e olhou para a terra plana que passava. – As únicas pessoas que podem falar com eles agora são os oráculos.

— Em palavras, talvez – escarneci.

Eu tinha visto templos imponentes em Akhaia, decorados com cabeças de ferozes leões feitas de ouro sólido. Eu desconfiava que o deus akhaiano não tivesse nada a ver com o deus do rio.

— Como mais você falaria a não ser com palavras? – perguntou Tarquin.

— O deus no fundo do rio fala conosco na língua das pequenas coisas.

Ele fungou alto para me mostrar o que pensava disso.

87

O homem dos porcos dissera que meu destino estava longe dali. Eu torci para que ele não fosse mesmo um deus, porque isso não fazia sentido. Eu era a imediata do meu pai na *Cormorant*, e um dia, quando ele se aposentasse, eu iria me tornar sua capitã. Talvez, quando o homem dos porcos dissera "você", ele estivesse se referindo a Tarquin. *O seu destino… e o daquele rapaz.* Essas foram suas palavras exatas.

Ou, talvez, o homem dos porcos não fosse nenhum deus, mas um velho tolo e excêntrico que ficava sentado em uma casa flutuante e defumava porco.

E, ainda assim, eu não conseguia parar de pensar sobre o que eu ficara nervosa demais para dizer a Tarquin.

Ele sabia sobre você.

CAPÍTULO
OITO

Como filha de barqueiro, eu não devia admitir isto, mas acho pescar a coisa mais chata do mundo. Foi o que me vi fazendo na manhã seguinte. E eu não estava feliz com isso.

Como outras coisas desagradáveis que recentemente haviam se abatido sobre mim, era culpa de Tarquin. Quando ele saiu do beliche, Fee e eu já estávamos velejando havia horas. Ele ficou nas almofadas do banco, com os restos de sua refeição matinal espalhados ao redor. Havia uma pilha irregular de pratos rasos e grudentos sobre a toalha de mesa, e uma trilha de gotas gordurosas pelo chão da cabine.

– Espero que você não ache que eu vou limpar sua sujeira. – Eu não conhecia ninguém capaz de fazer tamanha sujeira. Eu olhei para a bancada lateral. – Onde está o resto do porco? Eu o deixei bem aqui.

– Oh, eu... comi de café da manhã.

– Tudo? – Olhei para ele horrorizada. – Isso devia durar dias.

– Besteira – disse ele. – Mal foi suficiente para o café da manhã.

– Ele não deve ser a refeição inteira. É um petisco. Um luxo.

Ele escarneceu.

— Estava bom, mas não *tão* bom.

Eu subi de volta para o convés com passos pesados.

— Graças a você, o almoço é peixe. O jantar também é peixe. Espero que você não seja burro o suficiente para perguntar o que tem para o café amanhã. — Abri a cesta de material de pesca e prendi um anzol em uma linha. — Mas como eu desconfio que você seja, é peixe.

Ele me seguiu.

— Olhe, eu não sabia. Não podemos parar e comprar mais provisões?

— Olhe ao seu redor — eu disse. — Não há nada pelas próximas vinte milhas.

Capim alto se estendia por todos os lados. Pouco menos de um quilômetro à frente, havia uma ruína corcunda coberta de musgo verde, uma velha mansão rural, talvez os restos de uma ponte. Nós tínhamos passado a última noite escondidos atrás de outra ruína parecida, com o mastro da *Cormorant* abaixado e as cortinas fechadas para esconder nossa lanterna.

— Não há outro barco de porco ou algo parecido? — perguntou ele.

Eu joguei a linha pela popa.

— E você ainda zombou do homem dos porcos. Esse é seu destino alcançando você, é isso.

Tarquin debruçou para fora para ver a pilha de pedras arredondadas.

— Eu me pergunto se essa ruína é dos tempos em que Kynthessa ainda era parte da emparquia.

A CANÇÃO DAS ÁGUAS

– Acho que sim. – Eu agitei a vara de pesca. – Foi aqui que os patriotas mantiveram sua linha de resistência, para impedir que o exército do emparca saqueasse Siscema durante a Guerra dos Trinta Anos.

Naqueles tempos, os Oresteias desafiavam o bloqueio para os patriotas. Tentei imaginar esses pântanos vazios cheios de galeras akhaianas e fumaça de acampamentos, as terras dos rios mergulhadas em guerra.

– Patriotas – escarneceu Tarquin. – Traidores de um grande império, você quer dizer.

– Ayah, Akhaia deve ser um império maravilhoso – eu disse. – Acho que é por isso que sempre há partes dele se separando para se tornar independentes.

Ele apertou os lábios em uma linha fina.

– O margrave teve tanta culpa pela guerra quanto Akhaia.

– Eu soube que o atual emparca exilou cinquenta homens e mulheres só por participar de encontros políticos – devolvi. – Isso só no ano passado, por isso você não pode pôr a culpa em pessoas que morreram há muito tempo.

– Antidoros Peregrine e seus revolucionários foram um incômodo para o emparca por anos. – Depois de uma pausa, ele explicou: – Mas não foram as reuniões que fizeram com que o emparca finalmente perdesse a paciência. Foi o panfleto que ele publicou, cheio de ideias radicais sobre os direitos das pessoas comuns.

– Você o leu? – perguntei, irritada com seu desdém. *Eu* era uma das pessoas comuns.

– Claro que não. – Ele acenou com a mão. – O emparca não

queria que ele provocasse uma insurreição, por isso ordenou que fosse queimado. Mas lorde Peregrine costumava jantar conosco quando eu era criança – lembrou ele. – Antes de publicar seus escritos loucos. Eu gostaria de saber o que aconteceu com ele.

Eu podia ter lhe contado. Lorde Peregrine estava escondido em Kynthessa. Ele e seus amigos eram, na verdade, os mesmos rebeldes cujos mosquetes o mestre da baía confiscara em Pontal de Hespera. Eu sem dúvida não ia revelar esse segredo, pois desconfiava que iria irritar meu passageiro saber que estávamos transportando armas para pessoas que ele considerava traidores.

– Seu pai é um lorde, também? – perguntei em vez disso. – Ou ele foi eleito?

– Ninguém é *eleito* em Akhaia – disse ele, como se fosse um palavrão. – Isso demonstraria fraqueza. Ele foi nomeado para o conselho pelo emparca, a única maneira apropriada.

Acho, então, que ele achava nossa margravina fraca. Seu título era herdado, passado desde o margrave original que liderara a rebelião contra Akhaia todos esses anos atrás, mas ela era mais uma figura decorativa, atualmente. Ela presidia o senado, que era eleito entre o povo. A cidade livre de Valonikos tinha ido ainda mais longe ao se separar de Akhaia, abandonando todos os títulos hereditários. Se Tarquin planejava continuar a falar assim depois de chegar lá, iria ofender todo mundo. Eu me perguntei se deveria alertá-lo.

– Prontos? – chamou-me Fee. Eu dei um pulo e abandonei a vara de pescar.

Ela puxou a cana do leme com força, nós viramos de bordo, e a retranca passou por cima. Eu cacei o cabo da escota quando a vela se encheu bruscamente. Nós começamos a adernar para estibordo. A *Cormorant* correu pelo rio, nossa esteira borbulhava às nossas costas.

Tarquin agarrou com força a borda do cockpit.

– O que está acontecendo? Eu não gosto disso.

– Viramos de bordo – eu disse. – Mudamos a vela para outro lado.

– Na próxima vez, me avise – disse ele com rigidez.

– Fee disse "prontos". – Eu sabia que ele não tinha ideia do que ela queria dizer, mas eu estava cansada de sua atitude superior.

Eu não via como uma pessoa podia não gostar de velejar em um dia bonito como aquele, quando as nuvens corriam soltas como caudas de cavalos no céu de safira. Será que ele não conseguia sentir como a *Cormorant* se movia, como se o vento a desafiasse para uma corrida? Acho que ele não apreciava tempo bom da mesma forma que as pessoas que dependem dele para seu trabalho.

Nós não vimos sinal de Diric Melanos e dos Cães Negros desde a noite em que eles nos perseguiram. Era como se o cúter tivesse desaparecido no ar. Com o passar dos dias, as únicas pessoas por quem passamos foram uma dupla de pescadores em um bote a remo que flutuava em meio aos juncos.

O sol mergulhou fundo, e as árvores se ergueram dos dois lados do rio. Nós deslizamos por um túnel de galhos pendentes. Eu não conseguia afastar o desconforto crescente que formigava em minha nuca. Estávamos navegando às cegas, agora. Se os Cães Negros estivessem perto, nós não iríamos vê-los até que estivéssemos praticamente em cima deles.

Baixei a mão na popa para tocar a água fria e aguardei esperançosa.

Nada aconteceu. O deus no rio fala conosco na língua das pequenas coisas. É o que os barqueiros dizem, mas o que isso significava exatamente? Eu ouvi o zumbido de inseto e o mergulho de sapos e senti a pressão delicada da água sobre minha pele. Isso era tudo.

Meu pai dizia que, no dia em que meu destino chegasse, eu saberia. Uma irritação se agitou dentro de mim. Ele podia ter sido *um pouco* mais específico.

Olhei para cima e captei um lampejo de movimento atrás das árvores. Um brilho branco fantasmagórico. Algo alto.

Havia um navio subindo o Rio Melro.

– Mudar o curso! – engasguei em seco enquanto me colocava de pé.

Fee empurrou a cana do leme para estibordo até o fim e fez com que virássemos de bordo de maneira descontrolada. A *Cormorant* adernou, água correu pelo convés, e a vela se agitou de um lado para outro.

Tarquin quase caiu do assento.

– Eu disse a vocês que me avisassem!

– Cale a boca! – Freneticamente, examinei a margem do rio procurando por algum lugar, qualquer lugar, grande o suficiente para esconder uma barca. – Ali! – Eu apontei para um grupo de salgueiros, com folhas que caíam até a água como uma saia de mulher.

Enquanto Fee conduzia a *Cormorant* em direção às árvores, eu corri até o mastro. O mastro de uma barca pode ser baixado por um sistema de cabrestantes, pesos e polias, geralmente para passar sob pontes baixas. Mas nosso tempo era escasso e precioso.

– Tarquin – sussurrei. Ele não respondeu. – Tarquin! – chiei mais alto, até que seus ombros se ergueram. – Preciso de sua ajuda. – Gesticulei para o alto: – Segure o mastro quando ele descer. *Em silêncio.*

Para meu grande alívio, ele saltou de pé instantaneamente e fez o que eu lhe ordenei. O mastro desceu chacoalhando, pesado com o contrapeso de chumbo em sua base. Sem experiência, Tarquin deixou que parte da vela caísse na água. Eu não podia me preocupar com isso no momento.

Sem a vela, a *Cormorant* perdeu velocidade, abrindo caminho pela água metro a metro, depois centímetro a centímetro. Sua proa desapareceu, engolida pelas árvores. Galhos passavam por seu convés como cabelos compridos.

A proa ainda estava para fora, visível para qualquer um no rio. Sem pensar, saltei na água, e meus pés se afundaram na lama macia. A profundidade da água chegava a pouco mais que o ombro. Apoiada com vigor no casco da *Cormorant*, eu empurrei com toda a força.

Devagar, devagar, ela se moveu para baixo do véu de árvores, ajudada pelo fim de sua inércia. Eu olhei loucamente para o rio. A *Cormorant* tinha um perfil baixo e pintura escura, mas seriam as sombras suficientes para nos esconder?

O navio que se aproximava ainda estava em sua maior parte escondido pelas árvores, mas eu podia ouvir os rangidos e batidas de seu cordame e o ruído da água passando por seu casco. A qualquer momento, ele iria fazer a curva. Senti um aperto no peito. Eu me abaixei na água como um sapo, só com a parte superior da cabeça acima da superfície. O cheiro de lama e capim em meu nariz era forte.

O navio passou, e senti sua esteira me encobrir. De onde eu estava, era baixo demais para ver muito dele, além de um vislumbre de pintura azul.

Dez minutos passaram de forma agoniante antes que o rosto de Fee surgisse por cima da borda do convés. Sem dizer uma palavra, ela jogou uma escada de cordas.

— Eram…? — Eu procurei o degrau de baixo.

— Eles.

Eu me ergui. Água escorria de minhas roupas e se empoçava aos meus pés.

— Isso é intolerável. — Tarquin estava sentado no cockpit com os punhos cerrados. — Eles quase nos pegaram. — Eu percebi que ele estava tremendo. — É *preciso* haver outro meio.

Eu, de repente, me senti aborrecida.

— Esse é o único caminho para Valonikos.

— Você não entende! Não é você quem está em perigo!

— Não sou? — Eu levei a mão sobre o ferimento provocado pelo tiro. — Eu fui baleada por sua causa, mas acho que você não se lembra disso. — Percebi que seus olhos estavam baixos, no chão do cockpit, e perguntei: — Por que você não olha para mim quando estou falando?

— Porque — disse ele com rigidez — sua camisa está molhada e posso ver através dela. Embora eu ache que *boas maneiras* não sejam apreciadas nesta banheira de madeira.

A CANÇÃO DAS ÁGUAS

Levei rapidamente os braços ao peito e desci a escada para a cabine.

– Banheira de madeira – murmurei. Como ele me acusava de não ter maneiras quando tudo o que ele tinha feito o dia inteiro fora me insultar? Puxei e abri bruscamente a porta de meu armário e peguei uma toalha.

E congelei com o olhar atraído pela cortina que separava a cabine de meu pai da minha. Olhei para trás, para os degraus do cockpit. Tarquin achava que eu estava me trocando.

Essa podia ser minha única chance.

Abri as gavetas da escrivaninha de meu pai e revirei os papéis. Nada, apenas contratos velhos e mapas enrolados. Ergui o tapete de palha e tateei as ripas do piso por baixo. Ele não havia escondido a carta ali. Eu esperava ser capaz de ouvir a chegada de Tarquin acima da pulsação em meus ouvidos. Então, girei em um círculo e examinei o resto da pequena cabine à procura de algum lugar onde ele pudesse ter escondido a mensagem.

Mas a carta não estava escondida no beliche de meu pai. Onde ela poderia estar? As roupas não tinham bolsos internos para esconder algo assim, e eu conhecia cada centímetro da cabine principal da *Cormorant* – ela não estava ali. A menos que *não houvesse* carta nenhuma.

Mais cedo, quando eu disse seu nome, Tarquin não respondeu, quase como se... Fui tomada por um calafrio gélido. Quase como se seu nome não fosse Tarquin.

Um mensageiro real em uma caixa encantada. Isso parecia um conto de fadas, porque era. Uma centelha de raiva ganhou vida em meu interior. Eu odiava ser enganada. Quem quer que Tarquin Meridios fosse, ele tinha feito com que eu parecesse uma idiota.

Um rangido nos degraus me alertou. Puxei os lençóis de volta sobre a cama e fechei delicadamente as gavetas da escrivaninha. Com o coração batendo forte, tirei a camisa molhada e me enrolei na toalha. Eu me virei e vi Tarquin abaixar a cabeça para entrar na cabine.

Ele esbarrou em mim, e quase deixei a toalha cair.

– Por que você está espionando meu quarto? – Ele se erguia acima de mim.

– Não é *seu* quarto. – Eu apertei bem a toalha, extremamente consciente dos ombros nus. Água gotejava de minha calça encharcada no chão. – Eu só estava... procurando uma toalha.

Tarquin passou os dedos pela atadura em meu braço.

– Eu... – ele limpou a garganta. Eu vi, nisso, hesitação. – Eu não quis minimizar seu ferimento.

Algo me atravessou como um raio. Meu rosto queimou.

Ele desceu a mão pela toalha. Eu inspirei, imobilizada pelo choque de seu toque. Então, ele se aproximou, e eu percebi que ele ia me beijar.

Eu lhe dei um tapa na cara.

A mão dele voou para o rosto avermelhado como se não pudesse acreditar no que eu tinha feito. Esse segundo de hesitação e dúvida foi tudo de que eu precisei.

Eu girei, saquei a faca da bainha e saí de seu alcance. Quando ele se recuperou o suficiente para reagir, eu estava atrás dele. Segurei sua camisa com uma das mãos e a torci para mantê-lo no lugar.

A CANÇÃO DAS ÁGUAS

E apertei a ponta de minha faca contra suas costas.

Ficamos congelados em um impasse silencioso e tenso. Senti o movimento errático de sobe e desce enquanto ele tentava controlar a respiração. Torci para que minha faca não estivesse tremendo. Rapidamente, compreendi o risco de minha situação. Ele parecia protegido e mimado, mas até onde eu sabia, isso era um personagem. Se estava mentindo sobre ser um mensageiro, ele podia ser qualquer um.

— Você percebe que sou muito mais forte que você. — Sua voz estava firme. — E treinado em combate pessoal. Posso quebrar seu braço antes que você entenda o que está acontecendo. Se eu resolver fazer isso.

— Você percebe que isso é uma faca — retruquei com o coração acelerado diante de sua ameaça. — Posso estripá-lo antes que você quebre meu braço. Se eu resolver fazer isso.

— Você não faria.

— Já arranquei a pele de quase mil peixes — eu disse. — Vou arrancar a sua.

Eu não conseguia me imaginar fazendo nada do gênero, mas nunca antes um rapaz tinha tentado me beijar desse jeito, como se fosse seu direito.

— Você está blefando — disse ele.

Claro que eu estava, mas e ele? Eu o estudei, e meu olhar permaneceu em seus braços. No dia anterior, quando ele me erguera do bote, eu percebi sua força surpreendente. Ele podia estar dizendo a verdade sobre ter treinamento em combate. Já se ele tinha participado de alguma luta de verdade... Eu era mais cética em relação a isso.

Será que eu devia confrontá-lo? Acusá-lo de mentir? Sozinha

ali com ele na cabine, eu de repente não me senti segura. Quase me ressenti mais com ele por isso que por mentir para mim. A *Cormorant* era minha casa.

— Por que você fez isso? — Eu empurrei a ponta da faca.

— Ai! Eu achei que você quisesse. Foi você que entrou no *meu* quarto. Sem camisa. E aí olhou para mim como... Eu tive a impressão... Bom, todo mundo sabe que as garotas das terras dos rios... – ele parou.

— Todo mundo sabe que as garotas das terras dos rios *o quê*? — Eu apertei a lâmina com mais força, na esperança de que minha voz parecesse perigosa.

— Não importa – murmurou ele. – Isso não foi educado.

Ele estava certo, não foi nada educado.

Eu estava começando a repensar minha posição. Enquanto era verdade que eu o tinha em desvantagem, eu estava apertada contra suas costas. Podia sentir seu cheiro e o calor úmido emanando da pele de seu pescoço.

— Não acredito que você achou que eu iria... Ugh! – Eu o soltei e recuei pela cabine.

— Ouvi dizer que as garotas das terras dos rios são mais... experientes que em Akhaia. — Ele enfiou os dedos por baixo da camisa e os esfregou juntos, para confirmar que eu não o havia cortado. – Eu acho que não.

— Eu já beijei um garoto antes, se é isso o que você quer dizer. — Assim que as palavras saíram da minha boca, eu me arrependi delas. Eu não tinha de dar explicações a ele.

— Então, por que você ficou tão ofendida?

A CANÇÃO DAS ÁGUAS

Eu segurei a toalha junto ao peito.

– Só porque eu beijei outra pessoa não significa que estou interessada em *você*!

Pelo modo como ele me olhava fixamente, eu podia dizer que essa ideia não tinha passado pela cabeça dele.

– Dizer "não" é uma opção perfeitamente aceitável – disse ele com desprezo. – Uma bem diferente de enfiar uma faca em alguém.

– Eu o estou levando a Valonikos porque não tenho escolha – eu disse. – Não porque gosto de você. – Ele tinha me chamado de comum, insultado a *Cormorant* e, além de tudo isso, agora eu estava certa de que sua história era mentira.

– Eu não quero que você me leve para Valonikos! – O lábio dele se retorcia furiosamente. – Eu não tenho falado isso para você?

Eu vi um brilho de culpa em seu olho.

– Por que realmente você tentou me beijar? – perguntei.

– O quê? – Ele rompeu o contato visual.

– Você achou que se você… Se você me seduzisse, eu o levaria para Casteria, *não é*? – ele não disse nada. – Não é?

– Está bem! Quero dizer, isso não… – Ele deu um suspiro. – A ideia passou pela minha cabeça, sim. Quando garotas acham estar apaixonadas, elas…

– Elas o quê? – Eu brandi a faca.

– Elas ficam dispostas a fazer coisas que normalmente não fariam.

Sacudi a cabeça sem acreditar. Ele era nojento.

– Eu… Isso… As garotas que você conhece são mesmo assim tão ingênuas? – esbravejei.

Ele olhou para minha calça úmida.

– As garotas que eu conheço são *garotas*.

As palavras caíram entre nós, e até ele pareceu perceber ter exagerado. Ele enfiou a mão no cabelo despenteado.

Eu dei a volta e saí da cabine. Ao ver a expressão assassina em meu rosto, Fee saiu do meu caminho. Atordoada e furiosa, eu andava de um lado para outro em meio às folhas caídas de salgueiro espalhadas pelo convés. Eu não conseguia imaginar como Tarquin pôde entender tudo tão errado. Como se eu estivesse pensando *naquilo*.

As garotas são garotas. Isso incomodava porque ele não sabia nada sobre mim. Quando visitei a família de minha mãe em Siscema, eu penteei o cabelo para cima e usei vestidos. Fui a festas e fogueiras, fofoquei com minhas primas. E no último verão, eu flertei com um garoto marinheiro, Akemé. Eu não era ingênua o suficiente para achar que tinha sido um grande caso de amor nem nada, mas tinha sido divertido. Pelo menos, ele antes se assegurou bem de que eu queria beijá-lo.

Isso não poderia ser mais diferente. Eu não confiava em Tarquin, e, mesmo que confiasse, ele não era nada o meu tipo. Ele era um esnobe, preocupado demais com a própria honra. E ele não sabia como fazer nada. Não havia nada atraente em um homem que era praticamente indefeso.

Eu estava mergulhada tão fundo em meus pensamentos que, primeiro, ouvi o *Victorianos* antes de vê-lo. Sua retranca chacoalhou quando ele fez a curva, e seus cabos gemeram e rangeram. Vozes masculinas ecoavam acima da água imóvel. Sem ousar me mexer, observei em silêncio através da cortina de folhas de salgueiro.

A CANÇÃO DAS ÁGUAS

Então, eles estavam andando pelo rio de cima a baixo à nossa procura. Minha cabeça ficou zonza e estranhamente leve. Diric Melanos podia ser um patife, mas era um capitão habilidoso. Devia ser difícil manobrar um cúter rápido como aquele por todas aquelas curvas. Muito depois de o cúter ter passado rio abaixo, o ritmo de meu coração ainda estava acelerado.

– A bênção das pequenas coisas – sussurrei, desejando que o deus do rio dissesse algo em resposta.

Joguei um balde no rio e lavei a sujeira do convés. Folhas de salgueiro caíram na água em uma cascata satisfatória. Eu parei e me concentrei no balde em minhas mãos.

Eu tive uma ideia.

Depois de tornar a enchê-lo, caminhei de volta até o cockpit.

– Tarquin – chamei, debruçando-me pela escotilha. – Venha cá. Tenho uma coisa para você.

Ele se aproximou com cautela.

– Espero que sejam desculpas – disse ele com desdém.

Eu virei o balde.

Xingando e cuspindo água, ele se moveu ruidosamente pela poça. Ele cuspiu cabelo molhado da boca e olhou para mim com uma raiva silenciosa. Havia uma alga grudenta e pegajosa pendurada em sua orelha. Suas belas botas de couro estavam encharcadas, e a camisa de meu pai estava grudada em seus ombros.

Bom. Isso devia esfriá-lo.

CAPÍTULO
NOVE

– Por que estamos partindo? – Tarquin desceu os degraus da cabine. – Os Cães Negros ainda estão aí fora!

É difícil viver em uma barca pequena com alguém com quem você não esteja falando. Segurei a cana do leme com a mão e conduzi a *Cormorant* para o meio do rio.

Eu olhei para trás e me dirigi a Fee.

– Diga a nosso passageiro que não podemos nos esconder para sempre. Precisamos arriscar, se queremos chegar a Valonikos.

Os olhos de Fee giraram como globos.

– Criancice – disse ela.

Eu dei de ombros. Ela tinha razão, mas eu não me importava.

– Não quero falar com ele.

Ele me olhava de cara feia, do canto mais distante do cockpit.

– Posso lhe garantir que o sentimento é recíproco.

Ele pôs as botas em cima do banco do cockpit. Fragmentos de lama seca caíram e sujaram o assento. Ele empinou o nariz, desafiando-me a fazer algum comentário.

Eu fervilhei de raiva em silêncio. Ele tinha feito isso de propósito, porque sabia que iria me irritar. Tarquin não tinha aceitado bem receber um balde de água na cabeça.

Nós esperamos um dia inteiro, mas os Cães Negros não voltaram. Eu estava louca para seguir viagem. Cada hora que ficávamos escondidos naquelas árvores era mais uma hora que meu pai ficava trancado em uma cela. O Rio Melro era a única rota para o nosso destino.

Nós simplesmente teríamos de arriscar.

Consultando um mapa, concluí que devíamos estar pouco acima da ponte de Gallos. O sol do fim de tarde estava baixo no céu. Se nada desse errado, achava que conseguiríamos chegar à Casa do Carpinteiro antes de escurecer.

A Casa era uma taverna de barqueiros, construída bem acima da água sobre palafitas raquíticas. Ela se erguia sozinha como uma grande ave pernalta do pântano, pois não havia nenhuma outra construção dali até Gallos. Se o cúter tivesse passado por aquele caminho, alguém ali saberia.

Em pouco tempo, as árvores deram lugar a um pântano plano, e eu fiquei tensa, examinando o horizonte à procura de velas brancas. Não vi nenhuma. Relaxei, e soltei uma respiração que eu não havia percebido estar prendendo. Conforme navegávamos, apareceu uma estrutura de madeira, não maior que um ponto. Três luzes surgiram à vista, uma a uma. Alguém na Casa do Carpinteiro estava acendendo lanternas.

Olhei para Fee.

— Vou à taverna fazer algumas perguntas. — Eu não conseguiria aguentar um segundo dia agoniante sem saber onde estava o *Victorianos*.

— Eu vou, também — surpreendeu-me ao dizer Tarquin, se é que esse era seu nome verdadeiro.

Eu cerrei os dentes.

— Você não pode. Os Cães Negros podem estar lá dentro.

Ele ficou de pé, bem mais alto que eu.

— Se digo que desejo ir, eu vou. Você não estaria tentando me dar ordens se soubesse...

— Se soubesse o quê? — perguntei, na esperança de incitá-lo a revelar algo.

Ele controlou a emoção até o rosto ficar inerte como o rio ao amanhecer.

— Nada. — Ele abriu as mãos e as deixou cair soltas. — Só que... Meu pai é um homem muito influente.

Entreguei o leme para Fee e desci para a cabine. Como muitas barcas empregavam homens-sapo, ninguém iria olhar duas vezes para ela. Tarquin era outra história. Tudo, de seus modos à sua cor, identificavam-no como akhaiano, e não apenas akhaiano, mas um rico e de berço. Eu procurei nos armários da *Cormorant* e juntei uma pilha de roupas velhas que dispus sobre o beliche.

— Eu não posso vestir isso. — Tarquin mexeu no véu florido que estava em cima da pilha de roupas. — Isso é coisa de velha.

— Isso mesmo. — Meus lábios se curvaram nos cantos. — Porque você vai se vestir como uma velha.

— Não vou.

— Ah, vai, sim. — Eu gesticulei para as roupas. — Você não pode sair mostrando esse brinco estúpido por aí. O véu vai cobrir sua cabeça muito melhor que qualquer outra coisa que temos. Se

A CANÇÃO DAS ÁGUAS

não gostar, não venha. – Dei um sorriso malicioso. – Ou venha como estiver. Os Cães Negros vão reconhecê-lo imediatamente.

– Ah, então você quer que eu seja morto?

Eu dei de ombros.

– Isso faria com que você parasse de me perturbar. Uma coisa a menos pra esquentar minha cabeça.

Ele examinou os cachos crespos que caíam pelas minhas costas.

– Eu não vejo como isso poderia melhorar as coisas. Eu garanto que, com esse cabelo, sua cabeça está horrível com ou sem mim dentro dela.

Fiquei boquiaberta, mas segurei uma resposta sarcástica à altura do insulto. Fazê-lo se vestir como uma velha era uma pequena vingança, mas eficiente.

Ele pegou o vestido, o xale e o véu e abaixou a cabeça para entrar na cabine da frente. Eu vesti minha capa de chuva e botei um gorro de tricô para cobrir a maior parte de meu cabelo. Sua cor e textura eram diferentes o suficiente para serem lembradas. Essa era a última coisa que eu queria.

Fee conduziu a *Cormorant* a um ponto de atracagem vazio. A julgar pelos barcos, o público era, em sua maioria, de frequentadores da área. Barcos a remo compridos e curvos dividiam o espaço com botes menores. A única outra barca tinha uma bandeira tremulando em seu mastro – um barril de vinho coroado com três estrelas, que imediatamente reconheci como o selo dos Bollards. Olhei desconfiada para ele e desembarquei na doca.

– Esse não é um disfarce muito bom. – A voz de Tarquin veio das profundezas do véu florido. – Quantas velhas com mais

107

de um metro e oitenta provavelmente veremos circulando pelas terras dos rios?

– Acho que tantas quanto garotos de dezoito anos com cara de akhaianos.

Ele se irritou e me deu um olhar rude. Eu tinha de admitir que ele dava uma velha bizarramente engraçada, com a saia farfalhando em torno das botas.

Quando seguimos pelas docas, passamos por uma dupla de pescadores. Eles cheiravam a suor e à lama pungente do rio grudada em suas botas de pesca, que chegavam até a coxa.

Tarquin franziu o nariz.

– Por que tudo em Kynthessa tem de ser tão sujo?

Olhei de soslaio para ele com desprezo. Sem dúvida ele iria achar as cidades em Kynthessa mais de seu agrado. A maior parte da riqueza estava concentrada ao longo da costa, onde empresas de navegação de carga controlavam impérios comerciais. A Companhia Bollard, por exemplo, tinha toda uma frota de brigues, navios de três mastros e barcas. Era impossível que ele visse *isso* com desdém.

Por outro lado, eu desconfiava que Tarquin estivesse melhor conosco. Era bem sabido nessas partes que, além de produtos, os Bollards negociavam informação. Provavelmente, a essa altura, eles teriam arrancado dele seu segredo e o vendido pela melhor oferta.

Tarquin puxou seu xale.

– Pare de se remexer – chiei. Começamos a subir a escada para a taverna. Fee nos seguia e deixava uma trilha de pegadas molhadas.

A CANÇÃO DAS ÁGUAS

— Se tivermos de fazer outro embuste — disse ele —, da próxima vez quero um disfarce melhor.

— Isso não é um embuste. Meu avô certa vez se passou por um inspetor de docas e contrabandeou todo um carregamento de *whisky* para Iantiporos, bem debaixo do nariz da margravina. *Isso foi um embuste.*

— Silêncio. — Fee deu um olhar sério para nós dois.

Quando terminamos de subir a escada, eu abri a porta de tela. O bar estava cheio de pescadores e marinheiros, dos quais apenas alguns ergueram os olhos para perceber nossa chegada. Uma garçonete com avental coberto de manchas âmbar fazia um círculo no salão acendendo velas com uma vela fina e comprida. Cada mesa tinha uma toalha xadrez impermeabilizada, como a de nossa cabine.

Deixei que a porta batesse ao se fechar às nossas costas. Puxei mais para baixo meu gorro de tricô por cima do cabelo e inspecionei os presentes. Meu pai nunca tinha problema para começar conversa com homens em bares, mas ele conhecia praticamente todo mundo nas terras dos rios. Não havia ninguém ali que eu reconhecesse. Talvez eu pudesse perguntar à garçonete se os Cães Negros tinham passado por ali.

Um homem abriu caminho até o bar, me empurrando. Levei as mãos aos bolsos, pois não há nada que batedores de carteira gostem mais que uma taverna lotada. Tarquin apenas ficou ali parado, o que não me surpreendeu, pois ele não tinha nenhum bom senso.

Alguém me segurou, circundando meu braço com uma pegada de ferro.

109

Eu levei um susto. Pelo canto do olho, vislumbrei um cabelo comprido e uma barba. Ele cheirava a fumaça de madeira e sabão, e a algo estrangeiro.

– É melhor você vir comigo – disse ele baixo em meu ouvido.

– E se eu não for? – Meus nervos estavam tensos como uma linha com um peixe.

O cano de uma pistola se afundou na parte de baixo das minhas costas.

– Para fora. – A barba dele fez cócegas em meu rosto. – Para a varanda. Em silêncio.

Fiz o que ele me pediu na esperança de que Tarquin não estivesse prestes a escolher esse momento para dizer alguma coisa idiota. Aí eu percebi que um segundo homem o segurava pelo xale e o conduzia para fora, também.

Ninguém no bar pareceu perceber nosso aperto. Entre o casaco de meu captor e o meu, a pistola estava escondida de vista. Para todas as outras pessoas, devia parecer que nós quatro simplesmente tínhamos nos encontrado e saído juntos para a varanda.

Quando a porta rangeu e se fechou às nossas costas, eu fiquei aliviada ao ver que ela tinha uma tela. Com certeza, os Cães Negros não iriam nos assassinar bem à vista de todos no bar.

O homem barbado dirigiu os lábios aos ouvidos de Tarquin.

– Escute, filho, não sei o que você está fazendo aqui, especialmente vestido desse jeito. Mas é melhor tomar cuidado.

Puxei o braço e me soltei de sua mão. Em seguida, me virei e tive o primeiro vislumbre de seu rosto.

– Oh! – Toda a disposição que eu tinha de lutar se esvaiu.

A CANÇÃO DAS ÁGUAS

Sua capa era de um vermelho tão escuro que quase parecia preta. Como Tarquin, ele usava uma joia na orelha. Suas roupas estavam cortadas como as de um barqueiro, mas eram de tecido mais fino, trajes de um homem rico tentando esconder quem é. Mas seu cabelo negro e seus olhos azuis o entregavam.

Antidoros Peregrine, o revolucionário akhaiano exilado.

– Ai! Controle seu homem-sapo! – Outro homem passou com dificuldade pela porta com Fee prendendo seu braço.

– Nós estamos bem – eu disse a ela, e então soltou o homem.

– Não vou contar aos Cães Negros quem são vocês – disse lorde Peregrine para Tarquin. – Eu não gostava de seu pai, mas os Theucinianos são piores. Não concordo com o assassinato de crianças.

Tarquin puxou o véu para trás.

– Eu não sei do que...

– Do que eu estou falando? Claro que não. – Ele olhou para mim. – É Carô, não é? Perdoe-me pelas armas. Eu tinha de garantir que você viesse rapidamente e em silêncio. Nós não temos problemas com a família Oresteia. Acho que devemos a vocês por nos manter abastecidos neste último ano.

Suas palavras me lembraram.

– Ah, não acredito que me esqueci dos mosquetes – eu me apressei a explicar. – Eles foram confiscados pelo mestre da baía em Pontal de Hespera. É uma bela confusão. Eu juro, meu pai vai compensá-los...

Ele ergueu a mão.

– Não importa. Você, agora, tem coisas mais urgentes com que se preocupar. Diric Melanos esteve nesta mesma taverna ontem.

Tarquin interrompeu.

— Eu sei quem você é. Meu pai costumava falar muito de você. — Peregrine quase sorriu.

— Duvido que de forma positiva.

— Não era. Mas ele o respeitava como adversário. Eu lembro que você jantou à nossa mesa uma ou duas vezes quando eu era menino. Você é Antidoros Peregrine.

— Você provavelmente não vai acreditar em mim, mas eu lamentei a morte dele. — O rosto barbado teve um lampejo de emoção. — E de Amaryah.

Sem pensar, estendi a mão para tocar a manga de Tarquin. Ele se recusou a me olhar nos olhos, engolindo em seco de um jeito culpado. Ele pareceu chocado ao ouvir que o pai estava morto. Na verdade, mais que qualquer outra coisa, pareceu ofendido. Perplexa com a reação, deixei sua mão cair.

Lorde Peregrine prosseguiu:

— Soube que todo mundo foi morto no golpe. Imagino que haja uma grande história para explicar como você veio parar aqui em Kynthessa.

— Há, sim — disse Tarquin, e isso foi tudo.

Lorde Peregrine deu a ele um aceno respeitoso com a cabeça, reconhecendo que ele não iria ouvir a história.

— Mas como você o reconheceu? — perguntei.

Lorde Peregrine gesticulou para a saia curta demais de Tarquin.

— O capuz esconde seu rosto, mas eu me pergunto por que vocês não tomaram mais cuidado com essas botas. — Ele ergueu as sobrancelhas. — Botões de ouro? A marca do leão-da-montanha?

A CANÇÃO DAS ÁGUAS

Consternada, olhei fixamente para as botas. Ele estava falando em ouro *de verdade*? Eu imaginei que os botões fossem de latão. Eu me xinguei por não ter jogado aquelas botas na água quando tive a chance.

Lorde Peregrine prosseguiu:

– Quando percebi quem você era, soube que precisava alertá-lo. Melanos distribuiu prata por toda essa taverna, contando histórias em voz alta sobre a barca que estava buscando. – Ele ergueu as sobrancelhas. – Parece que ela os despistou em Pontal de Hespera. Mas ele deixou mais que moedas para trás. Aquele homem no fim do bar...

Ele segurou meu braço antes que eu pudesse me virar.

– Não olhe – chiou ele. – Saiba apenas uma coisa: ele é perigoso. Todo homem daquela tripulação é. Nas escaramuças de 88, o capitão Melanos fez um nome para si como corsário, isso é bem verdade. Mas aí ele se tornou pirata. Sua tripulação afundou cinquenta navios e matou centenas de homens. Preste atenção em minhas palavras: eles não velejam para os Theucinianos, eles viajam para si mesmos.

Se ele tinha sido corsário, o capitão Melanos antigamente devia ter tido uma carta de corso. Assim como eu. Estremeci com uma sensação engraçada de desconforto.

– De que lado você está? – perguntei. – Do velho emparca ou dos Theucinianos?

– Nenhum deles – disse lorde Peregrine. – Os dias da monarquia absoluta estão no passado. Queremos que Akhaia seja uma república, com um senado eleito pelo povo. Mas eu não comemoro esse banho de sangue. – Pessoas que eu... – Ele curvou a cabeça. – Pessoas que eu conhecia estão mortas.

Os olhos de Tarquin brilharam de raiva.

– Como pode dizer isso quando você estava agitando as pessoas? Achou que não haveria sangue na revolução? – Um músculo em sua bochecha se retorceu. – Não entendo como você pode ser um traidor de sua própria classe.

– Filho, minha posição como lorde me fornece poder. – Lorde Peregrine pôs a mão no ombro de Tarquin. – O poder é uma coisa sensível. Você pode usá-lo para esmagar aqueles que não o têm, ou para erguê-los. É uma escolha. Acredito ser minha responsabilidade usar a voz que me foi dada.

Tarquin agitou o ombro para remover a mão do homem.

– Apenas pense nisso – prosseguiu lorde Peregrine, sem se ofender. – As pessoas comuns de Akhaia são como formigas para Konto Theuciniano, para serem pisoteadas sob o salto de sua bota. As coisas não precisam ser assim.

Enquanto Tarquin olhava fixamente para o rio que escurecia, de mãos no bolso, eu vi um movimento em sua garganta. Eu não sabia dizer o que ele estava pensando, porque seu rosto estava meticulosamente inexpressivo.

Eu me virei para lorde Peregrine.

– Onde está o *Victorianos*, agora?

– Em algum lugar entre aqui e a ponte, espero. Soube que eles pensam em descer o rio amanhã.

A Casa do Carpinteiro era o último ponto de parada antes de Gallos. A ponte levadiça, ali, era baixa demais para barcos como o

A CANÇÃO DAS ÁGUAS

Victorianos, e os homens que trabalhavam para erguê-la deviam ter ido passar a noite em suas casas. Onde quer que eles estivessem, os Cães Negros estavam presos até de manhã.

– Preciso ir – disse lorde Peregrine. – Que a corrente vos leve, senhorita Oresteia, como dizem aqui nas terras dos rios. Dê minhas lembranças a Nick. – Ele fez uma pequena mesura para Tarquin. – Vossa excelência.

Eu congelei, incapaz de respirar.

Tarquin se retesou e seus olhos queimaram em direção a mim.

– Ela não sabia – disse ele em uma voz abafada.

Lorde Peregrine fez uma careta.

– Minhas desculpas.

Ele nos deu uma pequena saudação, empurrou a porta com o ombro e entrou. Eu observei sua capa escura rodopiar a seu redor enquanto ele passava pela multidão e saía por uma porta nos fundos.

Você não chamava um mensageiro de "Vossa Excelência". Mesmo que seja filho de um nobre. Minha mente girou, zunindo de desconfiança... E com uma sensação crescente de medo.

O homem no fim do bar se virou. Era um homem grande e careca, com braços duas vezes maiores que as minhas coxas. Suas luvas de couro estavam arranhadas, e havia uma tatuagem azul rabiscada na pele de sua cabeça com o cabelo começando a nascer. Um volume chamativo embaixo de sua jaqueta me levou a crer que ele tinha uma faca presa às costas.

– Eu posso explicar... – começou Tarquin.

Eu levantei a mão.

– Aqui, não – resmunguei. – Vá direto para a porta. Mantenha a cabeça baixa.

Nós quase conseguimos sair.

O homem careca flexionou os músculos e se afastou do bar. Enquanto abria caminho pela multidão, ele enfiou uma das mãos no casaco.

Tarquin – eu não sabia do que mais chamá-lo – arregaçou as mangas do vestido. Toda a intenção de ser uma velha tinha saído pela janela.

– Se eu tivesse uma espada.

– Bom, nós não temos uma espada. – Melhor para nós, eu suspeitava. Sua confiança provavelmente superava em muito sua verdadeira habilidade com uma lâmina.

Os lábios de Fee se curvaram para trás, mostrando dentes pequenos e pontudos.

O homem tatuado assoviou um sinal. Um segundo e um terceiro homem se destacaram da multidão e partiram como flechas em direção a nós. Eu não sabia se eles eram parte da tripulação dos Cães Negros ou se eram apenas corajosos homens do rio atraídos pela promessa de dinheiro.

Mas os Oresteias também são corajosos. Com um chute, derrubei uma mesa e interrompi seu caminho. Canecas vazias atingiram o chão, fazendo muito barulho, e uma vela caiu de lado, onde as chamas imediatamente começaram a lamber a toalha de mesa xadrez.

– Fogo! – alguém gritou.

O homem tatuado avançou em direção a nós. Eu peguei uma cadeira e a atirei nele com toda a força possível. Ela bateu em sua cabeça. Urrando como um touro enfurecido, ele esbarrou em uma mesa de pescadores e derrubou as peças de seu jogo no chão.

O maior dos pescadores pulou de pé com sua barriga protuberante por baixo de um suéter de lã, e disse a ele exatamente o que pensava. O homem tatuado o empurrou para o lado, o que fez com que seus amigos se levantassem cambaleantes com gritos de protesto. Enquanto isso, as chamas tinham saltado para uma segunda mesa. A garçonete gritou.

Tarquin entrou entre mim e nossos perseguidores, mas eu peguei a gola de seu vestido e o puxei em direção à porta. Descemos ruidosamente as escadas. Fee chegou primeiro, saltando três degraus de cada vez. Pernas de sapo são uma vantagem quando você está com pressa.

– Fee, solte as amarras! – gritei.

Ela soltou os cabos de atracagem, e a *Cormorant* flutuou de lado para longe do cais.

– Temos que pular do píer – exclamei e dei um grande salto. Uma água azul escura passou por baixo de mim.

Atingi o convés correndo e fui direto até o mastro. Sem a vela, era impossível navegar. Pelo canto do olho, vi Tarquin saltar a bordo. Com a respiração arquejante na garganta, eu cacei a adriça. A vela negra se ergueu em espasmos convulsivos, até que finalmente se encaixou no lugar.

Uma pistola disparou. Lascas explodiram da borda de madeira da *Cormorant*.

– A pintura! – gritei.

Tarquin girou no convés.

– A pintura? Sério?

Mas a pintura logo era a menor de minhas preocupações. O homem com a tatuagem saltou o vão e aterrissou no convés. Ele deu um olhar malicioso e expôs dois dentes faltando.

– Olá, amor. – Ele segurava uma faca grande e suja.

Eu saquei minha própria faca. Ela parecia um brinquedo de criança ao lado da dele.

Havia um par de remos guardados ao lado da parede da cabine. Tarquin pegou um deles e o segurou como uma lança. Ele me empurrou com força para trás de si.

– Para trás.

O homem tatuado estreitou os olhos e se lançou em sua direção com a faca. Tarquin o atingiu com a extremidade rombuda do remo, desviando do golpe com facilidade. O homem tornou a atacar. Tarquin avançou correndo, movendo-se tão depressa que era quase um borrão. Madeira atingiu carne quando ele acertou o homem na cabeça. Ele gritou e caiu na água.

Percebi que estava de boca aberta e rapidamente a fechei.

– Você é *bom*.

Tarquin sorriu. Então, ele escorregou em um pedaço molhado do convés, e eu senti menos confiança nele.

Ele recobrou o equilíbrio.

– Eu sou o emparca de Akhaia – disse ele se aprumando. – Você acha que eu não seria bom?

CAPÍTULO
DEZ

Ele largou ruidosamente o remo.

– Você já sabia. Eu posso muito bem admitir isso.

Eu me virei e caminhei pelo convés, trêmula de raiva. Sua traição era como uma pedra dura sobre meu peito. Como ele podia não ter me contado algo tão importante? Isso mudava *tudo*.

Tarquin me seguiu.

– Eu disse que sou o emparca de Akhaia.

– Eu ouvi.

Com Fee no leme, a *Cormorant* deslizava rio abaixo e pegava velocidade. Uma névoa tinha começado a se aproximar, e as manchas molhadas da primeira chuva pontilhavam o convés. Segurando o estai dianteiro, eu me debrucei para fora para examinar a margem do rio. O perigo pairava sobre nós como as nuvens baixas e úmidas. Nós precisávamos encontrar um lugar onde nos esconder.

– O que *impressionaria* você? – Depois de tirar o véu florido, Tarquin começou a desabotoar o vestido. – Imagino que seja impossível. Imagino que seja necessário um conhecimento enciclopédico sobre peixes. Ou sobre cordas.

Pelo menos agora eu entendia por que os Cães Negros queriam matar meu passageiro. Eu não podia dizer que os condenava.

Eu me virei para encará-lo. Sua camisa, molhada de suor, estava grudada em seus ombros. O traje descartado estava em uma pilha a seus pés, e a joia vermelha brilhava em sua orelha esquerda. *Isso indica que sou membro de uma grande casa akhaiana*, dissera ele. Tudo finalmente se encaixava – seu jeito formal de falar, sua arrogância e, mais importante, o desejo dos Theucinianos de tirá-lo do caminho.

– Olhe, qualquer que seja seu nome... – comecei.

Uma gota de chuva rolou por sua testa.

– Markos. Meu nome é Markos. – Ele esfregou a ponte do nariz. – Eu sou, ou melhor, eu era o segundo filho do emparca – disse ele com um tom estranho na voz. – Eu nunca devia herdar o trono. Mas *agora*...

– Espere, o segundo filho? Então por que... – Fui invadida pelo horror e me detive imediatamente, temendo sua resposta.

Sua voz vacilou.

– O homem que matou Loukas, meu irmão, foi o capitão de nossa guarda. Os Theucinianos devem tê-lo subornado. O próprio Konto matou meu pai – disse ele, em um sussurro rouco. – Cortou sua garganta, em nossos aposentos pessoais. Foi quando eu fugi. – Ele me lançou um olhar, com as pupilas brilhando. – Imagino que você vá me chamar de covarde por isso.

Eu devia ter dito que sentia por sua perda. Era a coisa educada a fazer, mas minha raiva por ele bloqueou minha garganta e impediu a saída das palavras.

A CANÇÃO DAS ÁGUAS

– Meu pai, o emparca, não era um tolo – prosseguiu ele com voz rouca. – Ele sabia que as pessoas estavam agitadas. Ele estava se preparando para uma revolução. Por isso, chamou seu próprio homem das sombras pessoal, Cleandros, e o instruiu a encantar quatro caixotes. Quando a tampa fosse fechada, a pessoa em seu interior entraria em sono profundo.

– Por que você está me contando isso?

– Porque você deve saber.

Eu engoli em seco. Ele dizia isso agora. Agora, quando isso não significava nada. Depois de mentir, mentir e mentir ainda mais.

– No caso de um ataque ao palácio – continuou. – Cada caixote deveria ser enviado em uma direção diferente. Mas... – sua voz vacilou. – Ele nunca esperava que o ataque viesse de alguém de nossa própria família. Os únicos que conseguiram chegar às caixas fomos eu e... – ele hesitou. – E minha mãe. Ela devia ser enviada para Iantiporos, para tentar convencer a margravina a... a lhe dar asilo.

– Amaryah – eu disse em voz alta, lembrando. – Era de quem lorde Peregrine estava falando? Sua mãe?

Ele fungou.

– Ele nunca devia ter falado dela com tamanha familiaridade.

– Por que, em nome dos deuses, você não contou a ele que ela está viva? – perguntei. – Você não acha que esse é um detalhe que ele podia querer ouvir? – Eu dei as costas para o emparca de Akhaia e saí pelo convés.

Eu ouvi suas botas atrás de mim.

– Eu não *confio* em Antidoros Peregrine.

Fee piscou os olhos amarelos quando chegamos ao cockpit. Ela fez uma mesura quase até o chão.

– Excelência.

– Pare com isso – eu disse a ela enquanto subia pela escotilha. Ele não merecia isso. Ele não tinha *conquistado* isso.

Tarquin – ou Markos, ou quem quer que ele fosse – me seguiu até a cabine mal iluminada, abaixando a cabeça para evitar o teto.

– E então? Acabei de dizer a você que sou o emparca de um maldito país inteiro. Você não vai dizer nada?

Gotas de chuva formavam uma névoa reluzente em seu cabelo preto. Abri o armário e peguei a capa de chuva do meu pai.

– Aqui – disse mal-humorada jogando-a para ele.

Ele a pegou.

– Você está encarando isso com muita calma.

– Não estou, não. – Meu tom de voz era uniforme. – Estou furiosa. Eu sabia que você estava mentindo sobre ser um mensageiro, mas isso... – Engoli o nó doloroso em minha garganta. – Isso é um segredo grande demais para ser guardado de mim. Você por acaso chegou a pensar na *minha* vida? – perguntei. – Ou na de Fee? Nós merecíamos saber quanto perigo corremos. E é *muito* perigo.

Uma ruga surgiu entre suas sobrancelhas.

– *Você* sabia que eu estava mentindo?

– Um mensageiro de verdade teria mais traquejo. Estaria acostumado a viagens difíceis. – Eu fiz uma pausa com a mão na porta do armário. – Você age, bem, de um jeito mimado.

– É isso o que você realmente pensa de mim? – perguntou ele em voz baixa.

Eu vesti minha jaqueta.

– Por que tudo é tão sujo? – imitei-o. – Por que há tantos insetos nas terras dos rios? Estou entediaaaado!

– Está bem, você explicou o que queria dizer – disse ele com dificuldade, com o rosto enrubescendo. – Só... pare de usar essa voz.

Eu bati a porta do armário.

– Eu nunca pedi para me envolver nisso! O homem que me deu essa caixa mentiu para mim. E, depois, você mentiu para mim.

– Minha família tem uma propriedade em Casteria – disse ele. – Quando chegarmos lá, posso pagar a você. Ouro, prata, o que você quiser. Em compensação pelo perigo extra.

Eu olhei fixamente para ele.

– Você deve mesmo ser burro. Nós *não vamos* para Casteria.

Markos se aprumou em toda sua altura, e a cabeça bateu no teto.

– Ai! Sem dúvida, agora que você sabe a verdade sobre quem eu sou, você pode ver que isso é importante.

Eu só via tudo aquilo com que eu me importava arder em chamas. Levá-lo a Casteria significaria romper meu contrato. Brincar com a vida de meu pai. E por quê? Por Akhaia? Não era nem meu país. Por *ele*? Ele tinha chamado minha barca de pedaço de lixo, tentado me beijar sem minha permissão e, para piorar ainda mais as coisas, ele havia me enganado.

– Tudo o que eu vejo são mais segredos – eu sacudi a cabeça. – Mais mentiras.

Ancoramos em um lago pantanoso perto do rio principal e abaixamos o mastro para esconder melhor a *Cormorant* de olhos curiosos. Pela aparência do céu, o clima ainda iria ficar pior antes de melhorar. No escuro, Fee e eu pusemos a cobertura encerada sobre a vela para protegê-la da chuva.

Markos se aproximou de um dos lados do mastro.

– Eu e Fee podemos fazer isso sozinhas. – Eu o afastei do caminho com o cotovelo. – Vossa Senhoria não iria querer ficar com as mãos sujas.

– Na verdade, não é assim que você se dirige ao emparca – disse ele.

Eu o ignorei, até que ele desistiu e se afastou. Fee ajustou o encerado e me lançou um olhar de reprovação.

– O quê? – Eu puxei as amarrações para baixo com mais força que o necessário. – Eu esperava que *você* pelo menos estivesse do meu lado.

– Sem lados. – Ela apontou com a cabeça para as costas de Markos. Ele estava parado sozinho com as mãos nos bolsos, vendo a chuva cair sobre o pequeno lago. – Triste – disse com delicadeza.

– Se ele quisesse que eu me sentisse mal por ele – retruquei –, ele devia ter me contado a verdade.

Levantei o capuz de minha capa de chuva e fui até a popa. Lorde Peregrine dissera que os Cães Negros estavam em algum lugar entre nós e a ponte. O *Victorianos* estava vasculhando as terras dos rios à procura da *Cormorant*, mas nós não sabíamos praticamente nada sobre ele. Eu nem sabia qual a aparência de Diric Melanos, ou o tamanho de sua tripulação. Talvez, em um bote igual às centenas de outros botes naquela região, eu pudesse me aproximar o bastante para descobrir alguma coisa. Pelo menos, eu poderia saber onde eles estavam ancorados.

A CANÇÃO DAS ÁGUAS

Uma chuva leve caía ao meu redor, retinindo na superfície do lago. Uma poça estava começando a se acumular na quilha do bote. Eu desamarrei a corda, entrei e comecei a remar.

O bote deu um solavanco, e eu quase caí do banco. Olhei para cima e vi a corda bem esticada.

Markos estava parado com uma bota sobre a popa. Em uma das mãos, ele segurava uma lanterna, na outra, a corda.

— Aonde você pensa que vai?

Eu apertei os remos.

— Explorar à frente.

— Sozinha? — Ele enrolou a corda na mão, impedindo que o barco se movesse. — Você tem alguma ideia do perigo...

Eu olhei para ele.

— Não preciso de sua ajuda, Sua *Majestade*.

— Está errado, também — murmurou ele. O capuz da capa de chuva revelava apenas sua silhueta, mas o queixo tinha uma expressão resoluta. — Estou tentando ser um cavalheiro. Você me deixe fazer isso, por favor.

— Para que me serve um cavalheiro? — Eu bati na faca em minha cintura. — Eu posso cuidar de mim mesma.

— É mesmo? — Ele caiu no interior do bote e o balançou. — O que você vai fazer, começar outra briga de bar?

Eu apertei as mãos em torno dos remos. Ele era a última pessoa cuja companhia eu queria, mas não podia expulsá-lo. Ele *era* mais forte que eu. Essa parte não era mentira.

— Apague essa luz — ordenei, levantando a voz acima do ranger dos remos. O bote deslizou para fora do lago, para o rio.

Sem a lanterna, meus olhos se ajustaram ao escuro. Nuvens cobriam a lua, e a superfície da água estava lisa como uma lâmina de vidro, exceto pelas gotas de chuva. Remei duas vezes com o remo de estibordo para apontar a proa em direção a Gallos.

Markos sentou-se à frente, tamborilando os dedos no banco.

– A parte que não consigo entender – disse ele – é qual o jogo da margravina.

Suor molhou meu pescoço.

– O que você quer dizer com isso?

– Bom, por que mandar *você*? – Ele me sentiu parar de remar e deu um suspiro. – Pelas bolas de Xanto, você pode continuar? Isso não é um insulto. Só quis dizer que a margravina podia facilmente ter ordenado ao comandante que me levasse pessoalmente a Valonikos. Mas ela claramente tinha outras prioridades.

– Eu não presumo saber – ofeguei – o que a margravina está pensando. Porque, obviamente, nunca a conheci. – Eu não entendia como ele podia pensar em política quando, a qualquer minuto, nós poderíamos nos deparar com os Cães Negros.

Ele se remexeu de um jeito estranho no assento.

– Você a conheceu. – Revirei os olhos. – Claro que sim. Como ela é?

O lábio de Markos se retorceu.

– Como um morcego velho.

Eu resfoleguei, e trocamos um olhar quase amistoso.

– O que eu não entendo é como ela sabia que você estava na caixa – eu disse.

Ele deu de ombros.

A CANÇÃO DAS ÁGUAS

— Seus espiões, provavelmente.

— Ela tem espiões em Akhaia?

Ele balançou a mão.

— Todo mundo tem espiões. Acho que ela está jogando os dois lados contra o meio — disse ele, pensativo. — Provavelmente, ela quer ver se Konto é mais favorável a ela como emparca do que meu pai era. Para que ela possa decidir qual reivindicação apoiar. — Ele cuspiu para fora do barco. — Vamos ver o que ela acha de lidar com ele. Eu não desejo que ela seja feliz nisso.

Remei sem falar por vários minutos, aquietada pelo ritmo dos remos. Uma nuvem cobriu a lua, tornando mais difícil ver a linha da margem.

— Lorde Peregrine disse que tinha uma dívida com seu pai — Markos hesitou. — Por lhes levar suprimentos. Ele estava falando em contrabando, não é?

Eu me encolhi, mas achei que podia muito bem admitir.

— Sim.

Ele ficou quieto por um instante.

— Então, você tem levado armas para rebeldes. Você nunca parou para se perguntar o que ele iria fazer com elas?

— Ele é um filósofo, não um guerreiro. — Eu me concentrei nos remos quando fui perfurada por seu olhar calcinante de reprovação. Não ajudou. — Talvez ele só queira se defender.

— Eu não acredito que você seja tão ingênua — disse ele com delicadeza. — Palavras também podem ser armas. Você está apoiando um revolucionário perigoso.

— Não cabe a mim me preocupar com o motivo pelo qual ele

quer os mosquetes. Quando transportamos uma carga, é só um trabalho – menti. – Mais nada.

– Vocês são simpatizantes. – Ele era mais esperto do que eu acreditava. – É por isso que você e seu pai estavam contrabandeando os mosquetes. – Ele parecia mais melancólico que raivoso. – Você odeia tudo o que eu represento.

– Não *odeio* exatamente… – fiz uma pausa. Água pingava da extremidade das pás dos remos. – Lorde Peregrine foi exilado de Akhaia por escrever um livro sobre os direitos de pessoas como eu. Seria assim tão estranho se eu simpatizasse?

Estava escuro demais para ler sua expressão.

– Se tivesse sido Antidoros Peregrine quem tivesse matado minha família em vez de Konto Theuciniano, eu me pergunto se você ainda estaria aqui sentada dizendo isso.

Fui tomada por uma desconfortável onda de choque. A verdade era que eu nunca tinha pensado muito nas consequências daqueles mosquetes. Eu ainda acreditava que Markos estava errado sobre lorde Peregrine, mas ele tinha razão sobre as armas: se pessoas viessem a ser feridas por elas, a culpa seria parcialmente minha.

Nós estávamos chegando à ponte de Gallos. Eu levei um dedo ao lábio para pedir silêncio.

O cúter *Victorianos* assomava acima das docas, com suas velas, enroladas, constrastando completamente brancas com o céu escuro. O frio chuvoso penetrou em meus ossos.

Gallos mal era uma cidade, era apenas um agrupamento de casas em torno da ponte. O cais estava deserto; todos os barcos estavam cobertos com lonas enceradas para impedir a passagem

A CANÇÃO DAS ÁGUAS

da água da chuva. Uma lanterna solitária balançava embaixo dos beirais do telhado do barraco do inspetor das docas.

Em silêncio, remei para mais perto. Nada disso era culpa do *Victorianos*. Na verdade, ele era uma beleza, com linhas delicadas e graciosas. Quando passamos por baixo de sua proa, pude ver que ele tinha o casco trincado, como a *Cormorant*, com tábuas curvas superpostas. Seu gurupés assomava acima de minha cabeça, muito maior do que parecia à distância. Se três de mim ficassem alinhadas de ponta a ponta, talvez tivéssemos o mesmo comprimento daquele gurupés.

Um facho de luz de candeeiro jorrava por uma vigia perto da popa. Ela tremeluzia, desaparecia completamente, em seguida explodia de volta à vida. Havia homens, percebi, caminhando de um lado para outro em uma das cabines do *Victorianos*. O que me interessava era que a janela estava aberta, e por ela eu podia ouvir o sobe e desce de vozes.

Eu me virei para Markos.

— Eu pagaria um talento de prata para ouvir o que eles estão dizendo.

Nós flutuamos na sombra das docas. Eu me ergui parcialmente e espiei os outros barcos no casco escuro do cúter.

Markos me puxou para baixo.

— Se você acha que vai sair dançando pelas docas direto para as mãos deles, eu não vou permitir.

— Não nas docas — sussurrei. — Por baixo delas.

— Isso não vai ser nojento?

— Muito.

— Como sanguessugas, lodo e enguias?

— E aranhas — eu disse.

Ele me surpreendeu ao remover a capa de chuva.

— Está bem, então. Eu vou com você. — Enquanto desamarrava as botas, ele sorriu para mim. — Alguém precisa impedir que você faça alguma coisa perigosa e estúpida.

Seu sorriso passou por mim como um raio — eu não o estava esperando. Será que eu o havia julgado injustamente? Sem dúvida, por ter crescido na corte do emparca, ele deve ter aprendido a esconder seus sentimentos. Talvez a arrogância fosse uma máscara atrás da qual ele se ocultasse.

Amarrei bem o barco a um pilar. Tirei os sapatos e o suéter e coloquei-os amontoados sobre o assento, cobertos pela capa de chuva. Depois, abracei a pilastra e subi sobre ela. Atrás de mim, o bote balançou.

Minhas pernas envolveram a coluna coberta de sujeira. Era, como disse Markos, nojento. Não há nada mais escorregadio que uma estaca de madeira que está há vinte anos na água, e eu já tinha visto aranhas do tamanho de minha mão embaixo de docas. Eu me preparei e desci em silêncio para a água.

Aos poucos, tateando com uma mão à frente da outra, seguimos nosso caminho pela doca apenas com os braços e a cabeça acima da água. Chuva pingava sobre as tábuas acima, e gotejava pelas frestas, para cair respingando em meu rosto. O cheiro de lama e peixe era forte.

Eu não ia me permitir *pensar* nas aranhas das docas.

Naquele momento, estávamos na altura da popa do *Victorianos*, onde seu grande leme se erguia da água. De onde estávamos, embaixo das docas, eu mal conseguia ver a parte inferior da vigia. A luz brincava na água quando se projetava sobre os pilares.

Bati no ombro nu de Markos e gesticulei com o queixo em direção ao cúter. Nós nos aproximamos lentamente, seguindo pela água embaixo da vigia, logo além do facho de luz inclinado do candeeiro. Eu me esforcei para desacelerar a respiração. O latejar quente de exaustão física diminuiu, e, no novo silêncio, eu percebi que conseguia discernir suas vozes.

— Ela não é mais rápida que o *Victorianos*.

Ouvi o tilintar de copos. Eu me aproximei mais, com cuidado para permanecer na sombra da pilastra.

— Claro que não. Um de vocês, idiotas, provavelmente não a viu passar quando deviam estar de vigia.

— Acho que você devia mandar Theuciniano se ferrar – disse o outro homem. – Vamos seguir de volta para o mar. Esses rios são lentos, e os malditos insetos são assassinos. Eu voto para voltarmos para *Katabata*.

Katabata. Isso soava vagamente familiar, como se eu tivesse visto em um mapa em algum lugar. Arquivei o nome mesmo assim.

— Ainda bem que eu sou o capitão – disse o primeiro homem. – Você não manda um emparca se ferrar.

Com isso, o capitão Diric Melanos passou diante da janela, e eu finalmente vi o rosto de nosso inimigo. De perfil, pelo menos, ele parecia um tanto vistoso. Usava um colete brocado e um chapéu tricorne, e uma cicatriz desfigurava seu rosto sob o olho direito. Um verdadeiro pirata devia ter uma barba pontuda ou um brinco, mas ele não tinha nenhum dos dois. Lorde Peregrine o chamara de jovem impetuoso. Jovem para lorde Peregrine, eu acho. O homem parecia ter uns trinta anos.

— Mesmo que eu pudesse fazer isso — disse o capitão —, ainda tem a questão *daquele outro*. Eu não ouso contrariá-lo.

— Ayah, ele me dá medo, com certeza.

— Quieto.

A luz tremeluziu e mudou outra vez. As vozes dos homens se afastaram, até um lugar onde eu não conseguia entendê-las. Houve um rangido e uma batida baixa abafada. Uma porta se fechando.

Outra pessoa havia entrado na cabine.

O som de suas vozes veio outra vez em direção a nós.

— … encontre-se com Philemon. Veja se ele teve melhor sorte.

Eu nunca tinha ouvido falar em um Philemon, mas, se eles estavam a caminho de se encontrar com essa pessoa, então ela não estava no *Victorianos*. Será que os Cães Negros tinham um segundo navio à procura de Markos? Para nosso bem, eu esperava que não.

— Seja como for, pelo menos conseguimos queimar um deles assim mesmo — disse o capitão Melanos. — Acho que nós devíamos, em seguida, ir para Casteria.

— Não — a terceira voz era aguda e escorregadia. — Nós precisamos do garoto.

Ouvi uma forte expressão de susto ao meu lado. Luz brilhou através das frestas na doca e riscou o rosto congelado de Markos.

— Cleandros — sussurrou ele.

CAPÍTULO
ONZE

Segurei seu braço por baixo d'água.

– O homem das sombras?

Markos puxou o braço e se soltou. Seus lábios tremiam de emoção ou de frio.

O homem das sombras do emparca era um traidor. E ele não era apenas uma ameaça indistinta, a quilômetros de distância em Akhaia. Ele estava *ali*. Ele conhecia o rosto de Markos. Eu perdi o fôlego. Nós estávamos com mais problemas do que eu jamais havia imaginado.

– Ayah, bom, nós já subimos e descemos este rio duas vezes – dizia o capitão Melanos. – Aquela barca desapareceu.

– Eu lhe disse. Eles nos passaram. – Essa era a voz escorregadia que Markos identificara como o homem das sombras Cleandros.

– Como, eu lhe pergunto, quando somos duas vezes mais rápidos? Acho que eles estão escondidos em algum lugar. Eles devem conhecer cada maldito canal e lago ao longo dessas águas. – Eu ouvi a batida de um copo sobre a mesa. – Barqueiros conhecem essas coisas.

— Nós já perdemos muito tempo. Amanhã vamos passar pela ponte — disse Cleandros. — Vamos procurar por eles no Rio Kars.

— Nós devíamos queimar essas barcas, isso sim. Fazer suas mulheres falarem. Mostrar-lhes os canhões. Alguém sabe de alguma coisa.

— Você foi um tolo em Pontal de Hespera — disse o homem das sombras. — Atear aquele incêndio só enraiveceu todos os homens do rio daqui até Iantiporos. Não passou de um desperdício ineficiente e desnecessário. Uma aposta, e agora você vê o que ela rendeu a você. Ninguém vai nos dizer nada.

— Eu *sei* que o garoto estava lá. Você não pode procurá-lo com sua magia outra vez?

— Pela décima vez — retrucou o homem das sombras. — Isso não vai funcionar. Onde quer que ele esteja, ele não está mais na caixa, então não tenho como senti-lo. A magia em si é a única coisa que posso rastrear. Por favor, pare com essas suas perguntas aborrecedoras. Nós temos a emparquesa. Nós vamos encontrá-lo. — Markos se enrijeceu bruscamente, fazendo a água redemoinhar a sua volta.

— O que foi esse barulho na água? — A voz do homem das sombras se aproximou de nós. Ele devia estar parado na janela.

— Sapos. Peixes. — o capitão Melanos parecia despreocupado.

Um facho de luz mais forte recaiu sobre a água entre o cúter e a doca. Alguém levantara uma lanterna. Eu me encolhi de volta para as sombras e prendi a respiração. O medo me fez agarrar a estaca mais escorregadia.

Nos precisávamos sair dali. Aquela não era uma das histórias de meu pai sobre os corajosos Oresteias de antigamente. Esse

A CANÇÃO DAS ÁGUAS

perigo era real. Se eles pegassem Markos, iriam assassiná-lo. Não gostar de alguém era uma coisa. Isso não significava que eu o quisesse morto.

Pelo menos nós conseguimos queimar um deles.

Um pensamento horrível ricocheteou por mim. Eles não queriam dizer *vivo*, queriam? Eu visualizei uma bela senhora em um vestido de seda se debatendo e se retorcendo em meio às chamas, esmurrando freneticamente a parte interna da caixa...

Fechei os olhos bem apertado, tentando expulsar a imagem de minha mente. Eu esperava que a emparquesa estivesse dormindo quando morreu, como os desafortunados Singers.

Sacudi Markos e sussurrei:

– Vamos.

Nadamos de volta até o outro lado das docas sem dizer uma palavra.

– Minha mãe. – Ele subiu no bote. Água escorria por suas pernas, empoçando no fundo da embarcação. Seus lábios estavam juntos, apertados com tanta força que a cor havia desaparecido deles. – Pelo deus leão... Eu sabia que meu pai e meu irmão estavam mortos – disse ele com os dentes batendo. – Mas eu pensei... Ela não pode herdar o trono – disse ele com voz embargada. – Ela não era nem *ameaça* para eles.

Com dedos trêmulos, eu vesti minhas roupas. Agradeci pelo meu suéter de pescador, de tricô grosso, pois a lã esquenta mesmo quando molhada.

Markos sentou-se com as roupas empilhadas no colo. Em pânico, eu o segurei pelos ombros e o sacudi.

135

– Markos. Recomponha-se.

A chuva caiu com mais força e escorria pela trave da lanterna na extremidade da doca. Empurrei a capa de chuva de meu pai para Markos. Ele conseguiu passar os braços pelas mangas, movendo-se como alguém meio morto. Puxei o capuz para cima para cobrir seu rosto.

Nós fomos estúpidos, só por ter ido até ali.

Eu posicionei os remos. No *Victorianos*, ninguém deu nenhum sinal de ter nos ouvido. Eu me estiquei para trás e remei com a maior força possível. O bote pulou, quase saindo da água, e nos afastamos das docas.

Quando chegamos à escuridão turva da margem oposta do rio, eu não parei. Remei com tanta força que produzi um redemoinho em nossa esteira atrás da popa. Meu coração batia forte, e meu sangue fluía quente. A chuva caía em torrentes, escorria pela gola de meu casaco e entrava pelas minhas mangas. O gorro de tricô mantinha minhas orelhas aquecidas, mas meus dedos estavam molhados e meio dormentes.

Tinha sido tolice entrar na água, quando não tínhamos como nos secar. Não era tão ruim para mim, mas Markos não tinha o exercício para aquecê-lo. Seus lábios pareciam azuis enquanto ele tremia no banco a minha frente, mas o resto de seu rosto estava na sombra.

Ele não disse nada, nem quando chegamos ao esconderijo da *Cormorant*. Ele saltou de pé e tentou passar o cabo pela argola enferrujada em sua popa. Ele errou. O bote bateu no casco da barca.

Fee surgiu no cockpit de olhos arregalados. Ela pegou o cabo com Markos e o amarrou tão depressa que suas mãos mal pareceram se mexer. Enquanto ele subia pela popa, ela tocou seu braço. A preocupação obscurecia o rosto dela. Ele soltou-se de Fee. Eu o observei descer para a cabine com o cabelo grudado na nuca.

– Nós vimos o *Victorianos* – expliquei. A escuridão aninhada em meu interior parecia grande demais para palavras. Eu baixei a voz. – Nós os ouvimos conversar. A situação é ruim. Os Cães Negros mataram a mãe dele, e o homem das sombras do emparca está em conluio com aqueles Theucinianos.

Não havia muito mais a dizer. Eu me dirigi para a frente e parei com a mão apoiada no mastro da *Cormorant*. Agora que o perigo tinha acabado, todo o meu corpo tremia. Eu fechei os olhos.

Deus de meu pai. Deus de meus ancestrais. Leve a emparquesa em sua corrente. Ajude-nos. Ajude-nos. Ajude-nos.

Quando tudo estava em silêncio, com a exceção das gotas de chuva, eu me debrucei para fora e me entreguei completamente. O mundo se transformou no espaço entre minhas respirações. Eu ouvi com tamanha atenção que achei que os vasos sanguíneos em meus ouvidos pudessem explodir.

E ouvi...

Nada. Água da chuva gotejava das folhas, e um peixe pulou na superfície do lago com um ruído delicado. Criaturas invisíveis faziam barulho na água ao longo da margem. Se essa era a língua das pequenas coisas, ela não era algo que eu pudesse entender.

Oito gerações de Oresteias foram favorecidas pelo deus do rio, então por que não eu? Será que eu tinha feito alguma coisa? Uma lágrima brotou de meu olho e pingou quente em meu braço.

De volta ao interior da cabine, eu vesti roupas secas e envolvi um cobertor nos ombros. A chuva fustigava as vigias. Pela primeira vez desde que meus dedos haviam se fechado em torno daquela maldita carta de corso, eu me senti realmente desesperançada.

A cortina que dividia o beliche de meu pai do resto da cabine estava totalmente puxada. Fee preparou uma caneca de chá com um pouco de *brandy* e bateu no vau ao lado da cortina. Ela inclinou a cabeça para um lado e falou com delicadeza.

Markos não respondeu.

Eu ergui a cabeça, observando o chá esfriar na mesa. Tirei a rolha da garrafa de *brandy* e tomei um gole. Minha garganta queimou, mas o calor foi apenas superficial. Ele nada fez para degelar o frio em meu coração. Fee subiu rapidamente a escada e foi sentar-se à chuva, deixando-me sozinha. Homens-sapo não se incomodam da mesma maneira que os humanos em ficar molhados.

O relógio quase batia a meia-noite quando a cortina de lona foi puxada bruscamente, chacoalhando suas argolas. Eu levei um susto com o som.

Markos sentou-se no banco à minha frente com uma trouxa enfiada embaixo do braço. Ao observar seus olhos avermelhados nas bordas e o maxilar cerrado, fui tomada por um medo cauteloso. Algo nele me fez pensar em uma corda muito esticada. Cedo ou tarde, tudo chega ao ponto de ruptura.

– Eu só queria agradecer a você por ter me trazido até aqui. – Ele respirou ruidosamente. – Estou de partida. Para Casteria. Esta noite.

Eu escarneci.

– O que você vai fazer, andar até lá? – Esfreguei minhas têmporas, que doíam. – O que há de tão importante em Casteria?

A CANÇÃO DAS ÁGUAS

Ele ficou em silêncio por um momento.

– *Se* eu lhe contasse, você consideraria me levar até lá?

– Não.

– E se a vida de alguém dependesse disso? – Ele acrescentou: – Não a minha.

Eu me enfureci com isso.

– O que você quer dizer com "Não a minha"? Você acha que eu deixaria que você morresse só porque não gosto de você?

– Eu não acho isso – disse ele rapidamente.

– Acha, sim. – Eu estava determinada a não deixar que ele visse como suas palavras haviam me machucado. – Ou você não teria sentido a necessidade de dizer isso.

Era verdade que eu não tinha sido muito simpática, mas eu ainda era responsável por ele. Ele não conhecia as terras dos rios e não era bom em... Bem, em nada. Se ele deixasse a *Cormorant*, provavelmente acabaria perdido nos pântanos. Ou morto.

– O que é isso, afinal? – Eu peguei a trouxa e a arrastei pela mesa. Ele estendeu a mão para me deter, mas fui rápida demais. Eu puxei a corda que prendia a trouxa fechada, e o nó se desfez. – Isso não é nem um nó de verdade.

Eu desenrolei a trouxa, revelando duas camisas, um pão e a pistola de pederneira de meu pai.

Meu queixo caiu.

– Como você *ousa* roubar de nós?

– Eu... Eu vou reembolsá-la, é claro – gaguejou ele. – Por essas coisas, e pela... pela capa de chuva.

Eu olhei para ele sem acreditar.

— Você não pode *levar* a capa de chuva.

— Está chovendo.

Senti um nó na garganta.

— Você acha que eu me importo com... Com essas coisas? — Eu joguei a trouxa no chão. — E o meu pai? Como você pode ser tão egoísta...

— Sou *eu* quem está sendo egoísta? — rosnou ele, pulando de pé. — Eles queimaram minha mãe viva!

Eu tinha certeza de que ele podia ouvir as batidas aceleradas de meu coração.

— Seus pais estão mortos. — Minha voz, de repente, ficou embargada. — Meu pai, não. Fiz uma promessa. Eu vou levá-lo para Valonikos.

Ele assomou sobre mim.

— Então é isso. — Músculos ficaram salientes em sua mão quando ele agarrou a mesa. — Você não pretende me deixar partir.

Uma sensação desconfortável me tomou. A tensão pulsava no ar entre nós. Eu engoli em seco.

— Não.

Nós dois mergulhamos na direção da pistola imediatamente. Ele a alcançou primeiro e a tirou de meu alcance.

— Eu lhe disse que preciso chegar a Casteria. — Ele se colocou de pé, ofegante. — Talvez, agora, você me leve a sério.

Eu dei um passo para trás. Pelo canto do olho, captei um vislumbre de verde na escada da cabine.

Markos reagiu imediatamente e apontou a pistola para minha cabeça. Seus olhos azuis estavam como gelo.

— Desculpe, Fee. Não quero que ninguém se machuque, mas é melhor você ficar fora disso – ele disse. Eu inspirei. Minha respiração congelou bruscamente quando ele caminhou em direção a mim. – Ou eu *vou ter* de atirar nela.

Chegar tão perto foi um erro. Eu o chutei no meio das pernas. Ele grunhiu e levou uma das mãos à virilha. Eu segurei o cano da pistola e a arranquei de sua mão. Desequilibrado, ele tentou pegar a arma, mas errou e me acertou com força no rosto.

Eu cambaleei para trás e bati com tudo no aparador.

Markos saltou em minha direção, mas eu girei para o lado. Os trincos chacoalharam quando ele atingiu os armários. Caminhei de lado pela cabine, botando a mesa entre nós. Irritado, ele tornou a avançar sobre mim, mas foi detido pela faca de Fee, com a ponta pairando entre suas costelas.

Eu limpei sangue do lábio.

— Boa tentativa. – Eu estava respirando com dificuldade.

Seus olhos se arregalaram em choque ao ver sangue. Acho que ele nunca tinha batido em uma garota, antes. Nada cavalheiresco.

Ele inalou entre os dentes.

— Um homem honrado não faria isso – murmurou ele, ajustando a calça. – Não foi um movimento justo.

— Ayah? – Eu olhei para Fee. – Bom, *eu* tento nunca entrar em uma luta justa. – E eu não era um homem honrado. Nem de perto. Abri a pistola. – A arma não está carregada. E tem uma trava de segurança, o que significa que, mesmo que estivesse carregada, não poderia ser disparada.

O peito dele arquejava.

— Tem *alguma coisa* que eu possa dizer que a convença a me levar a Casteria?

— Sim — eu disse com um nó na garganta. — Conte-me a verdade.

— Caroline, por favor. — Fui percorrida por uma onda estranha de surpresa. Era a primeira vez que ele me chamava pelo nome, com seu sotaque enrolando o *r* de um jeito que o tornava diferente de como todas as outras pessoas o diziam. — O que é que você mais deseja no mundo? — sussurrou, estudando meu rosto. — É dinheiro? Seu próprio navio? Eu lhe dou qualquer coisa.

Eu engoli em seco.

— A verdade.

Markos me olhou nos olhos e respirou fundo.

— Juro pelo deus leão, tudo o que estou prestes a dizer é verdade. Meu nome é Markos. Eu sou o emparca de Akhaia. — Sua voz vacilou. — Minha irmã de oito anos está em Casteria, e eu faço qualquer coisa para chegar a ela antes dos Cães Negros. Mato qualquer um que fique em meu caminho. — Lágrimas brilharam em seus olhos. — Até vocês.

Eu olhei para ele, com o coração apertado. Vi a *Cormorant* dilapidada e apodrecendo em um estaleiro. Vi meu pai lutando contra correntes enquanto era arrastado pelos homens da margravina. Vi sua barba ficar mais comprida enquanto ele esperava, primeiro, por dias, depois, semanas. Esperava pela filha que jamais chegaria por ele.

Eu vi todas essas coisas, e ainda assim a escolha não era difícil. Eu me joguei no banco. Do outro lado da cabine, Fee baixou a faca. Não era nem uma escolha.

– Pelos deuses, Markos. – Apoiei os cotovelos na mesa e a cabeça entre as mãos. – Você é muito idiota.

– O que você quer dizer com isso? – perguntou Markos. Seu cabelo molhado grudado na cabeça enfatizava os olhos fundos.

Eu levantei a cabeça.

– Quer dizer que nós vamos para Casteria.

Ele se virou abruptamente para a parede. Por longos segundos ele não disse nada, e seus ombros se moviam para cima e para baixo.

– Obrigado – conseguiu dizer ele por fim, com a respiração vacilante. – Você pediu a verdade. Há apenas um pouco mais na história do que aconteceu naquela noite no palácio. Com meu pai e meu irmão mortos no chão, corri para os aposentos de minha mãe. Minha irmã já estava ali. Seguimos por uma passagem secreta até a adega, onde ficavam guardadas as caixas.

Pelo modo embargado como ele contava a história, eu soube que era difícil para ele, mas não consegui evitar interrompê-lo.

– Se Cleandros é um traidor, porque ele não matou todos vocês nesse momento?

– Nossa família tinha vários planos de fuga. A única explicação é que ele não sabia qual deles nós escolheríamos. Claro, ele saberia no momento em que as caixas fossem fechadas; e a magia, ativada. – Mexendo na joia da orelha, ele prosseguiu: – Ajudei minha irmã e minha mãe a entrar em suas caixas, uma destinada a Iantiporos e, a outra, a Casteria. A criada de minha mãe foi quem ficou para trás, para fazer com que os criados pusessem as caixas em uma carroça destinada às docas. Sabe – disse ele, depois de uma pausa – só agora estou começando a me perguntar o que aconteceu com ela.

— Provavelmente, ela foi morta. – Eu disse com azedume.

— Você acha que eu não tenho sentimentos – a voz dele estava carregada. – Mas pensei apenas em minha irmã. Minha… Minha única esperança era que ela não fosse importante o suficiente para os Theucinianos, sendo a filha mais nova e uma menina.

— Markos. – Fui atravessada por um medo congelante. – O capitão Melanos perguntou se, em seguida, eles iriam para Casteria.

— É por isso que nós precisamos partir agora. – Ele olhou pela janela para a escuridão. – Preciso chegar lá antes.

Será que isso era ao menos possível? Os Cães Negros, acreditando que de algum modo tínhamos passado por eles, iriam caçar Markos pelo Rio Kars. Se chegássemos a Siscema, poderíamos desembarcar nossa carga no mercado madeireiro e ganhar um pouco de velocidade. Podíamos seguir pelo Lago Nemertes até o Rio Hanu, depois para o sul até o Pescoço.

Talvez. Se tudo se encaixasse perfeitamente.

Quando apagamos a lanterna, passava muito da meia-noite, mas eu não conseguia dormir. Ouvi Markos na cabine da frente revirando no colchão.

Eu me sentei ereta e joguei as pernas para fora do beliche. Levei o travesseiro para a extremidade oposta e deitei a cabeça na madeira que dividia minha cabine da de meu pai.

Eu bati delicadamente com o nó dos dedos.

— Sinto muito por sua mãe. Você… você a amava muito? – Eu me senti embaraçada. As palavras pareciam desconfortáveis e falsas a meus ouvidos.

— É claro que eu não a amava.

Isso parecia o Markos que eu conhecia, tanto no tom quanto no horror genérico do sentimento. Surpresa, eu hesitei.

– Bom, se você quiser conversar...

– Não quero – disse ele, engolindo em seco com dificuldade.

– É que você pareceu abalado.

– Não estou abalado e não quero falar sobre isso. – Sua voz vacilava. – Vá embora.

Alguns minutos depois, ele falou outra vez.

– Depois que minha mãe cumpriu seu dever com meu pai e lhe deu dois filhos, ela foi para nossa residência de verão, nas montanhas. Ela só visitava algumas semanas por ano. – O ritmo de suas palavras era lento e calculado, como se ele recitasse a história da vida de outra pessoa. – Meu pai não se interessou por mim até meu aniversário de dezoito anos. Na verdade, é irônico... Eu me pareço muito com ele. É possível imaginar que isso fosse importar para meu pai – disse ele, com a voz ainda estranhamente desprovida de emoção. – Mas não importou. Para ele, eu era apenas o reserva. O único propósito de um segundo filho, sabe, é tomar o lugar do primeiro filho, se necessário. Isso não quer dizer que ele me negligenciasse – apressou-se a acrescentar. – Ele contratou as melhores pessoas possíveis...

Contratar as melhores pessoas não parecia amor. Parecia um pouco triste.

– Tenho total consciência de que você me acha frio – disse ele. – Mas como chorar por alguém que você na verdade não conhecia? Sinto falta da *ideia* de minha mãe e meu pai, mas sinto mais falta de minha vida antiga. – Ele deu um suspiro. – Isso é egoísta, não é?

– Eu acho – eu disse com cuidado – que seus pais eram quem eram. Você não pode se sentir culpado por isso, não é culpa sua.

– Acho que nunca soube o que era amar alguém até o nascimento de Daria.

Eu percebi que era a primeira vez que ele falava o nome da irmã. Sua voz ficou delicada, fazendo com que ele parecesse quase simpático, quase agradável.

– Meu irmão, Loukas, era muitos anos mais velho que eu – ele riu amargamente. – Deuses, eu era *desesperado* para que ele prestasse atenção em mim. Eu sempre estava... Sempre estava correndo em volta dele. Ele praticamente me ignorava. – ele deu um suspiro rouco. – Talvez fôssemos uma família fria. Mas eu não conseguia ser frio com Daria. – Ele fungou. – Por que você está sendo simpática comigo? Você deixou claro o que pensa de mim. Não precisa fingir.

– Porque – eu disse – você estava chorando.

A cabine estava tão escura que eu não conseguia ver minha mão diante do rosto. Era fácil sentir-se solitário nesse tipo de escuridão.

– Eu não estava. – Ouvi uma batida abafada. Se eu tivesse de adivinhar, diria que ele tinha socado o travesseiro. – Se eu estivesse, isso seria estúpido, não seria? Chorar porque eu *não* sinto nada por eles.

– Eu disse uma oração para o deus do rio por ela – sussurrei. – Por sua mãe.

Depois disso, tanto tempo se passou que comecei a achar que ele tivesse dormido. Eu mesma estava pegando no sono, com os olhos pesados e começando a arder. A *Cormorant* balançava e rangia delicadamente, ancorada. No convés, pensei ouvir Fee assoviar baixo uma música.

A CANÇÃO DAS ÁGUAS

– Você diz que seu deus do rio conversa com os barqueiros?

– Não tenho mais certeza – sussurrei, tão baixo que ele não conseguiu me escutar. Uma lágrima quente escapou do canto de meu olho, escorreu por minha têmpora e caiu no travesseiro.

– Invejo você – disse ele baixinho. – Eu gostaria que o deus de Akhaia falasse comigo.

Não sei se, então, ele dormiu, mas eu, sim. Meu sono não foi tranquilo. O travesseiro parecia uma pedra embaixo de minha cabeça, e eu entrava e saía de sonhos entrecortados.

Começou com uma imagem que se repetiu várias vezes. Minha mão deslizando pela amurada lisa de um navio. Pelo movimento do convés, acho que estávamos no mar. Senti cheiro de cordas, alcatrão e salmoura.

Eu caminhava pelo convés vestindo um colete elegante e uma camisa com mangas bufantes. Eu usava um chapéu tricorne e um par combinado de pistolas de ouro com coronhas de osso em relevo.

O navio era o cúter *Victorianos*. Eu não o havia reconhecido no início, com sua vela de mezena quadrada desfraldada e três velas de traquete enfunadas acima do gurupés. Ele deslizava pelo mar, e sua proa cortava a água com um *splish-splash, splish-splash, splish-splash*. Meu coração cantava com as ondas.

Gaivotas voavam em círculos e mergulhavam ao redor do cúter. Uma delas pousou sobre a amurada e bateu as asas cinzentas.

Ela girou a cabeça e olhou direto para mim.

E sussurrou meu nome.

CAPÍTULO
DOZE

Enquanto abaixávamos o mastro da *Cormorant* para passar por baixo da ponte de Gallos, o velho no barco do pedágio nos observava pela janela enevoada de sua cabine. Nuvens pesadas pairavam baixas sobre o pântano, despejando gotas frias de chuva.

– Quem é esse? – Markos olhava fixamente, com os olhos fundos por falta de sono.

– Esse é o homem que trabalha no barco do pedágio.

– O que ele *faz* aqui?

Eu dei de ombros.

– Coleta o pedágio. Se está escuro, ele se assegura de que todas as luzes estejam acesas. Se é um navio grande, ele faz com que movam a ponte.

– Foi isso o que o *Victorianos* teve de fazer?

– Foi. Eles prendem uma parelha de cavalos ao cabrestante, e ele gira a ponte, de modo que o navio possa passar.

Ele olhou para a ponte com uma nova apreciação.

– É uma pena que nosso mastro pode ser abaixado. Eu adoraria ver como eles fazem isso.

A CANÇÃO DAS ÁGUAS

O homem do pedágio saiu de sua cabine e foi até a amurada. Fumaça saía da extremidade de seu cachimbo. Ele me deu um aceno de cabeça.

– Hoje passou, com a maré da manhã, um cúter procurando uma barca – ele falou com o tom enrolado de um velho que já tinha visto todo tipo de coisa subir e descer o rio e não ia se dar ao trabalho de se apressar por ninguém. – Uma barca chamada *Cormorant*.

Tentei parecer natural, apesar do zumbido em meus ouvidos e do coração acelerado.

– Eles disseram *Cormorant*? A última vez que vi a *Cormorant* ela estava em Pontal de Hespera. – Eu me estiquei além da borda e joguei uma moeda na rede do homem do pedágio. – Deve ter sido há uns quatro dias.

– Aqueles bandidos estão revirando o rio. Eles estavam revistando as barcas nas docas. – Os olhos dele se dirigiram para Markos. – Fazendo perguntas sobre um garoto. Mas eu acho que vocês perderam toda a agitação.

Markos virou o rosto abruptamente, pegou a ponta de um cabo e começou a enrolá-lo em torno de um cunho. Eu fiz uma careta. Ele estava fazendo tudo errado.

O homem do pedágio soprou fumaça de cachimbo.

– Eu disse a eles: "Eu não vi essa barca". Mas não acho que as pessoas aqui vão olhar com simpatia para os Cães Negros se eles resolverem voltar. – Ele puxou sua capa de chuva para o lado para revelar a pistola enfiada no cinto. – Nós sabemos cuidar do que é nosso em Gallos.

– Que a corrente vos leve, senhor – gritei.

Enquanto passávamos por baixo da ponte, Markos e eu trocamos olhares severos. O cheiro de musgo e lixo molhados nos cercava, gotas de água caíam com pequenos *plics* da pedra acima. Aí, luz derramou-se sobre nós, e eu pisquei. A *Cormorant* tinha passado pela ponte.

— Levantar o mastro! — exclamei. — Içar vela!

Quando o vento tornou a encher a vela, eu tomei a adriça das mãos de Markos.

— Não toque nos cabos.

— Eu só estava...

— Fazendo uma lambança. — Ele tinha envolvido o cunho com círculos grandes e frouxos. Eu dei um suspiro. — Olhe, apenas não... Não toque em nada.

— Você acha que ele sabia quem nós éramos? — Enquanto esfregava as mãos na calça de meu pai, ele apontou com a cabeça em direção à ponte que deixávamos para trás.

Eu olhei de cara fechada para Fee.

— Eu sei que ele sabia.

— O quê? — Sua voz saltou uma oitava. — Foi por isso que ele lhe mostrou a arma? Como ameaça?

— Aquela pistola não era para nós. Ele estava me mostrando que sabia quem éramos e que não ia contar.

— Você tem certeza de que ele sabia?

— Viajo para cima e para baixo deste rio desde que eu era do tamanho de um lambari — eu disse. — Ele conhece meu rosto e conhece a *Cormorant*, mesmo sem seu nome. E ele também sabe que, se meu pai não está comigo, deve haver um problema. Você o ouviu.

A CANÇÃO DAS ÁGUAS

– Senti um nó crescer na garganta. Olhei para trás, mas o barco de pedágio estava fora de vista. – Ele disse que sabemos cuidar do que é nosso.

Choveu o resto daquele dia e noite adentro. Eu não me importava – o tempo cinza refletia meu estado de espírito. Markos não apareceu muito e só saía da cabine para beliscar apaticamente as refeições. Passei a maior parte de meu tempo meditando sozinha no convés. Gotas tamborilavam na água, retinindo em sua superfície, e uma neblina densa pairava sobre as terras dos rios. Com o capuz de minha capa de chuva sobre o rosto, observei Fee se agachar perto do cunho. Ela não se incomodava com a chuva que corria por seu rosto escorregadio.

Fechei as mãos em torno da caneca quente de café e olhei fixamente para a água barrenta como se, ao fazer isso, ela fosse revelar seus segredos para mim.

Ela não fez isso.

Quando chegar o dia de seu destino, você vai saber... Mas, quanto mais eu via e escutava, mais minhas dúvidas se concretizavam em certezas. Um frio tomou meu coração.

O deus no fundo do rio fala com os barqueiros na língua das pequenas coisas. E com a família Oresteia, sempre. Com todos eles, desde a época em que atravessavam o bloqueio.

Exceto comigo.

Isso doía, como se um grande buraco negro tivesse se aberto em meu estômago. Sempre houve alguns barqueiros que navegam sem o favor do deus do rio, mas tudo é mais difícil para eles. E eu sabia que outros capitães falavam sobre eles às suas costas. O rio sempre tinha sido meu lar. Se eu não pertencesse a esse lugar, onde mais eu iria conseguir me encaixar?

O dia seguinte amanheceu frio e chuvoso. No interior da cabine, Markos olhava sem ânimo pela vigia, com os olhos fundos e vermelhos. Eu não achei que ele tivesse dormido. Através da cortina, eu o ouvi rolando e suspirando a noite inteira. Por fim ele acendeu um candeeiro. Eu me virei para a parede e tentei ignorá-lo enquanto ele folheava as páginas de um livro até de manhã.

– Está frio. – Eu joguei um dos pulôveres de meu pai para ele. – Aqui.

Ele obviamente não tinha espelho, ou teria visto a poeira branca de sal onde as lágrimas tinham secado em seu rosto. No dia anterior, ele mal falara uma palavra. Eu não me importei, porque eu também não estava muito inclinada a conversar. Algo maior que nuvens de tempestade pairava sobre nós.

Markos alisou o suéter em seu colo. Passou-se um minuto, até que ele falou.

– Não foi só porque eu queria que você me levasse a Casteria.

Tomei um grande gole de café e queimei a língua. Meus olhos lacrimejaram.

– Você sabe. Naquela noite. Eu não tentei beijar você apenas porque queria que você mudasse de ideia sobre Casteria. Eu… interpretei mal a situação – ele hesitou. – O que quero dizer é que você estava ali parada na minha cabine… – Ele limpou a garganta. – Quero dizer, eu realmente quis…

– Eu não quero falar sobre isso – falei, bruscamente.

Ele falou mais alto que eu.

A CANÇÃO DAS ÁGUAS

– Estou tentando me desculpar.

– Ah. – Nós caímos em um silêncio desconfortável. Ele puxou o suéter por cima da cabeça e despenteou o cabelo preto. Se fôssemos meu pai e eu sentados na cabine em um dia chuvoso com o fogão aceso, eu talvez tivesse chamado aquilo de aconchegante, mas, com nós dois ali, era apenas tenso.

Eu rompi o silêncio.

– Como pode ter pensado isso? Eu tinha acabado de conhecer você.

– Provavelmente, eu *não estava* pensando... – Então, murmurou algo.

– O quê?

Markos afastou os olhos, mas não antes que eu visse suas maçãs do rosto e as pontas de suas orelhas enrubescerem.

– Eu disse: "E eu achei você *bonita*". – Ele remexeu com as mãos. – Eu... imaginei algumas coisas que não existiam.

Se ele tivesse dito que estava caindo neve do teto da cabine, eu não teria ficado mais chocada. Bonita. Depois de passar os últimos três dias insinuando que nada naquela barca era bom o suficiente para ele, inclusive eu.

Ele prosseguiu.

– Acho que você podia se lavar mais, mas há um certo... Charme rural em você. E você é muito...

Eu estreitei os olhos.

– Você devia ter parado quando estava ganhando.

– Eu ia dizer *competente*.

Isso não era mesmo o que eu esperava dele. Eu o olhei fixamente.

– Quem já tentou beijar uma garota por ela ser competente?
Ele deu de ombros e me lançou um sorriso enviesado.

– Meu mundo é cheio de pessoas inúteis.

– Ah. – Eu não estava para muita conversa aquela manhã.

– Eu tirei conclusões precipitadas sobre quem você era – prosseguiu ele. – Conclusões que não deviam ser verdade e que provavelmente a magoaram. Eu esperava, sim, manipulá-la. Estou pensando sobre o que disse lorde Peregrine. Uma pessoa que detém uma posição de poder nunca deveria usá-la para tirar vantagem dos outros – ele engoliu em seco. – Desculpe.

Eu senti que ele não tinha acabado.

– Eu me sinto em desvantagem aqui. – Ele observou a chuva cair pela janela da cabine. – A única coisa que sei ser é um filho de emparca. Sei que tudo o que faço parece errado e idiota para você.

Ele tinha uma expressão estranha no rosto, como se torcesse para que eu negasse isso, mas já tivesse se resignado ao fato de que eu não o faria.

Quase me senti mal, então, por jogar o balde de água nele. Mas eu lembrei como ele pusera as mãos em mim, e como isso me deixara com raiva e envergonhada. E, depois, a vergonha que senti por *ficar* com vergonha, porque era ele quem estava errado.

– Calculo que vamos chegar a Siscema ao meio-dia – eu disse, na esperança de conduzir a conversa em uma direção menos embaraçosa. Eu tinha certeza de que ele podia ouvir as batidas rápidas e apreensivas de meu coração. – Você pode ficar aqui dentro, se quiser. Não vou pensar menos de você se não quiser sair no clima ruim.

A CANÇÃO DAS ÁGUAS

– Agora, isso é mentira. Você vai, sim.

Eu dei de ombros.

– Só estava tentando fazer com que você se sentisse melhor.

– Tem mais uma coisa que eu gostaria de dizer. – Ele aprumou os ombros. – Depois de residir neste barco por vários dias, posso agora ver que ele não é um pedaço de lixo. Ele é muito bom... nas coisas que ele faz.

Lancei um olhar penetrante em sua direção. Ele era inteligente o bastante para perceber que elogiar a *Cormorant* era um meio seguro de voltar às minhas boas graças, mas eu não vi malícia por trás de seus olhos cansados. Resolvi aceitar seu discurso estranho pelo que ele aparentava ser: uma oferta de paz.

– Obrigada por isso, pelo menos. – Fiz uma pausa por um instante. – Para onde vamos agora?

Ele olhou para seu café, como se as soluções para os problemas que nos assombravam estivessem no fundo da caneca.

– Acho que isso depende de você.

– No navio-farol que há no Pescoço – eu disse, lentamente – eles acendem luzes de cores diferentes para alertar os barcos sobre o clima. Uma lanterna amarela significa que o dia está bom. Uma lanterna vermelha significa que as condições do mar estão ruins.

– O que nós temos?

– Duas lanternas amarelas. Navegue com cautela – eu disse.

Nós chegamos a Siscema logo após o meio-dia. A chuva tinha parado, mas nuvens pairavam baixas sobre a terra, assim como a fumaça de centenas de chaminés. Siscema era maior que Pontal de Hespera ou Gallos. Localizada onde o Rio Melro e o Rio Kars se juntavam, era o porto mais importante no norte das terras dos rios. A cidade era um labirinto de ruas calçadas com pedras e jardins murados. Suas docas eram uma vasta confusão de barris e caixotes empilhados por toda parte. Carroças entravam e saíam de armazéns na beira do rio, e pairava um cheiro de alcatrão e serragem.

Conduzi a *Cormorant* para um ponto vazio no mercado madeireiro. Cercada pelos familiares sons de porto, de guindastes barulhentos, gaivotas estridentes e rangido de cordames, esperamos pelo inspetor das docas para desembarcar nossa carga. Não havia sinal do *Victorianos*.

Eu tinha outras razões para ficar de olho aberto. Gente demais me conhecia na cidade de Siscema. Pessoas pelas quais eu preferia não ser vista.

Markos observava um grupo de aves negras voar e mergulhar em meio às boias.

– Cormorões – eu disse.

– Eles gostam de águas rasas, como o barco.

Fiquei satisfeita por ele ter percebido.

– Ela parece um pouco com um cormorão grande e preto, não é?

Markos perdera parte das sombras sob os olhos. Ele emergira no convés com o cabelo molhado e o rosto rosado por ter sido recém-esfregado, no que parecia muito mais com sua personalidade habitual.

Claro que sua personalidade habitual ainda era irritante. Mas ele parecia mais relaxado quando se sentou no teto da cabine com as pernas penduradas para fora, e a gola da camisa de meu pai se movendo ao vento. Talvez ele e eu tivéssemos chegado a um entendimento cauteloso, ou ele tinha simplesmente sido subjugado por sua tristeza.

– Quer parar de olhar para trás? Você está me deixando nervoso – disse ele.

– Talvez tenhamos de esperar por horas. E se os Cães Negros aparecerem? – Eu estava relutante em dizer a ele que os Cães Negros eram apenas metade do que eu tinha na cabeça.

– Nós podíamos simplesmente nos esquecer das toras – sugeriu Markos.

– Nós vamos duas vezes mais rápido sem elas. – Mordi o lábio inferior, arrancando uma lasquinha de pele. Era um hábito ruim, mas eu estava tão nervosa que não conseguia evitar. – Por que o inspetor das docas tem de ser tão desgraçadamente lento? – Gesticulei em direção às outras barcas. – Eu gostaria apenas que pudéssemos pular essa fila e dar o fora daqui.

– É claro! Caroline, acabei de pensar uma coisa! – Ele pulou e desceu. – Seu lábio está sangrando.

– Sim. Obrigada. Isso não ajuda muito. – Suguei o lábio machucado e provei o travo ferroso de sangue.

– Não era isso. A carta de corso! Pena que não pensamos nisso uma hora atrás.

– Você acha que isso vai ajudar em alguma coisa?

– Você acha que os barcos de uma margravina esperam? – Ele me olhou com expressão de desprezo. – Por que um do emparca com certeza não. Onde você a guarda?

Eu a retirei do bolso de cima de minha capa de chuva. A fita estava amarrotada, e o pergaminho com orelhas nas extremidades, mas ainda era uma carta de corso.

– Você, aí? – Havia um toque autoritário na voz de Markos quando ele chamou o inspetor das docas. – Estamos a serviço da margravina.

Inacreditavelmente, o inspetor das docas parou o que estava fazendo e se aproximou imediatamente. Talvez o truque estivesse na confiança. Markos supunha que as pessoas iriam obedecê-lo imediatamente, por isso elas o faziam.

Entendi que a exceção era eu.

O inspetor das docas tinha barba grisalha e pele mais escura que a de minha mãe. Ele não era ninguém que eu conhecia. Siscema era um porto grande, por onde passavam muitas barcas todos os dias – e barcos marítimos, também, vindos do Lago Nemertes para Iantiporos.

– Eu tenho a honra de ser Tarquin Meridios. Sou mensageiro do consulado akhaiano – disse Markos, oferecendo o pergaminho amarfanhado para o inspetor. – Eu tenho uma carta de corso.

Observei os olhos castanhos do homem examinarem o conteúdo.

– Isto é para a barca *Cormorant*. – Ele baixou a carta.

– E esta é a barca *Cormorant*.

– Não é o que diz a pintura – observou, com os olhos indo e vindo entre o documento e o barco. – Ela diz que esta é a *Octavia*.

– Nossos negócios exigem o maior segredo. Capitã Oresteia, poderia, por favor, buscar os documentos do barco para este homem?

Eu me abaixei e entrei na cabine para pegá-los na caixa à prova d'água onde meu pai guardava as coisas importantes. Muito

A CANÇÃO DAS ÁGUAS

nervosa, eu os entreguei a Markos, que, por sua vez, entregou-os ao inspetor das docas. Ele não ia aceitar aquilo, eu simplesmente sabia.

– E aqui está o contrato da madeira – eu disse, desconfiando que Markos não pensaria em pedir por ele. Com um olhar entediado e olhos semicerrados, Markos estendeu a mão espalmada. Eu pus o documento nela.

– Como pode ver – disse Markos –, estamos a caminho da cidade livre de Valonikos com toda a rapidez a serviço da margravina. Precisamos desembarcar esta carga imediatamente e partir.

O homem ergueu o papel contra o sol. Havia um desenho entrelaçado no pergaminho que eu não havia percebido antes.

– Ele traz sua marca e seu selo – admitiu ele com uma sacudida desnorteada da cabeça. Ele provavelmente estava se perguntando por que um mensageiro estaria a bordo de uma barca de carga, mas estava impressionado demais pela carta para perguntar. Ele assoviou para seus homens.

Enquanto puxavam para trás a escotilha do compartimento de carga e traziam as alavancas e guindastes, perguntei baixinho a Markos:

– Quem, afinal, é Tarquin Meridios?

Ele sorriu.

– Eu o inventei.

– Não estou dizendo que você tem futuro como criminoso e malandro – disse a ele. – Mas isso foi excelente.

Uma gaivota solitária desceu do céu e pousou em um dos pilares das docas. Ela inclinou a cabeça para o lado e piou para mim.

Eu ergui os olhos e congelei. Uma mulher caminhava pela

doca na companhia de um homem de túnica com um livro-caixa. Eles eram seguidos por dois guarda-costas, homens de armaduras de couro ornadas com pregos e espadas.

— Maldição dos deuses. — Eu saquei a pistola do coldre.

— Quem é essa?

Eu peguei a manga de Markos.

— Escute. Os Bollards negociam todas as coisas. Produtos, dinheiro, rumores. Tudo. Eles venderiam você para os Theucinianos sem pensar duas vezes. Desça para a cabine e *se esconda*. Tem um compartimento de contrabando a estibordo. Vá!

A mulher na doca vestia um gibão dourado com mangas bufantes vazadas. Acima de seu rosto astuto e de pele marrom, havia um turbante de seda vermelha com uma padronagem de bolinhas douradas.

Um relógio belamente gravado e um conjunto de chaves de latão combinando pendiam de um porta-chaves na cintura. A gravação no aparelho retratava um barril de vinho coroado com três estrelas.

A maior parte das pessoas a conhecia como Tamaré Bollard, negociadora da família Bollard de mercadores. Infelizmente, eu a conhecia por um nome diferente.

Eu baixei a pistola.

— Oi, mãe.

CAPÍTULO
TREZE

– Carô? Por que você pintou o nome da *Cormorant*? – foi a primeira coisa que ela quis saber. – Seu pai está com problemas por contrabandear outra vez?

Meu pai diz que a melhor mentira é a mais próxima da verdade, por isso eu aproveitei a oportunidade que ela me ofereceu.

– Ayah – eu disse. – Quando ele não está? Ele achou que devia se manter discreto por um tempo. Somos só eu e Fee. Estou a caminho de Valonikos para buscá-lo.

Eu percebi que ela estava olhando fixamente para minha mão, onde eu ainda apertava a pistola. Eu a enfiei despreocupadamente no cinto.

– Havia um homem por aqui, antes – eu disse como explicação, com a nuca arrepiada pelo nervosismo. – Não gostei da aparência dele.

– Você vem de Pontal de Hespera? – Minha mãe se apoiou em uma pilastra da doca. – Temos ouvido rumores estranhos. De problemas em Akhaia e... outras coisas. Não sabemos como interpretá-los.

Admirei a fileira de brincos que percorriam todo o lobo de sua orelha. Ela também usava um brinco cintilante do lado esquerdo do nariz. Eu não duvidei que fossem de ouro verdadeiro.

– Não – eu disse, fria como uma barriga de truta. – Quero dizer, nós *estivemos* em Pontal de Hespera. Mas faz alguns dias. Soube que piratas a queimaram. O homem no barco do pedágio na ponte de Gallos disse isso, mas eu achei que ele estivesse me provocando.

Minha mãe pareceu preocupada.

– Acho que não – ela disse.

– Algum problema? – Agradeci por ter guardado a carta de corso. Não havia maneira fácil de explicar isso para minha mãe.

– Não sei dizer ao certo. – Ela deixou as preocupações de lado. – Mas claro que você vai à minha casa jantar.

– Eu… uh… preciso pegar a maré para Doukas – menti. Eu não ia para o norte, passando por Doukas, mas para o sul, pelo Lago Nemertes.

– Você, agora, está evitando sua mãe?

Esforcei-me para não me contorcer como um besouro cutucado com uma vara.

– É minha primeira viagem sozinha. Eu queria ser rápida.

– Você pode pegar a maré da manhã e chegar lá ao meio-dia, Carô. Como você bem sabe. – Ela saltou para o convés da *Cormorant* e acenou com a mão para dispensar seus acompanhantes. – Agora, solte as amarras e vá para a terceira doca. Temos uma vaga aberta. Você não vai ter de pagar as tarifas de porto.

E, desse jeito, eu me vi presa.

Enquanto guiávamos a barca até a doca dos Bollards, minha

A CANÇÃO DAS ÁGUAS

mãe cruzou as pernas e reclinou-se no assento do cockpit. Fee olhou para mim com apreensão, mas não disse nada. Eu mesma tentei evitar olhar para a escotilha da cabine. Torci para que Markos tivesse tido o bom senso de obedecer minhas instruções e se esconder, mas, com o olho de águia de minha mãe sobre mim, eu não ousei verificar. Depois que terminamos de descarregar tudo, juntei-me a minha mãe nas docas e deixei Fee de vigia.

Minha mãe ficou bem perto ao meu lado enquanto caminhávamos pela rua movimentada. Eu sabia que não havia como evitá-la. Ela era mais afiada que uma faca – e, naquele momento, mais perigosa. Os Bollards comandavam um vasto império comercial, isso era verdade. Mas, como eu dissera a Markos, havia dedos seus em muitos negócios.

– Não gosto da ideia de Nick deixar você viajar sozinha – disse minha mãe, esquivando-se de uma carroça cheia de barris.

– Mãe, tenho dezessete anos. Um dia ela vai ser minha barca.

Ela apertou os lábios para mostrar o que pensava disso.

– Sim, bem. Nada está decidido. Você ainda é nova. Qual foi o problema?

Eu hesitei.

– Acho que esse não é o tipo de coisa que ele gostaria que você soubesse. – Isso era verdade. Em termos. – Sem ofensa, é claro – acrescentei, ao perceber a sorte de ela não saber que meu pai estava contrabandeando mosquetes para os rebeldes de lorde Peregrine. Ela teria ficado furiosa.

Ela escarneceu.

– É claro.

Porém, ela pareceu mais irritada com meu pai que comigo, o que servia muito bem a meus propósitos.

– Como vão os negócios? – perguntei, como tática para dispersar.

Funcionou.

– Na verdade, a Companhia Bollard entrou recentemente em inúmeros negócios lucrativos… – E iniciou uma explicação longa e maçante sobre contratos de carga.

Os Bollards adoram falar de si mesmos. Eles acham que são a melhor coisa que já existiu. Era por isso que eles não entendiam meu pai. Eles não conseguiam ver por que um homem podia querer trabalhar no rio como um barqueiro independente quando podia, em vez disso, se aliar a uma poderosa casa comercial. Os Bollards possuíam e administravam muitos barcos, tanto no mar como nos rios, mas eles contratavam outras pessoas para navegá-los. Eles se achavam acima de meros barqueiros.

Talvez fossem. Foi um Bollard quem descobriu a rota marítima para Ndanna, e o primeiro a circum-navegar esse grande continente. Tornar-se útil para a família não era uma escolha – era esperado. Minha mãe achava que eu devia estar na escola, aprendendo retórica, navegação ou alguma outra coisa.

Gentilmente, todo verão, desde que eu consigo lembrar, meu pai enchia uma mochila e me deixava nas docas de Siscema para passar duas semanas com minha mãe. Mas, ela, invariavelmente, se via ocupada com negócios da família, portanto, em vez disso, eu apenas acabava aprontando com minhas primas. Havia duas com mais ou menos a minha idade: Kenté e Jacarandá. Esse era um dos motivos pelos quais eu queria evitar ir à casa dos Bollards. Eu ficaria extremamente tentada a contar tudo a minhas primas, mas não podia.

A imponente residência dos Bollards na cidade ficava em uma fileira de casas de quatro andares idênticas e conectadas. As pessoas na cidade a chamavam de a Casa do Capitão, pois ela tinha pertencido ao próprio Jacari Bollard. Ela era maior no interior do que aparentava de fora. Estendia-se interminavelmente e acabava em um jardim, em uma cavalariça e em uma adega com a própria plataforma de carga. Acima da porta da frente, havia o emblema da família: um barril de vinho com três estrelas em arco sobre ele.

No vestíbulo, imperando sobre os visitantes com sua fronte sisuda e chapéu alto, havia uma pintura do grande explorador Jacari Bollard. Ele olhava de cima para mim enquanto eu limpava as botas enlameadas no tapete, sem dúvida se perguntando como uma de suas descendentes tinha acabado por capitanear uma barca inferior. Ele parecia excessivamente aprumado e nobre – nada de contrabando para o capitão Bollard, não senhor.

Embaixo do retrato, havia um mostruário polido cheio de objetos curiosos. O contrato original da Companhia Bollard era mantido ali, sob um vidro, junto com um sextante e vários mapas no estilo clássico com monstros e serpentes desenhados nas bordas.

Um velho alerta de perigo. Aqui há drakons.

Minha mãe sinalizou para que uma criada pegasse minha capa de chuva.

– É claro que você vai querer um banho quente. Vou mandar uma criada subir.

Isso era meu destino rindo de mim. A capitã de uma barca

não espera ser mandada para o banho como uma criança mal-criada, não depois de ser alvejada por piratas e incendiar uma taverna. Torci para que Markos não tivesse a ideia de fazer alguma coisa idiota enquanto eu estivesse fora.

Depois que a criada saiu, puxei o cabelo para o alto da cabeça para que ele não se molhasse e afundei na banheira de cobre fumegante. Enquanto esculpia torres inclinadas com punhados de espuma, eu quase conseguia fingir que tudo estava como deveria estar. Eu me perguntei se meus ancestrais infames – os Oresteias, que desafiaram o bloqueio ou o intrépido capitão Bollard – alguma vez pararam no meio de suas aventuras para um banho demorado. Provavelmente, não.

Mas minha vida de repente tinha virado uma confusão maldita. Apoiei a cabeça na borda da banheira e tentei não pensar em meu pai, em Markos nem nos Cães Negros. Não consegui.

O vestido trazido pelas criadas era feito de brocado azul rígido com um painel engomado na frente. Ele tinha decote baixo e era encimado por uma jaqueta de um azul mais claro amarrada por um cinto na cintura, bufante acima das saias. As mangas da jaqueta estavam presas por laços de fita e cadarços no punho. Eu teria gostado de encontrar algum lugar naquele mar de tecido para esconder minha pistola, mas as criadas irritantemente se recusavam a dar as costas por mais que alguns segundos. Eu fui forçada a deixá-la para trás.

Foi assim que eu me vi conduzida para o jantar. A sala de jantar dos Bollards era um salão com painéis de madeira e muitas mesas. Minha mãe e os membros mais velhos da família sentavam-se à mesa principal, posicionada sobre uma plataforma. O ambiente

A CANÇÃO DAS ÁGUAS

estava repleto de vinho, azeitonas e conversa alta. Cortinas de seda se entrelaçavam nas vigas, criando um teto ondulado.

Todas as pinturas eram de navios, cada uma delas com uma placa de identificação na base da moldura. Havia o *Magistros*, nossa nau capitânia do século passado, um navio de três mastros. O *Nikanor*, perdido no mar na região das Ilhas do Chá muito tempo atrás, e, na moldura mais ornamentada de todas, o *Astarta*, que fora o navio do próprio capitão Bollard.

Toda essa história olhando para mim, e quem era eu? Apenas uma barqueira com um monte de problemas.

Os olhos de minha mãe examinaram meu vestido citadino e se demoraram em meu cabelo, que estava confinado por uma rede de renda negra.

– Muito melhor – disse ela. O que pareceu ridículo da parte dela, em minha opinião, porque ela não tinha se dado ao trabalho de vestir saias. Ainda usava o mesmo gibão com turbante que estava vestindo nas docas.

Meu tio Bolaji estava sentado ao lado dela. Ele era o mais alto oficial da Companhia Bollard, um homem largo de face marrom-avermelhada que usava a barba negra em três pontas, com uma conta em cada uma de suas extremidades.

– Os Cães Negros não são uma tripulação respeitável. Não gosto de negociar com esses homens – resmungou ele. Em seguida, ele me viu. – Olá, Caroline. Espero que seu pai esteja bem.

Eu enrijeci ao ouvir suas palavras.

– Ele… está, obrigada – consegui balbuciar. Cães Negros, na casa dos Bollards?

SARAH TOLCSER

— E, ainda assim, dizem que um homem sábio tira mais proveito de seus inimigos do que um tolo de seus amigos. — Minha mãe ergueu as sobrancelhas para o tio Bolaji e bebeu o resto de seu vinho.

Ele deu um suspiro.

— Você estava certa em não dispensá-los. Também se diz que um marinheiro deve conhecer a direção do vento antes de içar suas velas. — Eles trocaram olhares plenos de significado. — Se os rumores que ouvimos são verdade, o vento mudou. Descubra o que puder.

Minha mãe se levantou.

— Tenho certeza de que você vai querer ficar com suas primas, Carô. Eu tenho negócios.

Quando pequena, sempre me ressenti dessas palavras. Aquela noite, enquanto eu observava minha mãe deixar a sala de jantar, elas despertaram uma curiosidade poderosa. Que negócio ela teria com os Cães Negros? Será que o *Victorianos* estava agora mesmo parado na baía? Os homens do capitão Melanos podiam estar revirando as docas.

Eu segui para as mesas mais baixas, fazendo um caminho sinuoso entre os criados carregando coisas. Ao ver minhas primas Kenté e Jacarandá, parei e abri um sorriso.

Elas estavam debruçadas sobre uma bandeja de pão, húmus e tâmaras, com as cabeças próximas. Jacky era um ano mais velha que eu, e Kenté, um ano mais nova. Eu tinha passado muitas semanas com elas na casa dos Bollards durante os verões. Jacky era filha de uma prima de minha mãe. Na verdade, eu não sabia ao certo qual o parentesco entre mim e Kenté, mas todos os Bollards chamavam uns aos outros de "primos". Quando crianças, eu e elas subíamos em caixotes de carga nos armazéns da família e passávamos horas nos

A CANÇÃO DAS ÁGUAS

balançando nos pilares das docas, criando histórias sobre os barcos de velas cheias que subiam e desciam lentamente o rio. Embora meus sentimentos em relação a ser uma Bollard fossem complicados, eu amava minhas primas.

— Que a corrente vos leve — disse Kenté quando me juntei a elas. O brinco de ouro em seu nariz brilhava à luz das velas. — Achei que você não fosse aparecer antes do verão!

Kenté estava usando o cabelo repartido em quatro seções e preso em tranças. Trajava um vestido verde com listras douradas muito bonito. Ele era ainda mais chamativo que o meu, o que já dizia muita coisa, mas aquilo era Siscema. Eles faziam as coisas de um jeito diferente na cidade.

— Que a corrente vos leve. — Parecia fazer dias desde que eu sorrira pela última vez, mas, com minhas primas, era impossível não sorrir. A sensação agourenta de perigo que tinha ficado zumbindo constantemente em mim se aliviou um pouco.

— Não estou vendo seu pai — disse Jacky.

— Estou sozinha. — Eu me sentei em uma cadeira. — Estou fazendo minha primeira viagem sozinha até Valonikos. — Decidi parar por aí, antes que elas começassem a achar que eu estava escondendo algo.

— Está mesmo? Muito bom, Carô! — Kenté serviu um copo de vinho quase até a borda e o empurrou sobre a mesa.

— Ah, espere até Akemé descobrir que não encontrou você. — Jacky me cutucou no ombro. Um sorriso malicioso se abriu em seu rosto, que era de tom mais claro, devido à presença de sangue akhaiano em seu ramo da família.

Eu peguei uma tâmara, na esperança de que não me percebessem corar.

— Ele não está aqui?

Akemé era o jovem marinheiro com quem eu dormira no verão passado, no que tinha sido minha primeira e, até então, única experiência do tipo. Minhas primas sabiam de todos os detalhes do encontro – bem, a maior parte deles –, e estavam determinadas a nunca me permitir esquecer isso.

— Está como aprendiz em Iantiporos. Com o pai. – Ela piscou para mim. – Vou dizer a ele que você mandou um beijo.

— Jacarandá Bollard, você não faria uma coisa dessas! – exclamou Kenté, fazendo com que vinho transbordasse de seu copo.

— Ah, ela faria, sim – eu disse. – Escutem, garotas, vocês sabem alguma coisa sobre esses Cães Negros?

Kenté sempre sabia das fofocas boas. Como eu esperava, ela aproveitou minha pergunta e estreitou os olhos.

— Sei que eles chegaram à cidade há uma hora, na chalupa *Alektor*. Desceram o rio desde Doukas. Sua mãe deixou seu capitão à espera no salão azul.

Uma hora. Enquanto eu estava aproveitando o luxo da sensação de água quente em minha pele. Como eu podia ter sido tão estúpida? E quantos navios os Cães Negros tinham à nossa procura? Eu nunca tinha ouvido falar em uma chalupa chamada *Alektor*. Eu precisava voltar às docas e alertar Fee e Markos.

— Ouvi dizer que Diric Melanos é o fora da lei mais bonito em alto-mar – disse Jacky.

Eu quase escarneci. Como as lendas são exageradas.

A CANÇÃO DAS ÁGUAS

— Ele não está aqui, está?

— Não, infelizmente.

— O que eles querem? – perguntei a Kenté, com o coração batendo descontroladamente. Eu rasguei um naco de pão e o passei pelo prato para pegar húmus com azeite.

— Negociar. – Ela deu de ombros.

Minha mãe era a principal negociadora do clã dos Bollards. Isso não me disse muito.

— Sabe sobre o quê? – perguntei com a boca cheia, tentando dar a impressão de que isso não tinha a menor importância para mim.

— Estão procurando alguém em uma barca.

— Oh, ayah? Os Bollards agora viraram caçadores de recompensa? – perguntei com mais brusquidão do que era minha intenção.

— Tem alguma coisa a ver com carga roubada.

Meus dedos se cravaram na mesa. Mentirosos nojentos.

— Como você sempre sabe de tudo? – perguntou a ela Jacky.

Por um breve instante, o rosto de Kenté assumiu um brilho estranho.

— Essa é a minha sorte – disse ela. A luz da vela dançava sobre sua pele marrom e seus olhos âmbar. – As sombras me favorecem. – Ela riu, e eu percebi que ela estava apenas brincando.

Eu me debrucei para mais perto.

— Você soube de alguma coisa sobre um cúter chamado *Victorianos*, de Iantiporos?

— Nada. Por quê?

Eu mastiguei em silêncio. O salão azul era a segunda melhor

sala de estar dos Bollards. Eu precisava dar um jeito de conseguir ir até lá e descobrir o que estava acontecendo.

– Dizem que o capitão Melanos capturou cem navios, sabia? – disse Kenté. – Nos conflitos de 88, quando ele era um corsário de Akhaia.

Jacky riu.

– Eles também dizem que o *Nikanor* foi afundado por um grande drakon do mar, não dizem? – Ela apontou com a cabeça para a pintura na parede. – Mas isso é só uma invenção.

Kenté lançou um olhar penetrante para ela.

– Como você sabe?

– Por que não existem coisas como drakons, é claro.

Um calafrio incontrolável subiu por minha nuca. Todo mundo que já leu uma história sabe que não há melhor maneira de garantir que você seja engolido por um drakon no último capítulo do que dizer que "não existem coisas como drakons".

Eu sabia que Kenté estava pensando a mesma coisa, mas ela não disse. Em vez disso, ela baixou a voz.

– Sei de uma história com um drakon. Ela começa assim: Há muito tempo atrás, em uma época esquecida, havia uma menina que amava segredos. Para sua sorte, ela vivia em uma grande casa antiga que tinha muitos deles. Tarde da noite ela costumava circular como um fantasma pelas passagens dos criados. Aconteceu que, em uma determinada passagem, havia um furo perto de uma lareira. Quando ela levou os olhos e ouvidos a esse furo, ela pôde ver e escutar tudo o que se passava na saleta do outro lado. E, uma noite...

Jackie revirou os olhos.

A CANÇÃO DAS ÁGUAS

– Não acredito que haja algum drakon nessa história. Você está só inventando coisas.

Kenté botou a língua para fora, mas seus olhos se franziram ao cruzar com os meus. Fui tomada por um frisson, pois eu entendi que aquilo não era nenhuma história, suas palavras eram para mim.

Empurrei a cadeira para trás.

– Vou ao banheiro, meninas.

Kenté bateu na lateral do nariz com o dedo.

Há muitos segredos na casa dos Bollards. Para minha sorte, Kenté conhecia a maioria deles. Ela estava certa sobre a passagem dos criados. Eu entreabri a porta e entrei por ela. O corredor estreito tinha paredes caiadas de branco e vigas baixas, um reflexo triste de seu companheiro mais elegante que corria paralelamente ao longo da frente da casa. Caixotes e barris empilhados cobriam a parede, todos com a marca do barril com as estrelas dos Bollards. Essa extremidade da passagem estava deserta, pois a maioria dos criados estava ocupada com o jantar.

Assim, consegui levar o olho ao buraco perto da lareira e espionar a reunião de minha mãe com o homem dos Cães Negros.

Provavelmente, aquele era o mesmo Philemon que o capitão Melanos tinha mencionado. Ele não me pareceu grande coisa. Sua barba era emaranhada e malcuidada, e ele sempre parava para limpar o suor da testa com um lenço listrado.

– Soubemos do massacre em Pontal de Hespera. – Minha mãe empurrou um copo de vinho até o outro lado da mesa.

O homem deu um sorriso malicioso.

– Só duas pessoas foram mortas, portanto, isso não pode exatamente ser considerado um massacre. – Fiquei louca de vontade de socar sua cara feia. Os Singers eram pessoas reais, pessoas boas, e ele achava a coisa toda uma piada.

Minha mãe esperou com as mãos entrelaçadas.

– Soube que os Cães Negros foram responsáveis.

– Diric Melanos fez um contrato com a família dos Theucinianos para localizar e recuperar certa caixa de produtos roubados. Por qualquer meio necessário, querida. – Ele deu um gole de vinho e grunhiu. – É bom.

Uma expressão de desdém, rapidamente escondida, passou pelo rosto de minha mãe. Ela provavelmente estava achando que esse homem era um desperdício de belo vinho antigo. Os Bollards se preocupavam muito com o vinho.

– Por que você não me conta o que estão procurando? – Minha mãe serviu um copo para si mesma.

– Nosso problema é com uma barca. Chamada *Cormorant*.

Eu quase caí para trás.

Minha mãe não reagiu. Sequer piscou. Eu sacudi a cabeça, estupefata. Eu estava vendo porque ela era a melhor negociadora dos Bollards. Então, o homem no barco de pedágio estava certo. Os Cães Negros sabiam o nome da *Cormorant* – não só o *Victorianos*, mas essa outra embarcação, a *Alektor*. E, naquele momento, minha mãe também sabia que eles estavam à nossa procura.

– Há trinta barcas amarradas nas docas – disse minha mãe. – Você planeja incendiar todas elas também? Porque posso lhe dizer que, se fizer isso, nunca vai ter a ajuda dos Bollards. – Ela

A CANÇÃO DAS ÁGUAS

se encostou na cadeira. Para alguém que não estivesse realmente prestando atenção, ela podia parecer relaxada, mas era como uma gata estudando a maneira certa de atacar. – Philemon, não é? Você se importa se falarmos abertamente?

– Adoro conversas abertas – disse ele com um olhar malicioso. Eu quase senti pena dele.

– Algumas das barcas que você incendiou em Pontal de Hespera eram embarcações dos Bollards.

– Bem, não fui eu quem fez isso. Foi Melanos. Ele é jovem e exagera as coisas.

– Mesmo assim. – Minha mãe se debruçou para mais perto do homem. Philemon sorriu, achando que ela estivesse flertando, mas eu sabia que ela estava se movendo para matar.

– Se nós o ajudarmos a localizar essa barca, essa *Cormorant* – disse ela –, naturalmente, qualquer valor pago a nós seria uma adição à restituição que os Cães Negros já vão pagar à Companhia Bollard pela destruição de sua propriedade. Acredito que foram quatro barcas afundadas, o que leva a quantia que vocês devem a 250 mil. – Ela sorriu e passou o dedo pela linha curva do decanter. – Mas isso depende de um cálculo do avaliador, é claro. E quanto, além dessa soma, vocês estão dispostos a nos pagar por nosso auxílio? – Ela inclinou a garrafa na direção dele. – Mais vinho?

Philemon piscou.

Eu me afastei do buraco com a cabeça zunindo de pensamentos. Então, algumas das barcas afundadas pertenciam aos Bollards. Bom, se alguém podia tirar dinheiro dos Cães Negros, era minha mãe. Ela podia arrancar dinheiro de pedra.

Eu desconfiei que ela estivesse apenas retardando Philemon. Ela não tinha nenhuma intenção de auxiliá-lo nessa busca, não quando ela sabia que a *Cormorant* estava bem ali. Assim que minha mãe saísse dessa reunião, eu poderia esperar uma surra. Ou, pelo menos, um interrogatório muito firme.

Fechei cuidadosamente a porta da passagem dos criados, atenta ao clique baixo do trinco. Eu não ousava ficar nem mais um minuto na casa dos Bollards. Eu não poderia resistir às perguntas de minha mãe. Ela iria descobrir tudo. Eu tinha de subir às escondidas, tornar a vestir minha roupa e fugir imediatamente.

Quase cheguei até a escada antes que a voz de meu tio no vestíbulo me detivesse. Eu fiz a curva rapidamente e me achatei contra a parede.

Outro visitante tinha chegado tarde à casa dos Bollards. Um que eu conhecia bem demais.

CAPÍTULO
QUATORZE

Markos estava usando um casaco que eu nunca tinha visto antes. Azul-escuro com adornos dourados, ele se estreitava na cintura e caía em um conjunto de caudas longas até seus joelhos. Uma fileira de fivelas reluzentes subia por seu peito.

— Que a corrente vos leve nesta bela noite, senhor. — Ele bateu os calcanhares e fez uma mesura.

Com um pequeno aceno para dispensar o mordomo, o tio Bolaji recuou para o interior do vestíbulo para permitir a entrada de Markos.

— Sim, sim. Eu lhe dou as boas-vindas à casa dos Bollards.

— Meu nome é Tarquin Meridios. — Ele saiu da garoa enevoada, aprumou-se em toda sua altura e removeu o chapéu impermeável de meu pai. O cabelo dele caía para trás em ondas pronunciadas a partir da testa. — Eu tenho a honra de ser mensageiro do consulado akhaiano. Soube que esta era a casa aonde vir. Pois, o senhor sabe, necessito de um barco com urgência.

— Na verdade, posso conseguir passagem para o senhor em um de nossos navios — disse meu tio. — Mas por que não procurou nossos escritórios? Temos instalações na Rua Larga, muito mais perto das docas.

– Infelizmente, devido a minha situação, cheguei tarde a Siscema. Por isso, peço desculpas, assim como por minha aparência.

Markos gesticulou para suas roupas. Eu desdenhei da sugestão de que houvesse alguma coisa errada com o jeito como ele estava vestido. Ele ainda estava usando a calça e camisa de meu pai, mas aquela jaqueta era mais elegante do que qualquer coisa que tínhamos a bordo do *Cormorant*. Vi o tio Bolaji olhar para ela e nitidamente avaliar sua qualidade.

– Eu devia levar alguns documentos para meus colegas na cidade de Valonikos – disse Markos. – Mas, após uma série de infortúnios, que incluíram, entre outras coisas, o roubo de um belo cavalo por um grupo de bandidos, fui forçado a negociar minha passagem em uma barca local. Mas, agora, tenho necessidade de grande velocidade.

Seus lábios se retorceram quando ele chegou à parte dos bandidos. Ele estava gostando daquilo. Ele estaria se divertindo muito menos se soubesse que um dos Cães Negros estava sentado do outro lado da porta, a pouco mais de cinco metros de distância.

– Sua chegada a esta hora é uma pena, pois nossa representante está atualmente em reunião com outro cliente. Na verdade, eu estava prestes a me juntar a eles. – O tio Bolaji coçou a cabeça. – O senhor se importaria de esperar no corredor até terminarmos com os outros assuntos?

– Isso seria mais que adequado – disse Markos. – O senhor tem minha gratidão.

Eu me maravilhei com a rapidez com que ele voltara à fala

A CANÇÃO DAS ÁGUAS

formal. Quando nos conhecemos, eu o achei rígido demais. Mas, naquele momento, eu percebi que suas maneiras eram como uma fantasia que ele podia vestir ou tirar – uma habilidade que certamente tinha suas vantagens.

– A menos… – Meu tio fez uma pausa. – O senhor gostaria de se juntar à família no jantar?

Eu não podia deixar que ele ficasse ali, onde Philemon poderia vê-lo. Fiz a curva de volta, lentamente.

– Isso não vai ser necessário, eu já… – Markos levantou os olhos e me viu. Sacudi a cabeça vigorosamente, e ele se calou com uma tosse estranha. – Isto é…

Eu entrei com as saias farfalhando em torno das pernas.

– Eu vou levá-lo para a sala de jantar, tio, se o senhor quiser ir lá com minha mãe.

Eu peguei o braço de Markos. Ele imediatamente o ergueu, como homens da cidade fazem quando acompanham uma dama. Eu pus a outra mão na manga de sua jaqueta e fiz um grande esforço para dar um sorriso para ele. Acho que não consegui, porque ele engoliu uma risada e olhou fixamente para as tábuas do piso.

– Carô. – Meu tio ergueu as sobrancelhas. – Achei que você estivesse jantando.

– Precisei pegar uma coisa – menti. – De qualquer modo, acho que ele vai preferir se sentar com pessoas de sua idade. Não é mesmo?

Markos alternava o olhar entre mim e ele.

– Só até eu voltar. – O tio Bolaji olhou para a porta do salão azul. – Pois eu gostaria de lhe pedir notícias de Akhaia. Se não se importar, meu jovem. Nós só ouvimos rumores.

— Posso lhe contar o que sei – disse Markos. – Embora não seja muito, infelizmente. Não volto a Akhaia há semanas. Mas eu também tenho notícias graves.

— Bom, então. Você deve se juntar a mim à mesa quando eu voltar. Por ora, vou deixá-lo aos cuidados das garotas, enquanto sigo meu caminho – ele sorriu. – Tenho certeza de que nenhum jovem vai se importar com isso, certo? – Ele desapareceu no salão azul, deixando-nos sozinhos no corredor.

Eu arrastei Markos pela porta mais próxima. Era um armário de casacos. O ambiente cheirava a cedro e cânfora, e mal era grande o suficiente para nós dois de pé, espremidos como estávamos entre fileiras de casacos.

— O que você está fazendo aqui? – perguntei.

— Ai! Solte minha manga. – Ele puxou o braço. – Achei que você estivesse com problemas quando não voltou. Quando você ia me contar?

— Sobre o quê?

— Você sabe o quê. – Quando eu não disse nada, ele insistiu. – Esta casa? Sua mãe? Você ficou com muita raiva de mim por esconder minha identidade, mas nunca disse uma palavra sequer sobre nada disso. Eu tive de saber por Fee.

Eu falei entre dentes cerrados.

— Minha identidade não vai fazer com que sejamos mortos.

— Sua identidade poderia nos salvar. Essas pessoas têm navios…

— Markos, você não pode estar aqui – interrompi. – Você não devia ter deixado o barco.

— Fee está lá. Ele vai ficar em segurança.

A CANÇÃO DAS ÁGUAS

– Estou dizendo que *você* não vai estar em segurança. Os Cães Negros estão aqui! Seu capitão está nesta casa neste momento. No fim do corredor, na sala de estar.

– Como assim com os Cães Negros? Aquele cúter não está em nenhum lugar à vista.

– Philemon – eu disse, e observei seus olhos se arregalarem com o reconhecimento. – Há outro barco. Uma chalupa.

– O que é uma chalupa? – perguntou ele. Segurei a língua para não dizer nada rude. Ele prosseguiu, em um sussurro. – Pode ser um barco negro com duas velas, uma normal e uma na frente? Tem um assim perto da gente. O *Alektor*. Ele chegou ao porto depois que escureceu.

– Ayah? Ora, veja quem sabe tudo! Você sabia que ele pertencia aos Cães Negros?

– Tem certeza?

– Certeza absoluta – eu disse. – É como disse o homem do barco do pedágio. Eles viram o nome da *Cormorant* naquela noite, mas não sabem diferenciar uma barca de outra. Por isso, estavam pedindo a ajuda dos Bollards. Escute. Precisamos sair da cidade, agora. Minha mãe sabe. Ela sabe que eles estão procurando a *Cormorant*.

Um vinco surgiu entre seus olhos.

– Ela não disse a eles que você estava aqui?

– Não.

– Então, estamos em segurança, pelo menos por enquanto.

– Não tenho certeza disso – eu disse. – Minha mãe não iria deixar que eles me fizessem mal. Mas não posso deixar que ela descubra sobre você. Infelizmente, acho que o dinheiro vai ser bom demais.

– Pelas bolas de Xanto – praguejou ele. – Quem são essas pessoas?

– São uma grande casa comercial. Eles não viraram uma grande casa comercial provocando a raiva dos emparcas de países poderosos.

– Prefiro ser queimado que ouvir você chamar aquele impostor de emparca! – Sua voz subiu dois ou três tons.

– Você quer calar a boca? – chiei.

– Acho que foi uma boa coisa para mim você ter assumido o lugar do seu pai. – Ele beliscou a ponte do nariz, apoiado no cabide de casacos. – O que nós vamos fazer?

Eu entreabri a porta para espiar por ela.

– Você vai ter de sair escondido.

– Pelo deus leão – disse ele. – Eu queria ter sabido disso antes de vir até aqui.

– Minha mãe me pegou de surpresa – admiti. – Eu não consegui escapar. Eu estava prestes a fugir.

– Você ia fugir então, hein? – Seus olhos me estudaram rapidamente de alto a baixo. – Não antes de tomar um banho, botar um belo vestido e comer um jantar perfeitamente luxuoso. Pelo menos, eu imagino que seja luxuoso, nesta casa. Enquanto eu ficava esmagado dentro de um armário de contrabando, naturalmente.

Eu me senti levemente culpada por isso.

– Você comeu alguma coisa?

– Fui reduzido a comer comida de rua comum.

Eu revirei os olhos. Minha simpatia estava evaporando. Eu gostava de comida de rua.

A CANÇÃO DAS ÁGUAS

– Onde está seu cabelo? – Ele me encarou no facho de luz que entrava pela fresta na porta.

Meu cabelo estava envolto em uma rede negra e preso por uma fita de veludo. Eu achava muito bonito, mas Markos estava olhando para mim como se tivesse crescido uma segunda cabeça em mim.

– Eu o prendi. Deixe isso para lá. – Eu peguei o tecido rígido de sua jaqueta. – Onde você conseguiu isso?

– Comprei em uma loja – disse ele, a palavra envolta em desdém. – Mas ele veste bastante bem, apesar das origens humildes.

Eu me perguntei onde alguém compraria roupas se não em uma loja. Eu me aprumei e perguntei:

– Quanto você gastou?

A soma que ele disse, embora menos do que eu temia, era muito mais do que meu pai teria permitido que eu gastasse em um único artigo de vestuário. Meus olhos foram atraídos pelas belas listas de fita branca e pela renda dourada que forravam as lapelas, e para as fivelas de latão espalhadas por todo ele. Eu teria gostado de um casaco desses. Era um casaco de homem, mas apropriado, afinal de contas, para uma capitã de barca.

Sacudi a cabeça. Eu não entendi o que tinha me dado – me considerar uma capitã. Eu era a imediata de meu pai. Se tivéssemos sucesso em nos livrar dessa encrenca, ele provavelmente iria velejar até os setenta anos, como o pai dele e o pai do pai dele tinham feito antes.

Uma pontada de dor me atingiu no coração. Melhor assim. O máximo a que eu podia aspirar era ser uma capitã de barca medíocre, agora que eu tinha certeza de que o deus do rio não me queria.

Espiei pela porta.

183

— A costa está limpa. Volte direto pelo caminho por onde você veio. Depressa.

— E você? — perguntou Markos enquanto saíamos para o vestíbulo.

Eu não ia deixar a pistola de meu pai para trás de jeito nenhum.

— Preciso pegar minhas coisas. Vou logo depois de você.

A porta da sala de estar se abriu, e delas saíram vozes. Antes que tivéssemos tempo de nos esconder, minha mãe, o tio Bolaji e o cão negro Philemon estavam sobre nós.

Quando Philemon bateu o olho em Markos, uma nota ameaçadora cruzou o rosto do homem, como um lobo que apruma os ouvidos ao notar a possibilidade de uma presa.

— Quem é ele? — Philemon perguntou ao tio Bolaji, retardando o movimento de colocar o chapéu na cabeça.

— Ah, aquele rapaz. Mensageiro do consulado akhaiano.

Philemon pareceu muito interessado em permanecer ali, mas o mordomo já tinha posto o casaco em suas mãos. Ele deu um último olhar duro para trás, em seguida vestiu o sobretudo e saiu na neblina.

O tio Bolaji me olhou de cenho franzido.

— Achei que você ia levá-lo para a sala de jantar.

— Ah, bom… — Tentei escolher uma desculpa entre as muitas que giravam em minha cabeça.

— Isso foi culpa minha, senhor — falou Markos às minhas costas. — Sabe, tenho interesse por mapas antigos. — Ele gesticulou para o mostruário de vidro com objetos exóticos. — Eu disse à senhorita Bollard que desejava examinar sua coleção. É uma beleza.

A CANÇÃO DAS ÁGUAS

Inspirei profundamente. Eu sabia por que ele tinha me chamado de senhorita Bollard. Era algo que se encaixava com o fingimento de que não nos conhecíamos, e, ainda assim, uma coisa no fundo do meu ser se rebelava contra isso.

– Esses são originais. – O tio Bolaji acariciou a barba com orgulho. – Este é o mapa no qual Jacari Bollard traçou a rota comercial para Ndanna. – Ele apontou para baixo do vidro. – E aquele é o baú que ele usou para trazer as folhas de chá que presenteou ao emparca.

– É mesmo? O senhor tem muitos outros artefatos do *Astarta*? – A Passagem Sudoeste era uma conquista significativa na exploração naval, mas surpreendeu-me que Markos soubesse o nome do navio do capitão Bollard. Ultimamente, eu estava me surpreendendo muito.

Permaneci em silêncio enquanto voltávamos para o jantar. Quando tive a chance de olhar em direção a minha mãe, seus olhos me perfuravam. Ela sacudiu a cabeça, e eu soube que era apenas por causa do tio Bolaji que ela não estava me interrogando naquele instante.

Markos recuou. Sob o clamor da sala de jantar, ele sussurrou:

– Aquele era ele? – Ele moveu a cabeça na direção da porta da frente. – O homem que acabou de partir?

– Você nunca o viu antes? – perguntei.

– Claro que não. Eu deveria?

Eu sussurrei:

– Então por que ele pareceu reconhecer você?

– Você está vendo monstros por toda parte, Carô. Ele é akhaiano. Eu sou akhaiano. Provavelmente, foi só isso.

Eu achava que não. Eu nunca conheci a margravina, mas meu pai tinha uma miniatura sua na escrivaninha, uma lembrança de seu jubileu de prata. Um homem de Akhaia saberia qual a aparência de seu emparca, e Markos já tinha me dito ser parecido com o pai.

O tio Bolaji se virou. Ao perceber que a cabeça de Markos estava inclinada muito perto da minha, eu me afastei.

— Vá com meu tio — eu disse em voz baixa.

— Como nós vamos sair daqui?

— Estou trabalhando nisso — murmurei.

Talvez Markos tivesse razão. Eu estava vendo monstros, piratas e drakons por toda parte. Eu os ouvi no som de um violino quando um homem o tirou de um estojo de veludo e começou a afiná-lo. O pânico formou um nó em minha garganta. A agradável sensação de calor e segurança na sala de jantar era uma ilusão. Do lado de fora, o perigo arranhava nas janelas da casa.

A mesa de minhas primas estava deserta, coberta de copos vazios. Vi Jacarandá dançando com um rapaz, mas Kenté não estava em lugar nenhum que eu pudesse ver. À mesa principal, o tio Bolaji estava em uma conversa profunda com Markos. Eu podia dizer que minha mãe estava ouvindo, mas ela girava a haste de sua taça de metal nas mãos e não falava. Eu peguei um copo de porto da bandeja de um criado e me encaminhei para mais perto, sob o pretexto de observar os dançarinos.

Markos se inclinou e se dirigiu ao meu tio.

— Eu gostaria muito de ter o privilégio de dançar com sua filha.

O tio Bolaji riu.

— Ela é um pouco velha para um jovem da sua idade, não é? — O que era verdade. Sua filha tinha mais de trinta.

A CANÇÃO DAS ÁGUAS

— Ah. Eu estava dizendo a moça que conheci na porta.

— Ah, está falando de Carô? Ela é uma filha desta casa – disse o tio Bolaji. – Porém, não é minha filha. – Ele apontou com a cabeça para mim. – Sinta-se à vontade de perguntar a ela.

Foi inteligente de Markos confundir minha identidade de propósito. Nunca ocorreu a meu tio que tínhamos nos conhecido antes daquela noite. Ele tirou o copo de minha mão, fez uma reverência educada e me conduziu para a pista de dança.

Pus uma das mãos sobre o ombro de seu casaco novo. Ele, provavelmente, era o rapaz mais alto com quem eu já havia dançado. Quando curvou a mão em torno de minha cintura, acima de onde minhas saias ondulavam para fora, minha respiração começou a ficar ofegante. Lembrei a mim mesma que era apenas uma dança. Perfeitamente respeitável. Markos esperou, contando as batidas, então nos girou com habilidade, no mesmo padrão dos casais que ali dançavam.

— Eu queria que você mesma tivesse me dito. – Os dedos dele se apertaram em torno dos meus, mas não de um jeito romântico. De um jeito irritado. – Você me deixou acreditar que fosse a filha comum de um barqueiro, quando na verdade pertence a uma grande família de mercadores.

— Eu sou a filha de um barqueiro comum – devolvi as palavras com sarcasmo, irritada com o jeito com que ele as tinha pronunciado, como se eu *pertencesse* aos Bollards.

— Devo supor, agora, que o cabelo ruivo é de seu pai. – Ele gesticulou em direção a minha cabeça. – E o temperamento audacioso. Você não herdou isso desta casa.

187

— Sabe, eles não gostam de meu pai — eu disse em voz baixa. — Eles não gostam de mim.

— Não é o que eu vejo. Não mesmo.

— Eles gostam de quem *querem* que eu seja. Gostam da filha de minha mãe — retruquei. — Não de mim.

— É a mesma coisa.

— É mesmo? — eu disse entre os dentes.

— Nosso nome de família é quem somos. — O ombro dele ficou rígido sob minha mão. Ele engoliu em seco. — Ele significa tudo.

Acho que ele tinha revisado sua opinião sobre mim, agora que eu descendia de alguém famoso. Bom para ele. Mas nada em mim tinha mudado. Nenhuma maldita coisa.

— Gosto muito do nome do meu pai — eu disse. — Vivo com ele porque esse foi o acordo que eles fizeram.

Isso era mais fácil que admitir que minha mãe se interessava mais por contratos de frete que por garotinhas. De vez em quando, meu pai visitava a casa dos Bollards, mas nunca ficava por muito tempo. Você só precisava conhecer meus pais por cinco minutos para saber que havia uma chama forte entre os dois. Eles só não conseguiam viver juntos em uma barca muito pequena.

— Que homem permite que sua mulher deixe o lar para trabalhar com comércio?

— Esta casa foi construída em cima do comércio — lembrei a ele. Como reagir de qualquer outra maneira faria com que as pessoas olhassem, apertei seus dedos até ele fazer uma careta. — Enfim, o que faz você pensar que eles são casados?

— Ah. — Seu rosto enrubesceu.

— Por oito gerações, os Oresteias exerceram seu ofício nesses rios — respondi, com raiva e orgulho fervendo dentro de mim. — Eles trabalham com barcas desde muito antes de qualquer um ter sequer ouvido falar de Jacari Bollard. Então, você me responda isto: Qual nome é mais importante?

— Eu irritei você. Mas Caroline — disse ele, revirando o *r* com seu sotaque —, não quis insultar a família de seu pai, e você acabou de praticamente arrancar minha cabeça. Você não acha que, talvez, seja possível que você tenha encarado as coisas assim devido a alguns sentimentos não resolvidos de sua parte?

— Pare com isso. — Soltei sua mão e recuei, tomada por emoções conflituosas. Estava acontecendo outra vez, como sempre. A casa dos Bollards distorcia as coisas. — Eu não concordei em ser despedaçada como um inseto sob um copo. Não por gente como você.

Bisavó Oresteia, que uma vez contrabandeou rum direto pelo jardim do mestre da baía, não teria deixado que ele a irritasse assim. Mas as coisas estavam muito confusas, agora. Markos não percebeu que suas palavras tinham provocado todas as minhas dúvidas, trazendo-as à tona para flutuar ao meu redor, como fantasmas dando risada. Eu nunca tinha me sentido menos uma Oresteia.

Do outro lado da sala, o tio Bolaji e minha mãe estavam absortos em uma conversa com outras pessoas a sua mesa. Eles não estavam olhando em direção a nós.

— Venha. — Puxei Markos pela manga. — Estamos indo.

No corredor silencioso, os candeeiros reluziam em seus suportes nas paredes. Uma criada de quarto solitária carregando uma cesta de trapos atravessou apressada a passagem acarpetada. Ela mal olhou para nós.

Peguei o chapéu de Markos no cabide e o enfiei em suas mãos.

— Siga o contorno da casa pela esquerda até chegar a um beco. No fim dele, vai encontrar um jardim. Esconda-se ali. — Eu o empurrei para fora pela porta da frente. — Encontro você assim que puder pegar minhas coisas e dar o fora.

Quando a porta se fechou atrás dele, meu distinto ancestral olhava para mim com reprovação, do alto de seu retrato com moldura dourada. A luz de candeeiros reluzia na pincelada de óleo negro que formava a curva de suas suíças.

— Ah, cale a boca — rosnei, olhando para trás.

CAPÍTULO
QUINZE

Passos com botas ecoaram no chão encerado. Era minha mãe, na companhia do tio Bolaji. Eles estavam muito envolvidos em uma conversa sussurrada, com expressões sérias. Eu me espremi contra o mostruário de vidro de objetos curiosos para deixá-los passar.

Minha mãe mal olhou para mim, mas chiou pelo canto da boca.

– Cama. *Agora*. E não ouse botar nem a ponta do pé para fora daquele quarto. Eu já vou subir.

O tio Bolaji fez uma pausa.

– Onde está aquele jovem mensageiro?

– O mensageiro vindo das docas teve de partir imediatamente – eu disse, sem hesitação. Mentir é muito fácil depois que você se acostuma.

– Ah. É uma pena. Acabei de pensar em outra coisa que eu queria perguntar a ele. Mas não importa. – Ele passou por mim. – Nós devíamos discutir enviar um emissário imediatamente, embora me embrulhe o estômago bajular assassinos de crianças. A filha do emparca tinha oito anos.

— Nós podemos insistir em uma revisão do Acordo de 86 — disse minha mãe. — Só a economia do pedágio... — Suas vozes desapareceram pelo corredor.

Subi a escada até os aposentos no quarto andar, onde dormiam as garotas, sob os beirais com tetos inclinados. Eu arranhei a porta de Kenté, então entrei sem esperar.

— Você descobriu o que queria? — Ela estava sentada em um banco de veludo, girando a cabeça de um lado para o outro. Seus olhos se encontraram com os meus no espelho.

— Descobri — eu disse.

— Nós vamos sair. — Jackie pôs um último grampo no penteado trançado de Kenté e examinou seu trabalho. — É claro que você vem com a gente.

— Aonde vocês vão?

— A uma festa. Você pode usar um vestido meu emprestado se apertar bem o espartilho. — Ela olhou para mim, calculando o tamanho de minha cintura. Eu não estava usando corpete, e ela sabia disso.

— Não posso ir — eu disse. — Preciso estar no rio antes das cinco. Vou para o Lago Nemertes, e vocês sabem que as marés não esperam.

— É verdade — disse Kenté. — As correntes levam a todos nós. Mas achei que você tinha dito que estava a caminho da cidade livre.

Toquei a lateral do nariz com um dedo.

— E isso é um segredo para vocês. Então estamos quites.

Ela fez bico.

— Mas não é muito divertido, não é? Você acabou de chegar aqui.

A CANÇÃO DAS ÁGUAS

Cada momento que eu ficava, eu corria o risco de ser pega por minha mãe. E Markos estava à espera. Eu me despedi e desci pelo corredor tomada pelo remorso. Minhas primas supuseram alegremente que eu iria voltar no verão. Elas não tinham como saber que, a essa altura, eu poderia estar morta nas mãos dos Cães Negros.

Eu me virei.

– Adeus – sussurrei para a porta fechada.

De volta ao meu quarto, tive de me contorcer para alcançar as amarras daquele vestido rígido, mas não ousei tocar a campainha para chamar a criada. Ela iria querer passar óleo no meu cabelo e trançá-lo, ajudar a me lavar e todo tipo de bobagem para as quais eu não tinha tempo.

Um rangido no alto da escada me alertou para a aproximação da minha mãe.

A criada deixara algo sobre a cama que parecia um rolo de renda, após ter entrado em uma briga com outro rolo de renda e perder. Com a boca torcida para um lado em aversão, puxei o vestido pela cabeça quando ouvi passos diante da porta. Apaguei a vela e entrei embaixo das cobertas.

A porta se abriu com uma batida forte.

– Está bem, Carô, qual é esse negócio com... – A voz de minha mãe se calou.

Era impossível que ela não conseguisse ouvir minha respiração difícil e o martelar do meu coração. Deixei que meus lábios se entreabrissem e relaxei os dedos onde estavam enroscados no travesseiro.

Ela ficou ali parada por tanto tempo que, depois de alguns instantes, achei que talvez fosse minha imaginação. Com certeza,

193

ela tinha saído em silêncio do quarto e ido embora. Acalmei a respiração, desejando que meus músculos relaxassem. Finalmente, ouvi a sola de suas botas roçarem o tapete, seguidas pelo murmúrio das dobradiças da porta.

Qual era o significado daquilo, e por que ela não me sacudira e me acordara para gritar comigo? Com meu pai, eu sabia como eram as coisas. Mas ela era... diferente. A mente de minha mãe estava sempre em funcionamento, à procura de ângulos, pontos positivos e maneiras de os Bollards obter vantagem. Para ela, a revolução em Akhaia significava oportunidades de negócio.

Uma coisa era certa. Eu não podia confiar nela com esse segredo.

Uma mudança nas sombras fez com que meus olhos se abrissem bruscamente. Eu me sentei ereta na cama, e minha mão tateou a cômoda à procura da pistola.

Markos estava agachado no beiral da janela, bloqueando o luar. Seu casaco comprido pendia às suas costas.

Eu chutei os lençóis.

– Como você entrou aqui?

Ele pulou delicadamente para o chão.

– Vi você passar diante da janela antes de a luz se apagar. Por isso, subi pela treliça. – Eu percebi que ele estava muito satisfeito consigo mesmo, apesar da mancha de grama em seu casaco. – O que você está *vestindo*?

Eu tinha me esquecido da monstruosidade daquela camisola.

– Não importa – resmunguei, cruzando os braços à minha frente. – Pensei ter dito a você que me esperasse no jardim.

A CANÇÃO DAS ÁGUAS

— Você disse que vinha logo depois de mim. Isso foi há meia hora. Fiquei preocupado.

— Estou bem, mas precisamos deixar Siscema imediatamente. Vire-se. — Olhei pelo chão à procura de minhas roupas. — Droga. A criada levou minha camisa. E minhas roupas de baixo. — Levei a mão a uma pilha de tecido amontoado. — Espere. Ela deixou a calça. A bênção nas pequenas coisas.

A camisola ridícula pendia de meus ombros com sua pala rendada à minha frente. Segurei a barra e a torci em um bolo grosso que enfiei na parte de trás da calça. Em seguida, peguei a pistola na cômoda e vesti minha capa de chuva.

— Tudo bem, você pode virar — eu disse. — Mas saiba que se você rir, não vou hesitar em atirar em você e dar seu corpo para os Cães Negros.

O perfil de Markos estava delineado pela luz suave que vinha da janela.

— Carô, tem certeza de que estamos fazendo a coisa certa? Os Bollards são uma casa rica e poderosa. Eles podem nos ajudar. Por que estamos fugindo?

— Os Bollards só pensam em lucro. — Ergui as sobrancelhas. — Eu gostaria de saber quanto um emparca vale para eles.

O tio Bolaji parecia desaprovar o golpe sangrento dos Theucinianos, mas minha mãe agira como a mesma pessoa pragmática de sempre. Eu não achava que os Bollards se importassem com quem ficaria com o trono de Akhaia, desde que o emparca fosse favorável ao comércio.

— Você não confia na própria mãe? — perguntou ele.

195

– Ela é, primeiro, uma Bollard e, depois, uma mãe. – Me equilibrei na beira da cama e enfiei o pé direito na bota.

– Isso não é uma coisa muito simpática de se dizer.

Eu sorri no escuro.

– Ela não concordaria.

As tábuas do piso rangeram quando ele caminhou até a janela.

– Você acha que podemos passar pelo consulado akhaiano a caminho das docas? Eu tive uma ideia.

Eu olhei para a treliça abaixo da janela. Ela tinha aguentado o peso de Markos, por isso achei que fosse resistente o bastante. Eu odiaria escapar dos Cães Negros para despencar para a morte de uma janela no quarto andar.

– É melhor ser alguma coisa útil.

A luz do candeeiro no portão fez com que os olhos dele brilhassem.

– Pistolas e espadas são úteis?

Eu não sabia o que pensar desse Markos. Ele parecia estar saboreando aquela aventura. E, o que era mais surpreendente, ele não estava se saindo mal.

Quando joguei minha perna pelo batente da janela, eu disse algo que nem em mil anos eu teria imaginado:

– Vá na frente.

Uma névoa úmida ainda pairava baixa sobre a cidade. O consulado akhaiano estava escuro, exceto por uma luz em uma janela no andar superior. Sob o cume do telhado, projetava-se uma cabeça de gato gigante de pedra. Uma luz de candeeiro recaía sobre suas presas esculpidas, para lançar sombras horrendas na parede.

— Você vai ser Tarquin Meridios outra vez? – sussurrei.

— Não, é claro que não. Qualquer um que realmente trabalhe aqui vai me reconhecer imediatamente. – Markos olhou para a cabeça do gato, em seguida baixou os olhos. Ele parecia estar medindo algo. – Todo consulado tem de ter uma casa segura. Deve haver uma porta secreta em algum lugar. Com o selo do emparca sobre ela.

Apontei com a cabeça para a entrada principal. Havia um guarda postado ali, com um mosquete preso às suas costas.

— Cuidado.

Markos se agachou no beco estreito. Ele examinou a pedra angular e passou a mão por sua superfície. Tateando a parede, seguimos em silêncio em direção aos fundos do prédio.

Ele parou.

— É aqui.

Achei que ele estivesse arranhando um tijolo. Mas ele empurrou, e a parede desceu para dentro com o rangido de engrenagens enferrujadas. Eu prendi a respiração, na esperança de que o guarda não fizesse a volta para investigar o barulho.

Markos tateou no interior da abertura.

— Ah, excelente – disse ele. Ouvi o barulho de algo se quebrando e o cheiro de enxofre; uma combinação alquímica. Ele segurou no alto uma lanterna de vela e me indicou que eu entrasse.

Engoli em seco ao ver aquela escada que levava a uma boca de escuridão, mas desci atrás dele. A luz tremeluzente iluminou um pequeno aposento redondo.

Espadas e machados pendiam de ganchos nas paredes, junto com uma arma curva de aparência maligna que eu não consegui identificar. Havia várias caixas menores em cima de mesas em torno das bordas da sala. Pelo menos uma delas estava cheia de moedas. Havia mais armas espalhadas pelas mesas, e montes de tecidos, também. Uma camada fantasmagórica e cinza de poeira cobria tudo.

Markos foi direto para um par de espadas curtas.

– Um esconderijo de armas e outras coisas úteis – explicou ele, sacando uma das espadas da bainha para examiná-la. Aparentemente satisfeito, ele pendurou a bainha em um cinturão de couro largo. – Colocadas aqui só para esta contingência. – Ele afivelou a outra espada do lado esquerdo do cinto. – Parece que nada disso é tocado em cem anos.

Eu girei e observei a riqueza a nossa volta.

– É maravilhoso.

– Vê alguma coisa que você queira?

– Vou ficar com a pistola de meu pai, obrigada. Eu sei como usá-la.

– Acho que você deveria pegar uma espada – disse ele. – Só por garantia.

– Eu prefiro um punhal. Eu sei arremessar uma faca. Meu pai fez com que eu treinasse.

Ele girou um punhal nas mãos.

– Você é boa mesmo? – perguntou ele e o jogou para mim. – Você poderia matar um homem com uma faca?

Eu o peguei. A bainha tinha um padrão bonito de folhas e arabescos.

– Nunca tentei.

A CANÇÃO DAS ÁGUAS

Será que eu conseguiria? Eu me orgulhava de minha precisão com uma faca, mas nunca houvera uma pessoa de carne e osso do outro lado. Saquei a arma alguns centímetros e tracei os entalhes do cabo. Eu não ousaria lançar algo tão belo se não pudesse recuperar. Prendi a faca a meu cinto, mas sabia que jamais iria usá-la, exceto como último recurso.

Markos jogou três moedas em minha mão com um sorriso enviesado.

– Para seu pai. Para pagar a ele pelo casaco.

Ele remexeu em um baú pequeno e pegou um cachecol. Ele o envolveu nos ombros no estilo antigo e o prendeu com um broche de ouro em forma de coroa de flores.

Olhei para aquilo desconfiada.

– Isso não vai atrapalhar se nos metermos em uma briga?

Ele olhou para si mesmo e apertou os lábios.

– Você tem razão. – Ele o desenrolou.

– Espere, o que é isso? – Um detalhe de ouro refletiu a luz. Empurrei o resto das roupas para o lado. No fundo do baú, havia um conjunto de pistolas douradas com cabos de osso entalhado. Elas estavam aninhadas em um estojo de veludo, uma apontada para a esquerda; e a outra, para a direita.

Toquei o cano de uma das pistolas. O trabalho em metal era requintado. Eu podia ver flores e arabescos e um leão-da-montanha deitado, com a cauda curva em torno do cabo. O felino estava disposto em um círculo com palavras escritas no exterior em uma letra que eu não conseguia ler. Seus olhos eram pequenas pedras preciosas.

— Esse é o brasão real de Akhaia — disse Markos.

Desejei que ele não tivesse me contado. Não parecia certo levar um par de pistolas daquele.

— Elas não foram feitas para mim.

E, ainda assim, havia nelas algo familiar. Algo que eu já tinha visto antes. Tomada por um choque, eu me lembrei de meu sonho — de caminhar no convés do *Victorianos* enquanto ele deslizava pelas ondas. Minhas mãos percorreram a amurada, a madeira lisa sob meus dedos. Gaivotas voavam em círculos e mergulhavam ao meu redor. Na cabeça, eu usava um chapéu de três pontas e, na cintura, um par de pistolas douradas iguais.

Exatamente como aquelas.

Cambaleei para trás com a respiração tensa no peito.

Markos, ocupado examinando as pistolas, não percebeu.

— Bom? Você não vai levá-las? — Ele olhava para mim com expectativa. — Você atira muito melhor que eu.

— Não é… Não é certo. — Umedeci os lábios. — Elas são muito mais elegantes que suas espadas.

Coincidência. Era apenas isso. Apenas oráculos tinham sonhos reais. Eu estava pensando nos Cães Negros quando peguei no sono duas noites atrás. Em cartas de corso. Em corsários. Tudo de algum modo se misturara em meus sonhos. Com certeza, muitas pessoas tinham pistolas douradas. Bom, pelo menos, muitas pessoas ricas.

— Carô — ele inclinou a cabeça —, eu sou o emparca. Todas essas coisas pertencem a mim. Eu as estou *dando* a você.

Outro compartimento no baú continha correias de couro

trançadas, feitas para usar por baixo do casaco de um homem. Ao prendê-lo, ajustei as fivelas no menor buraco, em seguida ergui as pistolas da caixa, ainda me sentindo estranha em relação àquilo.

Alheio a minha hesitação, Markos seguiu em frente. Ele esfregou a poeira de um espelho na parede e se inclinou para perto.

– Este é o primeiro espelho decente que eu vejo em muito tempo – disse ele. – Meu cabelo está uma bagunça horrorosa. Não sei como as pessoas vivem sem valete. – Ele deu um suspiro. – Você vai zombar de mim por isso, não vai?

– Vou.

Não havia nada de errado com o cabelo dele. Estava exatamente como sempre. De repente, meus dedos estremeceram estranhamente, como se fossem se erguer e tocá-lo.

Eu me afastei.

– Seu cabelo está bom. – Eu peguei uma fieira de contas e fingi admirá-la. – Não tente pescar elogios. Não vou fazer isso.

– Um homem que dependesse de pescar elogios *seus* ficaria com o cesto vazio e sem jantar – resmungou ele.

Eu bati palmas.

– Markos! *Você* está falando como um barqueiro.

– Ah, cale a boca. – Eu o vi tentar esconder o sorriso.

Eu me virei para o lado para ver minha imagem no espelho, admirando a maneira como a luz do candeeiro brilhava em minhas pistolas novas. Livre da rede, meu cabelo caía sobre meus ombros, uma massa de cachos densos castanho-avermelhados. Eu me aproximei para examinar meu rosto.

Markos percebeu.

— Sabe, as garotas de Akhaia botam suco de flor de laranjeira nas sardas para escondê-las.

Era típico dele pegar a única coisa de que eu me envergonhava. Algumas garotas tinham umas sardas pequenas, mas as minhas eram grandes e espalhadas.

— Ayah? Elas também usam belos chapéus e passam o dia inteiro ao abrigo do sol? — Eu revirei os olhos. — Eu trabalho em uma barca. No sol. Flor de laranjeira não vai adiantar nada.

— Não estou dizendo que você não é bonita — murmurou ele.

Uma sombra bloqueou a porta em arco.

Um homem de roupa de marinheiro estava parado na escada. Ele sorriu, revelando um dente podre. Luz da lanterna tremeluzente brilhou sobre sua espada comprida e curva. Ele, sem dúvida, não parecia trabalhar no consulado akhaiano.

— Então é você. Philemon estava achando que era. — Arrastando pesadamente as botas, ele desceu. — *Vocês têm os Andelas por trás de vocês, podem ter certeza.*

O rosto de Markos congelou.

— Não sei o que você poderia saber sobre isso — retrucou ele com desprezo, sacando as duas espadas em um movimento amplo.

O homem riu. O comentário esnobe de Markos apenas confirmou que ele era exatamente quem os Cães Negros desconfiavam que fosse. Ele às vezes era mesmo um idiota.

Minhas pistolas novas não estavam carregadas. Eu levei a mão lenta e discretamente em torno do cinto para pegar o punhal.

O homem gesticulou com a espada.

— Tente isso e eu vou estripá-la como uma truta.

A CANÇÃO DAS ÁGUAS

O tempo pareceu desacelerar enquanto eu calculava – o tamanho de sua espada, o número de passos para cruzar o pequeno aposento, quanto tempo se levava para estripar uma truta.

Tudo aconteceu ao mesmo tempo. O homem avançou, e luz refletiu sobre aço. Os detalhes dourados e rendados da cauda do casaco de Markos lançaram-se à frente no escuro como o bote de duas serpentes gêmeas. Ele pulou entre mim e o pirata. Antes que eu tivesse tempo de ter medo por ele, o homem estava no chão com as mãos na garganta.

Sangue jorrava de seu pescoço e se empoçava em um círculo cada vez maior sobre as pedras. Sua mão esquerda melada se retorceu e tombou, imóvel. Eu não sabia para onde olhar. Era repugnante demais.

Markos se aprumou, segurando uma espada com uma mancha escura em cada mão. Um cheiro ferroso encheu o local.

– Sabe... – eu disse. Minha voz soou aguda e desconexa. – Prefiro muito mais as pistolas.

O barulho em meus ouvidos ficou mais alto, e eu cambaleei. O chão deu um solavanco alarmante em minha direção. Algo caiu ruidosamente sobre as pedras.

Uma mão quente e dolorosa envolveu meu braço. Markos me puxou para cima com tanta força que meu casaco prendeu embaixo do braço.

– Ai – eu disse vagamente, do que pareceram quinze quilômetros de distância. Meus ouvidos roncavam.

– Você ia desmaiar. – Os dedos dele se fecharam em torno do meu braço. – Por que não me disse que não aguenta ver sangue?

– Como eu podia saber disso? Eu nunca vi tanto sangue na vida. – Engoli em seco e permiti que meus olhos perdessem o foco para não ter de ver os borrifos de sangue em sua camisa. O zunido quente em minha cabeça começou a se esvair.

– Melhor? – Ele afrouxou a pegada.

Eu me soltei e ajeitei o casaco.

– Acho que você poderia tê-lo matado de um jeito menos repulsivo.

Eu me recusei a olhar para o homem morto quando passei por cima de sua perna. Eu me apoiei na parede da escada e inspirei o ar fresco do rio. Eu não estava me sentindo tonta. Eu *não estava*. Esse tipo de coisa só acontecia com garotas da cidade. Às minhas costas, ouvi um som de algo deslizando. Markos, limpando as espadas nas roupas do pirata morto.

– Eu não esperava que você fosse desmaiar – disse ele. – Você não tem medo de nada.

– Eu não desmaiei. – Meu rosto estava afogueado. – Eu não estou com *medo*.

– Muitos homens passam mal depois de matar pela primeira vez – disse ele. – Muitos guerreiros.

– Você passou?

– Eu nunca tinha matado ninguém – sua voz vacilou. – Até agora. – O tecido de seu casaco se moveu. Eu soube que ele estava olhando para trás, para o homem morto.

– Eu não precisava saber disso – murmurei.

Markos esfregou os punhos da camisa de meu pai, o que apenas espalhou as manchas de sangue.

A CANÇÃO DAS ÁGUAS

– Eu não me sinto mal – disse ele, com uma expressão de aversão passando por seu rosto. – Só… sujo.

O medo para o qual eu não tivera tempo antes chegou com força, fazendo meu coração palpitar.

– O que nós vamos fazer com o… Com ele?

Ele inspirou e deu as costas para o homem morto.

– Deixá-lo aqui, imagino. Com a porta fechada, provavelmente nunca vão encontrá-lo.

Na próxima vez em que alguém abrisse a sala secreta, talvez houvesse apenas um esqueleto empoeirado. Estremeci, e não por causa do ar da noite. Parecia um destino horrendo.

No caminho de volta para a barca, nós nos mantivemos nas sombras. Se Philemon tinha pensado em mandar alguém ao consulado, ele provavelmente tinha homens à nossa procura por toda a cidade. O cheiro do rio era potente à noite e, de algum modo, ainda selvagem, apesar do entorno urbano. Nós o seguimos até a baía, e finalmente fizemos a curva no último armazém.

Com a garganta quase fechada pelo pânico, procurei freneticamente a *Cormorant*. Ela descansava nas docas dos Bollards, e a curva familiar de seu casco erguia-se da água escura, exatamente onde eu a deixara. Uma lanterna brilhava alta em seus estais.

Soltei o ar, aliviada.

– Fee! – chamei com delicadeza quando embarcamos.

No escuro, soltamos e içamos a vela principal. Markos ajudou, com Fee dando tapinhas em suas mãos para lhe dar instruções silenciosas. A *Alektor* estava a cerca de quinze metros de distância. Eu estava com medo demais para respirar.

205

— Carô!

Minha mãe vinha correndo pelas docas, seguida por seus dois guarda-costas. Era por isso que ela não tinha me acordado, porque ela mesma pretendia revistar a *Cormorant*, pelas minhas costas? Tudo o que eu sabia era que eu não podia deixá-la nos deter. Eu soltei a última amarra.

— Carô, o que é essa história de carga roubada? Como você se meteu com os Cães Negros? Espere!

Nós nos soltamos, e a *Cormorant* afastou-se das docas, movendo-se muito devagar.

Minha mãe caminhava pelo cais em suas botas altas enquanto nos acompanhava. Ela ergueu a cabeça, e seus olhos dirigiram-se para Markos.

— Quem é você, na verdade? – perguntou ela.

Eu sabia que ele achava que eu estava cometendo um erro. Ainda assim, ele ficou quieto e não disse nada, deixando deliberadamente a escolha para mim. Por um momento desesperado, eu hesitei. Não era tarde demais para jogar um cabo para ela. Para voltar. Os Bollards tinham escunas, navios de três mastros e brigues – grandes navios oceânicos armados com canhões de nove libras. Eu só tinha uma barca.

— Não posso lhe contar – eu disse. Mas havia uma coisa que ela podia fazer. – Mande um navio até o mestre da baía em Pontal de Hespera. Meu pai está preso lá acusado de contrabando. Ele vai explicar tudo.

— Pontal de Hespera? Você disse que ele estava em Valonikos. Dê a volta, Carô! – Ela parou. Não havia mais cais.

A CANÇÃO DAS ÁGUAS

– Desculpe, mãe – eu disse, do outro lado da crescente distância. Eu não ousava dizer mais. Atrás dela, espreitava a *Alektor*, escura e silenciosa nas docas.

– Ei! – gritou um homem. – Quem vai lá?

– Um vigia. Nas docas – sussurrou Markos de olhos arregalados. A distância entre a *Alektor* e a *Cormorant* crescia, mas não rápido o bastante.

– Maldição! – Minha mão suada agarrou a cana do leme.

– Alarme! Alarme! – O homem se levantou e tentou pegar o mosquete. – Uma barca deixou as docas!

Empurrei Markos com força.

– Abaixe-se.

Ele se jogou no piso do cockpit. Meu coração batia em ritmo frenético. Nós ainda estávamos ao alcance deles. Eu abaixei a cabeça e me agarrei ao leme, me preparando.

Esperando o tiro.

À noite, os sons são levados acima da água imóvel mesmo a grandes distâncias. Eu ouvi o atrito inconfundível da lâmina de uma faca contra a bainha, seguido por um grito gorgolejante e pelo barulho de algo pesado caindo na água.

Ouvi a voz de minha mãe.

– Anjay, Thessos! Depressa, agora. Livrem-se desse corpo.

CAPÍTULO
DEZESSEIS

O sol em meu rosto me acordou. Eu pisquei, tentando limpar a confusão em minha mente. Estava deitada em meu beliche, totalmente vestida e muito amarrotada. Do outro lado da cabine, Fee estava enroscada em sua rede.

Ondas quebravam delicadamente contra o casco. Quando me levantei do beliche, tudo me voltou à mente. Nossa fuga frenética de Siscema. A angustiante velejada noturna, temendo que os Bollards ou os Cães Negros nos alcançassem a qualquer momento. A ancoragem entre os juncos altos da margem do rio, no local onde ele se alargava, exaustos demais para ir mais longe.

E os sonhos.

Eu sonhei outra vez com a sra. Singer morta, com peixes nadando ao seu redor. Eu estava começando a não fazer caso disso. Mas, para meu alívio, dessa vez não havia a possibilidade de ser um sonho verdadeiro, porque também havia gaivotas e golfinhos falantes. E uma cobra. Não, algo maior que uma cobra...

Esfreguei a testa. Eu não conseguia me lembrar.

Em algum lugar, um sino chacoalhou um som enferrujado.

A CANÇÃO DAS ÁGUAS

Subi descalça para o convés. O rio era tão largo que parecia um lago, mas eu sabia que, na verdade, estávamos ancorados em um mar interior, de água salobra. Perto da popa, ondas quebravam contra uma estaca de madeira inclinada. Duas fileiras de colunas exatamente iguais demarcavam um canal, enquanto gaivotas voavam e piavam acima do capinzal dos pântanos.

O Lago Nemertes. Nós tínhamos chegado no escuro.

Eu sempre amei a sensação de meus dedos dos pés se retorcendo sobre as tábuas do piso da *Cormorant*. Isso fazia com que eu me sentisse mais perto dela. Mas eu estava um pouco culpada em relação a deixar tudo uma bagunça na noite anterior, por isso comecei a trabalhar arrumando e limpando o convés.

Não percebi Markos até que ele estivesse quase em cima de mim.

– Você parece uma princesa pirata. – Ele se apoiou na cabine com a gola da camisa desabotoada e se agitando ao vento.

Eu ainda usava a camisola de renda enfiada na calça, com um lenço enrolado no cabelo.

– Não existe uma coisa dessas.

– Existe, sim – disse ele. – Tem uma história sobre uma. Arisbe, princesa de Amassia. Amassia Perdida.

– Ah, eu conheço essa – eu disse. – O príncipe da ilha promete a mão da filha em casamento a um *emparca* em um castelo distante, mas o mar fica com raiva, pois era uma garota que a deusa do mar reclamara para si. Então, houve uma grande guerra, com piratas, espadachins, crocodilos mágicos e não sei mais o quê. E, no fim, o mar se vinga destruindo a cidade, não é isso? – Eu dei de ombros. – É só uma lenda.

— Algumas pessoas nela são figuras reais da história de Akhaia.

— São?

— Você não sabe nada? — Ele me devolveu minhas velhas palavras de zombaria com um sorriso. — O que faz com que você tenha tanta certeza de que é uma lenda?

— Porque todos os marinheiros contam histórias assim, mas nenhum deles jamais viu as ruínas de Amassia Perdida. Ela não existe.

Com as mãos nos bolsos, ele caminhou pelo convés.

— E, ainda assim, existiu mesmo um emparca, chamado Scamandrios II, que teve uma esposa de um país insular. Na verdade, eles foram os primeiros da linhagem direta de minha família a governar Akhaia. Quando ele morreu jovem, essa mesma esposa governou como regente por muitos anos. Ela foi uma das emparquesas mais famosas da história. Nossa versão, porém, não tem crocodilos mágicos.

— Provavelmente, foram acrescentados pelo meu pai. Eles sempre aparecem nas histórias. — Fui tomada por uma onda de dor. Engoli em seco e dei as costas para ele para desamarrar a proteção da vela.

— Tudo vai ficar bem. — Markos limpou a garganta. — Você mesma disse que sua mãe é muito influente. Ela tem de ser capaz de fazer alguma coisa.

Se alguma coisa acontecesse com meu pai, seria culpa de Markos. Eu sabia que ele tinha se dado conta disso. Era um não dito que permanecia entre nós, uma sombra avultante.

Eu mudei de assunto.

— Eu não gosto dessa história de Arisbe.

Ele revirou os olhos.

A CANÇÃO DAS ÁGUAS

– Certo, vou perguntar. Qual o problema com ela?

– O fim. – Começando em lados opostos, desatamos os nós que prendiam a vela amarrada.

– Ela se casa com um emparca – disse ele. – Ela governa Akhaia.

– Tudo o que ela conhece é destruído! O deus do mar afoga sua família! Mas, tudo bem, não deve ser grande coisa, porque ela se casa com um emparca.

– É uma história admonitória – disse ele. – Um alerta sobre os perigos de desafiar seu destino.

– Como se tivesse sido Arisbe quem arranjou aquele casamento! A história é sobre muita gente lutando por ela, mas é ela quem paga no fim.

Ele sacudiu a cabeça.

– Você tem muitas opiniões sobre as coisas.

– Obrigada – eu disse, embora desconfiasse que aquilo não tinha sido um elogio. Juntos, içamos as velas e as erguemos até que se encaixassem no lugar.

Dei um último puxão na adriça para tirar a folga.

– Cuidado – ordenei. Markos se inclinou sobre meu ombro enquanto eu enrolava a adriça em torno do cunho, em um movimento em forma de oito. Eu girei a mão, peguei por baixo a extremidade da corda e puxei o nó para apertá-lo. – É assim que se amarra os cabos.

– Parece muito simples quando você faz isso – disse ele.

– Porque é.

– Você só acha isso porque foi criada em um barco. – Ele caiu de pernas cruzadas no assento do cockpit. – Tudo isso parece uma língua estrangeira para mim.

A vela tremulou quando o vento a encheu. Eu conduzi a *Cormorant* entre as duas estacas mais próximas.

– Markos… – eu hesitei. – Ontem à noite. Quando eu… fiquei tonta…

Ele deu um sorriso malicioso.

– Você quer dizer quando desmaiou.

– Eu não desmaiei. – Respirei fundo. – A verdade é que eu podia ter sido mais simpática com você. Quando nos conhecemos, eu… Eu ri muito de você. Eu não poderia culpá-lo por zombar de mim.

Ele me respondeu com um aceno de cabeça.

– Nós somos mais fortes juntos que separados. Você não acha?

Não era o que eu esperava que ele dissesse, mas ele tinha razão. Nossa aventura em Siscema havia mudado as coisas entre nós.

– Ayah – eu disse. – Acho que sim.

– Bem, é por isso que eu não zombei de você.

Eu temia levantar o assunto seguinte, por medo de aborrecê-lo.

– Aquele homem que você matou ontem à noite…

Ele segurou a borda do assento.

– O que tem isso?

Percebi que ele disse "isso", não ele.

– Você… Bom, você quer falar sobre isso?

– Não. – Ele esfregou a testa. – Sim. Não sei. Odeio ter feito isso. Não é uma sensação agradável ver a vida de uma pessoa se jorrar dela como…

Eu engoli em seco convulsivamente.

A CANÇÃO DAS ÁGUAS

Ele se contraiu.

– Eu não quis dizer "jorrar". – Ele se aprumou e olhou fixamente para alguma coisa acima do meu ombro esquerdo. – Tem um barco se aproximando – disse ele abruptamente.

Era uma chalupa, estreita e graciosa, singrando o Lago Nemertes em boa velocidade com uma bujarrona e uma vela de estai enfunadas a sua frente. Eu li o nome em letras douradas: *Conthar*. Havia um objeto de forma estranha, coberto com uma lona junto da amurada. Captei um vislumbre de metal em sua base.

Um canhão. Minha boca ficou seca.

Quando a chalupa virou e se aproximou ainda mais de nós, vi uma mulher pendurada no estai dianteiro.

– Alôôô! – gritou ela.

Markos se enrijeceu.

A distância, ouvi a mulher discutir com um homem sentado no teto da cabine.

– Bom, eles não estão respondendo – disse ela. – Não é ela. Veja o nome. *Octavia*.

– Aquele é o barco de Nick.

– Olhe para ele pela luneta, meu velho. – Ela entregou uma luneta a ele.

– Minha visão é boa o suficiente. – Ele apontou o cachimbo em direção a nós. – Aquela é a *Cormorant*, ou eu sou um ganso-bravo.

Eu reconheci sua voz. Quando cruzaram o curso da *Cormorant*, bem à nossa frente, eu acenei.

Markos reclamou.

– O que você está fazendo?

213

Eu o ignorei.

– É Perry Krantor? – gritei na direção do outro barco. – O capitão Krantor da *Fabulosa*?

– Como vai nesta bela manhã, Caroline Oresteia? – gritou ele em resposta.

O homem no timão saiu da linha do vento. A *Conthar* girou em um círculo e virou para trás, mas, em um momento, se recuperou. Sua tripulação manteve a bujarrona e orçou a vela principal para acompanhar o ritmo da *Cormorant*. Eu, agora, podia ver seus rostos. A mulher era Thisbe Brixton.

– Eu não conhecia essa chalupa – eu disse.

– Emprestada. – A capitã Brixton se apoiou no lado de estibordo da *Conthar*. – Estamos seguindo rio acima. Vinte de nós, todos barqueiros fortes. Vamos pegar esses canalhas que incendiaram Pontal de Hespera.

– Vocês vão enfrentar os Cães Negros?

– Ayah. – Sua trança comprida se agitava ao vento. – Nós não conseguiríamos tocá-los no mar, mas não estamos no mar. Estas são as terras dos rios. Nós conhecemos estas águas melhor que eles.

– Eles subiram o Kars – gritei. – Pelo menos, foi o que eu ouvi. E é melhor tomar cuidado. Eles têm amigos, a chalupa *Alektor*.

Os olhos da capitã Brixton se fixaram em Markos.

– Quem é esse? Ele parece alguém…

– Só um primo – eu disse, na esperança de que ela não soubesse muito sobre minha família. Ele com certeza não se parecia comigo nem com meu pai, nem, na verdade, com nenhum dos Bollards. Eu me xinguei por não pensar em uma mentira melhor.

A CANÇÃO DAS ÁGUAS

O capitão Krantor removeu o cachimbo da boca e me deu um olhar penetrante, mas não disse uma palavra.

– Vocês têm… Têm alguma notícia de meu pai? – Eu prendi a respiração.

Ele sacudiu a cabeça.

– Ele está na cadeia do mestre da baía.

Eu dei um suspiro. Graças aos deuses. Ele estava, por enquanto, em segurança. Com sorte, minha mãe teria sucesso em tirá-lo da prisão.

A capitã Brixton estalou os dedos.

– Lembrei. Ele se parece com o homem na moeda de um centavo.

Abri a boca para dizer que a moeda de um centavo tinha uma árvore.

Ela se antecipou a mim.

– Não a nossa. A akhaiana. Elas não se chamam centavos, se chamam outra coisa, mas de qualquer forma, tem um rapaz nelas, e você se parece com ele.

Markos sorriu desconfortavelmente.

– Claro, provavelmente não é daí que eu conheço você. – Ela riu. – É só uma brincadeira. Não ligue.

– Alguma notícia de suas barcas? – perguntei antes que a capitã Brixton conseguisse explorar mais aquele afluente.

– Eu esqueci que você partiu naquela mesma noite – disse o capitão Krantor. – O próprio Finion Argyrus apareceu em Siscema. Não há empresa de salvamento melhor que a Argyrus & Filhos, isso é certo. Se alguém pode erguer aqueles barcos, esse alguém é Argyrus!

– Não se derrota os barqueiros assim tão fácil, hein, rapazes? – gritou Thisbe Brixton. – Ayah, e o Velho não nos mandou em busca de vingança? – Vi Markos olhar para o capitão Krantor, mas eu sabia que não era dele que ela estava falando.

Os homens deram um grito alegre e entrecortado.

A capitã Brixton me mandou uma saudação de despedida.

– Que a corrente vos leve, Oresteia! – A *Conthar* manobrou e foi embora, dirigindo-se à extremidade norte do Lago Nemertes. Eu desejei estar indo com eles.

– Eu não devia estar no convés – disse Markos.

– Eles estão do nosso lado. Você parece o homem na moeda de centavo akhaiana, não é? – Eu bati em seu braço. – Eu sabia que devíamos tê-lo mantido vestido de mulher. Droga.

– Meu avô está nessa moeda. – Ele esfregou o vinco entre os olhos. – Quanto custa uma barca?

– Por que…

Ele simplesmente olhou para mim.

– Você sabe por quê. Isso aconteceu com eles por minha causa. – Seus ombros estavam curvados, como se o fardo sobre ele fosse muito pesado. – Eu deveria fazer uma restituição.

Eu não queria fazer com que ele se sentisse pior, mas precisava ser honesta.

– Não é o quanto elas custam – eu disse. – Você não é um barqueiro. Não ia entender.

– Então faça com que eu entenda.

– Não consigo. – Eu procurei as palavras que queria. – Para um capitão, um barco é… mais que apenas uma coisa que leva carga de um lugar para outro. Para alguém que o ama, não importa se ele é velho. Ou que seu convés não seja limpo. Ou que a pintura esteja lascada.

Eu espalmei a mão sobre o convés quente.

— Quando você o vê, com as velas erguidas no alto contra o céu, é como levar uma pancada no peito. Por um momento, você não consegue respirar, tamanha a força com que sua beleza o atinge. Você entende a vida que há nele, e isso é um chamado para você. É quando você sabe que ama um barco. É quando ele pertence a você.

— E é assim que você se sente em relação à *Cormorant*?

— Ela não é apenas uma barca — eu disse, mesmo com um nó na garganta. — Ela é minha casa. Ela é tudo.

Eu abri ainda mais a mão. Senti cada rangido e movimento. Senti seu espírito e as pequenas peculiaridades que faziam dela a *Cormorant*. Isso fazia com que ela fosse nossa, e de mais ninguém.

— E gostaria de pagar a eles, mesmo assim — disse Markos. — Um dia.

O Lago Nemertes estava pontilhado de barcos. Avistei ao menos seis barcas, uma barcaça comprida com uma vela de mezena e um navio oceânico de três mastros, mas também havia barcos de passeio e de pesca, e todo tipo de pequena embarcação. Estranhamente, estar em águas abertas dava uma sensação maior ao mesmo tempo de segurança e de perigo. Eu podia ver nitidamente cada barco que subia e descia aquele trecho. Nenhum deles era o *Victorianos* nem a *Alektor*, com a bênção das pequenas coisas.

Mas eu também me sentia nua. Estávamos expostos no Lago Nemertes. Se os Cães Negros viessem, não haveria saída.

— Nós estamos perto de Iantiporos? — perguntou Markos.

Eu apontei.

– Fica do outro lado daqueles penhascos. Se navegássemos um pouco mais para bombordo, você conseguiria ver as colunas do prédio do senado. É uma das maravilhas do mundo moderno. – Sabendo o quanto ele desprezava o governo democrático de Kynthessa, eu me surpreendi quando ele não interrompeu com um comentário de reprovação. – Depois de Iantiporos fica o mar.

– Você consegue levar este barco para o mar?

– Ela vai bem no Pescoço. Mas em mar aberto? – Eu sacudi a cabeça. Barqueiros eram supersticiosos em relação ao oceano. Ele não era domínio do deus do rio. – Lá fora, você precisa de uma quilha profunda. Amuradas altas. Mais velas.

Eu me virei para Markos e tive uma ideia.

– Você quer experimentar velejar? – Por algum motivo, eu me vi torcendo para que ele dissesse sim. – Esta é uma baía grande. Aqui, você pode cometer erros.

– Eu? Eu… Você me deixaria velejar? – Eu vi um brilho em seus olhos. Ele pôs a mão hesitantemente na cana do leme. Fee a soltou e chegou para o lado no banco.

– Bom, assim não está certo – eu disse imediatamente. – Segure com força. Ela é feita de madeira. Você não vai quebrá-la. – Eu apontei para as estacas que marcavam a parte mais profunda da água. – Apenas permaneça no canal.

Ele fechou o punho em torno do cabo.

Eu saí do cockpit e subi no teto da cabine. O sol tinha nascido, e a água estava azul e encapelada com ondas de pontas brancas rendadas. Com dois pulos, Fee se juntou a mim.

A CANÇÃO DAS ÁGUAS

– Não me deixem aqui! – Markos parecia em pânico. – A estaca está se aproximando. O que eu faço?

– Você vai virar de bordo.

– O quê?

– Aquela coisa que você não gosta, quando a vela vira toda para o outro lado.

Ele quase largou a cana do leme.

– Nós vamos virar.

– Ela tem vinte toneladas. É impossível virá-la.

– Eu duvido que a Sociedade Real de Física concorde com isso – disse ele com os lábios apertados.

– É impossível virá-la com tempo bom – consertei. – Agora, quando eu disser a você para empurrar a cana do leme, você vai fazer isso com força.

Ele se sentou na borda do assento e olhou para a vela.

– Agora?

– Espere.

Ele me lançou um olhar ressentido.

– Tenho total consciência de que você está fazendo isso só para me torturar.

Os pilares se aproximaram. Eu podia ver as cracas na estaca torta e, além disso, aves marinhas empoleiradas nas pedras molhadas. Ele elevou a voz:

– Nós vamos bater.

– Não vamos. Espere… Espere… Agora!

Markos empurrou a cana do leme com força. A retranca e verga da vela bateram com um ruído abafado de madeira. Ele se abaixou por instinto, embora a retranca tenha passado mais de um metro acima de sua cabeça. A vela tremulou, em seguida se encheu.

Eu ajustei um pouco os panos. O vento estava soprando mais diretamente de través, agora.

– Eu não sabia que ela podia voar assim! – gritou Markos. A *Cormorant* estava tendendo um pouco para bombordo, mas dessa vez ele não reclamou da inclinação.

– Ela alcança boa velocidade quando não está carregada. Ela não é tão manobrável quanto aquele cúter, mas tem um bom desempenho.

– É divertido! – berrou ele.

Eu queria dizer a ele que não era divertido, era trabalho. Mas descobri que não podia fazer isso. Um dia agradável com vento fresco tem magia própria. Claro que um barqueiro vê beleza em seu trabalho, ou ele não seria um barqueiro.

Deitei de bruços e apoiei o queixo no braço. Acima de nós, aves marinhas voavam e mergulhavam. A madeira do teto da cabine me aquecia através da camisa. Havia sal em minha pele e no ar. Inspirei, fechei os olhos e saboreei seu travo salgado. Por um momento, achei ter entendido… alguma coisa.

O deus no fundo do rio fala conosco na língua das pequenas coisas. Eu escutei, mas qualquer sussurro esquivo desapareceu antes que eu pudesse pegá-lo.

Markos apontou.

– Vejam as aves.

Havia quatro gaivotas empoleiradas em uma linha ao longo do convés curvo da barca.

– Ah, as gaivotas – eu disse. – Elas às vezes fazem isso.

A CANÇÃO DAS ÁGUAS

Talvez parecesse estranho para alguém que não estivesse acostumado com isso. Outra gaivota pousou, batendo as asas. Quando eu me mexi, as cinco aves giraram o pescoço para me fixar com seus olhos vítreos.

— Cááá — disse solenemente a gaivota mais próxima.

— Parece que elas estão observando você — disse Markos.

Eu ri.

— Xô! — Eu agitei os braços para as aves, e elas saíram voando, o que foi sorte, porque todos sabem que gaivotas cagam por todo seu convés.

Pareceu que não passou tempo algum até chegarmos à boca do Rio Hanu. Eu rolei com relutância para uma posição sentada. O canal se estreitava onde o Lago Nemertes escoava para o interior do rio, e, além disso, a maré estava correndo para fora, revelando áreas planas e alagadiças dos dois lados. Aquilo era trabalho para um marinheiro experiente.

— Quase — disse Markos, entregando o leme para Fee. Seu cabelo estava despenteado pelo vento. — Eu quase achei ter entendido.

— Entendido o quê?

— O que você quis dizer antes. — Ele passou a mão pela amurada da *Cormorant*. — A vida que há nela.

Ele se levantou para esticar as pernas rígidas e congelou. Apertou os olhos em direção ao teto da cabine e disse com voz sombria:

— O que é isso?

Eu girei, sacando minha pistola. Ouvi o murmúrio de aço quando Markos sacou suas espadas.

221

O ar à nossa frente começou a ondear. Eu pisquei. Tinha de ser um truque da luz. A imagem do rio, da lama e do céu da tarde pareceu derreter e flutuar até o convés, como alguém jogando uma capa de seda.

Minha prima Kenté estava sentada no teto da cabine.

— Agora, isso... — eu disse; minha voz pareceu um crocitar hesitante. — Foi perturbador.

CAPÍTULO
DEZESSETE

— Para trás — alertou Markos. Ele segurou meu pulso e me puxou à força para trás dele. — Ela pode não ser o que parece.

— Me largue. — Eu tentei me soltar de sua mão, mas ele segurou firme.

— Só um tipo de criatura pode se esconder completamente assim. — Ele não tirava os olhos de Kenté. — Carô, é um homem das sombras.

— Não seja idiota. Não é nenhum homem das sombras. — A ideia era tão ridícula que me deu vontade de rir. — Essa é minha prima Kenté.

— É mesmo? Então como ela chegou aqui?

Kenté descruzou as pernas e se levantou enquanto alisava as saias. Ela estava usando o mesmo vestido listrado verde e dourado do jantar da véspera.

— Isso é muito fácil – disse ela. — Talvez eu quisesse saber o motivo secreto pelo qual minha prima estava com tanta pressa de escapar de Siscema. — Ela estudou Markos. — Parece que eu encontrei você.

Ele avançou sobre ela, brandindo a espada.

– Eu reconheço uma ilusão quando vejo uma. Se você é Cleandros, vou estripá-lo agora mesmo, traidor.

Ela engoliu em seco sem tirar os olhos da espada.

– Eu preferiria muito que você *não* me estripasse. – Ela ergueu as mãos. – Carô? Uma ajudinha, aqui?

Senti a boca seca como se tivesse mastigado cordas. Será que um homem das sombras poderia mesmo imitar minha prima, até o cabelo trançado e o nariz arrebitado? Ele não tinha como saber qual a aparência dela. Eu estremeci, com uma imagem horrenda me agarrando como dedos congelados. Minhas primas, rindo, enquanto seguiam inocentemente pela rua escura de pedras a caminho da festa... Enquanto o homem das sombras espreitava e as observava.

Empurrei meu punhal akhaiano contra a garganta de Kenté – ou do homem das sombras.

– Onde está ela? O que você fez com ela?

Seus olhos âmbar se arregalaram.

– Isso – ela disse – são armas demais. Eu sou Kenté, eu juro! – Ela apontou com a cabeça para Markos. – Mas ele está certo. Eu também sou um homem das sombras.

– O que você quer dizer com você é um homem das sombras? – perguntei.

– A deusa da noite pôs o dedo em mim quando eu era uma garotinha – disse ela. – Como você acha que eu sei tantos segredos?

Eu quase acreditei nela. Kenté era mesmo esquiva e, além disso, se aquele fosse Cleandros disfarçado, vindo para matar Markos, porque ele já não tinha feito isso? Ele podia ter enfiado uma faca nas costas dele a qualquer momento, naquele dia.

– Quando falamos pela última vez – eu disse – você me contou uma história. Sobre que tipo de criatura era a história?

– Isso é fácil. Um drakon. Embora eu nunca tenha chegado a essa parte.

Satisfeita, eu afastei o punhal.

– É Kenté. – Ergui as sobrancelhas. – O que você está fazendo aqui?

– Eu farejo encrenca. – Ela afastou a espada de Markos do rosto. – E vocês dois parecem estar com o barco cheio disso. Em relação a como subi a bordo, como eu disse, isso foi bem fácil. Eu me envolvi em uma ilusão e segui vocês até as docas. Então, eu me escondi no compartimento de carga. – Ela esfregou o vestido. – Que, por falar nisso, está muito cheio de serragem.

– Nós devíamos deixá-la em terra – eu disse a ela.

Ela fez uma expressão amuada.

– Vocês dois parecem estar vivendo peripécias. Eu quero participar. – Ela agitou um dedo para mim. – Eu vim pela diversão. Mas vocês vão ficar comigo porque eu posso ajudá-los.

Infelizmente, ela estava certa.

– Como você fez isso? – perguntei. – A ilusão. Se você é um homem das sombras, você não devia ser capaz de exercer sua magia apenas à noite?

– É simples. Se você cria a ilusão à noite, ela permanece durante o dia. A menos que eu termine com ela, como acabei de fazer.

Percebi Markos olhando fixamente para Kenté. Minha prima não era mais bonita que eu, embora seu vestido exibisse um decote muito maior.

Eu dei um tapa no braço dele.

– Você pode manter os olhos aqui em cima.

– Eu não estava... – Seu rosto enrubesceu.

– Você estava.

– Talvez um pouco – murmurou ele.

– Mas como você descobriu ter magia das sombras? – perguntei a Kenté, ignorando a maneira penetrante com que seus olhos dardejavam entre Markos e mim.

– Algo dentro de nós está sempre chamando pelo mundo. – Ela deu de ombros. – Magia é isso: quando alguma coisa no mundo chama em resposta.

Não era uma resposta, mas as palavras misteriosas de Kenté provocaram reconhecimento em mim. Chamar o mundo era exatamente o que eu estava fazendo, só que o rio não estava dizendo nada em resposta.

Ela prosseguiu.

– Sou capaz de fazer truques desde que consigo me lembrar. Eu costumava achar que era apenas boa em me esconder, até que... – Um tom estranho surgiu em sua voz. – Três anos atrás, eu ouvi o deus da noite chamar meu nome. Desde então, eu só fiquei mais forte. Posso fazer com que as sombras venham ou partam. Posso ver trechos dos sonhos de Jacarandá quando ela dorme. Tenho certeza de que poderia fazer muito mais com o treinamento adequado, mas... – Ela deu um suspiro. – Eu não quero decepcionar meus pais.

– Existe uma... Uma escola para homens das sombras, ou algo assim?

– A Academia – disse Markos, esfregando distraidamente o

A CANÇÃO DAS ÁGUAS

brinco. Desconfiei que ele não tinha nem percebido estar fazendo isso. – Em Trikkaia.

Entendi o que Kenté deixou sem dizer. Os Bollards não conseguiam imaginar um motivo para que alguém não quisesse ser membro de uma companhia mercante. Esperava-se que minha prima fizesse um casamento vantajoso e entrasse para os escritórios da família. Se ela revelasse seu talento para a magia, seus pais poderiam fingir aprovação, mas, em segredo, não iriam gostar. Eu sabia como isso funcionava.

– Agora… – Ela sorriu. – Vocês precisam me dizer como se envolveram com os Cães Negros.

Imediatamente, Fee saltou de pé e largou a cana do leme. Seus lábios elásticos se esticaram em uma expressão de desprezo. Ela me lembrou um animal com as penas do pescoço eriçadas.

Eu mergulhei em direção à cana do leme e firmei a *Cormorant* antes que ela se dirigisse para a lama.

– O que foi?

Ela se agachou no convés e espiou pelo lado contrário ao vento, onde a sombra da *Cormorant* deixava a água escura. A mão de Markos voou para o cabo da espada, enquanto Kenté apenas observava com um interesse perplexo. Meu pulso palpitava quente em meus ouvidos. Suor umedecia minha testa. Fee jamais largaria a cana do leme assim. Não a menos que houvesse alguma coisa errada. Eu olhei para o rio, mas estava turvo demais.

Fee sibilou para a água.

– Monstro – sussurrou ela.

Sem tirar a mão da cana do leme, eu me debrucei para fora. Nada se mexia embaixo da água.

– Ela – Fee abraçou a si mesma com força. – *Ela.*

– Não tem nada lá embaixo. – Eu estendi a mão para tocar seu ombro.

Os olhos dela brilharam.

– Não está certo. – Ela se encolheu, como se meus dedos fossem fogo. – Aqui, não.

– O que não está certo? – perguntei, consciente dos olhares de Markos e Kenté fixos com curiosidade sobre mim. Aparentemente, Fee estava com medo de *mim*.

Mais uma vez, olhei para as marolas escuras. Não vi nada, mas senti um calafrio mesmo assim.

– Você não se pergunta o que tem lá embaixo? – Markos segurou um estai e se debruçou para fora para observar a água. Desejei que ele não fizesse isso. O comportamento estranho de Fee me deixara nervosa. *Monstro.* Eu não consegui evitar visualizar um grande tentáculo se projetando repentinamente do rio para agarrá-lo.

– Não tem nada aí – repeti.

Imagens saltaram em minha cabeça. Algo enorme se movendo nas profundezas. Peixes entrando e saindo velozes de uma ruína encrustada de cracas. O cabelo de uma mulher loura flutuando. Engoli em seco e concentrei os olhos no rio à frente.

– Há muitos mistérios no mundo – disse Markos, pensativo. – Por exemplo: O que na verdade sabemos sobre os deuses? – Ele apontou com a cabeça em direção à água. – Por que o seu fala com vocês, enquanto os dos akhaianos permanecem em silêncio? Ele deve ser mesmo um deus poderoso.

A CANÇÃO DAS ÁGUAS

O que quer que estivesse lá em baixo, *não* era o deus do rio. Fee não tinha medo dele.

— O que faz você dizer isso? — Minha boca estava seca.

— Bom, olhe para toda essa sorte que nós temos tido.

Eu devia ter admitido a verdade para ele, que nossa sorte nada tinha a ver comigo. Mas disse a mim mesma que meu orgulho não podia acusar o golpe. Isso era mentira. Uma pessoa pode viver sem orgulho. Isso só não é confortável, é tudo.

Passamos a noite ancorados na margem do Rio Hanu, onde os alagadiços reluzentes e o mar de capim do pântano tinham dado lugar a colinas ondulantes pontilhadas de rochas. Nós tínhamos feito um tempo excelente naquele dia, com o vento bom, e não havíamos visto sinal dos Cães Negros. Enquanto navegávamos, eu recontei a Kenté a história de nossa viagem, terminando com a fuga da casa dos Bollards. Era difícil acreditar que tinha sido apenas na noite anterior. Parecia uma lembrança distante. Se o tempo permanecesse bom, em dois dias chegaríamos ao Pescoço. De lá, era apenas meio dia de navegação até Casteria.

Eu fechei a janela da cabine e puxei as cortinas.

— Bom, não tivemos nenhum avistamento do *Victorianos*.

— Isso é uma boa coisa. — Kenté viu meu rosto. — Você não acha que isso é uma boa coisa?

Eu me joguei sobre o banco acolchoado.

— Nós sabemos que ele subiu o Kars. Eu estou preocupada é com a *Alektor*.

— O que preocupa você?

Desenrolei o mapa de meu pai e o abri sobre a mesa.

– Onde está ela? Será que Philemon foi nos procurar em Iantiporos? – Eu passei o dedo pelo mapa. – Achando que nós pretendemos nos esconder lá, ou pedir a ajuda da margravina? – Sacudi a cabeça. – Eu não gosto disso.

– Os piratas que estão querendo matá-la desapareceram sem deixar traço – disse ela, divertida. – E você não *gosta* disso?

Eu dei de ombros.

– Eu simplesmente não gosto.

Markos sentou-se de costas para a parede, remexendo o cabo da espada. Ele olhava fixamente para frente com uma expressão melancólica e se recusava a participar da conversa.

Kenté estalou os dedos.

– Acabei de lembrar! Eu trouxe uma coisa. Está no compartimento de carga.

Markos a observou subir a escada. Ele baixou a voz e disse:

– Ainda me parece coincidência demais. Você tem certeza de que confia nela?

– Como se fosse minha própria irmã – eu disse, imediatamente arrependida pela escolha de palavras.

Ele apertou os lábios em uma linha branca, mas não disse nada.

Kenté voltou, arrastando uma sacola brocada a tiracolo. Ela remexeu em seu interior.

– Cortesia da adega dos Bollards. – Com um floreio, ela produziu uma garrafa de vidro âmbar. – E, agora, nós bebemos.

– Ah, muito bom! – Kenté sempre tinha sido muito boa em surrupiar bebidas. Agora, eu sabia o porquê. Eu sorri e peguei a garrafa.

– Vida longa aos Bollards!

Eu reparti as canecas e servi descuidadamente três dedos de rum em cada uma. Fee enfiou um dedo comprido na dela, em seguida o enfiou na boca. Markos ainda estava meditativo no banco em frente. Empurrei uma caneca sobre a toalha de mesa xadrez em direção a ele.

Ele tomou um gole, em seguida, tossiu.

– O que é essa lavagem? – ele disse, cuspindo.

– Rum. Bebida de marinheiros.

– Imagino que *algumas pessoas* chamem isso de rum – disse ele. – Mas o gosto é de algo destilado em um barril imundo com um sapato velho no fundo. É horrível.

Era, um pouco. Mas eu não ousei admitir que concordava.

– O que acontece quando nós chegarmos a Casteria? – perguntou Kenté.

Pelo canto do olho, eu vi Markos se remexer, provavelmente irritado com a palavra "nós". Talvez eu estivesse pedindo demais dele. Só depois de dias e de várias situações em que escapamos por pouco ele passou a confiar em mim. Ele não conhecia Kenté como eu.

Depois de muito hesitar, ele disse:

– Minha família tem uma propriedade em Casteria que meu avô costumava manter para pescar. Desde sua época, a casa caiu em desuso. Meu pai… – Ele fez uma pausa, com um tremor na voz. – Meu pai não tinha nenhum interesse por esportes. Entretanto, ainda possuímos a propriedade, que é mantida por uma pequena criadagem. Foi para lá que enviaram minha irmã, Daria. As instruções especificam que a caixa só pode ser aberta pelo emparca ou por um representante seu.

Percebi o modo como ele se demorou no nome da irmã. Pelo bem dele, torci desesperadamente para que ela tivesse chegado a Casteria – e que os criados de lá, ao contrário de Cleandros, fossem de confiança.

– Pelo menos, temos alguns recursos. – Ele os enumerou com os dedos. – A magia de Kenté, a visão extraordinária de Fee, minha habilidade com uma espada e o... bem, o conhecimento geral de Carô sobre comportamentos que fogem à lei.

– Além de três pistolas – acrescentei. – E você tem suas espadas.

– E o que eu tenho? – disse Kenté, em um tom falsamente ressentido.

– Sombras.

Ela fez uma careta para mim e se virou para Markos.

– O que você vai fazer depois de resgatar sua irmã?

– Ainda não ousei pensar muito à frente. – Ele bebeu o rum. – O gosto é melhor se você não sente o cheiro. – Ele girou a caneca lentamente sobre a mesa. – Tenho esperança de que alguns conselheiros de meu pai também tenham escapado. Todos eles sabiam que nós deveríamos nos encontrar em Valonikos caso... Bom, caso algo como isso um dia acontecesse.

– A cidade livre é linda – eu disse a ele. – Ela se ergue sobre uma grande colina. As casas são de tijolos caiados. Há varandas com flores cor-de-rosa se derramando sobre elas, e telhados com jardins. E templos com cúpulas vermelhas.

– A cidade livre – repetiu Markos. – Meu pai odiava quando as pessoas a chamavam assim.

A CANÇÃO DAS ÁGUAS

— Em minha opinião, Valonikos está se saindo perfeitamente bem sem um emparca. Você sabia que seu archon é eleito pelo povo? — Mesmo ali, em Kynthessa, as cidades eram governadas por archons nomeados pela margravina. Embora o senado tomasse a maior parte das decisões, ela ainda detinha uma quantidade significativa de poder.

— Que bom para eles — desdenhou Markos. Torci para que ele não estivesse prestes a ficar todo enfezado outra vez. — Akhaia é trezentas vezes maior que a cidade livre. Ela exige a estabilidade que vem com uma classe dominante forte. Se déssemos as costas e entregássemos todo esse poder para o povo, como Antidoros Peregrine quer fazer, isso poderia ter consequências desastrosas.

Ele *ia* ficar todo enfezado. Eu revirei os olhos.

— Você parece estar repetindo as palavras de um livro. O que você acha? Não os seus tutores. Você. Markos.

— Eu *posso* pensar por mim mesmo, sabia? — disse, com azedume.

— É mesmo? — provoquei.

— Um brinde a Valolikos, então — anunciou ele. — Só para que Carô pare de me perturbar com isso. — Ele ergueu o copo e terminou o seu rum. Seus olhos se franziram nos cantos. — Sabem, eu não me sinto leve assim em dias. Na verdade, eu sinto que vamos conseguir.

— Isso é porque você está bêbado.

— Eu não estou bêbado.

— Você está, sim — sorriu Kenté. — Você disse "Valolikos". Eu ouvi.

— Eu, não. Valonikl... Valol... *Droga.*

Todos caímos na gargalhada.

– Vocês são má influência sobre mim, sabia? – Eu olhei para a garrafa pela metade. – Vocês dois.

Kenté agitou as sobrancelhas e gesticulou furtivamente em direção a Markos por baixo da mesa. Eu dei uma cotovelada nela com força.

– Bom, eu vou para cama – anunciou ela, descendo do compartimento. – Venha, Fee. Monte uma rede para mim.

Que os deuses nos protejam de primas intrometidas.

Imediatamente, Markos e eu pulamos de pé.

– Eu só vou… – Ele pegou a garrafa de rum.

– Certo – balbuciei. Meu rosto corou quando eu me abaixei para recolher os pratos. Kenté tocou o lado do nariz com o dedo antes de se abaixar para passar pela cortina e entrar na cabine seguinte.

Markos a observou ir.

– Você é diferente com ela.

Parecia ridículo que eu nunca tivesse percebido que combinação extremamente bela eram olhos azuis com cabelo negro. Meu coração estava batendo em ritmo frenético. Eu não sabia para onde olhar.

– Ela é minha prima. – Fingi arrumar os pratos sujos.

– Meu primo tentou me assassinar, então… – ele deu de ombros.

– Ayah. Sua vida está bem caótica, não é?

– Está. Está mesmo. – Ele fez uma pausa. – Carô, eu tenho pensado sobre o que vai acontecer quando chegarmos a Casteria.

Eu senti vergonha por ter rido apenas alguns minutos atrás. E por pensar… Bem, o que quer que eu estivesse pensando.

A CANÇÃO DAS ÁGUAS

– Se... – ele respirou fundo. – A magia do homem sombra...
Ela só é desfeita quando alguém abre a caixa. Se todo mundo que
conhecer Daria por lá estiver morto... – Ele pôs a mão sobre minha manga, e fagulhas percorreram meu corpo. – Carô, se alguma
coisa me acontecer, e eu não conseguir, você tem de tirá-la de lá.
Prometa.

– Você vai conseguir.

Ele não soltava meu braço.

– Prometa.

Eu não vi como eu iria conseguir escapar viva se ele não conseguisse. Nós estávamos no mesmo barco. Provavelmente, iríamos
sobreviver ou morrer juntos.

– Certo, eu prometo.

– Escute. Em Valonikos há uma casa – ele falou apressado.
– Na Rua Iphis. Vá a essa casa e pergunte por Tychon Hypatos.
Sua família é prima nossa. Ele é um homem muito rico. Ele pode
ajudar Daria.

– Markos, pare – sussurrei. Ele estava falando como se já
estivesse morto.

– Você precisa saber. Caso seja necessário. – Suas mãos envolveram meu braço calidamente. – Agora, qual é o nome dele?

– Tychon Hypatos. Rua Iphis. Eu não vou *precisar* disso.

– Espero que não.

Ele me soltou. Eu esperei que ele recuasse, mas, em vez disso,
inclinou o ouvido em direção a mim.

Estávamos afastados apenas alguns centímetros. Teria sido
fácil encostar meu corpo no dele. Fácil despentear seu cabelo e

apertar meus lábios sobre aquele triângulo de pele macia na base de seu pescoço. Imagens saltavam espontaneamente em minha mente: Markos, empurrando-me contra o armário e me beijando sem parar até ficarmos os dois sem fôlego. Mãos por baixo de roupas.

O rum e minha vergonha fizeram com que meu rosto queimasse. Como você pode saber ao certo quando uma pessoa está pensando a mesma coisa que você? Eu ouvi sua respiração irregular e vi a maneira nervosa como ele afastou os olhos de mim, e eu soube imediatamente que ele estava.

– Eu vou para o convés – disparei, e o afastei do caminho para escapar da cabine quente e apertada.

Eu precisava de ar. Ar fresco para acalmar a onda do rum em minha cabeça. E em outras partes de meu maldito corpo.

Talvez eu não fosse a garota certa para esse tipo de aventura. Nas histórias, a heroína é uma dama trancada em um castelo. Ou uma garota comum com sonhos de ser especial. Ou uma criada que conhece um rapaz bonito que vai levá-la embora de tudo isso.

Uma heroína é sempre alguém que quer escapar.

Bem, eu não queria. Eu queria meu pai de volta. Queria, um dia, herdar a *Cormorant*. Sim, eu não tinha o favor do deus do rio. E daí? Eu ainda podia ser uma barqueira. Aquele barco estava vivo embaixo de minhas botas, era um amigo e um lar. Eu já tinha a vida que eu queria.

Eu não queria ser arrebatada por algum emparca, ver todas as outras coisas em minha vida parecer menores e mais vazias, em comparação. No fim daquilo, eu iria entregar Markos em Valonikos. Ou todos seríamos destroçados pelos Cães Negros. De

A CANÇÃO DAS ÁGUAS

qualquer forma, eu nunca mais tornaria a vê-lo. Dentro de sessenta anos, eu provavelmente seria uma velha tricotando em sua cadeira e contando a história da única coisa excitante que tinha acontecido em sua vida.

De repente, eu não queria nenhuma das duas coisas.

Que a corrente vos leve, dizia o povo das terras dos rios. Isso é muitas coisas. Uma saudação. Uma bênção. Um reconhecimento de que o rio continua a fluir a nossa volta, não importa o que aconteça.

Para mim, naquela noite, isso pareceu um alerta.

CAPÍTULO
DEZOITO

— Sabe, a Companhia Bollard tem uma filial em Casteria: — Kenté estava empoleirada no teto da cabine com as pernas penduradas para fora. Sua saia tremulava ao vento enquanto nós virávamos em direção ao Pescoço.

Eles deviam ter chamado aquilo de Espinha, pois era como se parecia no mapa: uma baía estreita com muitos afluentes curtos como ossos. Colunas inclinadas demarcavam um canal entre os penhascos, que eram pontilhados de cavernas. Até então, não tínhamos visto nada suspeito, mas eu ainda estava cautelosa. No norte das terras dos rios, você pode ver velas em movimento de longe, mas, ali, um navio podia se esconder em meio às rochas. Contrabandistas de rum e piratas tornavam aquelas águas perigosas.

Eu sabia o que Kenté iria sugerir.

— Não.

— Carô, eles podem nos ajudar. Você não acha que está exagerando um pouco? — Ela deve ter percebido meu olhar teimoso. — Um pouco! Eu só falei um pouco.

— Você não ouviu minha mãe e o tio Bolaji. Sabe qual a primeira

A CANÇÃO DAS ÁGUAS

coisa que eles pensaram quando souberam do assassinato da família de Markos? – perguntei. – Conseguir um acordo *comercial* melhor.

Eu olhei para o cockpit, onde Markos estava sentado em frente a Fee, olhando fixa e determinadamente para longe. Ele tinha sacado uma de suas espadas e estava batendo com o lado plano sobre os joelhos. *Tap. Tap. Tap.*

Eu baixei a voz.

– Então, sim. Eu tive medo que minha mãe o entregasse aos Theucinianos. Os Bollards são... – Eu parei, sem querer ofendê-la.

As narinas de Kenté tremeram.

– Você acha que nós somos iguais aos Cães Negros.

– Não era isso o que eu ia dizer.

Ela sacudiu a cabeça.

– Você tem o mesmo problema que seu pai, Carô. Você é independente demais.

– Um barqueiro não segue homem nenhum, apenas o rio – eu disse. – Um barqueiro é...

Ela fez com a mão um gesto de desdém.

– Isso é seu pai falando, não você. Sua mãe matou um homem para protegê-la, sem perguntar nada. Qualquer um de nós teria feito o mesmo. A família é sempre mais importante que o dinheiro.

Mas Markos não era um Bollard. Eu o observei girar a espada, e o sol se refletir na lâmina de alto a baixo, e dei um suspiro. Desde duas noites atrás, quando bebemos o rum de Kenté, nossas interações tinham sido aflitivamente polidas.

O que era estranho em uma embarcação do tamanho da *Cormorant*. As pernas dele eram compridas demais, nossos joelhos batiam embaixo da mesa durante as refeições. Quando ele foi pegar sua caneca no café daquela manhã, sua mão tocou a minha, fazendo com que nós dois mergulhássemos em um silêncio desconfortável. Não era nem como se alguma coisa tivesse *acontecido*, mas a tensão do quase beijo vibrava entre nós.

Eu levei um susto quando Kenté se levantou assoviando um alarme.

– O quê?

– Problema, eu acho. – Ela estava de pé com um braço em torno do mastro e a saia tremulando de um dos lados. – Vocês disseram que estavam procurando um cúter ou uma chalupa? Tem um se aproximando pelo Pescoço.

Senti um aperto no peito.

– Que cores?

– Velas brancas, pintado de preto. Não está levando nenhuma bandeira.

Eu pulei para dentro do cockpit, apoiei os cotovelos na popa, saquei a luneta de meu pai da bolsa e a abri.

– É mesmo a *Alektor*.

Eu baixei a luneta. No horizonte, a cidade de Casteria era um borrão. Os Cães Negros estariam em cima de nós antes que conseguíssemos alcançá-la. Não era um palpite. Era uma certeza.

A *Cormorant* estava a toda velocidade, percorrendo o Pescoço o mais depressa que podia. Eu confiava nas habilidades de Fee no leme, mas uma barca era construída para transportar carga. A chalupa aproveitava o vento melhor que nós. Ela era simplesmente rápida, avançando com a vela principal e a bujarrona enfunadas e uma vela de mezena triangular enfiada entre a verga e o mastro. Nós não tínhamos como ser mais rápidos que um barco levando tanto pano.

Markos pegou a luneta.

— Eles nos seguiram! — Ele ficou parado tão perto de mim que senti o calor irradiar de seu corpo.

— É impossível — eu disse, alto demais, para cobrir o zunido de meus nervos. — Nós os teríamos visto. — Eu troquei olhares sóbrios com Fee. Eles iriam nos alcançar em meia hora.

— Eles sabem qual a sua aparência — observou Kenté. — Você e Markos devem se esconder. Fee pode navegar. Há muitos homens-sapo nas terras dos rios, e há uma chance que eles nos confundam com uma barca diferente.

Minha mente se acelerou. A *Alektor* estava ancorada bem em frente a nós em Siscema. Philemon saberia que a barca *Octavia* havia deixado o porto três noites atrás, mas outras barcas podiam ter partido durante a noite, também. Talvez ele não soubesse qual delas levava o emparca.

— Abaixe-se. — Peguei Markos pela camisa e o puxei para o piso do cockpit. Ficar na coberta seria melhor, mas a *Cormorant* era minha barca. Eu não ia entrar de jeito nenhum. Sentei de pernas cruzadas. O suor molhava as costas de minha camisa. Nós estaríamos em segurança desde que permanecêssemos abaixados.

Markos apertou uma de suas espadas no colo.

— Qual o seu plano?

— Não tenho nenhum. E você?

— Esperava que você conhecesse algum truque de navegação — disse ele.

– Não há muitos truques na navegação. Barcos com mais pano vão mais rápido. – Eu estava me esforçando ao máximo para pensar em algo, mas não tive nenhuma ideia. – Kenté, você pode criar uma ilusão ou algo assim?

– Não no meio da tarde. – Ela apertou as mãos. – Eu preciso do escuro.

– Nós não temos velas extras, temos? – perguntou-me Markos.

– Onde nós iríamos botá-las? – retruquei. – Você está vendo um gurupés?

– Você sabe que eu não tenho a menor ideia do que seja um gurupés.

Nós não tínhamos escolha além de lutar. Dobrei e desdobrei os dedos, tentando calcular quanto tempo iria demorar até que estivéssemos ao alcance de seus mosquetes. Eu odiava isso, a espera. A proa da *Cormorant* parecia uma faca cortando o ar úmido.

Eu ergui os olhos para a ponta delgada da vela e percebi, com surpresa, que não conseguia vê-la.

– Neblina – disse Fee.

Eu fiquei de joelhos, em seguida, de pé. A *Alektor* tinha desaparecido completamente na névoa cinzenta.

Markos se juntou a mim, tremendo.

– O clima ruim normalmente chega assim tão rápido?

– Pode acontecer, tão perto assim do mar. – Entretanto, era estranho. O dia não estava sequer encoberto.

– Nós estamos? Perto do mar?

– É claro. O Pescoço é água salgada.

A CANÇÃO DAS ÁGUAS

Havia um frio molhado pairando sobre a água. Eu ainda podia ver os borrifos das ondas e sentir o vento no rosto, mas a terra tinha desaparecido, assim como grande parte do Pescoço. Eu ergui o sino grande que usávamos para sinalizar nossa posição durante nevoeiros.

– Isso é uma boa ideia? – Kenté estreitou os olhos em direção à névoa turva. – Eles não vão saber onde estamos?

– Você prefere ser atropelada por uma barcaça? – Eu badalei o sino. Nesse momento, os Cães Negros eram a menor de minhas preocupações. Nós estávamos correndo um risco muito maior: de bater em uma estaca ou naquelas rochas. – Morrer por piratas ou morrer por naufrágio é morrer do mesmo jeito.

Ouvi ao longe os sons de outras embarcações – sinos pequenos e grandes, e uma buzina berrando. Esse provavelmente era um navio oceânico, muito longe. Era difícil dizer de onde vinham os sons durante um nevoeiro. Um daqueles sinos podia ser os Cães Negros. Mas eu não sabia qual era.

Os dedos de Fe se apertaram em torno da cana do leme.

– Não consigo ver – murmurou ela.

As pilastras que marcavam o canal pareciam um espectro na neblina, mas eu conseguia vê-las. Como ela, com sua visão aguçada, não conseguia?

A língua comprida de Fee se projetou para lamber os lábios. Ela sacudiu a cabeça, derrotada.

– Âncora.

Se ancorássemos bem ali no meio do canal, um barco maior podia passar por cima de nós. O nevoeiro estava denso, mas eu tinha certeza de que já tínhamos navegado em condições piores.

Botei o sino nas mãos de Kenté e ela olhou para cima, surpresa.

– Toque-o a cada vez que você contar sessenta – eu disse.

Uma sensação estranha de euforia me tomou quando assumi o leme. Minhas preocupações com a *Alektor* se esvaíram. Eu estava no leme da *Cormorant*. A sensação era boa. À distância, a estibordo, havia uma estaca em meio à névoa. Eu ajustei o curso e apontei em direção a ela.

Markos se debruçou para fora para espiar ao redor da cabine.

– Cinquenta – ele contou. – Cinquenta e um… Fee acha que devíamos ancorar.

– Está tudo bem. Eu sei aonde estou indo.

– Carô, seja razoável. Eu não consigo nem ver sua mão na cana do leme, e ela está a um metro de distância. – Ele ergueu a voz. – Vamos bater nas estacas, ou em um penhasco, ou… ou…

– Eu consigo.

Ele e Kenté trocaram olhares sombrios quando ela tocou o sino.

– *Como* você está fazendo isso?

A coluna parecia um fantasma alto e magro no nevoeiro, mas eu podia ver as ondas atingindo sua base.

– Não está tão denso.

– Está denso, sim. – Ele parecia desesperado. – Está tudo cinza, até onde a vista alcança.

– Segurem-se, eu preciso virar aqui. – Eu ergui os olhos para a vela. – Aí vem um pilar.

Markos agarrou a borda do cockpit com força. Seus olhos baixaram para se encontrar com os de Fee enquanto ela se segurava na beira de seu assento, com o corpo tenso. Nenhum deles

A CANÇÃO DAS ÁGUAS

confiava em mim. Eu cerrei os dentes. Bom, certo, se era assim que eles iriam ficar, eu faria tudo sozinha.

– Mudar o curso! – gritei, e Fee se levantou para ajudar a guiar a retranca por cima, se encolhendo ao apertar a vela em torno do cunho. Eu não sabia por quê. Eu não ia atingir nada.

– Está desanuviando – disse Markos, muitos minutos depois.

Esfreguei suor do pescoço. Às nossas costas, o nevoeiro pairava como uma grande nuvem descida do céu, mas, à frente, raios de sol penetravam o cinza. Em vez de apenas um pilar, eu podia ver três. Markos estava certo. O nevoeiro estava se erguendo. Enquanto eu observava, uma rajada de vento agitou as ondas.

– Imagino que isso tenha sido seu deus no fundo do rio – disse Markos. – Dizendo a você onde estavam as colunas.

Eu desejei com todo o coração que fosse verdade, mas estava tentando ouvir as pequenas coisas durante toda a viagem, e tudo o que eu escutara tinha sido um monte de nada. Além disso, não podia ter sido o deus no rio, ou Fee teria sido capaz de ver através da neblina, também.

Senti um nó no peito.

– O deus no rio não me diz nada.

Ele me olhou intrigado.

Então, ali estávamos nós. É uma coisa assustadora, entregar sua verdade a outra pessoa. Mas, além disso, eu estava relutante em dizer em voz alta, como se fazer isso, de algum modo, tornasse aquilo definitivo.

– Markos – fiz uma pausa e mordi o lábio, –, eu não escuto o deus.

245

– Mas você disse que todos os Oresteias são favorecidos pelo deus. Você disse...

Minhas orelhas estavam quentes.

– Eu não menti, exatamente. – Desejei poder afundar até o leito do Pescoço. – O deus no rio fala com os Oresteias na língua das pequenas coisas. – Minha voz vacilou. – Só que... não comigo.

– E o nevoeiro? – Ele o estudou e uma ruga de reflexão surgiu entre seus olhos. – Isso obviamente foi magia do rio. Magia de algum tipo, pelo menos. – Ele se virou para Kenté. – Não foi você, foi?

Ela sacudiu a cabeça.

– Homens das sombras trabalham a magia da escuridão e da luz, do sono e do despertar. Não do clima.

– Homens das sombras podem criar ilusões – observou Markos.

– Verdade, mas elas não teriam a *aparência* de um nevoeiro. – Ela estremeceu. – Esse pareceu úmido demais para mim.

A extremidade inferior do Pescoço ainda estava dentro da nuvem. A *Alektor* tinha sido engolida. Enquanto isso, à nossa proa, a cidade de Casteria se espalhava ao longo de uma linha branca de praia, perto o bastante para que eu pudesse identificar nitidamente cada construção individual. O sol da tarde brilhava sobre o grande arco de pedra da propriedade do archon, e velas pequeninas pontilhavam a baía. Nós tínhamos conseguido.

Eu pulei de pé e passei o leme para Fee.

– Eu vou... Preparar a vela.

Eu não tinha de fazer nada com a vela, mas apenas Fee sabia disso. Ela me observou sair do cockpit com uma expressão estranha no rosto. Simpatia, e mais alguma coisa que eu não sabia ao certo o que era.

A CANÇÃO DAS ÁGUAS

Meus olhos arderam. Eu não queria que ela sentisse pena de mim.

– Se você não escuta o deus do rio, por que não disse isso antes? – insistiu Markos. Eu ouvi suas botas no convés atrás de mim.

Eu apertei o passo.

– Porque eu não queria que isso fosse verdade. – Lágrimas brotaram em meus olhos, mas eu fiz um grande esforço para piscar e contê-las. – Ainda vou levá-lo a Casteria. Estamos quase lá, e eu não precisei de nenhum deus para fazer isso.

– Eu sei que você vai – disse ele. – Carô, se o que você diz é verdade, isso só significa que você é mais talentosa do que eu pensava. Se esses outros marinheiros escutam o rio, então você deve ser muito boa para chegar tão longe sem essa vantagem. Isso não é nada do que se envergonhar.

– Eu não estou envergonhada – menti. – Eu não quero falar sobre isso.

– Está bem – disse ele lentamente. – Eu só queria perguntar... Você tem certeza? E se esse nevoeiro for um sinal? E se o deus *estiver* falando com você?

Ele estava errado. Tinha de estar. Meu pai disse que, quando chegasse o dia de meu destino, eu saberia, mas, na verdade, eu me sentia mais insegura que nunca.

– Você nem acredita nos deuses – eu disse.

– Sempre acreditei nos deuses. Só não acreditava que eles falassem conosco. – Com as mãos nos bolsos, Markos examinou atentamente a neblina. – Até agora. Foi você quem me fez reconsiderar isso. Toda essa conversa sobre a língua das pequenas coisas, seu deus do rio e seu homem dos porcos. Por que você reluta tanto em ver que esse nevoeiro é mágico?

Eu desejei que ele mudasse de assunto. Eu tinha chegado muito perto de aceitar meu destino, e agora ele estava ameaçando fazer com que eu voltasse a ter esperança. E eu não queria ter esperança. Não quando não fazia sentido.

— Eu tentei muito escutar o deus. — Minhas unhas se cravaram na palma da mão. — Eu não consigo. Markos, você não sabe qual a sensação de pensar por toda a vida que você é destinada a alguma coisa especial e aí descobrir que você… não é.

Ele apenas olhou para mim.

— Ah — sussurrei, ao perceber o que eu tinha dito. — Eu não queria…

— Deixe para lá.

— Veja, Markos — eu disse. — Você não pode consertar isso para mim, mas ainda podemos acertar as coisas para você. Nós vamos levar você e sua irmã para Valonikos. Vamos recuperar seu trono.

No momento em que as palavras saíram de minha boca, eu quis recolhê-las de volta. Eu não quisera dizer *nós*. Talvez um dia ele juntasse um exército e marchasse sobre Akhaia. Mas eu não estaria lá.

Ele me deu um meio sorriso.

— Você acha que pode fazer praticamente tudo, não é?

Se eu achasse, eu estaria certa. Eu descendia de exploradores e de pessoas que tinham desafiado o bloqueio. A coragem estava duas vezes presente em meu sangue. Eu a sentia vibrar através de mim enquanto estava parada no convés, com o vento embaraçando

A CANÇÃO DAS ÁGUAS

meu cabelo. Nós passamos por barcos de pesca e por armadilhas para caranguejo, até que, finalmente, Fee nos conduziu além da boia vermelha que marcava a entrada da baía de Casteria.

Kenté soltou um viva.

– Nós conseguimos!

Eu vi antes deles.

Meus joelhos bambearam, e eu balancei. Tive de estender o braço para me segurar no estai. Não era justo. Não depois de chegarmos tão longe.

Amarrado às docas, com as velas dobradas e guardadas, estava o *Victorianos*.

CAPÍTULO
DEZENOVE

— Você sabe que isso é uma armadilha, não sabe? — Observei Markos andar de um lado para outro da cabine. — É uma armadilha para você, e sua irmã é a isca.

Seus dedos se flexionaram sobre os cabos das espadas. Eu sabia pela rigidez de seu rosto que ele mal estava conseguindo conter as emoções.

— Não me importa. Eu preciso tirá-la de lá. — Ele deu um soco no armário. — *Droga*.

— Eu entendo, mas...

— Ah, desculpe. — Ele sacudiu a mão. Havia uma marca vermelha sobre os nós dos dedos. — Eu não sabia que toda sua família tinha sido assassinada recentemente. Não ouse me dizer que você entende — disse ele com aspereza. — Ela é tudo o que me resta.

— Bom, *eu* não sabia que você tinha perdido o bom senso recentemente — retruquei. — Se é que você já teve algum. O que exatamente você planeja fazer?

— Cleandros é um traidor. — Ele ergueu o queixo para olhar adiante. Minha raiva costumava fervilhar, mas a dele era fria como gelo.

A CANÇÃO DAS ÁGUAS

— Eu vou desafiá-lo para um combate individual.

Eu desconfiava que seria algo nobre e estúpido como isso. Eu me segurei para não fazer um comentário sarcástico.

Diante de meu silêncio, ele estreitou os olhos.

— O quê?

— Eu não disse nada.

— Você estava pensando – disse ele. – Muito alto, devo acrescentar.

— É só que... – hesitei. – Se você acha que o homem das sombras ou os Cães Negros vão lutar limpo...

Ele girou, e o casaco com detalhes dourados balançou em torno de suas pernas.

— Você acha que eu sou ingênuo. – Seu rosto enrubesceu. – Tolo.

— Olhe, se fizermos as coisas como você quer, você vai ser morto! – Senti de repente uma dor na garganta. – E eu não quero que você seja morto. Ou eu não tenho permissão de dizer isso?

Quando ele tornou a falar, sua voz estava firme e baixa.

— Eu preciso ir. Se não quiser vir comigo, eu entendo. Obrigado por tudo. – Ele estendeu a mão. – Espero que possamos nos despedir como amigos.

Eu dei um suspiro.

— Como se eu fosse simplesmente deixar você.

— E por que você não faria isso? – Ele engoliu em seco. – Eu não trouxe nada além de problemas para você e sua família.

Fiz uma pausa e pensei em suas palavras. Eu prometera levá-lo a Casteria, e ali estávamos nós. Por que eu não deveria zarpar e voltar com a *Cormorant*? Akhaia não era meu país. Essa não tinha de ser minha luta. Mas, enquanto eu olhava para ele, tudo o que tinha acontecido desde que nos conhecemos voltou em *flashback*, começando com a abertura da caixa e terminando com suas palavras no Lago Nemertes. *Nós somos mais fortes juntos que separados. Você não acha?*

Eu não podia deixá-lo para que enfrentasse sozinho os Cães Negros.

Eu dei de ombros e disse:

— Como você quiser. Fee, vamos preparar as velas. Kenté, solte as amarras.

A voz de Markos vacilou.

— Sério?

— Não, não é sério. — Dei um tapa em sua mão estendida. — Você às vezes pode ser lento. Você acha que eu ia simplesmente apertar sua mão e deixá-lo ir lá para cima sozinho? E ser morto, muito provavelmente — acrescentei.

Kenté olhou pela janela, onde entravam raios âmbar do sol de fim de tarde que se projetavam baixos sobre a cidade.

— Se vamos fazer isso, é melhor agir agora.

Eu amarrei um lenço no cabelo.

— Nós estamos fazendo isso.

— Qual é o plano? — ela perguntou.

— Não acabarmos mortos. — O resto, nós podíamos descobrir no caminho.

Enquanto corríamos pelas docas, examinei o cúter com o canto do olho. Ele parecia deserto, o que me deixou nervosa. Olhei para a *Cormorant*, e meu amor por ela perfurava meu coração. Eu odiava deixá-la desacompanhada. Talvez Fee devesse ficar

A CANÇÃO DAS ÁGUAS

para trás... Mas, não. Se houvesse encrenca, precisaríamos de toda ajuda que pudéssemos conseguir.

— Conte-me tudo que eu preciso saber sobre a magia do homem das sombras Cleandros — ordenei a Kenté quando deixávamos as docas. A rua movimentada estava pontilhada de barracas de feira e baldes de peixe fresco.

— Ainda é de tarde. Precisamos chegar à irmã de Markos antes que o sol se ponha.

— O que acontece depois? Ah... — Entendi o que ela queria dizer. — Você está dizendo que, se escurecer, ele vai saber quando abrirmos a caixa. Você pode dizer se ele já a abriu?

— Não é assim. — Ela franziu os lábios. — Não é minha mágica. Para ele, é como... Como uma bolha estourando no fundo da cabeça. Markos, por exemplo. Ele deve ter percebido no segundo em que Markos despertou. — Ela olhou para ele. — Você deveria estar grato. Carô provavelmente salvou sua vida quando abriu a caixa. Depois que a magia foi desfeita, ele não conseguiu mais senti-lo. Ele não sabia onde você estava.

— *Você* pode sentir toda magia que já fez? — perguntou ele.

— Eu diria que, se tentar, sim. Eu a deixei por toda parte. Há uma agora mesmo no canto da melhor sala de estar da casa dos Bollards. Eu a ponho ali para encobrir os cacos de um vaso que deixei cair na semana passada. Eu posso sentir isso quando estou forte o suficiente.

— Forte o suficiente? — perguntou Markos.

— Quando é noite. À noite, eu posso *sentir* as coisas ao meu redor. As sombras. Pessoas dormindo. Seus sonhos e medos. Meus poderes começam a ganhar vida ao pôr do sol, mas, quanto mais escurece, mais tudo... entra em foco.

— Por que você está fazendo todas essas perguntas? — indaguei a Markos. — Achei que você soubesse tudo sobre homens das sombras, sendo de Akhaia.

— Pouquíssimas pessoas sabem tudo sobre os homens das sombras. Eles basicamente guardam seus próprios segredos.

— Seu pai tinha um homem das sombras na corte — observei.

— Não sei o que Cleandros fazia para meu pai. — Seu rosto assumiu uma expressão reservada. — Comecei a desconfiar que ele fosse especialmente talentoso em fazer magia de sono. Veja, por exemplo, o que ele fez com as caixas. Mas era mais que isso. Depois que fiz dezoito anos, meu pai permitiu que eu me sentasse em suas reuniões do conselho. Eu vi coisas acontecerem que achei... estranhas. Um homem expressava oposição forte a algo que meu pai sugeria, mas aí ele, de repente, não sei... Cedia.

Olhei horrorizada.

— Você acha que Cleandros controlava suas mentes?

— Não exatamente controlava. Um homem cansado fica confuso. Esquecido. Suscetível a sugestões. Não digo que sei tudo sobre a magia das sombras, mas sei que, acima de tudo, ela envolve trapaça.

Eu me voltei para Kenté.

— Você alguma vez já fez isso?

Ela deu um sorriso malicioso, e a luz do crepúsculo se refletiu no brinco em seu nariz.

— Você já fez isso alguma vez *comigo*?

Ela ignorou a pergunta.

A CANÇÃO DAS ÁGUAS

— O que Markos diz é essencialmente correto. Um homem das sombras não consegue atear fogo a um homem. Mas ele pode manipular seus sonhos para fazê-lo *acreditar* estar pegando fogo. Explique-me isto: O que é mais perigoso?

— Para mim, parece uma magia inútil — eu disse. — Se você não consegue nem fazê-la em plena luz do dia.

— Eu com certeza me escondi com muita facilidade em seu barco. — Ela apertou os lábios, e eu vi a linha fina de suor acima deles. — Ele vai começar fraco, mas, à medida que escurecer, seus poderes vão crescer. Até a meia-noite, quando estão em seu ponto mais forte. Nós temos de nos apressar.

— Mas você é um homem das sombras também. Você pode enfrentá-lo. — Pelo menos, eu esperava que ela pudesse.

— Não esqueça que eu não tive treinamento.

— Cada vez pior — murmurei.

Enquanto seguíamos através das ruas de Casteria, eu me sentia nua. Um pressentimento desceu por meu pescoço e fez com que meu coração batesse mais rápido. Nós não tínhamos visto nada dos Cães Negros, mas eles podiam estar em qualquer lugar nos observando.

As propriedades mais antigas da cidade eram construídas na encosta de um morro, em frente ao qual as ruas corriam alinhadas. De vez em quando, uma escada descia por entre as casas aglomeradas até um pequeno cais ou praia particular. As casas mais bonitas ficavam localizadas bem ao lado de barracos, a única diferença era que tinham um portão de pedra ou um jardim com árvores esculpidas. Markos parou em frente a uma casa cor de pêssego e acenou para as cabeças de leão-da-montanha no portão.

— O lugar é este.

Ele pisou na calçada da frente, mas eu segurei seu casaco e o puxei para trás.

— Você ia simplesmente entrar pela porta?

— Certo. — Ele fez uma careta e pareceu um pouco encabulado. — Vamos fazer as coisas do seu jeito.

— Não pare de andar. Nem mesmo olhe para a casa — sussurrei sem mover os lábios. A rua estava vazia, mas eu não sabia quem nos observava de trás das cortinas daquelas casas. — Deve haver uma porta nos fundos, para criados e comerciantes.

Nós margeamos a lateral do jardim e entramos no beco seguinte. Ali, como eu desconfiava, encontramos a entrada dos fundos, uma discreta porta de madeira.

Tentei a maçaneta. Destrancada.

A porta abriu para dentro e revelou uma cozinha com um fogão de tijolos enorme. O fogo não tinha sido aceso. Enquanto meus olhos se ajustavam ao escuro, vi que o papel de parede estava descascando. Sujeira de muitas botas enlameadas havia secado no chão, e um cheiro bolorento pairava no local. Markos me olhou nos olhos e fechou a porta cautelosamente às nossas costas.

Eu não achava que isso importasse.

— Markos, ninguém vive aqui há dias. — Eu apontei com a cabeça para um queijo mofado na mesa. — Veja a comida.

— Eu estou lhe dizendo, ela devia estar aqui! — Com a espada na mão, ele seguiu pelo corredor, espiando pelas portas. Finalmente, ele sacudiu a cabeça.

— Devia haver criados, toda uma casa em funcionamento.

A CANÇÃO DAS ÁGUAS

Minha família é a dona desta casa. E eles *ousam* simplesmente ir embora?

Eu estava desconfiada da confusão nas prateleiras. Havia pratos de porcelana estilhaçados por toda parte. Aquele lugar tinha sido revirado. Passei cuidadosamente os dedos pelos cacos de uma garrafa de vinho quebrada e os esfreguei juntos.

— Eu não gosto disso — murmurei. — Não gosto nada disso.

Markos deu um tapa na parede.

— Estes deviam ser homens leais. Imagino que este seja o resultado de contratar criados khyntessianos... — Ele olhou para mim. — Desculpe.

— Talvez eles tenham ouvido as notícias sobre o emparca. — Kenté estudou a bagunça. — E fugiram com medo.

— Precisamos revistar a casa. — Ele se aprumou. — Procurar por um baú. Grande o suficiente para uma criança.

Não demorou muito. As outras portas levavam a uma pequena biblioteca, a uma suíte e a uma despensa, no porão, que estava completamente escura, exceto pelo brilho mortiço de uma única janela suja. Não encontramos nenhum cão negro escondido nos armários, para meu alívio.

— Não é uma casa muito grande — eu disse. — Para um emparca. — Eu esperava algo mais grandioso. A casa dos Bollards era facilmente vinte vezes maior.

— É só um refúgio de pesca. — Markos esfregou a ponte do nariz. — O que fazemos agora? Se os criados a levaram com eles, como vou encontrá-la? Maldição, eu queria que tivéssemos escolhido *qualquer* outra maneira de fugir. Qualquer coisa menos essas malditas caixas. – Eu pus a mão em sua manga, mas ele a afastou. – Não posso... – Sua voz vacilou. – Não posso suportar não saber o que aconteceu com ela.

Fee assoviou da cozinha.

Eu entrei apressada pela porta.

– O que...

Ela apontou com a cabeça para um baú de madeira, no canto dos fundos, perto de uma saca de batatas. Nós o deixáramos passar na primeira vez. Alguém jogara panos de prato sujos em cima dele, quase o escondendo de vista.

Markos jogou os panos no chão, sacou a espada e golpeou as correias de couro que prendiam o baú fechado. A primeira correia cedeu e se partiu. Ele cortou facilmente a segunda, e se abaixou para segurar a tampa do baú.

Para além da janela, o céu acima dos telhados de Casteria reluzia laranja com o crepúsculo. Um último raio de luz pairava no horizonte. Enquanto eu o observava, ele se apagou.

– Markos, espere!

Ele abriu a caixa.

Encolhida em seu interior, havia uma garotinha. Por um momento suspenso e horrível, eu achei que ela estivesse morta. Então, seu ombro magro se mexeu, e ela se esticou.

Seus olhos se arregalaram.

– Markos!

Eu engoli a emoção repentina que me tomou com o jeito como o sorriso dele iluminou seu rosto. Ele ergueu a irmã do caixote e a abraçou com força junto ao peito. Ela usava uma camisola

A CANÇÃO DAS ÁGUAS

fina salpicada de estrelas e tinha o mesmo cabelo negro de Markos, exceto pelo fato de ser totalmente liso. A coitada tinha hematomas pelos dois braços inteiros.

Ela olhou para ele enquanto ele limpava palha de sua camisola.

— Eu tive sonhos horríveis.

Os olhos de Markos encontraram os meus acima da cabeça dela. Ele sabia o que tinha feito.

— Sinto muito — disse ele com voz rouca.

Kenté olhou fixamente para Daria como se ela fosse a morte chegando para nos levar.

— Ele soube disso instantaneamente. Precisamos ir.

Markos ergueu a irmã, tirou-a da caixa e a pôs sobre a mesa.

— Daria, esta é Caroline. Você deve fazer tudo o que ela disser. Se ela mandá-la correr, corra. Se disser que se esconda, encontre um lugarzinho e se enfie dentro dele. Você entendeu? Se ela mandar se abaixar...

— Eu me abaixo. — A menina revirou os olhos. — E eu sou pequena, não burra.

— Daria. Isto é sério.

— Ela não pode correr vestindo isso. — Gesticulei apontando para a camisola, que ia até o chão. — Ela vai tropeçar.

Markos fez uma careta. Sem dúvida, ele queria desesperadamente fazer um comentário sobre como eu estava sempre estragando coisas boas, mas ele pegou a faca que ofereci e cortou a camisola de Daria na altura dos joelhos.

Tentei lembrar a mim mesma que minha parte nessa aventura era ser a pessoa com conhecimento de pistolas, facas e comportamento fora da lei em geral. Mas era difícil quando meu coração queria derreter com o jeito todo doce com que ele tratava a irmã.

A dobradiça de uma porta rangeu. Minha respiração se prendeu na garganta. Eu disparei para o corredor.

Diric Melanos apoiou o braço diante da porta da frente e a bloqueou. Ele vestia um casaco azul-marinho, coberto de cintos de pistolas. Eu não duvidava que ele carregasse consigo pelo menos dez armas.

— Você deve ser a garota da barca — disse ele, com um sorriso se abrindo em seu rosto marcado por cicatrizes. — De quem eu sempre escuto tanta coisa. — Com o som de botas pesadas no chão, ele se afastou da soleira.

Cleandros, o homem das sombras, entrou, arrastando sua túnica negra com listras douradas. Eu só tinha ouvido sua voz, mas o reconheci imediatamente. Ele não era tão velho quanto soava — havia apenas pequenos tufos grisalhos em seu cabelo castanho e sem brilho. No todo, ele parecia tedioso e de maneiras brandas, como um professor ou um escriturário. Vários pingentes pendiam de seu pescoço em correntes compridas.

O resto dos Cães Negros entrou atrás dele. Cinco, dez, quinze homens, armados com adagas e pistolas.

Todo meu corpo vibrou com o perigo. Nós estávamos como os caranguejos nas armadilhas flutuantes na baía.

Presos.

CAPÍTULO
VINTE

Daria olhava de um lado para outro entre Cleandros e o irmão.

– Ele é amigo do meu pai.

– Ele não é nosso amigo – disse Markos com as mãos nos cabos das espadas.

Cleandros surpreendeu-me ao ignorá-lo.

– Você, que foi chamada pela sombra, eu a saúdo – disse ele para Kenté. Em seguida, gesticulou com a cabeça para o capitão Melanos.

– Mate o emparca, a criança e a rata de rio. Mas traga a garota das sombras para mim. – Ele se concentrou outra vez em Kenté, com um sorriso que me deu uma sensação de estar com aranhas na nuca. – O que você está fazendo longe da Academia? O diretor sabe onde você está?

Ela ergueu o queixo de maneira desafiadora, mas sua voz hesitou.

– Eu não respondo a seu diretor.

– Qual o seu nome, garota?

Kenté empinou o nariz e olhou para ele, o que era algo muito Bollard de se fazer, e também um bom truque, considerando que o homem das sombras era mais alto.

– Não interessa.

Eu não gostei de ser chamada de rata de rio, nem gostei do tom do homem das sombras. Saquei minha arma. Melanos fez o mesmo, só que a dele era uma pistola Bentrix com cinco canos, e eu só podia crer que todos os cinco estavam carregados.

Ele agitou um dedo para mim.

– Nem pense nisso.

Por que eu não deveria? Os Oresteias são corajosos. Nós não gostamos muito de ser assassinados. Afinal de contas, meu avô não tinha enfrentado bandidos apenas com uma faca e uma frigideira velha? Eu tinha dois tiros e dois punhais. Isso eram quatro homens que eu poderia levar antes que eles me matassem.

Markos estava pensando na mesma linha. Com os maxilares se retorcendo de raiva, ele sacou as espadas e entrou na frente de Daria.

– Bom? – Cleandros se virou para o capitão Melanos. – Diga a seus homens que o matem.

– Essa escória? Por favor – desdenhou Markos. – Tentem. Vou adorar cortar suas cabeças, mas principalmente a sua. – Ele se aprumou e, nesse momento, eu vi o emparca que ele viria a ser.

Os olhos de Diric Melanos foram de Markos para Daria.

– E a garotinha? – perguntou ele.

Imaginei que matar crianças não combinasse com a imagem aventureira que Melanos tinha de si mesmo.

– Achei que você fosse o terror dos mares – respondeu bruscamente Cleandros. – Não um fraco chorão.

Kenté se aproximou de mim e sussurrou.

A CANÇÃO DAS ÁGUAS

— Prepare-se para fugir quando eu avisar.

A lanterna dos piratas se apagou. A sala ficou escura, mas não muito. Eu ainda podia ver todo mundo claramente: — Markos brandindo as espadas, Cleandros e o capitão Melanos, e os piratas dispostos atrás deles com as adagas na mão.

Kenté deu um suspiro nervoso e recuou um passo.

Cleandros riu.

— Isso é tudo o que você consegue fazer? — Ele pegou algo em torno do próprio pescoço. Era um pingente de latão de aspecto estranho, com oito ou doze lados. — Uma tentativa admirável. Com treinamento, você poderia ser muito poderosa. Venha, criança, eu já lhe disse que *você* não corre nenhum perigo. Na verdade, o diretor vai ficar muito satisfeito comigo por levar até ele uma recruta tão intrigante.

— Não vou abandonar o barco de meus companheiros — declarou ela.

Os dedos dele se mexeram.

— Que seja.

Cleandros desapareceu.

Eu disparei mirando o ponto onde ele estava, só para ouvir uma risada escorregadia do outro lado da sala. Dei um passo desconfortável para trás e disparei a segunda pistola, atingindo acidentalmente um pirata na coxa.

Foi quando eles nos atacaram.

Markos saltou na frente de Daria e de mim, e sua espada bloqueou a adaga do cão negro mais próximo. Ele girou entre os homens, esquivando-se e se cortando. Ficou claro que ele estava acostumado a usar duas espadas ao mesmo tempo, porque elas se moviam como se fossem parte de seus próprios braços.

– Kenté! – berrei, derrubando de lado um banco acolchoado. Ela agarrou Daria, e mergulhamos atrás dele. Com dedos trêmulos, recarreguei enquanto Daria se encolhia no chão às nossas costas. – Fique bem aí – ordenei. Eu tornei a me levantar, com pistolas nas duas mãos, e atirei.

Diric Melanos me viu. Ele se lançou entre dois de seus homens, me segurou, agarrou meu braço e me arrastou de trás da proteção. Eu lutei, chutando qualquer parte dele que pudesse alcançar.

Com um grito estridente, Fee saltou no ar. Ela caiu sobre os ombros dele com uma faca entre os dentes.

Ele tentou se livrar dela, mas seus dedos dos pés nus se afundaram nele.

Isso foi distração suficiente para mim. Por sorte, meu pai me ensinou a usar o cotovelo. Ele acertou o queixo de Melanos com bastante força. O homem praguejou. Eu consegui me soltar, segurei Daria pelo braço e a puxei para ficar em pé.

De repente, Markos deu um grito e tocou o cabelo. Seus dedos saíram ensanguentados, e seu rosto foi tomado por uma onda de incerteza. Cleandros devia ter golpeado ou atirado um punhal. Como Markos podia lutar contra ele quando estava invisível?

– Vamos! – Eu corri de costas pelo corredor. Nós precisávamos sair dali.

Com sangue escorrendo nos olhos de um corte profundo no rosto, Diric Melanos ergueu a pistola.

Muitos homens gostavam da Bentrix de cinco canos por seus

A CANÇÃO DAS ÁGUAS

belos cabos de osso entalhado e a capacidade de disparar cinco cargas simultaneamente, mas meu pai só carregava uma pistola de pederneira de câmara única. Ele dizia que pistolas de vários canos eram imprecisas.

O disparo se espalhou em todas as direções, ricocheteou nas paredes e estilhaçou um espelho. Nenhuma das balas nos atingiu.

Um dos cães negros caiu com sangue jorrando da perna. Eu sacudi a cabeça. *Tolo.* Não se dispara uma arma daquelas em lugares apertados. Ele ia matar todos nós.

Meus olhos se fixaram na porta do porão, e eu me lembrei daquela janela suja no alto. Se bloqueássemos a porta às nossas costas, isso podia nos fazer ganhar mais tempo.

Depois de abrir a porta com dificuldade, um cheiro úmido e terroso subiu do porão. Empurrei Daria para baixo pelos degraus de lajotas dispostas sobre terra. Algo borrado passou por mim, batendo em meu braço. Apertei os dedos em torno da pistola até perceber que era Kenté, parcialmente envolta em sombras. Fee se juntou a nós com a faca pingando sangue.

Passos de botas ecoaram no piso do corredor atrás de nós. Eu me ajoelhei e apontei a pistola para a porta.

Markos apareceu e quase me derrubou.

– Ufa!

Quando recuperei o equilíbrio, ele fechou a porta e a travou com uma barra de ferro. Nós descemos ruidosamente a escada curta.

– É um beco sem saída! – Havia pânico na voz de Kenté.

Apontei com a cabeça em direção ao fundo do porão.

– Vejam.

Havia uma janela retangular e amarelada, coberta de teias de aranha, estendida horizontalmente ao longo do teto. Fee saltou rapidamente até o alto de uma pilha bamba de caixas. Ela sacudiu a janela e, então, ao encontrar o trinco emperrado, quebrou o vidro com o cabo da faca.

Fee saiu pela janela.

— É seguro — disse ela do outro lado com voz rouca.

Alguém bateu na porta.

— Daria primeiro — eu disse com voz embargada. Markos levantou a irmã até as mãos de Fee, que a esperavam. Os pés da menina, com meias, desapareceram pela janela.

— *Vamos.* — Ele conduziu Kenté até lá. Ela guardou seu punhal e aproveitou seu impulso para subir. — Carô, você depois.

— Não, você. — Olhei para trás. Os piratas estavam golpeando a porta pelo outro lado. — Você é o emparca.

A porta começou a ceder. Ouvi os cães negros xingando, em seguida um disparo. Os gritos pararam.

— Markos, vamos!

Ele exalou, liberando a tensão dos ombros, como se tivesse perdido toda a disposição de lutar. Sua garganta se moveu quando ele engoliu em seco.

— Não.

Eu percebi o que ele pretendia fazer.

— Mas você é o herdeiro de Akhaia. — Eu não queria deixar que ele se sacrificasse. — Você é mais importante que sua irmã.

Seus olhos brilharam com emoção intensa.

— Você ainda não entende. *Nada* é mais importante.

A CANÇÃO DAS ÁGUAS

– Todos podemos ir – insisti. – Se formos agora. Fee e eu vamos puxar você.

– Se eu atrasá-los, vocês vão ter uma chance. – Suas mãos trêmulas pairavam acima dos cabos das espadas. – Vão para o barco. Levem-na para Valonikos. Para a casa da qual falamos.

– Markos...

– O nome. Depressa, diga-me o nome outra vez.

– Tychon Hypatos. – Meus lábios estavam meio dormentes. – Rua Iphis. Mas...

– Você fez uma promessa – ele disse.

– Não foi isso o que eu quis dizer!

– Você acha que eles vão parar de me procurar? – Ele parecia feroz. – Você não tem esperança de chegar a Valonikos, Carô. *Nenhuma*. Não se eu estiver com você. – Estendi a mão para pegar sua manga, mas ele a puxou. – É a mim que eles querem. Aquelas duas pessoas na barca já morreram por mim. Imagino que você achasse que eu não lamentava isso, mas lamento. Não consigo imaginar se...

– Markos...

– Pare de discutir. Pelo menos uma vez na vida, pare. – Sua voz estava trêmula, e eu soube que ele estava com medo.

O tempo desacelerou e parou quando nós olhamos um para o outro. Um milhão de pensamentos passaram pela minha mente. Um deles tinha de ser o certo. O pensamento que iria impedi-lo de fazer aquilo.

– Ah, inferno. – Ele caminhou em direção a mim enquanto a porta gemia em suas dobradiças. – Eu vou morrer de qualquer jeito.

Ele puxou meu rosto para perto. Eu entrelacei os dedos em seu cabelo e grudei sua boca na minha.

Foi um beijo violento como uma batalha, eufórico e urgente. Seus lábios estavam salgados. As batidas aceleradas de meu coração pulsavam em meus ouvidos. Eu queria mais dele. Segurei a parte da frente de sua camisa com a mão para puxá-lo para mais perto, puxá-lo comigo.

Ele interrompeu o beijo e cambaleou para trás. Eu senti em meus lábios sua ausência, um frio que ameaçava penetrar profundamente em mim.

– Espere. – Eu encontrei minha voz. – Markos, espere...

A porta se estilhaçou. Ele sacou as duas espadas.

– Vá. Vá embora daqui.

Enquanto eu me erguia até o parapeito da janela, não consegui evitar olhar para trás.

– Não – disse ele sem se virar. E então eles os atacaram com espadas e punhos.

Eu não queria ver.

Com a respiração entrecortada, eu me virei e deixei que Fee me puxasse pela janela. Lágrimas turvavam meus olhos. Não se deixa para trás um membro de sua tripulação. Todo marinheiro sabe. Você simplesmente *não* faz isso.

Eu me aprumei e guardei as pistolas. Os outros estavam de pé no beco calçado com pedras, aguardando-me com expectativa. O azul do fim de tarde estava sobre nós.

– Onde está meu irmão? – A voz de Daria era estridente.

Eu agarrei sua mão.

A CANÇÃO DAS ÁGUAS

— Seu irmão — eu disse com raiva, em meio a uma dor na garganta, enquanto a arrastava pelo beco — uma vez me disse que faria qualquer coisa para salvá-la.

— Ande vocês estão indo? — Ela tentou se soltar. — Nós precisamos esperar por Markos! — gritou. — Me *solte*!

— Ele não vem. — Esfreguei os olhos com a manga. — Silêncio! Markos disse que se eu mandasse você correr, era para você correr. Bom, eu estou lhe dizendo isso agora.

Corremos sob as sombras dos beirais, desviando de poças de dejetos e pilhas de espinhas de peixe podres. Esbarrei em um acendedor de lampiões que levava uma vara comprida e quase caí. Ele me xingou, mas eu não podia parar. Acima de nós, luzes piscavam nas casas na encosta. Em algum lugar, as pessoas estavam sentando-se para jantar, enquanto eu me esforçava para respirar mesmo sentindo uma dor no peito.

Markos era um espadachim excelente. Talvez…

Eu afastei o pensamento. Os cães negros estavam em maior número. Havia muitos deles. Eu sabia disso. Markos sabia disso.

O beco terminou. Eu olhei freneticamente para a esquerda e para a direita.

— Para que lado? — Kenté perguntou, arquejante.

Um grupo de gaivotas voava no ar, piando. Seus gritos atraíram meus olhos para a direita, onde avistei os mastros bem abaixo de nós.

— Por ali!

Nós descemos barulhentamente uma escada de pedra. Ao olhar para a baía, quase chorei de alívio. Eu não ouvia nenhuma perturbação às nossas costas. Nenhum tiro. Enquanto corríamos pelas docas, Daria tropeçou, mas eu a puxei de pé. Seu rosto pálido estava marcado pelas lágrimas. Markos podia ter nos dado tempo suficiente.

Eu parei.

Havia cinco homens nas docas entre nós e a *Cormorant*. Três deles tinham espadas, e um tinha pistolas gêmeas enfiadas no cinto. O quinto era o pirata Philemon. A *Alektor* tinha chegado.

Nosso caminho estava bloqueado.

Uma semana antes, se você tivesse me perguntado "Você morreria pela *Cormorant*?", eu talvez tivesse dito sim. Era o que acontecia em todas as histórias. Uma capitã afunda com seu navio. Mas, naquele momento, eu não hesitei. Não pensei nisso nem por um segundo.

Markos trocara sua vida pela nossa. Eu sabia qual tinha de ser meu sacrifício.

Eu dei as costas para a *Cormorant*.

– Deixem-na – eu disse.

CAPÍTULO
VINTE E UM

Há uma sensação de liberdade impulsiva quando você deixa para trás tudo o que conhece. Enquanto eu corria pelas docas arrastando Daria às minhas costas, sentia a excitação disso nas veias.

Markos estava morto. Não havia mais *Cormorant*. Mas eu estava viva. Eu era uma Oresteia e eu era ousada. Meu cérebro se aguçou, e meu sangue fervilhou.

Eu sabia o que fazer.

Um cúter não leva uma tripulação grande. Só um homem foi deixado de guarda perto do *Victorianos*. Ele estava sentado em um pilar das docas, com as botas balançando. Seu mosquete estava apoiado contra uma pilha de barris, longe demais para ser de qualquer serventia para ele.

Ele nem nos viu chegar.

Eu saquei minha faca e a arremessei no guarda. Ouvi um impacto molhado e um grunhido, mas eu já estava subindo a prancha de embarque, correndo.

— Kenté, puxe-a para dentro! — arfei. Madeira se arrastou sobre madeira quando ela me obedeceu.

O cúter tinha um convés aberto com duas escotilhas que levavam à coberta. Ele era guiado por uma cana do leme muito maior que a da *Cormorant*.

– Volte aqui – ordenei a Daria, e avisei: – Não toque em nada.

Eu não conseguia pensar em Markos. Nem no homem que eu podia ter matado. Nem na *Cormorant*.

Para qualquer um que cresça cercado de barcos, é um sacrilégio cortar boa corda, mas eu não hesitei. Corri ao longo da amurada de bombordo do cúter cortando todas as amarras. *O Victorianos* começou a se mover.

Passei desesperadamente a erguer a vela principal. Era pesada demais, mas, quando achei que pudesse irromper em lágrimas de frustração, senti Fee a meu lado. A verga da vela subiu até o topo. Com mãos trêmulas, enrolei a adriça em torno do cunho de madeira.

– Vela de traquete? – arquejou Kenté sem fôlego.

– Sim, suba – eu disse.

Os cães negros tinham visto as velas do cúter se erguerem. Eles começaram a correr, empurrando barqueiros e trabalhadores das docas de seu caminho. Eu saltei de cima da cobertura da escotilha para a proa. Nós só tínhamos alguns momentos antes que eles sacassem seus mosquetes.

A garotinha estava parada onde eu a deixara, ao lado da cana do leme.

– Saia daí – eu disse bruscamente, já arrependida de meu tom de voz.

Ela se afastou depressa, bem a tempo de eu agarrar a cana do leme e a empurrar com força para um lado, exatamente onde

A CANÇÃO DAS ÁGUAS

ela estava parada segundos antes. O cúter, ainda apontado para o vento, flutuava para trás. Cerrei os dentes e me apoiei na cana do leme. Eu a puxei para mim e empurrei com força mais uma vez.

Um dos cães negros correu pela doca. Kenté tinha removido a prancha de embarque, mas ele se preparou para saltar. Nós não tínhamos nos afastado o suficiente. Ele talvez conseguisse.

Fee esticou os lábios em um sorriso feroz e saltou sobre a amurada. Ela ficou ali equilibrada com a faca na mão.

As pernas e braços do homem se agitaram, e seu corpo se ergueu no ar. Nesse momento, Fee se virou e olhou para mim.

Eu larguei a cana do leme.

– Não faça isso!

Ela saltou.

Eles colidiram em pleno ar, se emaranharam e caíram. Houve um barulho de água, e nela uma agitação esbranquiçada. Em seguida, não vi nada além de ondas delicadas.

– Fee! – gritei com voz vacilante. – Fee!

Mas nem ela nem o pirata voltaram à superfície.

Muito devagar, o *Victorianos* começou a virar. No alto, a borda de sua vela tremulou. Kenté subiu na cobertura da escotilha e se inclinou sobre a retranca, empurrando-a para estibordo. Dei mais uma bombada na cana do leme, e dessa vez a vela estremeceu. O vento a pegou e, com um belo ruído de tremular, ela se enfunou. Eu senti a pressão no leme quando o navio ganhou velocidade e a vela se tensionou.

Olhei para trás, frenética.

– Temos de esperar por Fee.

– Carô, ela se foi. – Odiei a simpatia na voz de Kenté.

Borbulhas subiram atrás de nosso leme e cresceram em uma esteira agitada. Kenté chegou rápido à escota da vela mestra. Os Bollards podem não ser uma família de barqueiros, mas eles sabem alguma coisa sobre barcos.

Nós partimos e pegamos nosso rumo pelo Pescoço. Às nossas costas, disparos reverberavam sobre a água, embora estivéssemos bem fora de alcance.

– Abaixe a cabeça – eu disse a Daria só por garantia. – Melhor ainda, deite-se toda no chão.

Ela caiu como uma pedra, obedecendo imediatamente. Ela ouvia melhor que Markos, eu tinha de reconhecer isso.

Markos. Havia um espaço negro e vazio onde ele costumava estar. Eu queria gritar de frustração, me desfazer em pedaços, mas não podia. Não se quisesse viver.

Eu estava com medo até de pensar em Fee. Era algo muito novo. Muito fresco. Lágrimas dolorosas encheram meus olhos. Meu pai, a *Cormorant* e Fee – esses eram os retalhos que formavam minha vida. Eu podia suportar se faltasse uma peça. Naquele momento, tudo estava cheio de buracos, e seus farrapos rasgados esvoaçavam ao vento.

Que tinha aumentado.

Bem atrás, a *Alektor* se afastou das docas. Mas, dessa vez, eu não precisava de nevoeiros estranhos. Eu sabia que ela não conseguiria nos pegar, pois o *Victorianos* simplesmente voava. Ele rasgava a água, e sua proa levantava uma esteira branca. Era esse o tipo de navegação para o qual ele tinha sido construído.

A CANÇÃO DAS ÁGUAS

Kenté apertou os olhos e olhou para trás.

– Não *acho* que eles estejam se aproximando.

– Não vou abrir mais velas – eu disse. – Não, a menos que seja necessário. Este navio é muito mais do que estou acostumada.

– Cleandros não devia ter sido capaz de desaparecer assim. Não momentos após o pôr do sol. – Kenté sacudiu a cabeça. – Ele deveria estar muito fraco, como eu estava. Você viu aquela coisa em volta do pescoço dele?

– Você está falando do pingente?

– Deve ser algum tipo de… de caixa de sombras ou algo assim. Ele desapareceu no momento em que o abriu. Isso é muito engenhoso. – Ela balançou para frente e apoiou a testa nas mãos. – E eu sou muito estúpida. Por que eu nunca pensei em fazer isso? Há escuridão na caixa mesmo que haja luz em seu exterior.

– Você está sendo estúpida *agora* – eu disse. – Como você podia saber? É como eu dizer a Daria que suba no mastro e rize aquela vela e esperar que ela saiba como fazer isso. Ele era o homem das sombras pessoal de um emparca.

– Fui uma tola em achar que poderia ajudá-la. – Ela remexeu em uma unha. – Fee e Markos lutaram contra eles. *Morreram* lutando contra eles. – Uma lágrima correu por seu rosto, misturando-se com os borrifos do mar. – Eu não fiz nada.

Eu tinha outra coisa com que me preocupar. Chuva começou a cair no convés, gotas grandes e raivosas. Seria uma tempestade.

– Vai ventar muito. Leve Daria para a cabine. Não quero que ela pegue um resfriado.

– Quero ficar aqui! – Daria estava de olhos arregalados e com o cabelo grudado à sua testa, como se fossem várias cobras molhadas. Markos odiava quando a *Cormorant* navegava com qualquer inclinação, mas sua irmã parecia eufórica com a maneira com que o cúter se inclinava para o lado, enfrentando as ondas.

— Não vou pegar nenhum resfriado.

Na excitação de nossa fuga, ela tinha parado de chorar. Eu desconfiava que ela ainda não tivesse compreendido a morte do irmão em toda sua extensão.

— Procure nos armários — eu disse a Kenté. — Nós vamos precisar de capas de chuva. Equipamento para clima frio.

— Você podia rizar a vela — sugeriu Kenté olhando para a vela. Uma onda quebrou em nossa proa, jogando baldes de oceano sobre o convés em nossa direção. Não dei importância a isso. Minhas botas já estavam encharcadas.

— Ainda não. — Eu estava com medo de parar.

— Este é o caminho para Iantiporos? — Daria ficou de pé, examinando os penhascos enevoados. — Minha mãe está em Iantiporos.

Horrorizada, ergui os olhos para encontrar os de Kenté.

— Não posso — articulei as palavras sem emitir som. Era demais. Eu mal estava conseguindo me segurar.

Kenté descruzou as pernas e estendeu a mão para Daria.

— Vamos descer para explorar, hein? Podemos escolher um beliche.

Agradeci pelo vento e as ondas estarem barulhentos. Se ela chorou quando Kenté lhe contou, eu não ouvi.

Verdade seja dita: fiquei aliviada por Daria estar na coberta e fora de minha vista. Eu não conseguia imaginar como seria descobrir que você era o último membro sobrevivente de toda sua família. Ela iria querer alguém para abraçá-la, fazer chocolate quente e lhe dizer que tudo ficaria bem.

Bom, eu não podia fazer isso. Não quando ela era a razão de Markos e Fee estarem mortos. Talvez fosse egoísmo, mas eu tinha perdido tudo por ela, e ela nem sabia disso. Senti uma forte pontada de dor em meu peito. As coisas nunca mais ficariam bem.

Oh, Markos.

A emparquia de Akhaia era herdada pela linhagem masculina. Como primo, a reivindicação de Konto Theuciniano ao trono não era legítima antes, mas, a partir de então, era. O que Markos fizera ao trocar a própria vida pela da irmã fora um gesto nobre – e idiota –, de enfurecer.

Minha garganta doeu, mas pareceu mais doença que pesar, como se eu devesse estar na cama com o pescoço enrolado em flanela e besuntado de linimento. Eu queria tossir, desmaiar e vomitar, tudo ao mesmo tempo.

O tempo não ajudava em nada. O *Victorianos* abria caminho pelas ondas encapeladas, muito inclinado para estibordo. Navegar o *Victorianos* não era como navegar a *Cormorant*. Ele lutava comigo pelo controle, enquanto eu me esforçava com a cana do leme, tentando nos manter no curso. Eu quase imaginei que ele estivesse sendo exigente por não acreditar que alguém tão pequena e insignificante quanto eu tinha sido ousada o suficiente para roubá-lo.

– Tudo bem, *Vic* – eu disse em voz alta, porque "*Victorianos*" era muito grande. Parecia formal demais para um navio fora da lei como aquele. – Você não vai me derrotar. Você precisa se acostumar com esse fato agora. Eu vou levá-lo pelo Pescoço para o mar. E você não pode me impedir.

As nuvens se abriram e exibiram estrelas pálidas, como se o céu estivesse piscando para mim. Nesse momento, juro que senti o mar ficar mais calmo, e o vento amainar. Mas era apenas o meu desejo.

As duas horas seguintes provaram isso. Uma parede de nuvens escuras se aproximou, e o vento aumentou. A chuva açoitava o convés, e minha mão estava dormente na cana do leme. As capas de chuva dos armários do cúter eram feitas para homens crescidos, portanto, eram grandes demais para mim. Água escorria pela gola larga e entrava nas mangas, grudando minha roupa ao corpo na parte de cima.

Depois de algum tempo, passamos pelo farol na extremidade do Pescoço. Estávamos em mar aberto. Eu virei o navio pela última vez e afrouxei as velas. Nesse ângulo, eu não precisava lutar tanto contra o vento e a água. Finalmente, a inclinação do convés diminuiu, e pareceu que o *Vic* não estava mais brigando comigo.

Olhar para o mar e tentar entendê-lo é como tentar conhecer o insondável. Não dá. Observando a vastidão do oceano, senti um buraco no fundo de meu coração. E, mesmo assim, achei que o mar entendia isso. Ele conhecia o vazio. Conhecia o desespero. Ele ecoava o meu, e o devolvia para mim com o barulho das águas. Tudo estava acelerado, agitado e cinza, cinza, cinza.

Eu me sentia cinza. Estava tremendo e encharcada. Fee estava morta, Markos estava morto, e a *Cormorant* estava perdida. Desejei que meu pai estivesse ali, mas eu tinha estragado isso também – os soldados da margravina iriam trancafiá-lo na escuridão e na imundície de um navio prisão, e era tudo minha culpa. O borrifo salgado em meu rosto se misturava com minhas lágrimas, apagando-as como se nunca tivessem estado ali.

Eu recebera uma tarefa simples: entregar o caixote idiota em Valonikos. Agora, o verdadeiro emparca de Akhaia estava morto, e eu estava envolvida nisso. Eles deviam ter mandado alguém com quem os deuses realmente se preocupassem. Qualquer barqueiro teria sido melhor que eu.

Eu gritei na noite. O mar engoliu meu grito e levou para si minha fúria e meu pesar. Gritei com tanta força que minha voz falhou, e meus olhos pareceram poder explodir.

Então eu ouvi. Um ronco vindo das profundezas.

Nós não estávamos sozinhos. Havia alguma coisa lá fora.

Uma cabeça enorme surgiu em meio às ondas agitadas, borrifando muitos litros de água. Ela era coberta pelo que pareciam penas molhadas, e montes de cracas se prendiam a seu pescoço comprido e escamoso. Com ela, veio um cheiro forte e reptiliano.

Meu choque foi tamanho que larguei a cana do leme.

Era um drakon. Pelo menos, eu achei que fosse. Eu nunca tinha visto uma imagem de um, pois as pessoas que escrevem os livros de história natural dizem que eles são apenas lendas. Mas ele não podia ser nenhuma outra coisa.

As velas do *Vic* tremularam e gemeram em alerta. Eu corrigi rapidamente nosso curso, com o pulso acelerado.

O drakon abriu a boca gigante e rugiu para mim. Escorria água de sua cabeça, e seus dentes pareciam espadas. Fiquei hipnotizada pelo brilho roxo de suas escamas. Ele sacudiu sua juba espinhosa e jogou espuma e respingos para todo lado. Havia nele algo selvagem e belo.

De repente, não me importei se o enfurecesse. Não me importei se ele me devorasse, se ele enrolasse sua cauda grande em torno de nós e nos arrastasse para o fundo do mar, como ocorreu com o navio *Nikanor*.

Que ele viesse.

Eu gritei de volta, um urro de desafio para responder ao do drakon.

— Carô! — Kenté saltou à minha frente, apontando uma pistola para ele.

Eu segurei seu braço.

— Espere! Não!

— Você perdeu a cabeça? — perguntou ela. — Isso é um drakon. Ela lutou comigo, mas eu era mais forte. Eu a segurei.

— Você vai enfrentá-lo com uma pistola?

Pelo canto do olho, eu observava enquanto o monstro acompanhava a velocidade do *Vic*. Eu não conseguia lembrar se devia ou não fazer contato visual com um drakon. Muito atrás, eu conseguia ver indistintamente três elevações que pareciam ilhas — as curvas de sua cauda se projetando da água.

— Ele vai se enrolar em nós e nos afundar. — Kenté ergueu a voz. — Ele quer nos devorar.

— Não — eu disse, surpreendendo a mim mesma. Eu não sabia como sabia. — Ele não vai nos incomodar. A última coisa que devemos fazer é provocá-lo. Se não dermos atenção, talvez ele vá embora.

— Tudo bem — ela disse, desconfiada, baixando a pistola.

A CANÇÃO DAS ÁGUAS

O drakon deu um rugido triste e mergulhou de cabeça nas ondas. Seu corpo comprido sibilou por baixo d'água, levantando borbulhas. Eu não sabia dizer por que impedira Kenté de atirar nele, só que parecera importante fazê-lo.

Eu tinha encarado de frente um drakon do mar e sobrevivera. Quantas pessoas já tinham visto um drakon? Não só em uma história mentirosa contada por algum velho barqueiro sobre o primo da tia de seu irmão. Tinha *realmente* visto um. Eu me perguntei o que isso significava – o fato de o drakon ter escolhido emergir para mim. Será que aquela criatura tinha inteligência, ou era apenas um animal selvagem, como um peixe, uma cobra ou uma combinação ímpia dos dois?

– Acho que devemos nos revezar – disse Kenté, desconfortável, acima da amurada. – Vou dormir um pouco agora e, mais tarde, venho aliviar você. – Ela afastou os olhos do mar e estremeceu. – Embora eu não saiba dizer se vou conseguir dormir. Não com essa coisa aí fora.

– Acho que ele se foi – menti.

Depois que Kenté desapareceu na coberta, as horas se confundiram. Eu não consegui mais ver o drakon, mas sentia que ele ainda estava ali, ondulando logo abaixo da superfície. Parecia quase como se ele estivesse me fazendo companhia. Eu sabia pelas constelações a direção do norte, mas era enervante seguir às cegas por um céu negro e um mar negro.

– Tychon Hypatos – sussurrei com os dentes batendo. – Rua Iphis. Valonikos.

Uma luz surgiu a bombordo. Era um pequeno ponto amarelo

que piscava. Apertei os olhos e me esforcei para vê-lo. Não havia nada ali. Eu estava tão cansada e com tanto frio que começara a ter uma alucinação com um brilho de lampião na escuridão da noite.

A luz parou de tremeluzir, então eu lembrei que havia um navio-farol ancorado ao largo dos baixios da ilha de Enantios.

Eu não estava louca. Era luz de verdade, em um navio de verdade, com um homem de verdade em seu interior que provavelmente estava bebendo gim quente ao lado de seu fogão. A luz acendeu algo em meu interior que não era exatamente esperança. Bem depois de passarmos pelo navio, continuei a olhar para trás por cima do ombro esquerdo para ele, um lembrete piscante de que algumas coisas no mundo ainda eram constantes.

Kenté saiu pela escotilha carregando uma lanterna.

– Acho que aquele é o navio-farol de Enantios – eu disse com o nariz congestionado. Esfreguei-o na manga pela centésima vez, e a pele esfolada ardeu. – Vou consultar um mapa para garantir. Mas devemos estar a um terço do caminho para Iantiporos.

– Você precisa dormir um pouco. – Ela fechou os olhos. Quando tornou a abri-los, o facho de luz projetado pela lanterna tinha dobrado de tamanho.

– Eu não sabia que você podia fazer isso.

– Não é muito bom. – Ela a envolveu com as mãos em concha. – Ela não tem nenhum calor. É mais como ausência de sombra em torno da lanterna que luz de verdade. Você leva a mão ao interior do escuro, *torce*, e o afasta para o lado… – Ela sacudiu a cabeça. – Você não tem ideia do que estou dizendo.

– Não. – Eu estava muito cansada para dizer mais.

A CANÇÃO DAS ÁGUAS

— Vá para a cama, Carô.

Eu soltei os dedos rígidos da cana do leme e os flexionei ao sentir uma dor repentina e pronunciada.

— Você já velejou alguma vez sozinha, antes?

— Eu cresci em Siscema. Claro que já. — Olhei fixamente para ela até que admitiu. — Em um bote. Mas não há ninguém aqui fora além de nós, e posso dizer que sei ler uma bússola tão bem quanto você. — Ela deixou a lanterna de lado e pegou a cana do leme.

Eu olhei para as águas escuras. O drakon parecia ter desaparecido. Sem dúvida, havia algum significado oculto por trás daquilo, um sinal de algum tipo. Se era bom ou mau, eu não sabia.

No alto da escada, eu parei.

— Kenté? Obrigada. Por tudo.

Cambaleei até a cabine, fazendo uma pausa para me assegurar de que Daria estava bem. Enroscada e dormindo em um dos beliches, ela parecia comoventemente pequena. Tirei minhas roupas molhadas e encontrei um cobertor para enrolar à minha volta. Ele fazia coçar e fedia com suor masculino velho, mas era quente.

Atônita demais para dormir, olhava para o nada, esperando que as lágrimas surgissem. Mas elas não surgiram. Talvez estivessem esgotadas.

Apesar de tudo, pontos marrons e quentes começaram a tomar as bordas de minha visão. Minha cabeça caiu sobre o queixo. Eu tombei de lado no beliche mais próximo e me entreguei ao sono.

Quando acordei, a primeira coisa que vi foi um homem agachado do outro lado do beliche me observando.

283

CAPÍTULO
VINTE E DOIS

Eu gritei e procurei minha faca.

O homem estava sentado à mesa da cozinha, tirando sujeira das unhas com uma faca. Seu cabelo era esbranquiçado, pelo sol ou pela idade – o sol, pensei, pois sua pele não tinha rugas, exceto em torno dos olhos – e ele o usava torcido em dreadlocks e amarrado com um turbante de listas vermelhas. Todo marrom-dourado, seu rosto era marcado por manchas de sol e sardas. Ele usava um colete, sem camisa por baixo, exibindo braços musculosos e peludos cobertos de tatuagens.

– Bom dia, capitã. – Ele sorriu, mostrando um dente faltando.

– Pelas bolas de Xanto! – Eu apertei o cobertor sobre o peito. – Quem é você?

– Sou Nereus. – Ele ergueu a mão com a faca. – Por favor, sente-se. Eu fritei um ovo e fiz café.

Eu podia sentir o *cheiro* da comida. Fiquei tremendamente tentada.

– De onde você veio? – Pelo movimento e pelas ondas que batiam no casco, nós ainda estávamos no oceano. Tateei os cobertores e encontrei minha faca na bainha. – Como você veio parar neste navio?

O homem que se chamava Nereus pareceu desapontado.

– Ah, pare com isso. É assim que você trata todo homem que lhe prepara café da manhã? Não vamos começar a sacar facas.

– *Você* tem uma faca. – Enrolei a ponta solta do cobertor e o joguei por cima do ombro como uma toga antiquada. – E homens estranhos não têm o hábito de me preparar café da manhã.

Ele girou a faca no ar, pegou-a com um floreio e a guardou.

– Agora, por que você não come? A pequena come.

Assustada, eu me debrucei para fora do beliche. Daria estava sentada de pernas cruzadas em um banco, lançando olhares tímidos para o marujo misterioso enquanto cortava uma omelete com um garfo.

– Daria – eu disse –, não coma isso. *Eu* vou fazer o café da manhã para você. – Eu me virei para o homem. – Você não estava aqui ontem à noite – insisti, brandindo a faca. – De onde você veio?

A outra escotilha no convés dava para o compartimento de carga. Talvez ele tivesse se escondido ali, mas por que não tinha se revelado no dia anterior? Se ele fosse um cão negro, teria facilmente nos dominado durante a tempestade.

– Ah. – Enquanto ele bebia de sua caneca, vislumbrei uma tatuagem obscena de sereia em seu antebraço. – O café vai esfriar. Coma, pequena. – Ele piscou para Daria. – Não há nada como comida quente para nos convencer de que nem tudo pode estar perdido, ayah?

Ele sem dúvida não estava nos tratando como prisioneiras, mas aquilo tudo fedia a algo suspeito. Ou talvez o fedor fosse de sua calça, que – eu não estava imaginando, estava? – tinha um monte de algas secas presas a uma perna.

– Vou comer e beber quando você responder minhas perguntas – eu disse. – Onde está Kenté?

Ele deu de ombros.

– Quem você acha que está no leme?

Mantendo a faca entre mim e Nereus, eu desci do beliche. Minhas próprias roupas ainda estavam úmidas, por isso encontrei um suéter grande no armário e enrolei as mangas. Ele fedia a fumaça. Em seguida, pus meu punhal akhaiano ao lado do prato e me sentei no banco. O estranho fez um gesto de encorajamento.

Eu peguei um garfo.

– Você é um cão negro? Você quer me impedir de chegar a Valonikos?

Ele estalou a língua contra os dentes da frente.

– Tão desconfiada…

– Você parece um pirata. Os últimos piratas que encontrei tentaram me matar.

Ele sorriu.

– *Ayah, e ela não me mandou aqui para ajudá-la, Caroline Oresteia?*

Uma sensação assustadora desceu por minha nuca. Como ele sabia meu nome?

– Quem mandou você? – eu disse, enquanto mastigava um bocado de omelete. Havia pimenta e ervas misturadas ao ovo. Estava deliciosa, ou talvez eu apenas estivesse faminta. – Minha mãe? Você trabalha para os Bollards?

A CANÇÃO DAS ÁGUAS

Assim que as palavras saíram de minha boca, eu me senti tola. Minha mãe era membro de uma casa poderosa, mas nem ela podia colocar um homem em um navio em movimento no meio do oceano. Seria possível que ele estivesse nos seguindo por todo o caminho desde Siscema? Talvez os Bollards tivessem um informante posicionado entre os Cães Negros. Uma coisa dessas seria bem típica deles.

Eu refleti sobre isso enquanto erguia a caneca. O café estava escuro e forte, do jeito que meu pai fazia. Pensar nele fez com que lágrimas brotassem em meus olhos. Eu vi Nereus me observando e fingi tossir.

— Quente demais — reclamei, olhando para meu prato até recuperar o controle sobre mim mesma.

Irritantemente, o homem que dizia se chamar Nereus estava certo. Com café quente e ovos no estômago, eu me senti quase normal. Pela primeira vez, eu me permiti me perguntar se Fee ainda estaria viva. Ela não tinha voltado à superfície, mas, na verdade, homens-sapo conseguem respirar embaixo da água. Eu me senti tola por não ter pensado nisso no dia anterior.

— Eu... eu estou aqui porque tenho uma dívida — disse Nereus. — E porque senti falta do gosto de rum. Nunca fique trezentos anos sem rum, garota. — Ele deu um tapa no joelho. — Agora, isso é um bom conselho ou o quê?

Eu cruzei os braços sobre o peito, com as mangas do suéter, grandes demais, pendendo.

— Você não pode esperar que eu acredite que tem trezentos anos de idade. Com quem você tem uma dívida? — perguntei. — Tamaré Bollard?

– Bollard – ele revirou o nome na boca e sorriu. – Ayah, pode-
-se dizer que eu conheço os Bollards.

Cerrei o punho em torno do garfo. Se minha mãe tinha sentido
necessidade de mandar alguém nos seguir, ela podia ter escolhido
um homem menos irritante. O que ele quis dizer com trezentos
anos sem rum? Eu não estava no clima para histórias mentirosas.
Será que ele não percebia o problema em que estávamos?

Ayah, e ela não me mandou aqui para ajudá-la, Caroline
Oresteia?

Sem dúvida eu podia espetá-lo com o garfo. Ou golpeá-lo
com a frigideira. Ou jogá-lo ao mar. Por outro lado, era possível que
ele estivesse mesmo do nosso lado. Ele tivera amplas chances de me
assassinar enquanto eu dormia, se fosse isso o que ele quisesse. Ele
estava nitidamente fazendo um jogo diferente.

Empurrei o prato para trás.

– Bom, não posso dizer que confio em você. Não gosto de
pessoas que não dão respostas diretas.

– No meu tempo – disse ele – as garotas eram menos mal-
-humoradas.

– Bom para elas – eu disse, olhando para trás. Peguei a mão
de Daria e puxei-a do banco onde estava. Só porque eu decidira
não matá-lo por ora, não significava que eu iria deixá-la sozinha
com ele. – Venha.

Nós subimos a escada até o convés. Quando a escotilha se
abriu com um rangido, o vento soprou meu cabelo no rosto. Por
um momento desorientador, tudo o que eu vi foi oceano. Minha
garganta começou a se fechar. Nunca em toda a minha vida eu não

fora capaz de ver terra. Kenté tinha equivocadamente navegado longe demais. Nós iríamos nos perder no mar.

Aí, eu avistei a linha indistinta da ilha de Enantios a estibordo e dei um suspiro de alívio. Estávamos navegando para nor-noroeste, em um arco amplo, com o vento soprando no meu ombro direito. A noite tempestuosa dera lugar a uma bela e fresca manhã. Kenté estava sentada junto à cana do leme com as tranças parecendo encrespadas e agitadas pelo vento.

— Os problemas sempre parecem nos encontrar. — Apontei a cabeça para Nereus, que caminhava pelo convés com as mãos nos bolsos. — Por acaso você não viu de onde ele veio?

— Eu apenas ergui os olhos e ali estava ele — disse Kenté. — Ele me ofereceu um gole de uma garrafa de rum muito suja, que eu recusei, e então disse que estava procurando você. Ele não é um homem das sombras, se é isso o que você gostaria de saber. — Seu lábio se curvou. — Mas ele me deu o maior susto quando eu o vi — acrescentou ela com raiva.

Eu conhecia a sensação.

— Cão negro, você acha? — Eu o estudei de longe, com os dedos tamborilando no cabo de minha faca.

Ela sacudiu a cabeça.

— Eu não sei o que ele é.

Nereus levantou Daria pela cintura e a pôs sobre a amurada.

— Aí está você, querida.

— Não faça isso, ela vai cair! — disse bruscamente enquanto ia até lá. — Daria, desça daí.

— Eu não quero.

Meu coração se revirou, pois algo na forma com que ela virou o pescoço nesse momento me lembrou de Markos. Eu olhei fixamente para Nereus.

– Ela é a filha do emparca – eu disse. – A última de sua linhagem.

– Não, não sou. – Ela se recusava a olhar para mim. Eu me lembrei de como Nereus dissera que nem tudo podia estar perdido, e percebi o que estava acontecendo. Ele estava botando ideias na cabeça dela.

– Markos está morto – eu disse bruscamente.

Nereus me olhou com olhos semicerrados.

– Você tem muita certeza, hein?

Minha voz saiu distorcida.

– Os Cães Negros queimaram onze barcas porque ele *talvez* estivesse a bordo. – E eles tinham matado seus pais e seu irmão, mas eu não queria dizer isso na frente de Daria.

Ele deu de ombros.

– Eu não desistiria assim tão rápido de um amigo.

Senti meu controle começar a me escapar, então saí andando com raiva. Ele não sabia nada sobre aquilo pelo que eu tinha passado. Como ele *ousava* dizer isso para mim? Eu puxei e abri a escotilha para o compartimento de carga. Na barriga do cúter, longe de seus olhos, eu finalmente senti que podia respirar. Fiquei ali chorando por vários minutos, de punhos cerrados, até que a ardência em meus olhos melhorou.

Uma luz poeirenta penetrava através das vigias. Eu franzi o nariz. Na coberta, aquele cúter inteiro fedia a chulé. O capitão

A CANÇÃO DAS ÁGUAS

Diric Melanos mantinha um navio impecável, mas não estava muito inclinado a pensar na higiene pessoal da tripulação. O compartimento de carga estava destrancado, e a chave, pendurada em um gancho próximo.

Eu espiei em seu interior.

E sorri pela primeira vez no que pareciam anos. Todo tipo de coisa transbordava das prateleiras, colocadas de maneira desordenada sem aparentemente qualquer respeito a seu valor. Havia uma pilha de porcelana quebrada ao lado de uma bolsa da qual se derramavam moedas estrangeiras. Havia colares preciosos e tapetes enrolados, pistolas e pinturas. Uma caixa estava repleta de talentos de prata. Um armário no canto dos fundos continha fileiras de mosquetes, muito mais do que estávamos contrabandeando para lorde Peregrine.

Supus que tudo o que estivesse naquele compartimento de carga, naquele momento, fosse meu. E não era como se eu tivesse roubado. Era meu legalmente, por ordem da margravina, graças a sua carta de corso.

Abri a tampa de um baú ornamentado e entalhado e retirei rolo após rolo de brocados luxuosos. Por baixo, havia roupas elegantes dobradas em papel. Nenhuma delas serviria em uma dama. Eu não me importei – eram melhores que os trajes fedorentos que eu tinha encontrado nos armários do *Vic*.

Abotoei o menor colete por cima de uma camisa de linho fino. Por cima disso, enrolei um lenço malhado vermelho e o enfiei por dentro da camisa como uma echarpe. Botei um chapéu tricorne na cabeça e afivelei um cinto de couro trabalhado em torno da cintura.

Pela primeira vez, eu me senti a mestre de um navio corsário. Então essa era a sensação de ser Thisbe Brixton, caminhando pelo convés de sua barca. Como uma mulher que sabia quem era.

Como uma capitã.

Enfiei minhas pistolas gêmeas no cinto. Saquei uma delas e a revirei na mão. Luz refletia no cabo enquanto eu admirava o leão-da--montanha cuja cauda se enrolava por baixo. Um mestre ferreiro devia ter feito aquelas pistolas. Elas eram caras demais para pessoas como eu.

Claro que eram. Elas tinham sido feitas para um emparca.

Os cantos de meus olhos ardiam, mas eu me recusei a permitir que as lágrimas voltassem. Deixei que a tampa do baú se fechasse, tranquei a porta do compartimento de carga e guardei a chave no bolso. Subi para o convés e abri a boca para inalar grandes haustos de ar salgado e fresco.

Nereus, apoiado na amurada, me viu emergir, mas decidiu sabiamente me deixar em paz. Daria pulou de pé para me acompanhar. Seus olhos examinaram meu chapéu tricorne, e ela mostrou o lábio inferior.

— Eu quero um chapéu de pirata!

— Pare com isso. Damas não fazem bico.

— Como você poderia saber algo sobre isso? — ela fez mais bico.

— Corsários também não fazem bico. É isso o que somos. Somos corsários. — Saquei o pergaminho, cujos cantos estavam amassados, do bolso interno de meu colete. — Esta carta diz que podemos tomar presas. E foi isso o que fizemos.

— Então um corsário é um pirata com uma carta? — Ela não pareceu impressionada.

A CANÇÃO DAS ÁGUAS

Como ela estava mais ou menos certa, eu não tive nada a dizer em relação a isso.

Os olhos de Daria se arregalaram ao ver minhas pistolas iguais.

– Onde você conseguiu essas? – Ela estendeu a mão para tocar os olhos de pedras preciosas do felino, e seu rosto ficou melancólico. – Essa é a marca do leão-da-montanha.

– Markos disse que era o símbolo de Akhaia.

– Uma espécie de símbolo. É o brasão da família real. Da emparquia.

Uma sensação desconfortável palpitou em meu interior.

– O quê?

– Só um membro da família pode usar o leão-da-montanha. Ou um guerreiro de alta posição como um guarda-costas ou um general. Alguém que o emparca deseje homenagear.

Eu passei o dedo pelo corpo esguio do felino.

– Ele nunca devia tê-las dado para mim.

– Ele sabia o que estava fazendo. Meu irmão gosta de você. – Ela me seguiu pelo convés. – Eu vi vocês dois se beijando.

– Daria. Seu irmão… – Engoli em seco. Dizer seu nome faria com que aquilo parecesse real demais. – Seu irmão está quase certamente morto.

– Markos me prometeu que estaríamos juntos em Valonikos – Ela empinou o nariz. – Ele sempre cumpre suas promessas. Nereus disse…

– Nereus é uma pessoa extremamente suspeita que nem nos contou quem é. – Olhei fixamente para ele. – Não lhe dê ouvidos. Ele não estava lá.

293

Nereus despreocupadamente apoiou uma das mãos sobre a amurada.

– Diga-me, garota que sabe tanto, por que você não içou a vela de mezena?

– Porque, ontem à noite, estávamos velejando em orça máxima com tempo ruim. – E porque eu estava com medo, embora jamais fosse admitir isso. Eu não estava confortável com o *Victorianos*. Nós já estávamos com mais panos abertos do que aquilo a que eu estava acostumada, mesmo sem a vela de mezena. – Isso não teria nos adiantado de nada.

Nereus deu um sorriso, e eu percebi que tinha passado por um teste. Uma vela quadrada não adianta nada quando se está mudando frequentemente de direção.

– Agora que estamos com o vento às nossas costas – ele disse – não há razão para não içar essa vela de mezena. Uma bujarrona também poderia cair bem, só pela diversão. Libertá-lo completamente.

Eu olhei para o céu. Ele estava claro, exceto pelos cirros em forma de cauda de cavalo bem altos, o que normalmente significa que o tempo ruim não volta por pelo menos um ou dois dias.

– Vamos fazer isso – decidi, sentindo-me corajosa.

– Agora, escute. Este navio é um cúter – ele disse. – Calculo que tenha um pouco menos de setenta pés de convés, oitenta e cinco se contar esse gurupés. Ayah, não muito maior que sua barca, mas com três vezes mais velas. Você vai ver que grande parte de suas velas ficam na parte da frente. Veja onde seu mastro está posicionado.

Eu olhei bruscamente para ele. Eu não me lembrava de ter mencionado a barca.

A CANÇÃO DAS ÁGUAS

O mastro do cúter era montado bem para trás, quase a meia-nau. Uma barca leva uma única vela grande em um mastro posicionado em sua proa. Aquele navio levava uma vela principal, uma vela de mezena quadrada acima dela, além de uma bujarrona e uma vela de estai presas ao gurupés comprido. Havia espaço para uma terceira vela à frente no mastro, alguma espécie de bujarrona mais alta, talvez mesmo uma quarta.

– Ayah, em um dia bom, este é o navio mais rápido no Mar Interior – disse Nereus, como se tivesse escutado meus pensamentos. – Ele foi construído para voar.

Eu observei, protegendo os olhos, enquanto ele subia o mastro com agilidade para desenrolar a vela de mezena. Nós podíamos usar um pouco de seu conhecimento. Eu só teria que ficar de olhos abertos.

Com a vela de mezena içada e uma segunda vela triangular enfunada à frente do gurupés, o *Victorianos* parecia se erguer um pouco. Ele mergulhava à frente, abrindo caminho pela ondulação seguinte com uma onda de espuma branca. Ele estava "com a faca nos dentes", como diziam os marinheiros

Algo rangeu alto. Eu levei um susto, e meus ombros traíram minha surpresa. Com quatro vezes o número de velas da *Cormorant*, esse navio sem dúvida fazia mais barulho.

– Pense nisso como se fosse ele falando com você – disse Nereus ao perceber meu desconforto.

Esse navio tinha me perseguido para cima e para baixo do rio desde Pontal de Hespera. Eu não me importava realmente se ele falasse comigo. Não era o barco que eu amava.

295

– Você vê, agora? Aqui em mar aberto, os Cães Negros não têm nenhum navio que chegue perto de sua velocidade. Sinta como ele avança! – Ele segurou um dos estais e se ergueu sobre a amurada. – Você não vai querer perder isso.

Era incrível. Sob a luz do sol e o brilho dos borrifos, na segurança com que o *Vic* avançava, eu quase conseguia me esquecer do dia anterior.

Quase.

Eu me debrucei sobre a amurada. O dia nos deixa ansiosos demais para nos esquecer dos horrores da noite. À luz do sol, o drakon parecia um sonho, mas outra coisa nos acompanhava centímetros abaixo da água. Algo liso e cinza e…

– Vejam! – gritei. – Golfinhos!

Um deles saltou, e o sol reluziu em suas costas molhadas. Daria bateu palmas. Havia outras criaturas, eu percebi, além dos golfinhos. Peixes de muitas cores pulavam para dentro e para fora das ondas enquanto corriam com o barco.

– Veja como os peixes saltam ao nosso lado – observei. – São muitos. Eles devem admirar como ela corre.

Nereus só riu.

– Você acha que é isso?

Irritada, voltei para pegar a cana do leme de Kenté para que ela pudesse dormir um pouco. Eu desejei que ele parasse de falar em enigmas.

Daria sentou-se comigo.

– O que vamos fazer agora?

O cabelo dela estava emaranhado, e o início de uma queimadura

A CANÇÃO DAS ÁGUAS

de sol marcava suas faces. Sua alegria me preocupava. Pelo que Markos me contara de sua vida no palácio, a mãe dela provavelmente era uma figura vaga e distante. Eu entendia sua falta de tristeza em relação a isso. Mas ela sem dúvida acreditava que o irmão mais velho podia fazer tudo, e agora tinha se convencido de sua fuga. Ela iria ficar arrasada quando suas esperanças fossem despedaçadas.

— Bebemos agora? — Nereus piscou e sacou uma garrafa marrom do interior de seu colete. Kenté tinha razão. Parecia que ela tinha estado em um naufrágio, com o rótulo manchado de água e parcialmente removido. Ele deu um gole da garrafa.

Eu revirei os olhos.

— Não é um pouco cedo para isso?

Ele passou a garrafa para Daria, mas eu a tomei de suas mãos.

— Ela tem oito anos!

— Ah. — Ele acenou com a cabeça para ela. — Eu tentei, menina. — Ele guardou a garrafa de rum e caminhou pelo convés com o passo gingado de um homem muito acostumado ao mar.

Daria se remexia no assento, com uma expressão obstinada no rosto. Finalmente, eu dei um suspiro.

— Certo. Vá com ele. Só não saia de minha vista.

Mais tarde, naquela noite, enquanto navegávamos à sombra dos penhascos na ilha, Kenté sentou-se no banco ao meu lado. Seu vestido listrado ainda estava amarrotado, mas seu rosto estava úmido. Ela parecia bem refrescada.

— Como você está levando? — perguntou ela.

Eu contei a ela de minhas esperanças em relação a Fee.

– Talvez – eu disse – neste momento ela esteja subindo o Rio Hanu na *Cormorant*.

– Talvez. – Ela apertou os lábios e olhou fixamente para seu colo. – Carô… – ela hesitou. – E Markos?

Eu apertei a cana do leme até meus ossos doerem.

– O que tem ele?

– Você não me contou que ele a beijou.

– Eu não quero falar sobre isso.

– Você estava muito bonita naquele vestido. Você sabe, aquele que usava quando ele dançou com você em nossa casa. Sabia que foi nesse momento que ele começou a gostar de você?

Eu estava prestes a dizer que ela não estava lá quando dançamos, mas aí lembrei que ela podia ficar invisível. Ela, porém, estava errada em relação a Markos. Ele queria me beijar muito antes de jamais me ver de vestido.

Em segredo, estava satisfeita por não ter ficado lá para vê-lo ser atingido por uma adaga ou ser alvejado e consumido por buracos de balas. Se isso fazia de mim uma covarde, eu não me importava. Imagens passavam desenfreadas pela minha mente. Markos caído no chão. Sangue seco em cachos negros. Olhos azuis e vidrados.

Pare. Eu apertei os dedos sobre as têmporas. Não pensar nele era o ideal.

Mas eu não conseguia fazer isso, então me concentrei na última vez que o vira. Um garoto com duas espadas diante de uma escada. Eu fechei os olhos e o congelei naquele momento.

– Enfim – prosseguiu Kenté. – Talvez seja como diz Nereus. Talvez haja uma chance.

A CANÇÃO DAS ÁGUAS

Eu resfoleguei.

– Ah, não, você também?

Ela ergueu um ombro.

– É só que ele diz isso como se soubesse de alguma coisa.

A certa distância no convés, Nereus distraía Daria fazendo coisas com a ponta de uma corda. Meu pai costumava fazer isso quando eu era pequena. Meus olhos se embaçaram.

– Bem, ele não sabe – eu disse mal-humorada. – Como poderia?

Esperança só faria com que doesse mais.

Nereus assoviou.

– Navio à vista!

A embarcação estava ancorada perto da ilha de Enantios. Seus mastros estavam nus; suas velas quadradas, dobradas. Eles deviam ter visto nossa aproximação, pois uma flâmula branca de sinalização se desenrolou e começou a subir a adriça da bandeira.

– Bandeira branca. – Estreitei os olhos em direção ao navio. – Quem quer que sejam, eles querem conversar conosco.

– E se forem os Cães Negros? – gritou Kenté. – Pode ser um truque.

– Fiquem atentas – disse Nereus. Os músculos sob sua tatuagem de sereia se tensionaram quando ele agarrou a amurada. – E preparem-se para fugir.

Era um belo navio de três mastros com boas linhas. Sua pintura o identificava como o *Antílope* de Iantiporos. Sob o azul e dourado de Kynthessa, ele exibia a própria bandeira. O vento a enrolara em torno de um cabo, onde ela tremulava desanimadamente.

O navio de três mastros era obviamente um navio mercante, embora houvesse quatro canhões pequenos montados em seu convés.

A brisa desfraldou a bandeira. Eu levei um susto.

Um barril, encimado por três estrelas.

CAPÍTULO
VINTE E TRÊS

Esperei sozinha na amurada de bombordo enquanto o bote do *Antílope* remava até nós. Eu não pretendia deixar que os Bollards pusessem os olhos em Daria até que eu tivesse certeza de que podia confiar neles.

Quando vi quem estava sentada no bote, conduzido por um tripulante solitário, eu quase desejei que saíssemos correndo dali. Ela vestia uma túnica dourada drapeada por baixo de uma capa curta, presa no ombro por um broche dos Bollards. O sol reluziu em seus brincos quando ela ficou de pé e segurou a escada que jogamos pela amurada. De fato, só minha mãe conseguia manter tamanho ar de autoridade desprendida enquanto subia uma escada bamba de corda.

— Imagino que você tenha uma explicação para como conseguiu adquirir um cúter deste valor e qualidade — disse ela, enquanto subia pela amurada. — Especialmente porque me parece que este é muito semelhante ao navio que eu soube que Diric Melanos estava navegando recentemente.

Outra garota podia ter abraçado sua mãe. Nós olhamos uma para a outra como felinos cautelosos andando em círculos.

— O que você está fazendo aqui tão longe? – disparei.

— Por acaso, estou à sua procura – disse ela. – Fui visitar o oráculo em Iantiporos. Ele me disse que iríamos encontrá-la aqui. – Ela inclinou a cabeça enquanto me estudava. – O emparca estava com você em Siscema, não estava? Foi por isso que você agiu de maneira tão estranha. Ele era o jovem mensageiro que apareceu para jantar.

— Não. – Eu dei um passo para trás. Minha mãe tinha consultado um oráculo sobre *mim*? A despesa devia ter sido astronômica.

— Carô. Você pode me contar.

— Não acredito em você – sussurrei.

Ela sorriu, mostrando todos os dentes brancos.

— Eu sabia que não.

O tripulante terminou de guardar os remos. Eu o teria reconhecido instantaneamente se não estivesse com um gorro enterrado na cabeça. Eu conhecia todos os seus maneirismos. E reconheci seus ombros largos e o aperto firme de suas mãos bronzeadas quando ele subiu pela escada de cordas.

— Pai! – Eu me atirei sobre ele no momento em que passou pela amurada.

— Carô! O que isso significa? – Ele me soltou, mas continuou segurando meus ombros. – Onde está Fee? Onde está a *Cormorant*?

— Desculpe. – Eu não tive coragem de ver seu rosto chocado quando ele se deu conta do que eu tinha feito. – Desculpe mesmo. – Eu me afundei em seu casaco, finalmente deixando que as lágrimas fluíssem.

— Carô... – Ele ergueu meu queixo. – Carô, você quer dizer que ela afundou? Onde está Fee?

A CANÇÃO DAS ÁGUAS

– Oh! – Solucei. – Não afundou. Eu tive de deixar a *Cormorant* em Casteria. Os Cães Negros… Eu não consegui voltar para ela. E Fee saltou na água para nos salvar. Eu… Eu não sei o que aconteceu com ela.

– Eu nunca viajei com uma tripulante tão encrenqueira quanto Fee – disse meu pai, embora seus olhos permanecessem preocupados. – Eu não contaria que ela estivesse perdida.

– Já eu gostaria de saber do cúter – disse minha mãe. – E do emparca.

Meu pai passou o braço de maneira protetora em torno de meus ombros.

– Você podia parar com isso por um minuto? Você não percebe que ela está abalada?

– Olhe aqui, Nick, eu percorri todo o caminho até aqui…

– O emparca não está aqui – eu disse. Os dois se viraram ao mesmo tempo. – Não está mais. – Minha garganta se apertou. – Markos… O emparca… Ele está morto.

– Não, não está. – Minha mãe sacudiu a cabeça. – Os Cães Negros estão tentando vendê-lo por um resgate a seus parentes em Valonikos.

Ela disse mais alguma coisa, mas eu não ouvi.

– Ah – eu disse, estupidamente.

Markos. *Vivo*. Eu não me permiti acreditar nela. Não era fácil assim.

Minha mãe e meu pai continuaram a falar; suas vozes eram um zumbido incompreensível. Eu levei a mão à testa e tentei respirar.

Markos.

— Você tem certeza? – finalmente consegui dizer, tão tarde que os dois olharam para mim, confusos. – Na última vez que eu o vi, ele estava lutando contra dez piratas. – Engoli as lágrimas. – Ele trocou a própria vida pela da irmã. – O resto da longa história foi derramado entre soluços entrecortados.

Meu pai me puxou contra seu casaco áspero de lã. Eu fechei os olhos e relaxei no cheiro familiar e caseiro de suas roupas.

— Eu devia saber que você abriria aquela caixa – disse ele. – Você é uma Oresteia.

— Ela é isso – murmurou baixo minha mãe. – Uma Bollard tem mais bom-senso.

Eu levantei a cabeça.

— Mas como vocês sabem sobre… sobre Markos?

— Um mensageiro chegou a nossas dependências em Iantiporos com uma carta. Ele tinha cavalgado durante a noite inteira em meio àquela tempestade – disse minha mãe. – A carta deveria seguir por um paquete rápido para Valonikos. Ela tinha o nome de Diric Melanos. Eles podiam tê-la posto imediatamente em um navio e a enviado se, naquele momento, eu não tivesse entrado em nossos escritórios.

— Deixe-me ver.

Ela a entregou, e eu examinei o conteúdo. Era como ela dizia. O capitão Melanos tinha enviado um bilhete de resgate para os parentes de Markos.

Eu baixei a carta.

— Mas os Cães Negros tentaram matá-lo.

— Pessoas como os Cães Negros se vendem a quem pagar

mais. – Pelo movimento de suas narinas, era fácil ver o que minha mãe achava disso. – Um homem como Melanos está pensando em Valonikos. Em como se diz que na cidade livre o ouro corre como um rio. Ele se pergunta que tipo de família vai abrigar um emparca deposto. E quanto eles estariam dispostos a pagar.

– Konto Theuciniano os contratou para matar Markos – eu disse. – Ele não vai ficar louco de raiva quando descobrir que não fizeram isso?

– A ganância provavelmente atrapalha seu julgamento. Por que ser pago só uma vez quando você pode receber duas vezes? – A boca dela se retorceu. – Eu conheço Diric Melanos. É isso o que ele vai pensar.

– Você o conhece? – Isso era algo que eu não tinha ouvido antes.

– Nós já nos encontramos. Vou lhe dizer uma coisa: ele vai lamentar se um dia ousar tocar em minha filha.

– Sua *filha*. – Meu pai sacudiu a cabeça. – Mas você estava disposta a entregar o garoto direto na mão daqueles Theucinianos.

– Eu disse a você que nada tinha sido decidido ainda. – Minha mãe estava com os maxilares rígidos. – Nós só estávamos discutindo nossas opções. Na verdade, a situação mudou. Você pode se dar ao luxo de ter seus princípios muito elevados, Nick. Eu, não. A Companhia Bollard deve preservar nossos relacionamentos...

– Com usurpadores e assassinos – resmungou meu pai.

– Emparcas, reis e margravinas sobem e caem, mas o comércio continua. A corrente leva todos nós. Você sabe disso. Não posso escolher um lado. Esse emparca não é um de nós.

– Sim, sim, porque ou você é um Bollard, ou não é nada. Como se eu não soubesse disso. – Meu pai esfregou o queixo com barba por fazer. – Ayah, eu, pelo menos, sei o suficiente sobre *isso*.

Eu tive um pensamento horrível.

– E se essa carta for mentira? – Minha voz vacilou. – E se eles pretendem apenas enganar a família de Markos?

Minha mãe repousou a mão em meu ombro.

– Se for uma armadilha, nós vamos descobrir logo.

– O que você quer dizer com isso?

– Como eu disse – o brinco em seu nariz brilhou quando ela sorriu, –, a situação mudou. Nós vamos resgatar seu emparca.

Eu estudei seu rosto. Como uma negociadora de sucesso, ela podia esconder uma mentira com facilidade. Mas meu pai parecia confiar nela.

– Nesse caso – eu disse, devagar –, tem uma pessoa que você deve conhecer.

Kenté, Nereus e Daria emergiram pela escotilha.

– Eu tenho a honra de ser lady Daria Andela – a menina disse, com voz infantil, mas formal. A barra irregular de sua camisola se agitava ao vento.

– Sua graça – minha mãe fez uma mesura.

– Andela? – perguntei, surpresa. – Esse é seu sobrenome? É o de Markos, também? – Subitamente, eu me lembrei do homem que nos atacara na casa segura em Siscema. *Vocês têm os Andelas por trás de vocês, podem ter certeza.*

– Por que não seria? – Daria estreitou os olhos. – Você está dizendo que não sabia o sobrenome dele?

A CANÇÃO DAS ÁGUAS

Eu me senti um pouco envergonhada.

– Ele nunca disse.

– Se você não sabe nem o sobrenome de um rapaz – ela disse, empinando o nariz de modo atrevido – *eu* acho que você não deve sair por aí bei...

– Psst! – eu disse, encobrindo sua voz, mas meu pai me lançou um olhar desconfiado mesmo assim.

Minha mãe assoviou para Kenté.

– Bom, seus pais, sem dúvida, vão gostar de saber que você não está morta em uma vala em algum lugar. O que você estava pensando quando fugiu desse jeito? – Ela avistou Nereus, e sua voz mudou. – Identifique-se imediatamente, senhor. Pois, se o senhor estava na história de minha filha, eu não me lembro.

– Você – disse meu pai com voz rouca, e a cor se esvaiu de seu rosto.

Nereus sorriu para ele.

– Com certeza você não achava que ela seria deixada para lutar sozinha.

– Eu... Não. – Meu pai olhou para mim, em seguida afastou o rosto rapidamente. Ele parecia preocupado. – É só que... Não é você quem eu esperava.

– A corrente nos leva à sua mercê – disse Nereus. – Como seu povo costuma dizer. Não é verdade?

Eu olhei de um lado para outro entre eles, desnorteada. Então, meu *pai* tinha sido o responsável por enviar Nereus. Mas como...

Fui tomada por uma compreensão repentina. *O deus no fundo do rio.*

De algum modo, eu sabia que essa era a resposta. Ela explicava tudo: como Nereus tinha aparecido de forma misteriosa no *Vic*, seus modos reticentes e as referências enigmáticas a ter trezentos anos de idade. Nereus tinha mencionado os Bollards, mas, pensando bem, ele na verdade nunca admitiu conhecer minha mãe.

– Pai... – Comecei, ansiosa para ouvir a história inteira.

Ele sacudiu a cabeça abruptamente e olhou de lado para minha mãe.

– Não aqui. Não agora.

Para minha irritação, ele se recusou a dizer qualquer outra coisa. Nereus se ofereceu para ficar e vigiar o *Vic* enquanto Kenté, Daria e eu íamos no bote até o *Antílope*, o que significava que eu também estava impedida de questioná-lo sobre isso. Não que ele fosse capaz de dar uma resposta direta.

Nós jantamos no conforto das cabines bem equipadas do navio dos Bollards, onde o cozinheiro de minha mãe tinha preparado massa com mariscos em um delicado molho de vinho. Eu praticamente a devorei.

Minha mãe abriu um mapa sobre a mesa do capitão e o prendeu com um peso de papel de latão gravado com o brasão dos Bollards.

– É isso. – Eu pus o dedo no mapa. – A Ilha Katabata.

– Você tem certeza de que foi isso o que eles disseram? – Minha mãe olhou rapidamente para mim.

– Positivo. – Eu me lembrei da noite embaixo das docas. – Um dos cães negros disse que votava para que voltassem para Katabata.

– Eu conheço essa ilha. Há um forte abandonado com uma baía ao norte... Aqui – disse o capitão do *Antílope*, um homem

A CANÇÃO DAS ÁGUAS

forte com suíças compridas. – É provavelmente onde eles estão escondidos. Fica apenas a algumas horas de navegação daqui. Nós podíamos cair sobre eles no escuro. Surpreendê-los.

– Não – eu disse, e todos eles olharam para mim. – O homem das sombras, lembram?

Minha mãe retorceu um canto da boca enquanto me observava atentamente. Imagino que ela não estivesse acostumada a que eu falasse.

– Vamos atacar ao nascer do sol, então.

Kenté congelou com um garfo de massa a meio caminho de seus lábios. Ela sacudiu a cabeça de maneira quase ilegível.

– O amanhecer pode não ser suficiente – eu disse. – Meio-dia é a hora em que ele estará mais fraco. É a hora mais clara do dia. – Diante do olhar curioso de minha mãe, acrescentei: – Markos me contou muitas coisas sobre homens das sombras.

Markos. Era estranho ousar ter esperança. Pela primeira vez, comecei a acreditar que poderia realmente tornar a vê-lo.

Depois do pôr do sol, nós voltamos de bote para o *Vic.* Kenté olhava fixamente para a escuridão com o braço em torno de Daria, cuja cabeça não parava de balançar. Eu puxei meu remo direito para virar o bote em direção à lanterna do *Vic.* Apenas dois dias antes, nós fugíamos desse cúter, mas, no dia seguinte, eu iria navegá-lo para a batalha. Um impulso de ansiedade dançava em meu estômago.

Enquanto eu remava por baixo da popa alta do *Antílope,* vozes detiveram meus remos. Luz de candeeiros escapava entre as cortinas das janelas alguns metros acima. Eu prendi a respiração.

– Você não pode estar querendo mesmo deixar que ela mantenha aquele navio.

– É escolha dela, Tamaré – disse meu pai. – Ela recebeu uma carta de corso da margravina. Ela está autorizada a capturar presas.

– Ela não tem idade.

– Uma carta de corso é uma carta de corso. – Escutei os altos e baixos da voz de meu pai. Era estranho eu ter passado tantos dias me perguntando se algum dia tornaria a vê-lo. – É o navio dela. Nereus vai ajudá-la a navegá-lo.

Na excitação dos planos de batalha, eu tinha me esquecido da conversa enigmática de meu pai com Nereus. *Não é você quem eu esperava.* Desesperada por respostas, eu me esforcei para ouvir mais.

– Claro que você não vai me dizer de onde o conhece – suspirou minha mãe. – Ah, vá em frente. Você vai mesmo fazer o que quer, como sempre fez. – Um toque melancólico surgiu na teimosia de sua voz. – Sei que eu lhe dei a guarda dela, mas ela ainda é minha filha.

– Claro que eu sei disso – murmurou ele. – Venha para a cama agora, garota.

Remei apressada para longe da janela, porque, de verdade, quem queria ouvir *aquilo*?

Depois de colocar Daria em seu beliche, encontrei Kenté sentada de pernas cruzadas em cima da escotilha dianteira. Eu podia não tê-la visto no escuro se ela não estivesse murmurando meio alto para um colar. Eu o reconheci do baú no compartimento de carga, que ela estava revirando naquele dia mais cedo enquanto eu navegava. Em torno de seus pés, havia vários outros pingentes e medalhões. Pelo menos um deles estava quebrado.

— O que você está fazendo?

— Tentando colocar um pedacinho de noite dentro deste pingente — Ela afastou a bugiganga para o lado e esfregou a testa suada. — O que parece que eu estou fazendo?

Deliberadamente, não respondi sua pergunta, porque parecia que ela estava falando com um objeto inanimado.

— Kenté, por que você simplesmente não diz a seus pais que quer ir para a Academia em Trikkaia?

— Eles dizem que eu sou sua última e única esperança. — Ela deu um suspiro. — Você sabe como eles ficaram aborrecidos por causa de Toby. — O irmão de Kenté era professor de matemática, o que não era uma coisa muito Bollard de ser.

— Eu me pergunto se você está com medo… — Eu parei. — Eu não quis dizer medo.

— Claro que estou, Carô… — Ela mordeu o lábio, revirando o pingente nas mãos. — Você acha que estou fazendo a coisa certa? Essa magia… Ela é toda baseada em escuridão e em ardis. — De algum modo, eu sabia que ela estava pensando em Cleandros, que tinha traído seu emparca. — Talvez seja algo com o que nós não devêssemos brincar.

Eu me lembrei do que Markos me disse na noite em que nos conhecemos.

— Acho que é o que uma pessoa traz no coração que a torna má. A magia é apenas uma habilidade. Uma ferramenta.

Ela assentiu com a cabeça, embora não parecesse muito convencida.

— Isso vai parecer idiota, mas… Tenho medo de sair de casa. Porque se eu não for isto… — Ela apontou para o broche que prendia sua manta de lã, gravado com o barril e as estrelas – ...então, quem eu sou? Se não sou isto, em quem posso me transformar?

Sem resposta para isso, eu a deixei com seus experimentos e caminhei pelo convés. O céu ali parecia maior, como um cobertor jogado sobre nós. Os sons noturnos do *Vic* – tábuas rangendo, ondas quebrando e a vibração tensa dos cabos – eram dolorosamente parecidos com os da *Cormorant*; ainda assim, havia um vazio. No início, eu não consegui identificá-lo. Então, percebi. Não havia sapos, nem grilos. Nenhum som das pequenas coisas.

Eu me apoiei nos cotovelos sobre a amurada. Abaixo de mim, a água negra tranquila se agitou.

Uma pálpebra se abriu.

Eu cambaleei para trás. O olho era do tamanho da minha cabeça. Ele brilhava à luz da lanterna, centímetros abaixo da água. Havia algo ali embaixo do cúter.

Algo grande. Algo *vivo*.

– Ayah, você percebeu, não é? – Nereus sentou-se em um barril. A extremidade acesa de seu cachimbo brilhava, laranja. – Ela a está seguindo há dias.

Ele não podia estar dizendo que aquele era o mesmo drakon que acompanhara o *Vic* na escuridão da noite durante a tempestade, podia? Aí, me lembrei daquele dia no Rio Hanu, quando Fee sibilou para alguma coisa na água. "*Ela*", repetira Fee inúmeras vezes.

– Por que um drakon iria me seguir? – Minha boca estava seca.

– Ah – disse ele. – Você está acostumada com o rio. O mar é mais profundo. Escuro. Cheio de segredos. O mar guarda as coisas que toma. As profundezas estão cheias de esqueletos de navios e

A CANÇÃO DAS ÁGUAS

de cidades. Ayah, e de homens. Você conhece a história de Arisbe Andela?

— *Amassia Perdida.* — A história sobre a qual Markos e eu conversamos. Era difícil acreditar que aquilo tinha acontecido apenas três dias antes. Aí, mais uma coisa me ocorreu: — Arisbe *Andela*?

— Ayah, esse era o nome dela.

— Engraçado — eu disse. — É o nome de Markos e Daria, também. Então Markos estava falando a verdade quando disse que a lenda era baseada na história de seus ancestrais. Como era estranho que, dentre todas as pessoas, Markos fosse um descendente de uma princesa pirata.

Nereus bateu seu cachimbo.

— Arisbe tinha um irmão chamado Nemros.

— O Saqueador. Meu pai costumava me contar essa, também. O pirata mais temível que já navegou o Mar Interior.

— Ayah, é esse homem. O velho Nemros, bem, havia três coisas que ele amava. Velejar e o clamor da batalha.

— Isso são duas coisas — eu disse.

— Não interrompa. A terceira era... — Algo em sua voz fez lembrar tardes preguiçosas de verão de outrora. — Diversão — disse ele, por fim. — A dança do violino. O gosto de vinho, de rum e de mulheres. — Ele deu uma baforada no cachimbo. — Naquele último dia fatídico, a deusa do mar disse a Nemros que ela pretendia se vingar. Ele ouviu seu alerta, embarcou em seu navio e escapou da tempestade. Quando o sol finalmente surgiu entre as nuvens na terceira manhã, não se via sinal da ilha de sua família. Nenhuma torre branca. Nenhuma pereira. O mar tinha engolido Amassia.

Então, o que ele devia fazer? Pois ele era um homem sem pátria. Assim, Nemros a procurou.

– Quem?

– Ora, aquela que vive nas profundezas. Quem mais? – Ele apoiou o cachimbo no joelho e prosseguiu. – Mas o oceano era esperto, era sim, pois ofereceu a ele uma barganha. "Assuma o lugar de sua irmã", disse ela. "Sirva a mim como ela devia ter feito, e vou transformá-lo no flagelo destes mares. Vou dar a você um navio mais rápido que o próprio vento, e mais riqueza em ouro do que você pode possivelmente imaginar. Sirva-me até a morte, ayah, e depois. Então, e só então, você vai ter a cidade de sua família de volta.

– Mas Amassia está perdida – eu disse. – Ela afundou sob o oceano. Ninguém nunca mais tornou a vê-la.

– Ah, eu disse a você que ela era esperta. – Ele agitou o dedo para mim. – Agora, ela não disse *quando*, disse? O pirata Nemros tornou-se servo dela. Ele afundou navios e saqueou cidades sob seu comando. E, ah, sim, ele se tornou rico e famoso para além de seus sonhos mais impensados. – Ele fez uma pausa. – Entretanto, ele nunca mais foi livre. Ele nunca mais teve um lar.

– Não entendo. O que isso tem a ver com o drakon?

– Nada. – Ele riu, enquanto eu lutava para resistir à tentação de derrubá-lo daquele maldito barril. – Mas há alguns marinheiros que dizem que o drakon é apenas seu destino chegando até você.

Havia mais uma coisa que eu precisava dizer.

– Nereus… – eu hesitei. – Você disse que ele a serviu além da morte. Você quer dizer…

Ele ergueu as mãos para me interromper.

A CANÇÃO DAS ÁGUAS

– Não diga mais nada, amor. Pois não vou responder.

Eu me perguntei se essa não era uma resposta suficiente.

CAPÍTULO
VINTE E QUATRO

Eu estava parada no convés do *Antílope*, observando, de olhos semicerrados, o sol nascente. Acima de mim, uma vela quadrada se desenrolou, e o segundo oficial gritou ordens, enquanto os marinheiros corriam para ajustar os cabos. Um homem puxando um carrinho cheio de balas de canhão me afastou ao passar, empurrando meu cotovelo.

– O que você quer dizer com nós não devemos lutar? – perguntei.

– Carô, seja razoável – disse minha mãe. – Lembre-se, você mesma disse que pode ser uma armadilha. Eles querem Daria e querem seu cúter de volta. – Com seu rosto implacável, ela nunca se parecera tanto com uma estátua clássica de bronze. – Eu ousaria dizer que eles não estão muito apaixonados por você depois de tudo isso.

– Pai…

Ele enfiou as mãos nos bolsos.

– Talvez seja melhor fazer o que sua mãe diz. Sei que você pode lutar, mas precisamos pensar na menina.

Eu olhei para o *Vic*, iluminado pelo brilho da manhã na água. Quando Nereus içou sua adriça, a verga da vela subiu até o alto.

A CANÇÃO DAS ÁGUAS

Ele queria batalha. Era para isso que ele tinha sido construído. Ela puxava suas amarras como um cavalo forçando suas rédeas.

– O *Vic* é mais rápido que o *Antílope* – eu disse. – Ele tem mais canhões.

– Ele também é menor – disse minha mãe. – E você não é uma capitã experiente.

Ela e meu pai se entreolharam, enquanto eu continha minha irritação. De todos os momentos possíveis, eles tinham escolhido *aquele* para estar de acordo. Outras tentativas de fazer minha vontade jogando um deles contra o outro foram facilmente desviadas. Eu remei ruidosamente de volta para o *Vic*, praguejando baixinho.

Enquanto Nereus me ajudava a subir a escada de cordas, Kenté saltou da porta da escotilha.

– Qual o problema? – gritou ela. Eu devia estar com uma expressão especialmente assassina.

– Nós não vamos participar da luta – respondi com raiva. – Nós temos seis canhões de quatro libras. São dois a mais que o *Antílope*. Droga. – Eu andei de um lado para outro no convés. – Quer dizer, quem eles acham que tem enfrentado os Cães Negros esse tempo todo? Eles nem conhecem Markos. – Kenté abriu a boca, sem dúvida para observar que minha mãe o conhecera em Siscema. – É *diferente*. Você sabe que é diferente.

– Uma mudança infeliz na situação. – Nereus olhava fixamente para o horizonte. – Pois ele não tem velas, pólvora e munição? Ele não é construído para abrir buracos em qualquer navio que ouse se opor a ele, e que os deuses os amaldiçoem por tentar? – Ele inspirou o ar salgado. – Este é um dia para batalha.

Ele entendia. Eu queria rasgar as ondas, rápida como o próprio vento. Eu queria carregar os canhões e ver aquela maldita *Alektor* explodir em pedaços.

– Nós devemos fazer a volta na ilha e esperar pelo *Antílope* em um ponto de encontro – eu disse. – Minha mãe vai dar três disparos de canhão. – Eu cerrei os punhos. – Quando for *seguro*.

Eu não sabia mais nada sobre segurança.

Pouco antes de meio-dia, chegamos à ilha. Ancorei o *Vic* a certa distância da costa, coberta de vegetação, enquanto o *Antílope* navegava ao seu redor para lançar seu ataque ao forte dos Cães Negros. Mexi distraidamente no lábio enquanto ouvia o estrondo distante de canhões, e o disparo eventual de um mosquete ecoar ao longe.

– Com cinco, onze. – Kenté examinou os dados no convés. – Ganhei de novo.

Estávamos jogando havia apenas uma hora, e eu já tinha perdido dois talentos de prata para ela e um para Daria, que estava sentada de pernas cruzadas ao lado de Nereus. Seu cabelo negro caía por suas costas em duas tranças complicadas. Eu desconfiava que ela gostava deles dois mais que de mim: de Kenté, porque podia trançar seu cabelo, e de Nereus, porque ele a deixava fazer o que quisesse. Eu não ligava. Tudo o que me importava naquele exato momento era a batalha. E Markos.

Como eles podiam jogar enquanto os canhões trovejavam? Eu estava nervosa demais para ficar sentada. Meu lábio começou a sangrar, e o gosto de metal enferrujado apenas me deixou mais ansiosa.

– A água está muito agitada. – Kenté olhou para trás. – Isso está me deixando nervosa. Não *parece* que tem uma tempestade chegando. O céu está perfeitamente limpo.

As ondas estavam fortes. Eu me perguntei se o drakon estava se movendo de um lado para outro abaixo delas, agitando a água com o corpo ondulante. Embora eu não o visse, senti que ele estava perto.

Eu pulei de pé.

– Não consigo suportar isso. – Segurei os cabos de minhas pistolas gêmeas e comecei a andar de um lado para outro. – Por que está demorando tanto?

Só porque eu estava com raiva de meus pais, não significava que eu quisesse que algo acontecesse com eles. A linha da costa estava enlouquecedoramente imóvel. Se os Cães Negros tinham batedores à espreita nas árvores, eu não conseguia vê-los, pois a ilha abrigava uma floresta densa. De qualquer modo, não havia lugar nenhum de onde lançar um barco – aquele lado da Ilha Katabata era uma parede de pedras de três metros de altura que mergulhava direto no oceano.

Um canhão soou como trovão, o que fez com que meus ombros dessem um salto.

– Você precisa encontrar alguma coisa com que se ocupar. – Kenté sacudiu o copo dos dados. Eu percebi que ela estava usando três pingentes de comprimentos variados em volta do pescoço.

Saquei as duas pistolas e decidi aprender a girá-las, do modo que vira homens durões fazendo para se exibirem em tavernas. Eu girei a direita em torno do polegar, e ela caiu barulhentamente no chão.

Kenté se encolheu.

– *Outra* coisa.

Eu me atrapalhei e tornei a deixar a pistola cair. Nesse momento, eu percebi.

– Os canhões pararam.

Dez minutos se passaram. Depois, vinte. Depois, uma hora. E, aí, eu soube.

O *Antílope* não estava a caminho.

Eu tomei minha decisão.

– Içar a vela principal e a de estai. Preparar os canhões. – Eu estava bem certa de que isso era algo que as pessoas diziam.

– Mas cuidado – alertou Nereus, enquanto soltava as adriças. Eu me perguntei se ele sabia de algo que nós não sabíamos.

– Tudo o que me importa agora é se você sabe carregar esses canhões! – retruquei bruscamente.

Ele sorriu e mostrou o buraco entre os dentes.

– Ayah, eu sei.

Nós navegamos em torno da ilha. Kenté engasgou em seco. *Pontal de Hespera*, foi tudo em que consegui pensar, porque era como aquilo parecia: fumaça e fogo e barris boiando na água. Tanto a *Alektor* como o *Antílope* estavam muito adernados, e destroços se espalhavam por toda parte. A *Alektor* tinha um buraco enorme no casco.

Eu tinha um buraco enorme no coração.

Nós nos aproximamos. O forte dos Cães Negros ficava em uma colina rochosa acima da baía, cercado por um muro de troncos pontiagudos. O lado esquerdo estava parcialmente desmoronado, mas não da luta daquele dia, pois trepadeiras emaranhadas cresciam sobre ele. Uma torre de pedra se erguia do outro lado – antes, talvez fosse um farol ou torre de vigia. O sol se refletiu em um canhão no topo, mas não parecia haver ninguém em sua operação – o que não era surpresa, pois a torre não parecia muito estável. Parte dela jazia em uma pilha fumegante.

Daria se encolheu na saia de Kenté. Eu soltei a cana do leme e fui até a amurada, esquecida de tudo menos de meus pais. Com os olhos apertados, observei o volume flutuante do navio dos Bollards. Suas velas rasgadas se arrastavam pela água, e chamas lambiam seu casco.

Não havia nenhuma pessoa, viva ou morta, à vista.

– Nós devíamos ter participado dessa luta! – eu disse com a voz embargada. – Os Cães Negros não tinham um navio que pudesse tocar o *Vic*.

– Não precisavam de um. – Nereu apontou para o forte com a cabeça. – Artilharia naquela torre. Aquele deve ser um canhão de trinta e seis libras. E veja os de nove libras compridos nas paliçadas.

– Eles não podem ter matado todo mundo!

– Acho que não. – Ele apontou para os destroços fumegantes. – Os botes. Vejam.

Todos os botes do *Antílope* tinham sido lançados, e os da *Alektor* também. Mas eu não vi nenhum deles em meio aos destroços flutuantes, nem pedaços deles. Nenhuma tábua. Nenhum remo.

Eu engoli em seco.

– O que isso significa?

Nereus cuspiu pela amurada.

– Nada bom. Provavelmente eles foram feitos prisioneiros. No interior do forte.

— Pode ser o contrário – sugeri. – Talvez os Bollards tenham aprisionado os homens da *Alektor*. Talvez eles tenham remado até a praia por iniciativa própria para atacar o forte em terra.

— Você está escutando barulho de luta?

Todos ficamos em silêncio. Eu ouvi o som das ondas contra madeira. O crepitar de fogo. O vento agitando as árvores.

— Não – sussurrei e, com essa palavra, foram-se minhas esperanças.

— É melhor nós mudarmos de rumo. – Nereu deu as costas para os navios fumegantes.

— E simplesmente deixá-los?

— A *Alektor* não afundou aquele navio de três mastros. Foram os canhões do forte. Você quer ficar aqui parada ao alcance dele? Isso é implorar para morrer.

— Não me importa! Temos de tentar. – Tudo o que importava estava naquela ilha. Nós estávamos muito perto. Apertei os dedos nas têmporas para acalmar o tremor em meu interior.

— Uma vela! – exclamou uma voz infantil. Daria subiu no pé do mastro. – Vejam, uma vela!

A nova embarcação era elegante, com panos brancos enfunados à frente de seu mastro único, e canhões reluzindo negros sob o sol. Àquela distância, eu não conseguia ler seu nome, mas eu a reconheci. Era a chalupa *Conthar*.

Os barqueiros estavam ali.

— Rápido! – gritei. – Antes que eles disparem!

Kenté parou de agitar os braços.

— Por que eles iriam disparar?

— Eles vieram aqui atrás do *Vic*, lembra? Corra lá embaixo e pegue uma bandeira branca. Se não conseguir encontrar uma, um lençol, o mais rápido possível.

Eu ergui o lençol no mastro e esperei, apertando a amurada com tanta força que meus ossos doíam.

Quando a *Conthar* se aproximou, a voz de Thisbe Brixton ecoou ao longe.

– Não atirem! Eu disse: não atirem! Aquela é a menina Oresteia.

Depois de recuar para o sul da ilha, a *Conthar* mandou dois botes até nós, e nós nos reunimos na mesa comprida do *Vic* para um conselho de guerra. Era estranho ver todos aqueles barqueiros amontoados na coberta do cúter depois de dois dias com apenas nós quatro. A cabine cheirava a lama e fumaça de cachimbo. Senti um nó na garganta, pois isso só fazia com que eu sentisse mais falta de meu pai.

Eles não eram todos homens. Três deles eram homens-sapo; e quatro, mulheres. Eu conhecia Thisbe Brixton e a mulher de nariz afilado ao lado dela, que devia ser sua imediata. Elas pareciam as únicas lutadoras entre as mulheres. As outras eram esposas de barqueiros, imaginei, que tinham perdido suas casas depois do ataque em Pontal de Hespera.

– Esperem um minuto – disse um homem de cabelo louro e comprido, depois que expliquei as circunstâncias que haviam nos levado até ali. – Eu vim afundar esse navio. Vim aqui só para isso. E então? – Ele se virou para os outros. – A filha de Oresteia tem este cúter, e metade daqueles Cães Negros com certeza deve estar morta. – Ele me deu um olhar especulativo. – Embora eu não veja a utilidade de um cúter de contrabando para uma menina tão nova.

– Você quer ver a carta de corso? – Eu a saquei de meu colete e a joguei sobre a mesa.

– Volte para Siscema – disse ele para mim. – Consiga uma oferta de resgate. Se eles estiverem vivos, os Bollards, sem dúvida, vão pagar.

– Nicandros Oresteia está lá também, ou vocês estão esquecendo que ele é um de vocês? – retruquei.

– Nós pertencemos ao rio. Eu não gosto disso aqui fora. – Ele olhou para o capitão Krantor. – Vocês sabem o que eu tenho dito. Eu acho que Nick Oresteia fez sua escolha há vinte anos, quando foi se meter com aquela mulher. Os Bollards não são como nós. – Ele cuspiu no chão. Eu me irritei com aquilo, mas, sem dúvida, os Cães Negros tinham deixado coisas piores no chão do *Vic*. – Deixe que eles os resgatem. Eu não quero tomar parte nisso.

Levei a mão à pistola. Eu nem sempre concordava com os Bollards, mas não ia deixar que fossem insultados por pessoas como *ele*.

Ele se encostou na cadeira.

– Essa garota não se parece com Nick. Portanto, como podemos sequer saber que ela é dele?

Eu me lancei por cima da mesa e o atingi no rosto com minha pistola. Sangue escorreu de seu nariz e espirrou por toda parte. A raiva pulsava em meus ouvidos. Lá fora, uma onda bateu com fúria contra a vigia, e água escorreu pelo vidro. Eu senti vagamente Nereus e o capitão Krantor segurarem meus braços e me puxarem para trás.

Thisbe Brixton riu.

— Ah, não sei, Dinos. Para mim, ela se parece muito com Nick, não é?

O barqueiro de cabelo louro apertou o nariz e murmurou uma torrente constante de palavrões.

Perry Krantor se levantou, e os barqueiros mergulharam em um silêncio respeitoso.

— Eu não me importo com a sucessão akhaiana – disse ele. – O rio, ele passa por Akhaia e Kynthessa, e ele não liga muito para quem governa a terra. E nem eu, pois eu pertenço ao rio.

Todos ali estavam atentos a ele. Eu prendia a respiração.

— Mas eu não gostei de esse emparca mandar os Cães Negros queimarem nossos barcos. – Ele gesticulou para o pergaminho amassado. – Eu não gosto desta história de carta de corso. Isso foi chantagem desde o começo.

O homem de idade acariciou a barba.

— Em minha opinião, nós já estamos dentro disso, querendo ou não. Eu não vou com Carô por me importar com qual homem será o emparca de Akhaia. Eu vou por Nick. – Ele apontou para mim com a cabeça, e meus olhos, de repente, se encheram de lágrimas. – E por minha *Fabulosa*.

— Que bom para você – murmurou outro homem. – Mas eu tenho família. Esses cães derrotaram o navio dos Bollards. Você querer tomar aquele forte com algumas crianças é seu direito, Krantor. Eu voto para irmos para casa.

Thisbe Brixton cruzou os braços atrás da cabeça. Sua trança comprida caía de um gorro de linha.

— Não ponha todos nós no mesmo monte que você, Hathor.

Você não tem ideia do que seja uma luta. – Ela piscou para mim. – Eu vou correr o risco junto com essas garotas. Nick era meu amigo quando muitos de vocês achavam que uma mulher não tinha direito de capitanear uma barca. *Eu* me lembro de meus amigos.

Todo mundo começou a gritar ao mesmo tempo. Fiquei arrasada. Tinha sido um belo discurso, mas não o suficiente. Meu pai estava naquele forte. Cada minuto que desperdiçávamos ali, eles o podiam estar torturando ou a minha mãe. Eles podiam mudar de ideia e decidir matar Markos.

Devia haver algo que eu pudesse dizer que atingisse os barqueiros. Algo que os fizesse escutar.

Eu respirei fundo e me lembrei do velho do barco de pedágio, na ponte de Gallos. Como ele me mostrara a pistola no sobretudo. *Nós sabemos cuidar do que é nosso.* E então eu soube.

– Ei! – gritei. Eles continuaram a discutir. – Ei!

Eu lancei meu punhal akhaiano no ar. Ele se cravou, oscilante, no centro da mesa. Isso chamou a atenção deles. Subi em uma cadeira.

– Eu tenho uma coisa para dizer aos barqueiros. E barqueiras – gritei, captando o olhar da capitã Brixton. – Eu sou Caroline Oresteia, imediata da *Cormorant*, e, agora, capitã do *Victorianos*. – As palavras pareceram estranhas em minha boca, e ainda assim eram verdade. Eu fixei os olhos no barqueiro de cabelo louro. – E qualquer um que ache o contrário pode tentar tomá-lo, se quiser. Eu tive muitas oportunidades de conversar com Markos Andela – prossegui. – Ele, que seria o emparca de direito de Akhaia, antes de ser levado pelos Cães Negros. – Eu tinha entrado no tom do povo do rio. Achei que meu pai teria aprovado. – Ele lamentava que pessoas tivessem morrido por

A CANÇÃO DAS ÁGUAS

sua causa, mas queria fazer uma restituição. Ele pretendia reembolsar todos os que perderam bens em Pontal de Hespera. Markos é um homem bom – eu disse, ousando sentir um fiapo de esperança. Eles estavam ouvindo. – E meu pai é um homem bom. Não estou lhes pedindo que façam nada mais do que ele faria por vocês. E, ah, sim, ele faria! Ele não tirou você da cadeia daquela vez, Hathor? – Eu avistei outro homem no grupo. – E não foi ele quem ajudou você a lixar e pintar a *Daisy*? E, é claro, eu não preciso mencionar que os Oresteias e os Krantors têm navegado juntos desde o dia dos bloqueios. *Nós sabemos cuidar do que é nosso.* Eu vou salvar meu pai, no *Vic* – anunciei. – E qualquer um que quiser pode navegar comigo.

– Ayah! – gritou o capitão da *Daisy*. – Nós podemos não ser lutadores, nem estar armados até os dentes com mosquetes e canhões, mas somos barqueiros livres. Vamos mostrar a esses cães que não vão conseguir acabar conosco!

– Isso é o que vocês pensam – ergui a voz acima do clamor. – O *Vic* tem armas suficientes para todos vocês, e nós não nos importamos em dividi-las.

Com os vivas que se seguiram, eu soube que tinha vencido.

– Capitão Krantor – chamei, revirando meu bolso. Eu saquei a chave do compartimento de carga e a joguei por cima das cabeças da tripulação. – Abra esse porão, por favor.

O homem mais velho a pegou e me fez uma continência provocadora.

– Ayah, Oresteia.

Enquanto os barqueiros distribuíam e carregavam os mosquetes, a capitã Brixton me chamou.

327

– Quem é esse? – Ela acenou com a cabeça para Nereus.

– O nome dele é Nereus. – Eu não sabia ao certo o que dizer. – Nós o conhecemos... em Casteria.

– Uhmmm... – Ela o observou por cima de sua garrafa de bolso. – Esse aí sem dúvida tem a expressão. Tem o dedo de alguém, nele.

– Você quer dizer o deus? – perguntei. Ela tinha acabado de confirmar minhas suspeitas.

– Claro, e um peixe não sabe quando um tubarão vem comê-lo?

Às vezes, eu odiava os deuses. Todo mundo que era associado a eles falava em rodeios, de um jeito que eu achava muito irritante.

– Então, ele é um tubarão?

– Foi isso o que eu disse? – Ela sorriu. – Não ligue para mim.

Nereus se juntou a nós e se apoiou sobre a mesa. Ele inclinou a cabeça em direção a Thisbe Brixton.

– Prima – ele disse, respeitosamente.

– Vocês são parentes? – perguntei.

Eles trocaram olhares divertidos enquanto eu tinha mais pensamentos assassinos sobre os deuses.

– Tem alguma coisa nesta ilha – refletiu Nereus, examinando o mapa aberto na mesa do *Vic*. – Ela quase me parece familiar. Eu me lembro... desse forte. Só que, na época, ele não estava tão destruído. – Ele sacudiu a cabeça. – Não sei.

Eu me debrucei para frente apoiada nos cotovelos.

– Você se lembra do que estava fazendo? Quando veio à ilha?

– Eu... – Suas sobrancelhas se franziram e ele delineou a ilha em forma de feijão sobre o mapa. – Eu estava contrabandeando rum. Sim. Muito tempo atrás, em uma época esquecida. Mas, na época, eles a chamavam de...

— Do quê? – perguntou Thisbe, bruscamente.

— Deixe isso para lá – ele disse, com os olhos brilhando. – Você apenas mexeu em minhas lembranças, só isso. Escutem, no meu tempo, havia uma baía secreta no lado leste da ilha. – Ele apertou o dedo sobre um símbolo. – Aqui.

Eu olhei para o local com ceticismo.

— Essa marcação é para rochas.

— Parece, não é? Esse é o brilho da coisa. Há um ponto, um ponto muito profundo, onde um capitão pode passar entre as rochas e ancorar em uma enseada segura e escondida. – Ele sorriu. – Se ele ou ela conhecer o lugar.

— E você? – perguntou Kenté. – Conhece o lugar?

Ele piscou.

— O que dizem? Querem resgatar um emparca?

Enquanto Nereus conduzia o *Vic* em direção a sua baía oculta, eu me preparava para a batalha. Ao meu lado, Thisbe Brixton carregava sua arma gravada com flores, que eu tanto admirava, enquanto eu carregava minhas próprias pistolas de duelo.

— Como vocês chegaram aqui, afinal? – perguntei a ela.

— Nossa história é bem curta. – Ela pôs a pistola sobre a mesa e tirou a rolha de sua garrafa. – Nós vasculhamos o Kars à procura desses Cães Negros só para saber que o havíamos perdido por três dias. Então, demos a volta e voltamos para o sul; o deus no rio estava conosco, sem dúvida, pois quando fizemos a volta para entrar em Siscema, encontramos um navio dos Bollards. A capitã disse que tinha visto seu pai. E nós ficamos surpresos, também, porque a última vez que nós o havíamos visto ele estava preso em Pontal de Hespera.

Ela tomou um gole.

– Então, eu pergunto onde está Nick. "Desceu a costa atrás daqueles Cães Negros", diz ela. "Cães Negros!", digo eu. "E não são eles que temos perseguido esse tempo todo?" A meio dia de navegação de Iantiporos, um de nossos homens-sapo avistou suas velas, por isso aqui estamos.

– É verdade o que você disse? – perguntei. – Sobre os homens implicarem com você por ter sua própria barca? Minha avó foi capitã de nossa barca.

– Imagino que ela navegasse com o marido como imediato, ou o filho. Sabe, eu não tenho homens em minha tripulação. – Ela sorriu para a companheira de barca. – Ayah, que serventia os homens teriam para mim?

Meu rosto ficou avermelhado. Eu não sabia daquilo, embora fizesse sentido.

– Não dê nenhuma importância a Dinos. Ele é um homem estúpido, se só o que ele consegue ver é… Bom. – Ela bateu na mesa. – Você tem os olhos e o cabelo avermelhado de seu pai. Além disso, seu rosto se parece com o de sua avó Oresteia. Você não vai se lembrar dela, mas eu a conheci quando era menina. Ela era uma Callinikos de Gallos antes de se casar, e é impossível ser mais das terras dos rios que isso.

– Ah, eu não me aborreci com o que ele disse – menti. – Só não gostei da cara dele. – Depois que terminamos de rir, eu acrescentei: – Mas obrigada.

A CANÇÃO DAS ÁGUAS

Dobrei um lenço dourado para prender na cabeça e o amarrei em torno do cabelo. Daria abraçava os joelhos, e alternava entre me observar e olhar fixamente para os homens-sapo como se eles pudessem morder. Por cima da camisa e do colete, eu prendi um peitoral e luvas compridas de couro e fechei a fivela no menor buraco.

Kenté estava sentada quieta, girando seus pingentes entre os dedos.

Eu pus a mão em seu ombro.

– O que é?

– Só preocupada – disse ela. – E se alguma coisa sair errado?

– Não vai.

A imediata de Thisbe Brixton parou de amolar a adaga e olhou para mim.

– Os deuses têm o hábito de testar pessoas que dizem coisas como essa.

O deus no fundo do rio devia ser o deus de meus ancestrais. Ele devia falar conosco na língua das pequenas coisas. Bom, eu estava cansada de esperar que ele me notasse. Eu tinha passado a vida inteira à espera.

Talvez eu tivesse chegado ao meu limite com os deuses. Talvez, a partir daquele momento, eu fosse cuidar de mim mesma.

Eu enfiei o punhal na bainha.

– Deixe que eles façam o pior que puderem.

CAPÍTULO
VINTE E CINCO

Thisbe Brixton rastejou para frente, apoiada nos cotovelos.

– Eu conto três homens.

Eu espiei através da vegetação rasteira e densa. A umidade da terra penetrava em meus joelhos. A capitã Brixton acenou com a cabeça para mim, e rastejamos de volta até os barqueiros, que estavam agachados na floresta.

– Acho que não há momento melhor que agora. – Nereus se apoiou no tronco de uma árvore com os braços cruzados. – Eles devem estar descansando depois da luta. Se tivermos sorte, estão começando a beber. Eles não vão estar à nossa espera.

Eu respirei fundo.

– Certo. Vamos pela entrada dos fundos, mas ninguém vai mais longe. – Eu olhei para minha prima: – Kenté é nossa batedora.

O barqueiro chamado Dinos me olhou com azedume.

– Ayah? E o que faz você pensar que essa menina vai servir de alguma coisa? – Eu sabia que ele também me considerava apenas uma menina. Ele só não queria dizer isso na minha cara porque eu estava muito bem armada.

Kenté se virou.

– O fato de eu poder ficar invisível explica alguma coisa?

– Essa menina é um homem das sombras. – Igualei seu tom rude. – Quem você acha que derrotou os Cães Negros em Casteria e capturou seu cúter?

Kenté engoliu uma risada diante dessa mentira deslavada.

– Que a corrente nos leve – sussurrou um dos homens.

Usando as árvores densas como cobertura, nós nos aproximamos do forte. Ele não era nem de perto tão impressionante daquele lado. Plantas cresciam nas fendas entre as pedras, e o telhado estava coberto de musgo e ervas, com muitas telhas faltando.

Ou os Cães Negros não sabiam que sua ilha podia ser tomada de sudeste, ou eles achavam que mais ninguém sabia. Armados com mosquetes do compartimento de carga do *Vic*, os barqueiros cuidaram rapidamente dos guardas na porta dos fundos. Em uma mesa perto de seus corpos caídos, havia um baralho disposto entre pilhas de bugigangas e moedas. O chão estava cheio de garrafas quebradas.

Meu olhar permaneceu sobre os homens mortos. Talvez eles tivessem amigos ou família, que estariam observando o horizonte esperando por sua volta para casa. Eu apertei as mãos sobre as pistolas e endureci o coração.

No interior do forte, havia um homem solitário parado no fim do corredor iluminado por tochas. Os dedos de Kenté se moveram em seu pescoço, e ela desapareceu, bem no meio da tarde. Um dos barqueiros engasgou de susto.

– Não lute – cantarolou a voz de Kenté, ecoando nas paredes de pedra. – Pois eu sou um homem das sombras sem treinamento.

Vou fazer alguma coisa estúpida e, muito provavelmente, explosiva se você puser as mãos em mim. Abaixe suas armas. – Ela reapareceu com a pistola apertada contra a têmpora do pirata. – Por favor.

O homem largou a arma imediatamente.

Eu revirei os olhos.

– Por favor?

O quartel general dos Cães Negros era uma bagunça. Eu nunca tinha visto coisas tão bonitas espalhadas em uma desordem tão descuidada: um cálice de ouro caído e esquecido em um canto, um colar precioso pendurado torto no gargalo de uma garrafa de cerveja. Eu julguei silenciosamente o capitão Diric Melanos e seus homens por deixar seu saque espalhado por toda parte daquele jeito.

– Muito bem – sussurrei para Kenté. – Eu não sabia se o colar ia funcionar.

– Depois de você fazer aquele discurso fantástico sobre eu ter derrotado os Cães Negros e roubado seu navio?! Vejo que você tem pouca fé em mim.

– Parece que eu tenho muita fé – murmurei. – Já que, para começar, eu fiz esse discurso.

– Eu sabia que ia funcionar. – Ela girou um pingente em sua corrente. – Eu os testei ontem à noite.

– Alguém que não queira que os Bollards conheçam seus segredos devia evitar fazer coisas tão exibidas como brincar com magia bem no convés, onde qualquer um possa ver.

Ela assumiu uma expressão inocente.

– O marinheiro de guarda no *Antílope* dormiu.

A CANÇÃO DAS ÁGUAS

Eu sacudi a cabeça.

– É *melhor* você não fazer isso comigo.

O som de vozes masculinas à frente fez com que Thisbe Brixton sinalizasse pedindo silêncio. Rapidamente, descobrimos a origem do barulho: uma câmara grande e redonda um nível abaixo de nós. Talvez ela já tivesse sido uma sala de jantar formal, pois havia uma plataforma elevada em uma extremidade. Eu me apertei contra a parede da escada e vislumbrei minha mãe e meu pai sentados no chão, com a tripulação do *Antílope*. Uma onda de alívio amoleceu minhas entranhas. Mas nós ainda não tínhamos terminado. Os prisioneiros estavam cercados pelos Cães Negros.

– Há vinte homens lá embaixo – sussurrou Dinos.

– Mais para quarenta. – Thisbe lhe deu um tapa na nuca. – Você não sabe contar?

O capitão Krantor apontou a pistola em direção à escada.

– Você viu o emparca?

– Ele não está aí – sussurrei. Meus nervos faziam com que meu pulso corresse quente.

– Provavelmente, eles o trancaram sozinho – ele disse. – Deixe esse grupo conosco. Vá encontrá-lo. – Ele se virou para Nereus. – Imagino que você seja um bom homem para uma luta. Você está conosco ou o quê?

Os dedos de Nereus se envolveram em sua faca.

– Eu vou com a garota. – Suas narinas se agitaram, como se, de algum modo, ele pudesse sentir o cheiro de batalha.

– Eu imaginava isso – disse o homem mais velho, esfregando o suor da testa manchada pelo sol. – Agora, nós os cercamos por todos os lados. Quando eu estiver em posição, vou gritar um sinal. E vocês respondem. Prontos?

Kenté olhou para o teto arqueado do grande salão e puxou os colares de baixo do vestido.

— Vou precisar de dois para isso.

Eu prendi a respiração. Mas aconteceu o mesmo que acontecera quando ela tentou esse truque em Casteria. O salão grande ficou escuro, como se uma mão gigante em uma luva negra tivesse apagado as lanternas. Mais que isso: a magia de Kenté bloqueou a luz das janelas e das portas. Os barqueiros se aproximaram um a um, tateando seu caminho pela escada.

— Acendam um fósforo, seus cães! — Suspeitei que esse fosse Diric Melanos.

— Não está funcionando! — gritou em pânico um membro de sua tripulação.

— Ponte baaaaaaaaixa! — ecoou uma voz do outro lado do salão. Era Perry Krantor, chamando como fazem os barqueiros quando chegam a uma ponte sobre o rio.

— O que foi isso? — Os Cães Negros ficaram em silêncio. Ouvi o retinir de aço e o farfalhar de roupas quando eles sacaram suas armas.

Outras vozes gritaram em resposta:

— Ponte baixa! — As vozes pareciam vir de toda a volta do salão, ecoando nas paredes de pedra. — Baixa-aixa-aixa-aixa. — Fui atravessada por um tremor. Era um som assustador.

— É aquele homem das sombras! — gritou alguém.

— Não, são as sombras dos barqueiros que vieram nos assombrar

A CANÇÃO DAS ÁGUAS

– gritou um dos Cães Negros. – Eu disse a vocês, eu disse! Nós não devíamos ter feito aquilo.

Eu sorri. Não, eles não deviam.

Um homem começou a rezar em voz alta, enquanto outro disparou uma pistola. Vários homens começaram a gritar com o que disparara a arma.

Acima do clamor, eu ouvi uma risada familiar.

– É você, Perry? – Era meu pai, que sabia que mais ninguém dali até Ndanna escolheria aquele como grito de guerra. Ninguém, exceto um barqueiro.

– Ayah. Como está você, Nick?

– Vou ficar bem – disse meu pai. – Assim que você puser uma pistola em minha mão.

Os dedos de Kenté se moveram, e a escuridão desapareceu, como um cobertor sendo sacudido. Ela atingiu o teto e explodiu. Todos seus pedaços diminutos voaram para os cantinhos e frestas do salão.

Então a luta começou.

Um dos barqueiros jogou para meu pai uma pistola e um saco de pólvora e munição. Ele o pegou, ergueu os olhos para o alto da escada e me viu. Um longo momento se passou entre nós. Ele ergueu a mão em uma saudação, carregou a pistola e entrou na refrega.

Embora eu estivesse muito hesitante em abandonar meus pais, o ataque dos barqueiros foi uma distração espetacular. Gesticulei com a cabeça para Nereus e Kenté, e seguimos pelo corredor. À medida que corríamos mais para as profundezas do forte, os cheiros de fumaça e mar ficavam mais intensos no ar.

Nenhum de nós falava. Minha preocupação com Markos pressionava meu peito como uma pedra pesada.

Por uma porta aberta do lado direito do corredor, veio o tilintar de vidro. Nereus entrou na sala, e eu ouvi um grito, seguido por um ruído desagradável de trituração.

Nereus segurava o braço do cão negro torcido em um ângulo anormal às suas costas. Uma poça de cerveja derramada era absorvida pelo tapete. Era o capitão da *Alektor*, Philemon, embora seu lábio estivesse ensanguentado. Ele usava um casaco comprido com detalhes dourados que reconheci imediatamente como o casaco que eu tanto admirara em Markos.

– Um talento de prata – disse Nereus, passando o gume da faca na garganta de Philemon – se você me disser onde o emparca está sendo mantido.

– Você está brincando? – respondeu o homem com raiva.

Nereus riu.

– Claro que estou brincando. Conte-me, e, talvez, eu não enfie a faca em seu olho. Mas não posso prometer nada.

– Ele... Eu não sei sobre emparca nenhum – gaguejou ele.

– Mentiroso! – Meu coração batia em um ritmo frenético. – Você está usando o casaco dele. – Que ficava horrível no homem, com os braços espremidos nas mangas, como salsichas. Ele era mais forte e mais baixo que Markos. – Se machucá-lo, juro que mato *você*.

– Ele matou seis de nossos homens! – Philemon se debateu nas mãos de Nereus. – Marujos bons e fortes, eles eram. Vocês têm toda razão: eu o machuquei.

– Onde ele está? – Eu apertei a pistola em seu pescoço.

A CANÇÃO DAS ÁGUAS

– Talvez tenhamos arrancado seus dedos. Um emparca não precisa de dedos, precisa?

Esforcei-me para que meu rosto permanecesse imóvel, a fim de que ele não soubesse como suas palavras haviam me abalado.

O sangue na boca de Philemon gorgolejou quando ele riu.

– Talvez eu tenha arrancado seus olhos e dado para as gaivotas comerem. Acho que, agora, ele não está tão bonito.

Nereus enfiou a faca em sua bochecha.

– Você, cale a boca. O emparca. Agora.

Philemon olhou para ele com sangue escorrendo por sua barba. Em seguida, apontou com a cabeça para o fim do corredor.

– A torre – rosnou. – Mas vocês chegaram tarde demais. Ela desabou, e a escada está quebrada. A coisa inteira está desabando. – Ele me lançou um olhar malicioso, mostrando um dente lascado. – Tudo o que você vai encontrar lá, garota, é um cadáver.

Eu engoli minha fúria. Eles o haviam deixado lá para morrer.

– Eu vou com você – disse Kenté.

– Você o ouviu. – Eu carreguei minha pistola. – Não é seguro. Minha mãe vai me matar se alguma coisa acontecer com você.

– Ah, e ela não vai se importar nada se alguma coisa acontecer com você.

Eu pus a mão sobre sua manga.

– Fique com Nereus e mantenha um olho nesse sujeito, caso ele esteja mentindo. Eu já volto.

Ela apertou meu braço em resposta.

– Que a corrente vos leve.

A torre em ruínas rangia e trepidava. Em algum lugar, pequenos fragmentos de reboco e pedra caíam pelas paredes, e o ar estava denso de poeira. Passei com cuidado pela porta e testei a primeira escada. Ela não parecia prestes a desabar embaixo dos meus pés.

Apoiei-me na parede e comecei a descer a escada curva, um degrau de cada vez. O gemido fantasmagórico de metal fez com que eu apertasse os olhos. A pistola tremeu em minha mão. A escada descia muito mais do que eu imaginava ser possível. Com certeza, àquela altura, eu estava dentro do próprio morro.

Algo caiu com um estrondo terrível, fazendo com que a torre inteira tremesse. Eu perdi o equilíbrio. Por um minuto longo e aterrorizante, eu me encolhi sobre os degraus, agarrada à pedra. Segurei um lamento. Markos estava lá embaixo. Ele podia estar preso sob uma pedra caída. Ele podia estar ferido. Eu me forcei a seguir adiante.

A escada terminava em um mergulho de cinco metros na escuridão. Eu engasguei em seco e subi de volta rapidamente para terreno seguro. Meu coração se acelerou quando eu me apertei contra a parede. Eu quase tinha caído.

O aposento abaixo não estava totalmente escuro. O tremeluzir de um candeeiro iluminava fracamente o poço. Eu me debrucei sobre a borda. Um suor frio formigava em minha nuca.

No meio de uma poça de dois centímetros de profundidade, havia uma cadeira. E, amarrada a ela, com muitas voltas de corda grossa, estava uma pessoa que eu nunca mais esperava ver viva outra vez.

– Markos!

Ele apertou os olhos em direção a mim.

– Carô?

A CANÇÃO DAS ÁGUAS

Seu olho esquerdo estava roxo, e um corte em seu queixo derramara uma trilha grossa de sangue em sua camisa. Fora isso, excetuando a aparência gordurosa do cabelo, ele parecia mais ou menos ileso. Fiquei tão aliviada ao vê-lo que tudo o que consegui fazer foi sorrir descontroladamente.

Ele sorriu também, o que pareceu realmente horrível, com o estado de seu rosto.

– Belo chapéu.

Havia uma tapeçaria devorada por traças na parede da torre. Eu soltei uma boa extensão de brocado da viga que a sustentava, segurei-o com as duas mãos, respirei fundo e balancei. A meio caminho para baixo, a tapeçaria rasgou, e eu caí o resto da altura com um barulho de água.

Markos se contorceu nas cordas.

– Ouvi os canhões lá fora e torci para ser você. Onde está Daria?

– Você não deve me ter em alta conta se achou que eu fosse trazer sua irmã para um lugar como este. – Eu cortei suas amarras, com cuidado para manter o punhal bem longe de seus pulsos. – Ela está em segurança no navio.

Ele se encolheu e inalou ar.

– Qual o problema? – gritei alarmada. – Eu não cortei você, cortei?

– Minhas mãos – disse ele. – Eu não consigo senti-las.

Eu me ajoelhei a sua frente e apertei suas mãos entre as minhas. Elas estavam inertes e frias. Eu bati nelas e esfreguei sua pele até que ele emitisse uma expressão de dor.

— Pelos deuses. — Ele balançou para frente. — É só um formigamento, mas dói como… Bom, não posso dizer isso na presença de uma dama.

— Você não quer dizer que está *me* considerando uma dama.

De repente, fiquei muito consciente de seu hálito em meu cabelo. Na última vez que estivemos juntos, eu o beijei como se nunca mais fosse vê-lo outra vez. Bom, aquele momento era esquisito demais. Eu larguei suas mãos e tornei a me levantar.

Ele ficou lentamente de pé, esticando uma perna de cada vez. Eu levei um susto. O sangue seco em sua camisa não era do queixo. Sua orelha esquerda estava um desastre. Era a orelha — eu me dei conta, apreensiva — em que ele usava o brinco de granada. A joia havia desaparecido.

Ele me viu olhando.

— É, bom, eu diria que você devia ter visto o outro cara, mas infelizmente tenho de admitir que fui eu quem levou a pior.

— Eram dez contra um! — Minha mão se aproximou de seu ouvido.

— Mais como vinte. — Ele afastou minha mão. — Finalmente parou de sangrar. Prefiro manter assim. Quem está lá fora disparando canhões? Quando a torre foi atingida pela primeira vez, as pedras começaram a cair. Todos os Cães Negros saíram correndo e nunca voltaram.

— Foram os Bollards. Espere, a *primeira*? Quantas vezes atingiram esta torre?

— Eu contei três. Você trouxe os Bollards? Você nem sabia que eu estava vivo. — Seu joelho esquerdo cedeu, e ele levou a mão ao lado do corpo, como se tivesse uma câimbra. — Ai!

A CANÇÃO DAS ÁGUAS

– Os Cães Negros tentaram enganar os Theucinianos. – Eu lhe ofereci meu braço. – Eles queriam cobrar um resgate de sua família em Valonikos, ou talvez fossem apenas recolher o dinheiro e depois matá-lo. Só que eles contrataram um navio dos Bollards como mensageiro, então minha mãe descobriu.

Dei a versão curta do que tinha nos acontecido desde que nos separáramos, saboreando em segredo o calor de seu corpo enquanto ele se mantinha encostado em mim para se apoiar.

– Típico – ele disse, quando terminei. – Você estava roubando navios piratas e vivendo aventuras enquanto eu estava amarrado a uma cadeira. Fui forçado a pensar em todo tipo de fantasia para passar o tempo. Admito que a maioria delas envolvia você.

– Markos Andela... – comecei a dizer com seriedade para encobrir meu rubor.

– Como você sabe meu sobrenome? Daria, imagino. – Ele me deu um sorriso provocador. – Bom, não estou totalmente certo se devo permitir que você tome essas liberdades.

– É engraçado – eu disse – você falar em tomar liberdades. Pare de flertar comigo. Essa torre vai desmoronar em nossas cabeças.

– Você tem um plano para sair daqui, não tem?

Eu dei de ombros.

– Pelo caminho por onde viemos?

– Você pulou de uma porta a cinco metros de altura – disse ele. – Com a ajuda de uma tapeçaria que agora está rasgada e, sem dúvida, não vai aguentar nosso peso.

– Podemos subir...

– Eu não posso – ele disse com voz rouca, apertando a ponte

343

do nariz com a mão trêmula. De repente, percebi que ele estava envergonhado. – Desculpe. É que… eu não… Eu não tenho forças.

– Markos, você tem certeza de que está bem?

– Um pouco de água cairia bem – disse ele com voz áspera. Seu rosto estava branco como a pintura do *Vic*. Eu lhe entreguei depressa o cantil de meu cinto, e ele bebeu tudo. – Eles me deixaram amarrado a esta cadeira por tanto tempo que eu estava começando a achar que iria morrer aqui. – Ele limpou a boca. – Eu gostaria de um banho e de uma camisa que não esteja coberta de sangue. Mas acho que isso pode esperar.

Eu olhei desconfiada para ele, perguntando-me o que ele não estava me contando.

– Mas ouso dizer que, de qualquer forma, não há apoios para as mãos – eu disse, para fazer com que ele se sentisse melhor. – Se Kenté e Nereus estivessem aqui… – Infelizmente, eu os deixara no fim daquele corredor comprido e fora em frente sozinha. Isso, eu percebi naquele momento, provavelmente tinha sido estúpido.

Eu girei em um círculo. Sob a luz da lanterna solitária com uma vela que derretia, vi que o ambiente cavernoso estava cheio de água; partes dela, mais profundas do que a poça na qual estávamos.

– Por que o chão está todo molhado?

– Havia um muro de contenção, lá fora – disse Markos. – Para segurar o mar. Mas…

– Os Bollards provavelmente o explodiram em pedaços – concluí. – Imagino que, com a maré cheia, todo este local fique embaixo d'água. Bom, então, vamos apenas ter de esperar. Quando a água subir, ela vai nos levantar até a abertura.

A torre gemeu de modo agourento, e ele hesitou.

– Antes que o teto desabe sobre nós?

Uma pedra caiu e aterrissou ruidosamente na água. Eu não gostava muito da ideia de ser esmagada embaixo da torre quando ela caísse. Fiquei mais irritada por talvez serem as balas de canhão dos Bollards a, indiretamente, me matar. Quanto tempo até que Kenté e Nereus viessem à nossa procura? Eu torci para que eles chegassem a tempo.

– Eu não gosto disso – disse Markos acima dos rangidos das vigas sobrecarregadas. – Há outra porta, é claro. Aquela por onde todos os cães negros saíram. Ali. – Ele gesticulou para o outro lado das poças d'água. – No pé da escada.

– Que escada?

– Ela está embaixo d'água, agora. Estamos em cima de algum tipo de plataforma. – Ele apontou com a cabeça para a sala circular. – Eles estavam usando esta torre como depósito, para guardar tesouros, ouso dizer. Havia todo tipo de coisas interessantes, antes...

Uma escada de pedra conduzia para baixo, desaparecendo em água turva. Eu agora via que caixas e barris boiavam nos cantos da sala. Se a cadeira de Markos não estivesse nessa plataforma, ele teria se afogado antes que eu chegasse. Ele já estaria morto. Não foram só meus pés molhados que me fizeram tremer.

– O mar está entrando! – O pânico apertou minha garganta. Eu tinha passado toda a vida na água. Não seria *assim* que eu morreria. – A torre vai desabar e nos prender.

– Você não pode fazer alguma coisa? – perguntou Markos. – Com sua magia.

— Você sabe que eu não tenho magia nenhuma. — Eu engoli em seco. — Eu achava que você seria educado o suficiente para não esfregar isso na minha cara.

— Você ainda não entendeu? — Ele ergueu a voz acima do barulho das pequenas pedras que caíam. — Escute, Carô. Você me disse que havia um deus no rio. Que fala com os barqueiros.

— Existe. Mas não comigo. Nós já passamos por isso, Markos.

— Bom, obviamente — disse ele. — Porque seu deus não está no rio. Ele está no mar.

CAPÍTULO
VINTE E SEIS

— Não. — Um filete gelado atravessou meu corpo.

Quando chegar o dia de seu destino, você vai saber.

Imagens passaram por minha cabeça. Gaivotas me observando com olhos vidrados. Golfinhos e peixes correndo ao lado do *Vic*. O drakon. Sonhos estranhos.

Não era possível. Eu apertei os dedos sobre as têmporas e tentei interrompê-las.

O homem dos porcos em sua casa flutuante. *Ela é uma deusa maior, mais profunda. A que conduz você. Ele não vai lutar contra ela.* E Nereus: *Ayah, e ela não me mandou aqui para ajudá-la, Caroline Oresteia?* Finalmente, entendi o que ele estava tentando me dizer com aquela história sobre Arisbe Andela.

— No Pescoço. O nevoeiro. — Markos segurou meu pulso. — Eu tentei lhe dizer na hora, mas você não acreditou em mim. Carô, eu não conseguia ver nada naquele nevoeiro. Nem as estacas, nem os penhascos. Nem nosso próprio mastro. Nem Fee conseguia ver.

— Não. — Eu puxei e soltei meu braço. — Não estava tão ruim. Não podia estar. Eu podia ver...

– Através dele – disse ele. – Estou lhe dizendo, foi magia.

Eu sacudi a cabeça.

– O clima às vezes se comporta de um jeito estranho. Isso não significa...

– Não é estranho que um nevoeiro tenha surgido exatamente quando os Cães Negros estavam prestes a nos alcançar? Você mesma me disse isso: o Pescoço é água salgada.

Uma luz refletiu na água do mar, me provocando.

– Não foi assim que aconteceu – sussurrei.

– É mesmo? E o drakon? Foi o que Fee viu naquela noite no rio, não foi? Ele tem seguido você. Carô, é você. Você não vê? – Seus olhos brilhavam ardentemente. – A deusa tem chamado você o tempo todo. Você estava tão ocupada tentando ouvir as pequenas coisas que deixou passar a maior coisa de todas.

Uma chuva de pedras despencou do teto. Markos se virou para a escada destruída.

– Devíamos gritar por ajuda. Talvez Kenté possa trazer uma corda, ou...

– Espere – eu disse.

Eu tirei as botas e as deixei cair. Meus dedos dos pés envolveram a pedra lisa, e eu dei um passo hesitante. Nada pareceu diferente. Eu dei outro, até estar parada no alto da escada submersa, com borbulhas encorajadoramente em turbilhão em torno de meus pés.

Mordi o lábio e hesitei, enquanto Markos me observava com uma expressão simpática.

Na verdade, eu estava com medo. O mar não era uma deusa amiga, que se satisfazia guiando barqueiros de porto a porto. Ela afundava ilhas e arrasava cidades. *O mar guarda as coisas que toma. As profundezas estão cheias de esqueletos de navios e cidades. Ayah, e de homens.*

Em quem eu poderia me transformar no momento em que tocasse a água? Se Markos estivesse certo em relação a mim, tudo o que eu sabia estava errado. Tudo estava mudado. Eu respirei fundo e entrei no mar.

A água ergueu minha roupa com delicadeza. Luz da lanterna próxima ondulava e bailava na superfície. Mergulhei as mãos, virei as palmas para cima e me ofereci ao mar.

Dei mais um passo.

De pé com água até a cintura na escada submersa, eu me senti tola e secretamente aliviada. A barra de minha camisa flutuava em torno de minha barriga. Markos estava errado. Não havia nada especial ali. Eu girei para trás para lhe dizer isso.

Aí eu vi.

Uma onda se agitou — no início, pequena, um movimento delicado na superfície da água. Ela rolou de onde eu estava e cresceu em uma linha branca, espumante.

A onda começou a quebrar. Outras se seguiram, uma atrás da outra, cada vez mais rápido. Elas bateram contra as paredes, e eu levei um susto quando os borrifos voaram sobre mim.

Um peixe prateado saltou, em seguida um segundo e um terceiro. O barulho quando caíram na água tilintou como música. Eu quase podia estender a mão e tocá-los. Fiquei boquiaberta. Senti a maré sugando ao meu redor, mas essa não era uma maré natural. Ela sugava algo enterrado profundamente em meu interior.

Algo de que eu quase me lembrava.

Uma voz trovejante sussurrou meu nome. A onda quebrou sobre mim. Me joguei nela, e os dedos dos meus pés se ergueram da pedra. Eu podia sentir o mar fora da torre – infinito, barulhento e incrivelmente fundo. Enquanto acompanhava minhas mãos pela espuma, fiquei maravilhada com o quanto elas estavam sensíveis. Senti mil bolhas individuais, e cada movimento das ondas enquanto elas dançavam em ritmo selvagem.

Algo grudento e molhado se prendeu ao meu rosto. Atônita, eu ergui a mão.

Eu estava usando uma coroa de algas marinhas verde-escuras. Puxei um ramo solto e olhei para ele entre os dedos.

– Como? – berrei acima da água revolta, enquanto flutuava lentamente para baixo, e meus dedos dos pés novamente tocavam o degrau. Eu ri. – Como eu não sabia?

Meus olhos ardiam, mas não pela água salgada. Todos esses anos de esperança. Com inveja de meu pai e de Fee. Sem saber se eu pertencia.

Nunca houve nada de errado comigo. Eu pertencia, sim. Só não ao rio.

Eu olhei para Markos, e minha garganta quase se fechou em torno das palavras.

– Como você viu isso, e eu, não?

– Às vezes – ele disse, com um meio sorriso melancólico – precisamos que outros vejam o que há de bom em nós antes que nós mesmos consigamos vê-lo.

Ele desceu a escada, lutando contra o peso das roupas molhadas.

A CANÇÃO DAS ÁGUAS

Quando chegou aonde eu estava, ele envolveu minha cintura com o braço. Eu enterrei o rosto em seu pescoço e respirei seu cheiro de sal, sangue e Markos.

Ele chiou repentinamente e apertou a mão na lateral do corpo.

— O que é? — perguntei.

— Nada.

— Você *está* ferido — eu disse. — Eu devia ter esperado isso. Bem coisa de um menino.

— Não está ruim — ele disse, entre lábios apertados. — Vamos.

— Caso você tenha esquecido, estamos presos.

— Carô, veja. — Ele me virou para trás.

Apenas momentos antes, eu estava nos degraus com água até a cintura, mas, então, a água se agitava em torno de meus tornozelos. À nossa frente, uma porta assomava na parede de pedra molhada. O que tinha sido um grande lago estava se transformando rapidamente em uma poça. A maré vazante tinha enchido o local de detritos — baús e caixotes virados, uma camada de areia lodosa e pedaços de conchas quebradas.

Que sorte a minha, ser escolhida por uma deusa que era uma bela de uma exibicionista.

Nós descemos pelo túnel em meio à água. Revelou-se que ele levava a um pequeno pátio de treinamento à beira-mar cheio de estantes de armas, uma das quais tinha sido derrubada pelas ondas. Markos pegou uma espada na areia molhada e nós entramos correndo no forte. Tentei desenhar em minha cabeça um mapa daqueles corredores sinuosos, mas era impossível. Escolhi uma direção e cruzei os dedos para que fosse a certa.

351

As mãos de Markos pousaram em minha cintura enquanto espiávamos além de uma curva, o que deixou todos os meus sentidos em sobressalto.

– Se vocês vão se beijar – disse Kenté às nossas costas – acho que posso olhar para outro lado. – Eu me virei.

– Nós não vamos... Por que faríamos isso?

– Não? – Ela inclinou a cabeça na direção de Markos. – Ah, bem, oportunidades perdidas.

Ele imediatamente me soltou, e a orelha que não estava coberta de sangue ficou rosa.

– O que você está fazendo aqui? – perguntei, para encobrir meu próprio embaraço. Parte de mim sentiu falta do calor das mãos dele.

– Procurando você, é claro. Você não respondeu quando eu a chamei pela escada.

Encontramos Nereus encostado despreocupadamente na parede, limpando os dentes com a faca. Philemon estava amarrado e amordaçado no chão com tiras do que antes tinha sido sua calça. Ele parecia desejar muito estar em outro lugar.

Nereus removeu um pedaço de alga de meu cabelo e o girou entre os dedos.

– Vejo que está coroada.

– Ah, você sabe sobre essa pequena exibição, não sabe? – Eu ergui as sobrancelhas. – Você podia ter me contado.

– Você fala como se fosse um segredo.

– Para mim, era, já que alguns de meus aliados têm a tendência irritante de falar por enigmas. – Estreitei os olhos para ele.

A CANÇÃO DAS ÁGUAS

– Era de quem você falava quando disse que tinha sido mandado. Ela mandou você. A deusa.

– Aquela que está nas profundezas.

Eu olhei para ele.

– E quem é você, que pode ser invocado por uma deusa? Conte-me a verdade. Você é uma sombra? Você está... morto?

Ele piscou para mim.

– Não hoje.

– Você é Nemros, o Saqueador? – perguntei.

Os cantos de seus olhos se enrugaram.

– Eu fui muitos homens, e tive muitos nomes.

– Por quantas vidas você a serviu?

– Uma. Mil.

– Você quer dizer uma ou quer dizer mil?

– Sim. – Ele sorriu.

– Isso não é uma resposta. Isso não o incomoda? – perguntei. – Você não quer ser livre?

– Se eu não a estivesse servindo, onde estaria? Morto, isso sim. Estar livre ou morto não é, na verdade, escolha nenhuma. Gosto do cheiro de mar em um belo dia. A sensação dos borrifos. O gosto de rum. – Ele deu de ombros. – Faço qualquer coisa que ela me pedir se isso me mantiver longe do fundo do oceano ou, que os deuses não permitam, embaixo da terra. Agora – ele deu um suspiro – sinto cheiro de luta.

Markos se aproximou.

– Esperem. – Ele olhou para Philemon, então o socou com força no queixo. O pirata desmoronou no chão.

– Ai – Markos fez cara de dor, enquanto sacudia a mão.

Eu ergui as sobrancelhas.

– Isso não foi muito honrado.

– Sim, bem, vamos dizer apenas que eu passei a adotar seu ponto de vista – disse ele. Debruçado sobre o homem, ele se ergueu de maneira régia. – Além disso, eu quero meu casaco de volta.

Nereus cortou as amarras dos pulsos do pirata e empurrou a faca em seu pescoço.

– Você ouviu seu emparca.

Philemon tirou o casaco com dificuldade enquanto murmurava xingamentos em voz baixa.

Markos o cheirou antes de vesti-lo, e seu nariz se retorceu.

– Essa foi uma semana muito exigente para minhas roupas. – Ele ajeitou a gola. – Vamos.

Quando entramos no grande salão, descobrimos que a batalha tinha sido vencida sem nós. Eu prendi a respiração e fiz uma contabilidade rápida dos homens e mulheres ainda de pé: meu pai, minha mãe, Krantor, a capitã Brixton e sua imediata e muitos mais, incluindo o capitão do *Antílope*.

Eu expirei, trêmula e aliviada.

Meu pai e o capitão Krantor estavam olhando para algo no chão, com os chapéus apertados nas mãos. Era o corpo do barqueiro Hathor, deitado ao lado de três outros barqueiros e mais dois da tripulação do *Antílope*. Eu engoli em seco. Ele era o que não queria ter ido porque tinha família.

– Que a corrente vos leve – sussurrei. Pela primeira vez na vida, eu me senti estranha ao dizer essas palavras. Era uma expressão das terras dos rios. Eu não sabia ao certo se elas ainda me pertenciam.

Faltava uma das mangas na camisa de meu pai. Percebi que ela estava amarrada em torno do braço de minha mãe em uma tipoia improvisada. Ela parecia bem, apesar da mancha de sangue no rosto. Claro, ela estava dando ordens às pessoas energicamente.

– Eu vou me preocupar com isso – gritou minha mãe para um dos tripulantes do *Antílope* enquanto gesticulava com a mão boa. – Você, se preocupe em limpar aquele maldito porão. Você pode muito bem pegar qualquer coisa valiosa enquanto estiver fazendo isso, pois elas não vão ter muito uso aonde estão indo, não é?

Atrás de mim, Markos riu.

– O que é tão engraçado?

– Durante todo esse tempo, eu pensei que você tinha puxado seu pai – ele disse.

Eu olhei feio para ele, mas meus lábios não conseguiram evitar se curvar em um sorriso.

Era fim de tarde quando os Bollards e os barqueiros reuniram os remanescentes dos Cães Negros, levaram-nos para a praia e os puseram em um curral improvisado perto da paliçada. Minha mãe, que nunca deixava passar uma oportunidade de lucrar, tinha encontrado vários itens aos quais atribuía valor em meio ao tesouro dos piratas. Eles estavam empilhados no que restava do cais. Quando os últimos raios do pôr do sol caíram sobre a baía e iluminaram os destroços flutuantes com um brilho laranja, todo canto do forte tinha sido varrido. Todos os piratas tinham sido localizados.

Menos um.

O homem das sombras Cleandros havia desaparecido. Meu pai puxou Diric Melanos pelo pescoço e o jogou no chão.

– Acho que há três mestres de baía diferentes e um magistrado que gostariam de botar a mão nessa imundície.

Eu parei acima dele com minha pistola.

– Onde está o homem das sombras?

– Ele foi de grande ajuda para nós. – Melanos cuspiu na areia. Seu belo casaco estava rasgado, e ele havia perdido o chapéu. – Fugiu durante a batalha, não é? Maldito covarde. Eu disse a ele que íamos matar o garoto logo depois de receber o dinheiro, só isso. Mesmo assim, ele não calava a boca em relação a isso. Eu digo que ele já vai tarde. Não se pode confiar em um homem das sombras.

Eu estava surpresa pelo capitão Melanos não ter acabado com um buraco de bala durante a batalha. Imagino que os barqueiros ficariam contentes de vê-lo ser enforcado.

Enquanto esperávamos na praia que Nereus e os barqueiros trouxessem o *Vic*, minha mãe deu instruções.

– Vá até nossos escritórios em Iantiporos – disse ela para mim, soletrando o nome da rua para que eu me lembrasse dela. – Mande uma mensagem para Bolaji. Diga a ele que mande dois navios nos encontrar aqui urgentemente.

– Você não vem? – perguntei.

Ela sacudiu a cabeça.

– Vou ficar com minha tripulação. Vamos tentar salvar o que pudermos do navio. Acho que seu pai também vai ficar. – Ela apontou para o braço ferido. – Ele tem uma noção equivocada de que eu preciso de que cuidem de mim. Enfim, eu acho que você provou seu valor naquele cúter.

– Eles não me conhecem em Iantiporos – eu disse, repentinamente incerta. – E se…?

Ela soltou o broche de seu gibão e o colocou em minha mão.

– Leve Kenté com você. E mostre isso a eles.

Meu pai estava parado sozinho na praia mexendo em uma mecha alquímica. Eu caminhei pela areia, parei ao lado dele e envolvi seu braço com o meu. Seu casaco surrado tinha cheiro de lar.

Apoiada em seu ombro, eu observei a praia, os destroços flutuantes e o crepúsculo. Lá fora, o mar subia e descia em um ritmo tranquilizante. Mais longe na areia, Thisbe Brixton estava passando uma garrafa entre os outros barqueiros. Suas vozes desordenadas se elevavam no refrão de uma canção muito grosseira.

Vê-la despertou uma lembrança. Ela reconhecera Nereus. *Claro, e um peixe não sabe quando um tubarão vem comê-lo?* E um pensamento ainda mais assustador veio em seu rastro.

Meu pai o conhecia também.

Você, sussurrara ele no momento em que ficaram cara a cara no *Vic*. Eu fui tomada por uma desconfiança fria.

– Pai – comecei, com cautela. – Você disse que, quando chegasse o dia de meu destino, eu saberia.

Ele se virou para o mar, dando baforadas no cachimbo.

– Ayah – ele disse, lentamente. Seus olhos pareciam preocupados. – Eu disse.

– É verdade que *todos* os Oresteias foram favorecidos pelo

deus do rio? Não houve nenhum deles que... – eu me preparei para a resposta – fosse, não sei, outra coisa? Algo diferente?

Markos caminhava sem pressa pela praia, protegendo os olhos virados para o sol poente. O *Vic* estava fazendo a curva no pontal com as velas brancas enfunadas contra o céu. Ao vê-lo, algo lutou para se erguer em meu interior.

– Escute, Carô – disse meu pai com a voz embargada, e meu coração parecia prestes a se despedaçar. A garganta dele se moveu. – Tem uma coisa que preciso lhe contar.

De repente, eu não quis ouvir aquilo. Ainda não. Eu me soltei, enfiei as mãos nos bolsos e corri para alcançar Markos.

A meio caminho na praia, parei para olhar para meu pai. Ele estava com os ombros caídos, e eu estava muito consciente das rugas em seu rosto. Ele sempre soubera a verdade. Eu tinha certeza disso. A emoção me atingiu, mas eu a afastei com amargura. Eu não *queria* escutá-lo. Quantas mentiras ele tinha me contado?

Nós remamos até o *Vic*, onde Daria estava debruçada na amurada, acenando freneticamente enquanto a esposa de um dos barqueiros lutava para impedir que ela caísse no mar.

– Markos! – a menina gritou, de um jeito completamente inadequado para a filha de um emparca, quando ele subiu a escada.

– Texuguinha! – Ele caiu de joelhos no convés e a levantou. Ela enterrou o rosto em seu peito.

Algumas coisas não são o que se espera, como o garoto mais arrogante do mundo chorando no ombro da camisola da irmã de oito anos. Kenté e eu trocamos olhares e viramos o rosto para lhes dar privacidade.

A CANÇÃO DAS ÁGUAS

Ao descer para a escuridão da cabine do *Vic*, desafivelei o cinturão pesado e o joguei em uma pilha sobre o banco. Agora que tudo estava quieto outra vez, eu não sabia o que fazer. Desejei que o *Vic* tivesse uma toalha de mesa de xadrez vermelho aconchegante e um beliche familiar com cobertores empilhados. Desejei que Fee estivesse ali fazendo chá.

Meus olhos se encheram de lágrimas. Eu não reconhecia mais minha vida.

A escotilha rangeu.

— É muito maior que a *Cormorant*, não é?

Eu fechei os olhos contra sua voz.

Botas se arrastaram sobre o chão quando Markos desceu o último degrau da escada. Com uma única lanterna, eu não conseguia ver seu rosto.

— Ah — ele disse. — Eu esqueci...

Eu engoli em seco.

— Está tudo bem.

— Não está, não. Você me disse que ela era seu lar — ele disse. — Você me disse que, quando um marinheiro ama um barco, isso o atinge com tanta força que é impossível respirar.

Pela primeira vez, ele tratava a barca como uma pessoa, não como uma coisa. De algum modo, isso deixou mais doloroso o nó em minha garganta.

— Está feito. — Eu me virei e me afastei dele.

— Caroline, desculpe. — Ele me seguiu, segurando-se rigidamente. — Eu sinto muito, mesmo. É culpa minha. Você abriu mão dela por mim.

– Por Daria – corrigi, mordendo o lábio. Uma lágrima quente queimou meu rosto. – *Você* saltou sozinho no meio de um bando de piratas – eu disse para a parede. – Achei que *você* estivesse morto.

Eu o senti parado às minhas costas.

– Carô, seu pai vai recuperá-la.

– O que faz você pensar que eles não a queimaram? – sussurrei.

– Ela provavelmente ainda está amarrada nas docas de Casteria.

– Você a viu? – A esperança lutava contra o desespero no interior de meu peito.

– Eu… estava inconsciente quando eles me levaram para a *Alektor*. Quando acordei, estávamos no mar. – Ele pôs uma mão hesitante em minha cintura.

– O que você quer dizer com inconsciente? – Eu me virei, quase batendo a testa em seu queixo. Meu coração se acelerou com alarme e com mais alguma coisa quando examinei seu rosto. – O que eles fizeram com você? Eles o torturaram?

Ele não disse sim, nem não.

– Mas por quê? – perguntei, tomando seu silêncio como uma tentativa estupidamente galante de me proteger. – Eles queriam saber alguma coisa?

– Não. Eles só… Acharam divertido.

Eu segurei seu queixo e virei seu rosto em direção à luz. Além do olho preto, ele tinha um hematoma roxo na mandíbula, encimado por um arranhão comprido. Mas o pior era a orelha esquerda.

– *Markos.* – Eu olhava para ele, horrorizada. – Acho que parte de sua orelha está faltando.

A CANÇÃO DAS ÁGUAS

– Podemos voltar a um minuto atrás? – reclamou. – Eu não quero falar sobre isso.

– Sente-se. – Eu o empurrei em uma cadeira.

– Admito que eu estava pensando em beijar você. – Ele deu um suspiro. – Eu mudei de ideia.

Eu peguei uma tigela de água e o pedaço de pano mais limpo que pude encontrar. Enfiei o trapo na tigela e o levei ao lobo de sua orelha.

– Ai! – Ele se encolheu.

– Eu nem toquei você ainda. Pare de agir como um bebê.

– Eu queria que você não me tocasse. Por favor, não se ofenda, mas não vejo você como o tipo de garota delicada com talento para enfermagem.

– Eu consigo ser se quiser – Eu passei o trapo por seu pescoço com mais força do que era minha intenção.

– De novo, *ai*. Não consegue, não. – Ele cerrou os dentes. – Você é do tipo que arremessa facas e dispara pistolas.

Eu mergulhei o pano na água. Mesmo sob a luz mortiça, sua orelha parecia infeccionada. Ele teria de ver um médico quando chegássemos a Iantiporos. Enquanto eu limpava as feridas em seu rosto e em seu pescoço, ele manteve as unhas enfiadas nas palmas das mãos.

– Tire a camisa – ordenei, um pouco temerosa de ver o quanto ele estava ferido.

Ele sorriu e inclinou a cabeça para trás.

– Você está flertando comigo?

– Admito que eu estava pensando nisso – eu disse com atrevimento, erguendo as sobrancelhas. – Mas mudei de ideia.

Passei a mão por cima dele para deixar o trapo na tigela de água ensanguentada. Ele pôs a mão sobre a minha, aprisionando-me. Nós olhamos um para o outro.

Aí Kenté desceu o último degrau da escada e disse:

– Carô, não se mexa. O homem das sombras está bem atrás de você. Com uma pistola apontada para sua cabeça.

CAPÍTULO
VINTE E SETE

A lanterna se apagou, como se uma sombra tivesse se descolado do teto e caído sobre ela.

Sem minhas pistolas, eu estava indefesa. Um disparo ecoou acima de minha cabeça, e eu caí no chão. Acima de mim, um armário explodiu em uma tempestade de estilhaços. Markos praguejou.

A luz tremeluziu e voltou à vida.

— Você continua não sendo mais que uma irritação, senhorita Bollard. — Cleandros estava a pouco mais de um metro de distância, com o cano de uma longa pistola de pederneira apontado direto para Kenté. — Você não é forte o suficiente para me superar.

Ela jogou um pingente quebrado no chão.

— Bom, eu vou continuar tentando.

Ele apontou a pistola para mim.

Claro, Markos saltou imediatamente da cadeira e se jogou entre o homem das sombras e mim. Porque ele era um idiota.

— Muito cavalheiresco, milorde — disse Cleandros. — Você sabe que não pode me impedir de matá-la se eu assim desejar.

Markos olhou para ele com raiva.

— Acho que você quer dizer Vossa Excelência. — Eu desconfiei que ele estivesse com mais raiva de ser chamado pelo título errado do que de estar prestes a ser alvejado.

— Estou pensando em matar você também — disse Cleandros. — Mas acho que vou levá-lo para Valonikos pela recompensa, afinal de contas, agora não preciso dividi-la com Melanos e sua tripulação imbecil. — Ele gesticulou para todos nós com a pistola. — Para o convés. Agora.

Eu não vi escolha além de obedecer.

— De onde ele veio? — sussurrei para Kenté enquanto subíamos a escada.

— Ele deve ter subido a bordo escondido durante a batalha. Eu o vi andando pelo convés sob um manto de sombras, por isso eu o segui.

— Parem com essa conversa — ordenou Cleandros ao passar pela escotilha. Ele fez uma mesura para nossa tripulação emprestada. — Abaixem as armas, por favor! Continuem a navegar. Apenas não interfiram.

Nereus pôs a faca sobre o convés. As mãozinhas de Daria tremiam tanto que ela deixou cair as pontas de corda que estava segurando, e seus olhos nunca deixavam Markos. Nereus a estava ensinando a dar nós.

Uma pontada de emoção me atingiu. Ela não estava com medo por si mesma, mas pelo irmão.

Markos virou para trás e lançou para a menina um olhar agoniado. Sua mão quase não se moveu, mas Cleandros viu mesmo assim.

Ele empurrou o cano da pistola nas costas de Markos.

A CANÇÃO DAS ÁGUAS

– Se você tocar nessa espada, sua irmã morre enquanto você assiste. Remova o cinto.

– Não.

Cleandros apontou a pistola para Daria.

– Venha, criança. Para junto de seu *irmão*.

Ela obedeceu e segurou a mão de Markos. Com hematomas e cortes visíveis no rosto pálido, ele largou o cinto da espada em uma pilha com as outras armas.

O homem das sombras gesticulou para que fôssemos para a proa do cúter, além da escotilha da frente e dos barris ali empilhados. Olhei para o céu roxo com nuvens e percebi consternada que o sol tinha caído abaixo do horizonte. Ele iria apenas continuar a ganhar poder.

– Já que vocês são ignorantes – disse Cleandros –, vou lhes contar sobre os filhos da noite. Alguns de nós se dedicam muito à prática de espreitar e se esconder. – E acenou com a cabeça em direção a Kenté. – Outros, usam a escuridão para extrair os medos mais profundos dos homens. Mas eu tenho grande talento para a arte do sono e dos sonhos. Foi por isso que Vossa Excelência, o emparca, me valorizava acima de todos os homens em seu círculo interno.

Enquanto ele falava, meus membros ficavam inertes. Seria muito fácil, pensei, simplesmente desistir.

– Vocês podem perceber que estão ficando cansados – disse Cleandros. – Seus pensamentos ficando indistintos. – Esforçando-me para não bocejar, tentei me lembrar do que era engraçado. – O emparca descobriu que, nesse estado, uma mente se torna suscetível. Facilmente influenciável. – Ele deu um sorriso malicioso. – Em uma sala comigo, um conselho inteiro de homens pode se ver concordando com tudo o que diz o emparca.

Até as pálpebras de Kenté piscaram.

Markos beliscou o próprio braço.

– Meu pai confiava em você. E você o traiu.

– Seu pai não se importava com ninguém abaixo dele. Você, de todas as pessoas, devia saber disso. Ainda não está cansado?

Markos olhou para ele com raiva. Embora soubesse que seu pai não o amava, eu percebi que o fato de Cleandros também saber disso o deixava com raiva.

– Agora – disse o homem das sombras –, sentem-se no convés.

Eu balancei, em pé. O tom de voz dele era muito amistoso e razoável.

– Markos – disse Kenté. – Não.

Ele piscou.

– Não é… É que… Eu o conheço. Estamos seguros. – Ele tocou uma das mãos na testa, assombrado.

– Ele matou sua mãe. – O olhar de Kenté movia-se apressadamente entre Markos e o homem das sombras. – Ele traiu sua família.

– Eu me lembro. – Não parecendo convencido, ele bocejou. – Lembro, sim.

Isso me fez bocejar, também. Eu me perguntei por que Kenté parecia tão excitada. Eu me sentia muito relaxada.

O homem das sombras fez um aceno com a mão.

– Isso não vai funcionar, você sabe. – Ele deu um sorriso indulgente para Kenté, como um pai divertido com as travessuras de uma criança. – Seu poder é só um lampejo em comparação com o meu.

A CANÇÃO DAS ÁGUAS

— Markos! — ela tentou outra vez. — Seu irmão. Cleandros o matou. Lembra? Seu irmão.

— Loukas! — A cabeça dele caiu. — Eu... Eu só vou sentar um instante.

— Não! Você vai permanecer de pé. — As palavras saíram freneticamente da boca de Kenté. Eu desejei que ela estivesse mais calma. — E você vai lembrar por que quer lutar contra esse homem!

As pernas de Markos cederam, e ele caiu de joelhos. Ao longe, alguém riu.

Achei que ele havia tido a ideia certa.

— Preciso descansar — murmurei, esfregando os olhos. — Só por um minuto.

A voz do homem das sombras parecia vir através de um denso nevoeiro. Ele se virou para Kenté.

— Você pode ser capaz de resistir a mim, sabia? Mas seus companheiros, não.

Muitas coisas aconteceram ao mesmo tempo. Kenté levantou as mãos para o céu. Markos e Daria desapareceram. Nereus soltou um grito de guerra feroz, puxou uma faca da parte de trás de sua calça e saltou — não em direção ao homem das sombras, mas em minha direção. Ele pegou meu braço, abriu minha mão e a cortou. Uma onda de dor queimou minha pele.

— Ai! — Eu segurei a mão sangrando. — Por que você...

Aí percebi que estava outra vez acordada. Piscando para que a sonolência passasse, tentei me concentrar outra vez no que estava acontecendo.

Cleandros riu para Kenté.

– Você se acha poderosa o suficiente para escondê-los de *mim*? Os mestres da Academia vão purgá-la desse excesso de confiança infantil. – Ele fez um gesto impaciente, como se afastasse teias de aranha.

E congelou, com a voz de escárnio presa em sua garganta, quando Markos e Daria não reapareceram.

Ele se virou para minha prima e disse com raiva:

– Você não tem treinamento. Você não devia conseguir ocultá-los de mim. Não é possível!

Antes que eu pudesse me mover para detê-lo, Cleandros apontou para o ponto onde eles tinham desaparecido e puxou o gatilho.

Ninguém gritou. Nenhum sangue respingou no convés. Eles simplesmente não estavam ali.

Ele avançou sobre Kenté, enfiando pólvora e munição em sua pistola.

– *Onde eles estão?*

Eu recuei e arrastei minha prima comigo. Meu calcanhar atingiu o pé do gurupés. Eu tropecei e segurei um estai para me equilibrar.

– Eu podia ter cobrado dos Bollards um resgate por sua prima – disse Cleandros a Kenté. A raiva embargou sua voz. – Mas tudo tem limite. Que isso seja uma lição para você.

Atrás dele, Nereus saltou sobre a arma, mas era tarde demais.

O disparo me atingiu do lado direito do peito, e sangue vermelho jorrou em um borrifo.

Dor, uma dor lancinante. Todo o meu braço foi tomado. Pontos bailavam em meus olhos. Minha respiração estava irregular e arrastada, como se eu de repente não estivesse conseguindo inalar ar suficiente. Sangue manchava minha camisa e meu colete.

A CANÇÃO DAS ÁGUAS

Eu cambaleei e escorreguei no gurupés. Minha mão se afrouxou no estai.

O tempo pareceu desacelerar. Eu ouvi, como se a grande distância, meu sangue pingando no convés. À minha frente, o mar subia e descia.

Há alguns marinheiros que dizem que o drakon é apenas seu destino chegando por você. Se ele ainda estivesse ali embaixo, ele não seria atraído como um tubarão por meu sangue na água? Seria esse meu destino, ser devorada por um monstro marinho como o *Nikanor* e sua tripulação malfadada?

Não. Fui tomada por uma compreensão. O drakon pertencia ao mar. Assim como eu. Aquele mesmo drakon estava me seguindo desde o rio. Como o quê? Um protetor? Um guia? Se eu estivesse certa, o drakon tinha tanta chance de me machucar quanto de arrancar a própria cauda.

Eu larguei o estai e caí no mar.

O homem das sombras riu. Ao longe, ouvi Kenté gritar quando atingi a água. Eu não conseguia sentir o braço direito, e minhas pernas pareciam uma massa inerte. Uma onda passou por mim, agitando o sangue que formava uma nuvem ao meu redor como tinta derramada. Eu inalei uma boca cheia de água do oceano, e o sal ardeu em meu nariz.

Eu estava errada. E minha vida seria o preço a pagar pelo meu erro.

Aí eu a ouvi.

CAPÍTULO
VINTE E OITO

– Eu a sssssssaúdo, irmã.

Algo escorregadio, porém sólido, se ergueu por baixo de mim. Eu emaranhei os dedos de minha mão boa no tufo que percorria as costas de algo que parecia penas, mas tinha a sensação de algas marinhas. Seu pescoço era pontilhado de amontoados de cracas. Com o resto de minha força, apertei os joelhos em torno de seu corpo.

Ele saltou das ondas como uma explosão. Ele era lindo.

Espuma foi borrifada por entre os dentes do drakon quando ele girou a cabeça. No convés do *Vic*, um barqueiro cambaleou para trás, gritando. O cheiro de sal e cobra umedeceu o ar. Com água correndo em meus olhos, eu lutei para me segurar.

– Mostre-me seu inimigo! – ele sibilou.

Eu apertei os olhos e visualizei Cleandros, me concentrando bem em suas túnicas com detalhes dourados e seu rosto comum. Tremendo descontroladamente e sentindo o gosto de sangue na boca, eu esperava, de algum modo, que ele pudesse me entender.

– Ah, eu sinto seu cheiro – declarou o drakon. – O arranhar de areia do sono. O doce sabor da escuridão. Eu já comi um de *vocês* antes.

A CANÇÃO DAS ÁGUAS

Cleandros se virou para encará-lo, então foi como se todo o mundo enegrecesse. O homem das sombras desapareceu, assim como tudo mais – o céu, as ondas em movimento e o *Vic*.

Eu ouvi o drakon rir.

– Tolo. O mar não teme a escuridão.

O drakon saltou fazendo um arco fora da água como um arco-íris, e eu me agarrei às suas costas enquanto ele deslizava sob mim. Ele arrancou o homem das sombras do gurupés com um ruído de trituração de abalar os ossos. Senti as laterais do corpo dele passarem por baixo de minhas pernas quando o drakon o engoliu. Sua cabeça atingiu as ondas com muito barulho do outro lado da proa do *Victorianos*.

O mundo mergulhou novamente no crepúsculo bem a tempo de eu ver o oceano correr em direção a mim. Senti um nó no estômago, e inspirei freneticamente uma última vez.

Eu afundei.

E afundei.

Eu não conhecia nada.

Depois de muito tempo, percebi que eu não estava morta. Notei que eu estava respirando, ou, pelo menos, estavam saindo bolhas do meu nariz. Tentei manter a conta dos segundos à medida que ia para baixo, mas era como tentar agarrar o vento com a mão.

Eu desisti e me deixei flutuar.

Fachos de luz penetravam a água turva, emprestando a ela uma cor turquesa. Eu não conseguia ver exatamente a fonte da luz. Talvez ela *estivesse* a toda minha volta.

Como eu tinha chegado até ali? Eu não conseguia me lembrar.

Alguma coisa roçou minha perna. Eu me debati em pânico, até que vi o corpo listrado de amarelo e preto de um peixe nadando em direção à escuridão. Um segundo peixe veio investigar e nadou ao meu redor.

Eu empurrei a camisa inflada, tentando ver onde eu tinha sido atingida. A bala rasgara um pedaço irregular de minha carne. Hesitantemente, toquei a pele pálida e pegajosa em torno do buraco, temerosa demais para enfiar meu dedo ali. Não havia rastro de sangue se espalhando pela água.

Talvez eu estivesse morta. As cores do mar e do peixe me lembraram de meu sonho sobre a sra. Singer, a esposa do barqueiro afogada. Talvez tivesse sido um sonho verdadeiro, uma antevisão de meu próprio destino.

Fechei os olhos e, quando tornei a abri-los, estava em uma cidade.

Eu estava parada no alto de uma grande torre, as ruínas de prédios antigos espalhadas à minha frente. Envoltas em algas e salpicadas com cracas, algumas estruturas tinham tombado, as vigas de madeira que antes formavam seu esqueleto estavam apodrecidas. A pedra branca resistia, arredondada e alisada pelo tempo e pela água. Peixes nadavam para dentro e para fora das janelas, e um grande bloco de coral crescia no meio do que antes tinha sido uma rua.

Toda uma cidade, no fundo do oceano.

Ao meu lado, havia uma garça. Eu pisquei, surpresa. A garça não parecia mais preocupada que eu em respirar. Ela estava no alto da torre, sobre uma perna fina e comprida, com a outra escondida entre as penas. Seus olhos vítreos mantinham-se fixos em mim.

– Eu estou imaginando coisas – eu disse a ela.

A CANÇÃO DAS ÁGUAS

A garça falou com voz de mulher.

– Por que você acha isso?

– Porque eu levei um tiro no coração. Ou estou sonhando por causa da febre, ou estou morta.

– Risadas. Seu coração não fica aí.

– Como você poderia saber? Você não é humana.

– Não sou? – perguntou ela. O que me irritou, porque obviamente ela era uma garça.

– Você não sabe o que é? – eu perguntei, soltando bolhas pela boca.

– Qual minha aparência para você?

– Uma garça – eu disse.

– Que estranho. Risadas.

– Por que você faz isso… Diz "risadas"? Por que simplesmente não ri?

– Já me disseram que meu riso deixa os humanos nervosos. – A garça girou sobre a perna e começou a saltar em direção a mim.

– Qual o som que ela faz?

– Como o vento de um furacão. Como uma centena de facas. – Sua voz transformou-se em um sussurro sibilante. – Como os sonhos de um afogado.

Os sonhos de um afogado. Eu tornei a pensar nos sonhos que tivera desde a noite em que conhecera Markos. Com a falecida sra. Singer da *Jenny* deitada em um leito de coral, e todos aqueles peixes estranhos e coloridos. Os peixes eram iguais a esses.

– Sei quem você é – eu disse.

– Nós duas somos quem deveríamos ser.

Aquela que vive nas profundezas, foi como Nereus a chamara. Suas gaivotas tinham me observado, seguindo-me com olhos negros e redondos, desde que eu era criança. Ela havia criado um nevoeiro através do qual apenas eu conseguia ver. Seu drakon me protegia.

E eu pertencia a ela.

— Por que você me mandou sonhos sobre uma mulher morta? – perguntei.

— Eu lhe enviei sonhos sobre este lugar. A mulher morta está na *sua* cabeça.

— A garça está na minha cabeça também? Por que você disse que era estranho? – Enquanto o mar erguia e agitava meu cabelo, esclareci: — Eu ver uma garça.

— Uma ave ao mesmo tempo do mar e das terras dos rios – disse ela. – Talvez não seja tão estranho, afinal de contas.

— Por que eu nunca a vi antes de hoje?

— Eu podia lhe fazer a mesma pergunta. – A água se agitou a minha volta em uma carícia delicada. – Nunca houve um dia de sua vida em que eu não estivesse perto.

Eu olhei além dos telhados desmoronados.

— O que é esta cidade?

— Os humanos dizem que ela foi perdida – disse a garça. – Mas eles estão errados. Ela está onde sempre esteve, uma prova de que aqueles que eu reclamo pertencem a mim. Arisbe Andela. Nemros, o Saqueador. – Sua voz se transformou em um chiado. – *Caroline Oresteia.*

Eu estremeci ao me lembrar de como Nereus dissera que o mar guarda as coisas que toma.

A CANÇÃO DAS ÁGUAS

A garça olhou para a cidade.

– Foi o mundo que mudou. – Havia certa melancolia em sua voz. Ela trocou de pernas e, com elas, de assunto. – Quem é ele, aquele com quem você viaja?

– Nereus?

A garça fez um som de escárnio.

– *Esse* eu conheço. Ele é meu. Faz parte de mim tanto quanto os recifes, as águas e os peixes que nadam. Estou falando do outro.

– Markos. Ele é o verdadeiro emparca de Akhaia. – Se ela já não sabia sobre ele, eu estava relutante em lhe contar demais. Nereus me alertara que ela era traiçoeira.

– Risadas. Eu devia saber. Senti nele o fedor de ar da montanha. – Achei que ela teria torcido o nariz, se tivesse um. – E, ainda assim, há alguma coisa… Bom. Ele não me interessa. Enquanto aquele que jaz sob a montanha ainda dormir, como tem feito pelos últimos seiscentos anos.

– Por que o deus de Akhaia dorme? – perguntei. – Por que ele não fala com ninguém além dos oráculos?

Eu não vi seu sorriso, mas o senti. Era um sorriso que sugeria dentes, embora eu não pudesse dizer por que nem como. Garças não têm dentes.

– Porque ele cometeu o erro de entrar em guerra comigo. E perdeu.

– Todo deus tem um país?

– Alguns têm muitas cidades e muitos países. Todas as cidades junto do mar são minhas. Valonikos. Iantiporos. Brizos. – Ela entrou em um silêncio meditativo. – Valonikos nunca pertenceu a *ele*.

– É por isso que Akhaia não para de perder partes de seu império? – Um peixe estava tentando nadar por dentro de meu cabelo. Eu resisti à vontade de espantá-lo. – Porque seu deus está adormecido?

– Akhaia já foi forte – concordou ela. – Ela é menor, agora. Ele cuida de suas feridas e não fala com ninguém. Ele não escolhe guerreiros. Ele não pode protegê-la.

– Ele precisa de seiscentos anos para cuidar de suas feridas?

– Isso não passa de um momento para ele.

– E você? – Eu percebi que minha pergunta não fazia sentido e acrescentei: – Escolhe guerreiros?

– Risadas – foi tudo o que disse a garça. Eu achei que ela piscou, mas podia ser alguma partícula flutuando pela água turva.

Eu me perguntei se ela iria me propor fazer alguma barganha, como com Nemros, o Saqueador. Eu não sabia ao certo se confiava nela, nem em suas barganhas.

– Confiança. – Ela inclinou a cabeça emplumada. – Isso não importa. Você vai me servir mesmo assim.

– Você não tem o direito de ouvir as coisas em minha cabeça – eu disse. – Os pensamentos em minha cabeça são meus.

– Eles são meus, porque você me pertence – disse ela.

Os pensamentos em minha cabeça não estavam particularmente lisonjeiros naquele instante.

– Risadas. Os humanos sempre acham que podem lutar contra ele. Você não pode. – Suas palavras eram assustadoramente iguais às do homem dos porcos. – Ele vem por você, deslizando pelas profundezas, como meu drakon. Ele sempre vem por você.

A CANÇÃO DAS ÁGUAS

– O quê?

– Seu destino.

O tempo parou. Ou mudou. A garça desapareceu. A cidade desapareceu. Eu flutuava sozinha. Minutos se passaram, ou anos, enquanto eu boiava em um infinito vazio azul.

Alguma coisa surgiu acima de mim. Um padrão do qual eu quase lembrava, embora eu o tivesse visto muito tempo atrás, em uma época esquecida.

A luz do sol se movia e tremeluzia na superfície da água. Curvei as mãos e dei um impulso em direção a ela. Meus pulmões queimavam. Bolhas passaram por mim. Os instintos estavam tomando conta. Todo o meu corpo se esforçava para subir, subir, subir...

Minha cabeça irrompeu na superfície.

Para meu grande alívio, a primeira coisa que vi foi uma praia. O sol brilhava sobre uma linha de ondas que quebravam em cima de seixos arredondados e coloridos, e ali, no horizonte distante, havia uma cidade de telhados vermelhos. Eu entendia, agora, como Jacari Bollard devia ter se sentido quando pôs os olhos em Ndanna.

A cidade era Valonikos.

Eu caminhei até a praia com a calça grudada às minhas pernas, e a camisa tinha uma mancha rosa-clara onde eu fora baleada. Meu pé esquerdo pisava dentro de uma bota cheia de areia. A outra bota havia desaparecido. Eu tinha certeza de que eu parecia o marinheiro de pior reputação a dar na praia de Valonikos.

Eu olhei com azedume para o mar.

– Você podia ter me deixado um pouco mais perto da civilização. E com os dois sapatos.

Com areia sugando meu pé descalço, caminhei mancando em direção à cidade distante. Eu tinha caminhado uns dez metros quando uma onda se ergueu e quebrou na praia, com uma mancha marrom visível na espuma revolta. A onda recuou e cuspiu minha bota direita.

Eu olhei fixamente para ela.

O repuxo arrastou a bota, que caiu de lado e começou a deslizar areia abaixo.

Aparentemente, aquele era o tipo de coisa que iria acontecer agora que a deusa estava interferindo em minha vida. Eu dei um grito de alegria e persegui a bota pela praia.

CAPÍTULO
VINTE E NOVE

O *Vic* parecia belo amarrado às docas, mas não era o mesmo que virar a curva e ver a *Cormorant*. Eu não o amava daquele jeito como descrevera para Markos – ele não era minha casa. Mesmo ali parado mansamente na baía com as velas amarradas, ele era intimidador. Eu ainda não havia me esquecido de todas as vezes que sua visão me assustara até os ossos.

Era engraçado, suas letras pintadas ainda diziam "*Victorianos*", como sempre, mas eu agora só pensava nele como *Vic*.

Subi pela prancha e passei a mão por sua amurada lustrada.

– Está bem, *Vic* – sussurrei. – Aqui estamos nós.

Uma escotilha se fechou com uma batida. Eu estava desarmada, mas minhas mãos voaram para minha cintura por instinto.

Era Markos.

Ele estava parado sozinho sobre o convés com a mão apoiada no cabo da espada. Quando me viu, ele congelou. Seus olhos estavam fundos e avermelhados.

– Quem é você? – ele disse, sem rodeios. – Você não é ela. Eu não acredito nisso.

– Eu não me importo. Eu desci, e minhas botas surradas se esfregaram nas bolhas esfoladas em meus calcanhares. – Eu estou andando há quilômetros, e estou queimada de sol. Tenho areia em *todos os lugares* possíveis em que uma pessoa pode ter areia em seu corpo e, sim, eu estou dizendo todos os lugares. E estou faminta.

Ele me bloqueou.

– O que Carô fez na primeira vez em que eu tentei beijá-la?

– Você sabe o que eu fiz. Estávamos os dois lá! – Exclamei, desesperada. – Ah, entendi. Isto é um teste. – Revirei os olhos. – Eu dei um tapa em você. E joguei um balde de água fria em você.

Ele tocou minha camisa endurecida de sal. Eu odiei o aspecto de seus olhos assombrados.

– Você foi baleada. Caiu na água. O drakon claramente engoliu você.

– Ele nunca me comeria.

– Então você se afogou.

Eu sussurrei:

– Ela jamais deixaria que eu me afogasse.

Ele empurrou bruscamente para o lado o decote de minha camisa. Com dedos estendidos, ele tateou minha pele.

– O que você está…? – Aí percebi. Eu segurei sua mão na minha e a desci alguns centímetros, até o buraco rasgado do lado direito da minha camisa, embaixo de minha clavícula. O mar lavara o sangue seco.

Enfiei o dedo através do furo no tecido e o agitei.

– Tudo bem?

Ele soltou uma respiração irregular.

A CANÇÃO DAS ÁGUAS

— Carô. Eu nem mesmo... Tem uma cicatriz. Mas está curada. — O olhar que ele me lançou foi tão intenso que me pegou de surpresa.

Eu arregacei a manga.

— E foi aqui que os Cães Negros atiraram em mim. Na mesma noite em que nos conhecemos. Como você deve se lembrar. — Eu o afastei e passei por ele. — Agora, se você terminou de me tratar desse jeito rude, posso subir a bordo de meu próprio barco? Preciso mencionar que fui baleada recentemente?

Eu ajeitei a camisa, perguntando-me se ele podia ouvir a velocidade com que meu coração batia. Minhas orelhas ardiam. Eu precisava botar espaço entre ele e mim, para restaurar as coisas a seu estado normal. Eu passei pela escotilha e peguei a escada.

— Achei que você pudesse ser um homem das sombras. Um assassino dos Theucinianos. — Ele me cobriu de perguntas. — Onde você esteve? Por que não foi devorada pelo drakon? E como chegou a Valonikos?

Eu saltei os últimos dois degraus. Havia os restos de uma refeição dispostos sobre a mesa.

— Não sei. — Peguei um pedaço de queijo e o devorei. Eu nunca tinha sentido tanta fome. — Foi aqui que eu saí andando do mar — eu disse com a boca cheia de queijo. — Logo ao sul da cidade.

Markos olhava fixamente para mim, atônito. Ou talvez ele estivesse apenas horrorizado com minhas maneiras à mesa.

— O que você quer dizer com saiu andando do mar? Por que não de *baixo* dele?

— Markos, eu estou bem. Ela jamais deixaria que nenhum mal me acontecesse. — Eu engoli. Parecia estranho falar de coisas tão mágicas e pessoais. Nós podíamos muito bem estar falando sobre o tempo.

— Você falou com ela.

Eu peguei um pedaço de pão.

— Eu não quero falar sobre isso.

— Você falou mesmo com uma deusa.

— *Markos*.

— Você, agora, está viva ou morta? — Ele olhou para mim como se eu não fosse exatamente humana.

— Eu me sinto viva. Eu prefiro não pensar mais muito sobre isso. Onde está todo mundo? — Eu inspirei profundamente. — Nereus ainda está aqui, não está? — Ocorreu-me o pensamento terrível de que talvez sua tarefa tivesse terminado, e a deusa do mar o houvesse levado de volta. Eu não conseguira me despedir.

— Onde mais ele estaria? — Eu tinha me esquecido de que Markos não sabia tudo sobre Nereus. — Ele levou Daria para ver o mercado de peixes. Os Bollards têm quartos acima de seus escritórios, aqui. É onde seus pais estão ficando. E Kenté.

Deixei a faca de manteiga cair, fazendo barulho.

— Markos, você é burro? Não devia estar aqui sozinho!

— Eu queria ficar sozinho. A esposa de meu primo insiste em me mimar sem parar. Eu vim aqui atrás de silêncio. Para pensar.

— Sobre o quê?

Ele ergueu as sobrancelhas.

— O que você acha? — O silêncio que se seguiu foi ao mesmo tempo significativo e estranho. Ele o quebrou limpando a garganta. — Você quer cerveja?

A CANÇÃO DAS ÁGUAS

— Acho que não. Preciso de água, e muita. — Minha garganta e minha pele pareciam esticadas e ressequidas.

Ele estendeu o braço sobre a mesa para tornar a encher meu copo de lata. Eu sorri. Era engraçado vê-lo pegar o jarro e me servir — algo que ele nunca teria feito quando nos conhecemos. Fiquei maravilhada com o quanto era agradável estar comendo com ele.

— O que aconteceu na ilha? Eu não entendi como Kenté o escondeu do homem das sombras. Isso são tortas de carne?

Ele empurrou a bandeja em direção a mim. As tortas estavam frias, mas eu pouco me importei.

— Na verdade, ela não fez isso. Nós estávamos atrás daquela pilha de barris no convés. Quando Nereus gritou, isso me acordou o suficiente apenas para me lembrar de que estávamos em perigo. Eu agarrei Daria e mergulhamos para trás dos barris. — Seu rosto enrubesceu. — Bem, na verdade foi mais ela quem me agarrou. Eu acho que ele estava se concentrando em mim, sabe? Foi uma coisa muito estranha. Eu fiquei muito confuso.

— Eu sei. Também senti isso.

Ele prosseguiu.

— Só quando Cleandros começou a gritar com Kenté eu percebi que ele não tinha visto quando nos escondemos. Quando não reaparecemos, ele achou que isso significava que ela era mais poderosa que ele. Foi quando ele ficou com raiva e atirou em você.

Enquanto eu comia e bebia, ele me contou o que tinha acontecido com nossos aliados. Cinco dias tinham se passado desde que eu caíra no mar. Nereus levara o *Vic* até Iantiporos, onde Kenté visitou os escritórios da Companhia Bollard. Os Bollards mandaram

383

navios para resgatar a tripulação do *Antílope* e transportar os Cães Negros para as autoridades apropriadas. Meu pai e minha mãe decidiram se assegurar de que Markos e Daria chegassem a Valonikos em segurança. Minha mãe quase mandou Kenté de volta para Siscema, só que Daria deu um ataque e se recusou a navegar sem ela. Enquanto isso, os barqueiros se despediram deles e deram início a sua viagem de volta para Pontal de Hespera na *Conthar*.

— Vocês ainda têm as minhas coisas? — perguntei.

— Na cabine da capitã. — Ele empurrou sua cadeira para trás. — Eu vou...

Eu também me levantei. Meu coração batia forte.

— Não, eu pego.

A cabine tinha sido limpa; e a cama, arrumada com lençóis e cobertores limpos. Encontrei meu cinto em uma prateleira. Tirei uma das pistolas do coldre e passei o dedo pelo leão-da-montanha. Aí, toquei a aba de meu chapéu tricorne, que estava na prateleira ao seu lado. Eles pareciam os mesmos. Mas tudo estava mudado.

Alguma coisa bloqueava a luz da lanterna. Eu girei e vi Markos apoiado na porta. Meus olhos desceram para seu casaco. Era o que ele tinha comprado em Siscema, embora o resto de suas roupas fosse novo. Desejei passar o dedo por aqueles detalhes dourados. Era um casaco muito atraente, especialmente nele.

— Ainda o estou usando. — Ele se esticou como os leões em minhas pistolas de duelo akhaianas e deu um sorriso. — Você gostaria que eu fosse outra vez Tarquin Meridios?

— Por que eu gostaria?

— Admita, você o achava bonito.

A CANÇÃO DAS ÁGUAS

Por todos os deuses, ele estava *flertando* comigo, pouco mais de meia hora depois do meu retorno dos mortos.

– Havia coisas que eu queria dizer a você – disparei. – Não para Tarquin Meridios. Você. – Meu rosto esquentou. – Mas você estava morto.

– Eu senti algo parecido – disse ele. – Mas aí, era *você* quem estava morta. Prossiga, por favor.

De repente, fiquei tímida.

– Você primeiro.

Um lado de sua boca se curvou para cima.

– Muito bem. – Ele desviou os olhos de mim e disse: – Eu finalmente percebi por que não teria funcionado na primeira vez que tentei beijar você.

Eu cruzei os braços.

– Porque eu não sou o tipo de garota que beija garotos desconhecidos?

– Não. Bom, sim. Isso também. – Sua voz estava firme e séria. – Toda a minha vida, esperei que as pessoas me respeitassem porque eu era o filho do emparca. Mas você não fez isso. No início, isso me deixou com raiva. Na verdade, me enfureceu. Você não tem ideia.

Eu tinha alguma ideia.

– Mas, agora, eu a conheço melhor. – Hesitantemente, ele enrolou um de meus cachos em seu dedo. Eu não o detive. Encorajado, ele passou a mão por meu cabelo. Fez cócegas, mas pequenos fogos de artifício se acenderam por todo meu corpo.

– Agora, eu entendo. – Ele baixou a voz. – Você respeita pessoas que cuidam de outras pessoas. Pessoas ousadas. E corajosas.

No início, eu não conseguia entender isso. Por que você tinha o mais comum dos barqueiros em mais alta conta que a mim. Você respeita as pessoas por causa das coisas que elas *fazem*. Você era diferente de todo mundo que eu conhecia. Você sabia o que eu não sabia, que são as coisas que fazemos que nos tornam quem somos.

Eu sabia o que queria dizer, mas também sabia o que aconteceria se dissesse.

– Markos.

Ele se apoiou na porta, tentando com tanto esforço parecer natural que até eu quase fui enganada.

– Eu acho que você é a pessoa mais corajosa que conheço. – Eu dei alguns passos para trás na cabine.

– Você vai para a cama. É claro. Você passou por muita coisa. – Ele enfiou os dedos no cabelo. – Quero dizer, você estava morta. Eu só vou…

Eu pousei a mão em sua camisa e afastei bem os dedos. O calor sólido que emanava dele fez com que eu me sentisse ousada.

– Quando você me beijou em Casteria, eu não sabia se aquilo significava alguma coisa – eu disse.

Seu peito arquejou sob meus dedos.

– Como se eu fosse beijar alguém daquele jeito sem significar nada.

– Ah, você não faria isso?

– Não – disse ele, limpando a garganta. – Desse jeito.

– Talvez você quisesse apenas beijar uma garota antes de morrer.

Ele ergueu as sobrancelhas.

– Talvez eu não quisesse morrer sem beijar *você*.

— Foi isso o que eu acabei de dizer.

— Você sabe que não. Não mesmo. — Ele sussurrou: — Posso, por favor, ficar? Juro que não vou fazer nada.

Ele recuou e colocou toda a extensão da cabine entre nós, para provar suas intenções. Mas a cabine era pequenina, e ele era alto demais para ela. Eu senti sua presença, algo quente e físico, tomar todo o aposento.

— Por que você disse isso desse jeito? — perguntei. — *Você* não vai fazer nada. Se e quando formos fazer alguma coisa, e não estou dizendo que vamos, seríamos nós dois fazendo. — Eu umedeci os lábios. — Tipo, talvez *eu* possa querer fazer coisas. Mas, aí, você fala como se dependesse de você e me tira completamente disso.

— Des... Você quer?

Ao perceber que tinha ido longe demais, eu me preparei para mudar de rumo.

— Não sei. Talvez.

— Nós estamos falando sobre... Eu só queria ter certeza de que estamos nos referindo ao mesmo tipo de... *coisas* aqui. — A tensão se estendeu entre nós. Ele se aproximou, como se houvesse um cordão que o conectasse a mim, e eu simplesmente o tivesse puxado.

— Há outro tipo de coisa que acontece entre uma garota e um garoto?

Ele me deu um sorriso malicioso.

— Você está *perguntando*?

Eu o empurrei pelo ombro.

— Cale a boca.

Ele me beijou.

Uma garota que, aos dezessete anos, é capitã de um cúter pirata que ela tomou como presa não devia deixar que sua cabeça fosse virada por beijos, mesmo que fossem dados por um garoto que era o emparca de direito de todo um país. Particularmente não se a garota soubesse fatos embaraçosos sobre o dito emparca que deviam torná-lo completamente sem atrativos. Como, por exemplo, ele não saber carregar uma pistola nem dobrar uma vela adequadamente, ou, na verdade, não fazer qualquer coisa útil exceto parecer bem com duas espadas na mão ao mesmo tempo.

Eu não liguei. Tudo deixou minha cabeça, exceto o quanto eu estava ávida por seus lábios e sua língua, mesmo que eu precisasse ficar na ponta dos pés para alcançá-los. Seu cheiro, toque e sabor eram de Markos. Eu simplesmente não podia estar beijando mais ninguém.

Era tudo ele. A maciez de seu cabelo, quando finalmente enrolei meus dedos nele. O calor de seu hálito, quando ele desceu arrastando os lábios pelo meu pescoço. Nós nos envolvemos um no outro até não haver espaço entre os dois. Até que eu não consegui mais dizer qual coração pulsante eu sentia.

Ele riu com delicadeza em meu ombro.

— Não posso acreditar que isto está acontecendo.

— Está tudo bem — eu disse. — Amanhã podemos voltar a não gostar um do outro.

— Você acha que não gostamos um do outro?

— Acho que considero você enlouquecedor. — Cerrei o punho em torno de sua camisa.

— Bom. Isso é diferente.

A CANÇÃO DAS ÁGUAS

Sua voz estava irritantemente presunçosa, de modo que eu o beijei um pouco mais para calá-lo.

— É muito provavelmente porque — ele disse; seu hálito fazia cócegas em meu pescoço — nós passamos muito tempo juntos naquele maldito barco. É só isso. Uma… Uhm… Coisa natural — concluiu ele distraidamente, como se não pudesse se dar ao trabalho de pensar na palavra. — Uma reação — ele disse vários minutos mais tarde, beijando-me até chegar ao ouvido. Tão tarde, na verdade, que eu mal conseguia me lembrar do que ele estava falando.

— Concordo — eu disse. — Sem dúvida, não é nada. — Eu tentei escalá-lo, envolvendo as pernas em torno de sua cintura. Suas costas bateram contra a parede, fazendo alguma coisa na prateleira se mexer e cair.

Por fim, encontramos a cama, o que não foi difícil nem no escuro, porque a cabine era muito pequena.

— Markos — hesitei, sem saber ao certo o que ele iria pensar. Mas era preciso que aquilo fosse dito. — Esta não é… minha primeira vez. Se é que isso importa. O que não deveria. É só que… eu achei que você devia saber. Caso…

— Carô. Você está falando demais.

O alívio relaxou a tensão em meus ombros.

— Eu quase esperava que você fizesse uma observação grosseira sobre as garotas das terras dos rios.

Eu o senti congelar.

— Eu fui um babaca empolado quando disse isso.

Eu não ia discordar daquilo.

— O que você quer fazer? — sussurrei.

Meu coração palpitava com um medo silencioso. Eu tinha medo que ele voltasse a pensar com sensatez outra vez e lembrasse que isso era uma ideia terrível. Que nós dois juntos éramos algo parecido com o que acontece quando uma pederneira atinge aço.

— Tire mais de suas roupas — disse ele com voz rouca, e isso acabou com minhas preocupações.

Seu casaco estava pendurado no braço esquerdo, onde havia ficado preso, e nós dois tínhamos nos esquecido disso. De minha parte, minhas mãos estavam dentro de sua camisa aberta. Eu sempre admirara ombros masculinos, e os dele eram especialmente bonitos, com toda aquela esgrima. Eu envolvi a perna em torno da dele. Meus dedos descalços dos pés fizeram uma trilha pelo músculo de sua panturrilha. Eu nunca imaginara que seu peso fazendo pressão sobre meu corpo fosse uma sensação tão boa.

— Eu quis dizer, além disso.

— Eu não tinha pensado além disso. — Ele puxou de leve um de meus cachos e o observou se encolher outra vez em um saca-rolha. — Amo seu cabelo. — Com os olhos baixos, ele engoliu em seco. — Carô… Você sabe que eu não posso lhe prometer nada. Eu… simplesmente não posso.

— O que… O que você quer dizer com… "prometer"? — gaguejei.

— Você sabe, casamento. Um noivado. Esse tipo de… — Sua voz se calou. Eu vi seus olhos morrerem um pouco, preparando-se para minha reação.

Eu o empurrei para trás e me ergui apoiada sobre os cotovelos.

— Como se eu fosse querer isso! Eu tenho dezessete anos. Tenho coisas mais importantes a fazer.

A CANÇÃO DAS ÁGUAS

Ele olhou para mim com um meio sorriso estranho.

– Você não é parecida com ninguém, hein?

– E você é um mentiroso, Markos. Você disse que não tinha pensado além disso. Você pensou o suficiente para vir com esse discursinho, não foi? – Eu me joguei no travesseiro. – *Casamento*. Eu *vou* ser uma capitã e uma corsária. Eu vou ser o terror dos mares. Quem quer que se case com você, vai ter de usar vestidos bonitos, ir a festas e aprender o nome de uma centena de políticos chatos.

– Ah, vestidos bonitos, isso parece uma tortura – sussurrou ele. – Você está mesmo à vontade com isso?

Mas eu estava. A ideia de qualquer outra mudança era demais para suportar. Só daquela vez, eu queria fazer aquilo que desejava e deixar que o destino se explodisse.

– Por que você está sorrindo? – perguntei.

– Porque – ele disse – nós *finalmente* estamos fazendo alguma coisa que eu sei como fazer. – Ele tocou a camisa fina de linho que eu usava por baixo. – Sim?

– Sim – eu disse com impaciência junto de seu cabelo, tentando desemaranhar seu casaco do pulso esquerdo. Os botões tinham ficado presos.

Ele se atrapalhou com os laços em minha cintura.

– Sim? – Seu hálito quente fez cócegas em meu ouvido.

Eu me apertei contra ele, que grunhiu:

– Sim.

E chutei minha roupa íntima para o pé da cama.

Ele tirou a própria roupa com dificuldade, e eu lembrei que o havia visto praticamente nu naquela vez no Lago das Garças. Eu não me dera ao trabalho de olhar com muita atenção para ele, para ser honesta, pois não esperava nada impressionante.

Bom. *Isso* tinha sido um erro. Mas não foi apenas seu corpo nu que me surpreendeu. Ele estava coberto de hematomas roxos e tinha uma atadura apertada em torno das costelas.

– Quieta. – Ele se aproximou para beijar meus lábios. – Os médicos dizem que estou bem. Só está dolorido. – Nós estávamos apertados pele contra pele. Eu o senti tremer; sua respiração era um adejar irregular no peito. – Carô? Sim? – Ele prendeu o lábio inferior entre os dentes e esperou uma resposta.

– Por que você não para de me perguntar?

– Porque… – Uma ruga se formou entre seus olhos. Os músculos de seus braços estavam tensos. – Eu cometi um erro da outra vez. Não quero fazer isso de novo.

– Ah. – Eu o beijei, mas novamente ele recuou. Seus lábios deslizaram dos meus, ainda teimosamente à espera. – Sim para tudo – eu disse.

A expressão séria em seu rosto quase me matou. Eu não conseguia descobrir quando ele se tornara tão importante em minha vida. Era como tentar identificar o momento em que você aprendeu a respirar. Eu tentei me forçar a deixar o nervosismo, mas, afinal de contas, eu gostava muito mais dele do que tinha gostado de Akemé. Então, não era a mesma coisa.

Eu o senti por toda minha pele, mesmo nos lugares em que ele não estava tocando. Curvei as mãos sobre a pele descascando de sol em seus ombros e achei que meu coração fosse explodir do meu peito. Quente, sua pele era muito quente. E sólida e real.

A CANÇÃO DAS ÁGUAS

Uma pontada estranha e ardente em meu coração fez com que eu o puxasse para perto.

– Eu não achava que fosse tornar a ver você – sussurrei.

– Eu não achava que fosse tornar a ver *você*. – Ele enterrou o rosto em meu pescoço e inspirou. – Você não devia ter voltado por mim. Foi perigoso e estúpido.

– Essa sou eu. Perigosa e estúpida. – Eu sorri, e isso eliminou a possibilidade de lágrimas.

O que ele fez em seguida as eliminou ainda mais.

CAPÍTULO
TRINTA

A voz de um barqueiro viaja longe. Isso é, ao mesmo tempo, uma bênção e uma maldição.

Para nós, foi uma bênção, porque eu ouvi meu pai antes mesmo que ele chegasse às docas. Me livrei dos braços de Markos e rastejei até a escotilha. Eram meus pais, sem dúvida. Kenté vinha atrás deles, e Daria estava entre eles usando um vestido florido com chapéu masculino.

– Você precisa sair!

Markos começou a vestir suas roupas.

– Achei que o povo do rio não tinha preocupações com a pureza de suas filhas.

– Eles não têm. Bom, pelo menos, não meus pais. – E acrescentei: – Eu acho.

Ele enfiou a camisa amarrotada por dentro da calça.

– Maravilha.

– Talvez minha mãe. Mas o que ela poderia dizer? Ela se juntou com meu pai, e eles não são casados. – Tentei ajeitar meu cabelo para que ficasse pelo menos razoável. – Só é embaraçoso.

A CANÇÃO DAS ÁGUAS

Não havia muito espaço na cabine, por isso não paramos de esbarrar nossos cotovelos e joelhos enquanto nos vestíamos, o que, de algum modo, pareceu mais íntimo do que o que tínhamos feito na noite da véspera.

— Podia ser pior — disse Markos. — Se nós estivéssemos em Akhaia, eu provavelmente teria de enfrentar seu pai ao amanhecer.

Olhei para ele com expressão vazia.

— Um duelo — explicou, enquanto alisava o casaco. — Como estou?

Eu dei um sorriso malicioso.

— Sua calça está aberta.

Ele praguejou.

— Se meu pai achasse que você podia me machucar, ele não iria se dar ao trabalho de encarar um duelo com você. Ele iria simplesmente matá-lo. — Eu afivelei o cinto. — Vamos fingir que estamos apenas tomando café da manhã juntos.

— O que não parece nada suspeito. — Ele passou um dedo por meu pescoço.

Fui transpassada por um frisson com seu toque delicado, mas fingi que aquilo não tinha me afetado. Destranquei a porta da cabine, e saímos para a sala comum. Eu ainda estava terminando de calçar as botas.

Ele segurou minha mão.

— A que distância estão seus pais?

— No fim das docas.

Antes que eu pudesse perguntar por que, ele me jogou contra a parede e me beijou. Não consegui evitar passar as mãos em torno de seu pescoço. Sua pele estava quente, e ele cheirava como eu. Nós cheirávamos um como o outro, imagino, uma mistura atraente de areia, suor e sono. E provavelmente outras coisas, que meus pais, como não eram estúpidos nem inexperientes, iriam reconhecer.

Eu não consegui me forçar a afastá-lo. Seus lábios eram macios; e sua língua, forte e preguiçosa. Ele segurou com o punho minha camisa na parte de baixo das costas. Eu queria rastejar para o interior de seu casaco e ficar ali a manhã inteira.

— Precisamos parar — ele disse, apertando-me contra toda a extensão de seu corpo. E aí, por mais que eu estivesse com vontade de me derreter nele, eu me afastei. Um de nós tinha de deter aquela loucura.

Parecia tão estranho, depois de tudo pelo que eu passara, ter de dar satisfações a meus pais outra vez. Eu ouvi passos acima e a porta da escotilha se mover.

Daria foi a primeira a descer a escada. Markos a agarrou por trás e a levantou.

— Texuguinha.

Ela gritou, mas eu sabia que ela estava adorando. Ela lhe deu um tapinha no ombro e disse:

— Você parece feliz outra vez. Estou muito satisfeita com isso.

— Cale a boca, monstrinha. — Ele puxou o chapéu dela, e meu coração se alvoroçou. Ver Markos ser um bom irmão fazia com que ele ficasse ainda mais bonito. — O que você está usando na cabeça?

— Meu chapéu de pirata. Nereus conseguiu para mim. — Ela olhou para mim por baixo de sua aba inclinada. — É igual ao de Carô.

Meus pais e Kenté desceram pela escada, e, de repente, tudo era barulho, abraços e todos falando ao mesmo tempo. O olhar do meu pai saltava de mim para Markos e, depois, novamente para mim. Eu sabia que ele não tinha sido enganado pelo metro de espaço entre nós.

— Mas como vocês descobriram que eu não estava morta? — perguntei.

Minha mãe foi rapidamente até o fogão e começou a servir café.

— Nereus nos contou esta manhã

— Nereus? Eu não... Quando Nereus...?

Minha mãe ergueu as sobrancelhas.

— Não imagino que você o tenha ouvido.

Eu não conseguia olhar para nenhum deles. Um silêncio desconfortável baixou sobre todo mundo, menos Daria, que ainda estava falando sobre o chapéu. Com o rosto afogueado, desejei ter permanecido morta no fundo do mar.

Meu pai deu um tapinha no ombro de Markos.

— Talvez você pudesse ir comigo ao mercado para buscar pão fresco. — Eu quase engasguei com o café. Por seu tom de voz, eu sabia que aquilo não era um pedido.

Markos soube também. Eu prendi a respiração e me lembrei de como ele podia ser rude se achasse que sua honra estava sendo insultada, mas ele disse apenas:

— Sim, senhor.

Eles partiram, e, então, levando o dedo ao lado do nariz, Kenté subiu com Daria para o convés. Era a cara dela desaparecer quando outra pessoa estava se metendo em encrenca.

Fiquei sozinha com minha mãe.

— Por que Nereus não voltou com vocês?

— Ele falou com entusiasmo sobre procurar uma certa taverna. Eu nem tive coragem de dizer a ele que ela está fechada há muitos anos, desde que eu era criança. E, mesmo na época, o prédio estava quase caindo. — Ela franziu o cenho. — Eu me pergunto quanto tempo faz desde que ele não zarpa desta baía, por não saber disso.

Seu brinco reluziu quando ela franziu o nariz.

— Provavelmente, eu deveria estar tendo com você o lado feminino dessa conversa, agora. — Ela olhou fixamente para dentro de sua caneca de café. — Seja responsável, pense em sua reputação, procure-me se tiver qualquer pergunta, e assim por diante. Mas vamos simplesmente pular isso, se não se importa. Você é crescida, e não é problema meu. — Ela deu um suspiro. — Eu sei que nunca fui muito maternal.

— Você *não* precisa começar agora. — Minhas bochechas estavam quentes. Se eu tivesse alguma pergunta sobre sexo, ela sem dúvida seria a penúltima pessoa do mundo a quem eu perguntaria. — Sério. Está tudo bem.

— Ele parece bem legal. Mas, Carô, não deixe que isso fique sério demais. As pessoas sempre gostam de achar que podem superar ter origens diferentes. — Ela sacudiu a cabeça, e senti que ela não estava falando apenas de Markos e mim. — Não é muito fácil.

Eu não queria pensar nisso nesse momento.

— Eu me pergunto o que o meu pai está fazendo com Markos.

— Botando nele o medo dos deuses, espero. — Minha mãe bateu de leve na mesa. — Agora, esta manhã, sugiro que visitemos algumas das melhores lojas no distrito de vestuário, você não tem nada para

A CANÇÃO DAS ÁGUAS

vestir. Tychon Hypatos é conselheiro e amigo do archon. Ele e a mulher são pessoas ricas. Você não pode ir até lá parecendo uma malandra naufragada.

— Eu gostaria de roupas novas. — Eu fiz uma pausa. — Quero um casaco com detalhes dourados. E mais coletes como este. E um par de belas botas de couro.

— Vestidos — ela disse sem rodeios, em sua voz de mesa de negociações.

— Nada de vestidos — retruquei.

Ela limpou a garganta.

— Às vezes, eu gostaria de ter estado por perto quando você era uma menininha. Quando eu poderia ter lhe comprado coisas bonitas. Trançado seu cabelo. — Ela se remexeu desconfortavelmente na cadeira. — Coisas que mães fazem.

Eu a vi como se fosse pela primeira vez. A responsabilidade pusera linhas vincadas em torno de seus olhos, e sua fé na família a tornava alta e forte. Seria tarde demais para o tipo de amor que meu pai e minha mãe tinham? Talvez nós duas fôssemos implicantes e teimosas. Mas eu conseguia respeitá-la.

— Está bem — eu disse. — Vestidos. Mas nada de espartilhos.

Ela entreabriu um sorriso malicioso.

— Imagino que é o que vou conseguir.

— Mãe — comecei. Com os olhos no café, eu juntei minhas palavras. — Eu devia ter confiado em você. Desculpe.

— Esqueça isso. — Ela acenou com a mão. — Você é como Nick, só isso. Não depende de ninguém, só do rio.

— Não — eu disse com voz rouca. — Não do rio.

– Ayah? – Para minha surpresa, ela sorriu. – Então é assim? Eu tinha começado a desconfiar. Sabe, o próprio Jacari Bollard foi escolhido pela deusa das profundezas. E ele descobriu uma rota comercial que mudou o mundo. Talvez você seja mais Bollard do que imagina, hein?

– Ah. – Suas palavras me lembraram. Eu levei a mão ao bolso. – Eu me esqueci. Pode ficar com isso de volta. Eu nunca cheguei a usá-lo. – Eu pus seu broche dos Bollards sobre a mesa. O sol matinal reluziu nas estrelas douradas em relevo.

Ela o empurrou de volta para mim.

– Fique com ele. Nunca se sabe… Você pode precisar dele algum dia.

Enquanto eu revirava o broche na mão, perguntei a mim mesma: eu era Bollard ou Oresteia? Os dois? Eu gostava de pensar que era algo completamente diferente. Algo novo. E enfiei o broche no bolso. Talvez pudéssemos deixar as coisas para trás, e ainda assim nos agarrar às melhores partes delas. As partes que importam.

Nós fomos até a Rua do Mercado, onde encomendei um guarda-roupa novo, pago com a bolsa de talentos de prata que eu descobrira no compartimento de carga do *Vic*. Eu fiquei parada me contorcendo em minha roupa de baixo enquanto as meninas da loja enrolavam fitas em torno de meus seios e quadris. Meu melhor vestido deveria ser de seda verde com uma estampa negra. A costureira pendurou o tecido ao meu redor, enquanto minha mãe assentia com a cabeça em aprovação.

Não tornei a ver Markos até a tarde daquele dia.

A CANÇÃO DAS ÁGUAS

A casa de Tychon Hypatos era uma grande propriedade rural afastada da estrada e cercada por um jardim de árvores esculpidas. Eu cheguei à entrada pavimentada com conchas e vi Antidoros Peregrine puxar a porta da frente e fechá-la às suas costas. Ele usava um chapéu de aba larga baixo sobre o rosto.

Eu acenei com a cabeça.

– Lorde Peregrine.

– Senhorita Oresteia – disse ele, tocando o chapéu ao passar por mim.

Eu não perdi tempo ao entrar na sala de estar.

– O que você está tramando?

Markos ergueu os olhos de um livro.

– Não sei do que você está falando.

– Aquele era Antidoros Peregrine saindo pela porta. – Ele abriu a boca para negar, mas eu o interrompi. – E não ouse dizer que não era. Eu o reconheci mesmo com o chapéu. Por que você está se reunindo com notórios rebeldes akhaianos?

– Se você quer saber, foi ele quem veio até Valonikos para se encontrar comigo. Ele quer que eu veja como as coisas são feitas por aqui. Você sabia que seu archon *e* seu conselho são eleitos pelos cidadãos?

– E daí?

– E daí que Peregrine acredita que podemos fazer uma nova Akhaia, fundada sobre princípios modernos. Ele acha que eu poderia ajudar sua causa.

– Ele acha que você é uma oportunidade política!

Ele fechou o livro bruscamente.

– Talvez ele só queira o melhor para Akhaia. – Eu captei um vislumbre do título impresso na capa do volume fino. *Declaração de princípios: um manifesto sobre os direitos incontestáveis do povo.* – Eu achei que isso fosse agradar você.

– Você devia tomar cuidado, só isso – murmurei. – Você sabe que ele não gostava de seu pai.

– Ele não *concordava* com meu pai – Markos me corrigiu. – Você sabia que eu nunca tive permissão para ler isto? – Ele gesticulou em direção ao livro. – Meu pai ordenou que todas as cópias fossem queimadas. Peregrine tem alguns argumentos convincentes, em especial relacionados ao poder político consolidado nas mãos do...

– Hum? Você acha que esse archon não tem poder? – perguntei. – Todos os homens com poder tiram proveito. Não importa se o obtiveram por nascimento ou por eleição.

– Você está querendo me proteger. – Sorriu. – Que doçura.

A sala tinha um lado aberto. Markos atravessou o piso de lajotas, afastou as cortinas diáfanas e saiu para a sacada. Os telhados vermelhos de Valonikos se espalhavam abaixo de nós como as saias de uma mulher. Em arquitetura, a cidade livre era similar a Iantiporos, Casteria e as outras cidades costeiras que antes faziam parte da emparquia akhaiana. Todas compartilhavam das mesmas colinas brancas, prédios quadrados em tons pastel, e telhados cobertos por jardins de árvores em vasos. Além da cidade, o mar se estendia até o horizonte, decorado com pontos brancos – as velas de navios entrando e saindo da baía.

– Eu não estou – resmunguei. – Só que você não está nem parecendo você mesmo. Você me disse que não confia em lorde Peregrine.

A CANÇÃO DAS ÁGUAS

– Isso não…

– Foi exatamente o que você disse. Agora, você vai simplesmente deixar que ele entre aqui tranquilamente e ponha todas essas ideias na sua cabeça? Isso não é *você*.

– Imagino que devo ter todas as minhas crenças, toda minha vida, já mapeadas antes mesmo de fazer vinte anos? Isso é hipocrisia, não é? Vindo de você.

– O que você quer dizer com isso?

Ele ergueu as sobrancelhas.

– Quero dizer que, duas semanas atrás, você acreditava que seria uma barqueira para o resto da vida.

Eu não podia negar isso.

– Eu não disse que isso era uma coisa ruim. – Eu passei os dedos pela grade da sacada. – Só acho que você devia ser cauteloso.

– Quando encontramos com Peregrine pela primeira vez – ele disse em voz baixa –, ele chamou minha mãe pelo primeiro nome. Isso me deixou com raiva.

– Eu não percebi – eu disse com sarcasmo.

– Ele estava sendo presunçoso. – Markos deu um suspiro. – Ele a conhecia, melhor que a maioria das pessoas. Aparentemente, eles tinham sido grandes amigos na corte, muitos anos atrás, antes que ela se casasse. Infelizmente, eu não sabia. Eu gostaria… – Ele sacudiu a cabeça. – Eu não sabia o suficiente sobre minha família.

Deslizei a mão para cima da dele e a apertei. Ele apertou a minha também.

– Meu primo Konto odeia esta cidade – ele disse. – Ele a quer de volta.

— Como você sabe?

— Os Theucinianos são imperialistas. Sei como eles pensam. Konto me quer de volta, também. Ou morto. Não pretendo deixar que ele me pegue. — Seus olhos observaram os telhados e as sacadas caiadas. — Decidi que não pretendo deixar que ele pegue nenhum de nós.

— Markos, o que...?

Seus olhos estavam iluminados por algo que eu não sabia dizer o que era.

— Esta é uma bela cidade. Sinto uma paz aqui. — Ele se apoiou na grade. — Sinto como se eu pudesse ser alguém de quem eu gosto, nesta cidade.

— Se lorde Peregrine conseguir o que quer... — comecei a dizer.

— Ele não usa mais esse título.

— Não importa. Se ele conseguir o que quer, talvez Akhaia não precise de nenhum emparca. Você pensa nisso? Em uma Akhaia moderna, eles não precisariam de você.

— Não — ele disse, e, em vez de parecer raivoso, achei que ele parecia empolgado. — Não precisariam.

— Isso não o incomoda?

Ele deu de ombros.

— O mundo está sempre mudando.

— Eu não pensei que logo você iria querer isso.

O vento agitou seu cabelo negro.

— Não sei mais o que eu quero. O mundo é muito maior do que eu imaginava. E, Carô, a parte engraçada é que... — Ele riu. — Eu acho isso uma coisa boa.

A CANÇÃO DAS ÁGUAS

Ouvir Markos falar assim era, sem dúvida, uma surpresa. Eu não conseguia identificar exatamente por que aquilo me deixava tão desconfortável. Não que eu estivesse aborrecida com sua excitação em relação às ideias de Antidoros Peregrine, mas por que tudo precisava estar mudando de maneira tão alarmante e rápida, incluindo Markos? Desejei desesperadamente ter um momento para recuperar o fôlego.

Uma surpresa ainda maior ocorreu no dia seguinte, quando uma barca entrou na baía de Valonikos. Não era a barca mais nova nem a mais rápida. Sua pintura estava arranhada e perfurada, marcada com buracos de bala, e suas velas negras estavam muito desbotadas pelo sol. Havia um homem-sapo sentado em seu cockpit, acenando.

– Fee! – foi o que eu consegui dizer antes que minha garganta se fechasse.

Meu pai saltou a bordo e balançou a barca.

– Bem, vejo que temos uma história, aqui. – Ele passou as mãos pelas tábuas quentes da *Cormorant*. – Carô, o que você fez com minha maldita pintura?

Isso foi tudo o que ele disse, por um bom tempo. Ele caminhou pelo convés, pôs a mão na retranca e acariciou o mastro. Eu o observei traçar um rolo de corda e alisar as vigias de latão.

– Fee, como? – Eu segurei suas mãos escorregadias e a girei em um círculo. Eu não conseguia parar de rir. Ou eu estava chorando?

– Sapos caem – disse ela. – Sapos nadam. Pés com membranas.

– Como você escapou dos Cães Negros? Como você recuperou a *Cormorant*?

— Escuro. Silêncio. Água. Docas. Esperei. Esperei. Esperei. *Cormorant*. Entrei. Pulei, homem, faca. Garganta. – Foi o máximo de palavras que eu jamais a havia ouvido dizer de uma só vez. – Zarpei.

Os olhos de Fee se arregalaram. Eu me virei e vi Nereus apoiado na retranca às minhas costas com as mãos nos bolsos.

– Prima. – Ele fez uma mesura teatral.

Nós mandamos um corredor até a casa de Tychon Hypatos e, depois de algum tempo, Markos e Daria se juntaram a nós. Markos mostrava o convés para a irmã e a presenteava com histórias de nossas escapadas por pouco nas terras dos rios. Até minha mãe apareceu por algum tempo. Todos nos apertamos em volta da mesa e jantamos tortas de carne e peixe fresco do mercado. Em seguida, um a um, os outros se foram, e ficamos apenas eu, meu pai e Fee, como sempre.

Mas não exatamente.

A cabine da *Cormorant*, agora, parecia apertada sob a luz aconchegante da lanterna. Eu passei as mãos pela madeira reluzente de seus armários, beliches e estantes, demorando-me na toalha de mesa xadrez vermelha e branca.

Eu tinha mesmo vivido ali? Parecia algo que tinha acontecido anos atrás. Uma sensação desconfortável. Engoli em seco, sentindo um nó na garganta, e subi para meu ponto favorito no teto da cabine.

– Ayah, aqui estamos nós. – O convés rangeu quando meu pai se juntou a mim. – Todos foram para a Rua Iphis. Estou lendo a mente de sua mãe. Ela está pensando: "Se eu conseguir uma coroa para esse jovem, o que ele poderia fazer pelos Bollards?". – Ele deu de ombros. – Eu mesmo não ligo para isso. Só preciso de uma boa carga pesada e de vento firme.

A CANÇÃO DAS ÁGUAS

Ele olhou para mim.

— Então, é aqui que isso acaba para nós. Para mim e para você.

Lágrimas arderam em meus olhos.

— Pai, não diga isso.

— Eu enganei você, ao guardar silêncio. — Ele deu um suspiro trêmulo e olhou para as mãos calejadas. — Mas agora tenho de contar minha história e torcer para que você perdoe seu velho pai. — A brisa do crepúsculo agitou o cabelo grisalho em torno de seu rosto. — Eu sabia que você não tinha sido feita para o rio.

Eu não ousei respirar.

— Foi muito tempo atrás. Você devia ter três ou quatro anos. Eu estava navegando pelo canal quando, olha só, o tempo ficou horrível. As ondas quase nos inundaram. Eu rizei parcialmente a vela, depois o resto. Não adiantou nada. Acho que foi o mais perto que eu estive de me afogar. E então... *Ela* estava ali. Com uma voz como se fossem as maiores profundezas. — Ele estremeceu. — Como algo selvagem.

— Como uma centena de facas — suspirei.

Meu pai assentiu com a cabeça.

— Isso mesmo. "Eu não sou um dos seus", eu disse. "Pertenço àquele que fica no fundo do rio, e você sabe muito bem disso. Embora eu não vá negar sua ajuda." Ela falou: "Saiba de uma coisa: eu nunca vou machucá-lo, Nick Oresteia. E isso você pode considerar uma promessa. Pois tenho uma dívida com você. Mantenha-a em segurança para mim". Ergui os olhos, e meu coração quase saltou do peito. Você estava sentada a contravento, molhada até os joelhos, pois estávamos navegando fundo assim na água. Toda vez que vinha uma ondulação, ela a molhava até a cintura, mas você só ria. Claro que entrei em pânico. Eu gritei para que você descesse para o cockpit. Aí eu a escutei. "Como se eu, por acaso, fosse deixá-la cair", ela disse. E, logo em seguida, desapareceu.

Ele deu um suspiro.

— Eu nunca contei isso nem a sua mãe. Acho que eu sou só um velho tolo. Achei que, talvez, se eu não dissesse isso alto o bastante...

Eu enxuguei o rosto com a manga.

— Eu achava que o deus no rio não me queria. — Naquele momento, eu estava chorando abertamente. — Eu chamei seu nome tantas vezes, e ele nunca... Ele nunca me respondeu.

— Calma, minha querida. — Ele me envolveu em seus braços. — Você nunca foi indesejada. A verdade é que o mar a amou desde o momento em que você nasceu.

— Mas está tudo errado — funguei. — Eu devia estar na *Cormorant*. Não era isso o que devia acontecer. — Eu enfiei o rosto em seu suéter. — Eu devia estar com você.

Ele passou os dedos delicadamente pelo meu rosto e disse:

— Não. — Ele me beijou no alto da cabeça. — Eu soube no minuto em que você pegou aquela carta de corso. Eu sabia que era seu destino chegando para você. Esse cúter é uma beleza. Lembre-se do que eu lhe ensinei e cuide muito bem dele, agora.

— Mas eu amo a *Cormorant*. — Espalmei a mão sobre o teto quente de sua cabine. — Aquele navio não significa nada para mim.

Ele alisou meu cabelo.

— Às vezes, devemos deixar o passado para trás antes de poder ver nosso futuro bem ali, sentado à nossa frente.

A CANÇÃO DAS ÁGUAS

Eu fechei os olhos.

– Ele é bonito e rápido, mas não é… a minha casa. Nunca vai ser. – Eu apoiei o rosto em seu ombro, inspirando os cheiros lamacentos e familiares de suas roupas.

– Pare de chorar, agora. – Ele passou o braço em torno da minha cintura. – Você não tem mais emparcas para resgatar?

Eu ri, mesmo enquanto fungava.

– Cuidado – alertou ele. – Eu acho que ela vai pedir mais de você do que ele já pediu de mim.

– Thisbe disse que ela era um peixe e Nereus era um tubarão, vindo para devorá-la. Mas eles, sem dúvida, devem ser amigos. Com certeza, o deus do rio e a deusa do mar…

– No máximo, primos. Às vezes, aliados. – Ele olhou para o horizonte, onde, além dos muros da cidade, o mar aguardava a noite. – Mas amigos? Não.

Ele foi para a coberta e me deixou sozinha. Pela janela aberta, ouvi os altos e baixos de sua voz. Meu pai sempre falava com Fee do mesmo jeito com que falava com todo mundo. Ele não se importava muito quando ela não respondia.

Fiquei sentada no teto da cabine até depois da meia-noite, com os joelhos dobrados contra o peito. Um último vigília na noite, sentindo tudo. Os ruídos de seu cordame rangendo e estalando. O agitar de água contra seu casco. O canto de pequeninos sapos embaixo das docas. Só quando desdobrei as pernas rígidas, eu percebi que o que estava fazendo era memorizar tudo, porque aquilo era o fim.

Era a última vez que aquilo seria minha casa.

CAPÍTULO
TRINTA E UM

Três dias depois, Tychon Hypatos e sua esposa dariam uma grande festa para Markos em sua residência. Felizmente, meu vestido novo ficou pronto naquela manhã daquele mesmo dia. Passado e embalado em papel, ele foi levado até o *Vic* por uma vendedora que olhou de olhos esbugalhados as tatuagens de Nereus.

A festa não foi como nada que eu já tinha visto antes, nem na casa dos Bollards. O pátio estava decorado com lanternas flutuantes de papel. Pilhas de uvas e queijos se derramavam no meio de mesas compridas. Havia até esculturas feitas de comida, o que me pareceu uma grande tolice.

Eu não sabia se a tia de Markos – ou prima, ou qualquer que fosse seu vínculo com ele – não tinha gostado de mim. Enquanto me olhava fixamente na fila de cumprimentos, eu tive a nítida sensação de que ela sabia exatamente o que estávamos fazendo quando ele escapou para o *Vic* naquela noite.

Como se isso fosse da conta *dela*.

Ela acenou a cabeça educadamente quando recebeu Nereus, Kenté e a mim, embora eu soubesse que ela nos considerava um

A CANÇÃO DAS ÁGUAS

bando de vagabundos grosseiros. Eu encontrei Daria em um vestido formal rosa, carrancuda, junto da mesa de sobremesas. Não havia ninguém de sua idade na festa, e Markos a abandonara para discutir política. Kenté a levou para dar uma volta na pista de dança para animá-la, enquanto Nereus e eu nos escondemos em um canto obscuro atrás de uma torre feita de frutas.

— Nereus… — eu hesitei. — Agora que terminou de me ajudar, o que acontece com você?

— Ah, duvido que isso tenha acabado para mim. — Mangas compridas cobriam suas tatuagens, mas seu sorriso com um dente faltando ainda fazia com que ele parecesse ter má reputação. — Porque *você* ainda não acabou. Não está nem perto.

— Eu perguntaria o que você quer dizer com isso, mas você não vai me contar mesmo.

— Você está aprendendo. — Ele piscou e terminou o primeiro copo de vinho. Ele tinha quatro, dois nas mãos e dois na mesa.

— Você navegaria comigo? — Torci para que ele dissesse sim.

— Como imediato do *Vic*? Na verdade, você deveria ser o capitão. Nenhum homem vai querer navegar sob meu comando.

— Ayah? Eu não sei nada disso. — Ele pegou um pedaço amassado de papel de seu bolso.

Era um folheto impresso. Uma história, altamente exagerada, de uma garota que roubara um navio pirata, a quem as pessoas estavam chamando de Rosa da Costa. Eu desejei ter feito metade das coisas que a história dizia que eu tinha feito. O caricaturista me desenhara com uma grande pena no chapéu. Eu decidi obter uma imediatamente.

— Mas isso é basicamente mentira. – Eu baixei o papel. – Eu não pareço com uma rosa de jeito nenhum.

— Seu cabelo é avermelhado.

— Essa é a coisa mais idiota que eu já vi. – Eu joguei o panfleto sobre a mesa. Ele o alisou e tornou a guardar no bolso.

Eu podia tê-lo interrogado mais, se Tychon Hypatos e outro homem não tivessem escolhido esse momento para invadir nosso canto.

— Ahá! Senhorita Oresteia. Eu tinha praticamente aberto mão de toda a esperança de encontrá-la. – Hypatos gesticulou com um floreio. – Este é Basil Maki, o cônsul kynthessano. Representante da margravina.

O homem fez uma mesura.

— Que a corrente vos leve, como seu povo costuma dizer.

— Bom – eu disse. – É com o senhor que devo conversar sobre os dez talentos de prata que me foram prometidos?

— A senhorita não desperdiça palavras, senhorita Oresteia.

— Capitã Oresteia – corrigi. – Meu contrato dizia que eu devia entregar a caixa e seu conteúdo em Valonikos.

— O conteúdo, entendo – disse ele com um sorriso. – Você o apresentou ao inspetor das docas?

— Isso me parece uma resposta de advogado.

— Infelizmente, sou advogado. – Ele fez outra mesura. – Ou era, antes de a margravina me elevar a minha posição.

— Imagino que Markos possa se apresentar ao inspetor das docas – eu disse. – Se, com isso, puder me conseguir dez talentos.

Suas sobrancelhas ergueram-se praticamente até a linha de

seu cabelo, acho que por eu ter falado com tamanha intimidade do verdadeiro emparca de Akhaia.

— Eu devo informá-la que os Cães Negros fizeram uma petição para a devolução de sua propriedade — disse ele. — Claro, é agora uma questão de jurisdição, pois o navio em questão está fora dos limites de Kynthessa.

Eu não entendi metade de suas palavras.

— Eu era uma corsária. Uma carta de corso me dá o direito de tomar uma presa. Eu conheço meus direitos.

Ele inclinou o cálice em minha direção.

— Ainda assim, os Cães Negros estão alegando que você roubou um cúter deles.

Eu sorri.

— Eu roubei.

— Pelo que eu soube, a margravina não está necessariamente, digamos... o que se poderia dizer satisfeita com a maneira como as coisas foram resolvidas.

— Então ela não devia ter dado *a mim* esse tipo de poder.

— Senhorita Oresteia, você deveria saber que o excesso de confiança nem sempre me impressiona nos muito jovens. E você é apenas uma garota de dezessete anos. — Maki acariciou a barba rala. — Mesmo assim, sua reivindicação legal ao navio é perfeitamente válida. Não estou nada inclinado a conceder uma audiência aos Cães Negros. Mas isso pode não importar.

— Como assim?

— O capitão Diric Melanos, homem que fez a petição, desapareceu da custódia da lei.

Minha mão congelou com o copo a meio caminho dos lábios.

– O senhor quer dizer que ele escapou?

– Duvido, considerando que ele deixou para trás uma poça do próprio sangue.

Eu estava prestes a lhe fazer mais perguntas, quando Markos se juntou a nós.

– E tenho a honra de ser Markos Andela – disse ele, estendendo a mão. Eu olhei fixamente, pois nunca o havia visto se apresentar por esse nome, apenas pelo título. Eu desconfiava que fosse influência de Peregrine.

Ele parecia… Bem, ele parecia maravilhoso. Não havia como negar, embora eu não ousasse dizer isso em voz alta. Ele já se tinha em demasiada alta conta. Estava usando um casaco formal com cauda, rendas elegantes caíam de sua gola e de seus punhos, e sua echarpe de seda azul tinha o padrão de leões-da-montanha. Será que tinha ficado mais alto? Ele sempre parecera alto. Devia ser a forma como estava se portando naquela noite. Ele parecia um emparca dos pés à cabeça.

– Esse vestido é muito elegante – disse Markos depois que o cônsul pediu licença –, embora eu não entenda seu cabelo. – Ele o examinou desconfiado, como se fosse um ninho de cobras enroscadas. O que, na verdade, era o que ele parecia.

– Foi Kenté quem fez.

– Está bonito. Mas, na verdade, não é você. Gosto de seu cabelo quando está… grande. E encaracolado. E vermelho.

– Ele é sempre vermelho! – devolvi. *Nenhuma* das outras coisas parecia um elogio.

A CANÇÃO DAS ÁGUAS

– Muito irritadiça, gosto disso. – Seus lábios roçaram meu ouvido. – Sempre saiba de uma coisa – sussurrou. – Gosto de uma centena de coisas em você, e só uma delas é sua aparência de vestido.

Ele sem dúvida provou isso mais tarde naquela noite, quando me arrastou para a biblioteca vazia.

Seus lábios se grudaram nos meus, e ele me apertou contra uma estante. Passei a mão por baixo de sua gola para sentir sua pele quente. Com a outra, eu o puxei para mais perto.

– Sinto sua falta – disse ele com voz rouca enquanto beijava meu pescoço. – Você me deixa louco. Sinto sua falta.

– E então? Qual dos dois?

Ele riu. Nossos lábios tornaram a se encontrar, devagar dessa vez, e nossas línguas se emaranharam. Algo dentro de meu peito se contorceu. Ele me fez desejar coisas. E me deixou com medo de desejá-las. Eu ajeitei delicadamente um cacho de cabelo para trás de sua orelha.

Ele segurou minha mão.

– Não faça…

Era a orelha que tinha perdido o lobo. A nova pele cicatrizada estava reluzente e vermelha.

– Ah, honestamente – eu disse. – Eu a vi quando estava com um aspecto bem pior que esse.

– Está feio. – Ele se virou. – Odeio isso.

– Markos, você tem usado o cabelo em cima da orelha desde que estamos em Valonikos? Para que ninguém veja? Você é o mais vaidoso, o mais… – eu parei, reconhecendo a expressão tempestuosa em seu rosto. Seu corpo tinha ficado rígido.

415

Eu pus a mão em seu rosto e virei-o para trás.

– Eu já lhe disse, acho que você é o... – Eu ia dizer "garoto mais corajoso", mas senti que, de algum modo, isso não estava certo naquele momento. – O homem mais corajoso que eu conheço. – Eu o beijei. – Eu gosto de uma centena de coisas em você, e pode ter certeza de que nenhuma delas é aquela metade de sua orelha esquerda.

Isso finalmente fez com que ele risse. Nosso beijo seguinte foi tão profundo que fez doer, e não apenas nos lugares de sempre.

– Carô, este vestido tem botões demais.

Eu tirei seus dedos de minhas costas.

– Eu sei. Por isso eu vou continuar vestida. Enfim, acho que estou de partida. Não vou aguentar mais quatro horas nesta festa.

Ele bateu a testa contra a estante e deu um gemido.

– Fique.

– Fique *você*. – Eu me sacudi para sair de seus braços. – Todas essas pessoas vieram aqui para vê-lo. – Eu o beijei com delicadeza. – Eu não me importo. Sério.

– Na verdade, Peregrine provavelmente está vasculhando a festa à minha procura neste exato momento – admitiu ele.

– Até logo. – Eu apertei sua mão antes de ir.

Eu tinha mais uma coisa a fazer antes de buscar minha cama na cabine do capitão do *Vic*.

Minha prima estava sentada em uma poça de seda vermelha, de costas para o mastro do *Vic*. Seu cabelo estava trançado em fileiras e preso em um nó intricado no alto da cabeça. Eu mal conseguira uma chance para conversar com Kenté em Valonikos. Eu

A CANÇÃO DAS ÁGUAS

desconfiava que os Bollards a estavam mantendo sob rédea curta, levando-se em conta sua cena de desaparecimento.

Havia uma paz em torno da baía à noite. Eu me sentei no convés e apoiei os cotovelos nos joelhos. Distraidamente, espalmei a mão sobre a madeira, como costumava fazer na *Cormorant*. O calor do dia armazenado ali irradiou para minha mão.

– Meus pais estão chegando amanhã, em um paquete de Siscema – Kenté apoiou a cabeça no mastro e fechou os olhos. – Eu não sei o que fazer.

– Sabe, sim – eu disse. Ela abriu um dos olhos para olhar para mim. – Claro que sabe. Em minha opinião, você pode voltar para Siscema com seus pais. Ou… – Apontei com a cabeça para o navio atracado à nossa frente. – Esse é o *Olivos*. Ele vai partir para subir o Kars com a maré da manhã. Para Doukas e outros portos mais à frente. Até Trikkaia.

Ela não disse nada.

Eu saquei uma bolsinha do bolso e a pus no convés com um tilintar.

– Eu não preciso do seu dinheiro.

– Ayah, talvez não sob circunstâncias normais. Mas talvez precise – eu disse com delicadeza – para isso.

– Não posso. – Ela pegou o saco e o girou repetidas vezes nas mãos.

– Uma coisa é não saber seu destino – eu disse. – Mas você tem se escondido do seu, e eu acho que sei por quê. Você me disse uma vez que estamos todos chamando pelo mundo, e a magia é o mundo respondendo. – Meus olhos arderam. Eu não sabia se por ela ou por mim. – Bom, o mundo está chamando você.

– Tenho medo de nunca ir para a Academia. E tenho medo de *ir*. Estou cansada de ter medo de tudo. – Ela delineou o barril e as estrelas em relevo em seu broche. – Mas eu não sei me despedir.

– Então, não se despida. Simplesmente vá! E, se tudo o que aconteceu com Markos, com meu pai e comigo… – Minha voz vacilou. – E se isso fosse meu destino? E se isso, tudo isso, estivesse relacionado a apenas uma coisa? Me trazer a *este* lugar *neste* momento? Kenté, talvez você devesse estar bem aqui. Nestas docas. – Eu apontei: – Em frente àquele barco. Esta noite. E se este for seu destino e você deixá-lo passar? Você precisa…

Eu me virei. A lua ainda brilhava sobre as docas de Valonikos, cobrindo seus cantos de sombras. O *Olivos* ainda rangia baixo, ancorado.

Mas Kenté havia desaparecido.

– Boa sorte – sussurrei.

Na manhã seguinte, eu saí cedo, pois tinha tarefas a cumprir. Primeiro, visitei o distrito comercial, onde os prédios tinham sido recentemente caiados e tinham vasos com flores cor-de-rosa à sua frente. Em seguida, balançando as moedas no bolso, eu caminhei em direção às docas.

– Carô! – Markos correu para me alcançar.

Eu esperei.

– Achei que você fosse passar o dia com seus admiradores.

– Eu precisava escapar. Nereus disse que você tinha saído. – Ele olhou para mim e riu.

– O que é tão engraçado?

– Seu casaco. – Ele tocou os detalhes dourados. – É igual ao meu.

A CANÇÃO DAS ÁGUAS

Eu fingi ficar ofendida.

– Não é. Ele é verde-garrafa. O seu é azul.

Ele se posicionou ao meu lado, e caminhamos em um silêncio amigável. Eu lançava olhares de soslaio em sua direção. Ele usava uma camisa nova branca como neve, mas deixara a echarpe pendurada. Eu não achava que o velho Markos teria aparecido em público com uma aparência tão desmazelada.

– Carô, eu gosto desta cidade – disse ele com as mãos nos bolsos, enquanto seguíamos através da movimentação do mercado. Um homem esbarrou em seu ombro, mas ele não reagiu nem exigiu desculpas. Quase. Talvez ele tivesse empurrado um pouco de volta. – Gosto de toda a energia. Todos os navios. Acho que ela tem orgulho de ser livre.

– Markos… – eu hesitei, sem vontade de estragar sua diversão. – Você devia caminhar pelas docas assim? Não é provável que seu primo Konto mande mais mercenários? Ou assassinos?

– Vou contratar guarda-costas. – Ele deu de ombros. – Mas, por enquanto, estou gostando de circular por conta própria. Eu nunca fiz isso antes.

Eu sacudi a cabeça. Era a cara dele se excitar com algo tão bobo quanto aquilo. Eu avistei uma barraca de comida e o puxei pela manga.

– Vamos comprar peixe embalado no cone.

– Embalado no quê?

– No cone. Tem um lugar nesta rua que vende o melhor peixe no cone de todo o Rio Kars.

Ele olhou para mim com expressão vazia.

419

Eu tinha esquecido que precisava explicar até as coisas mais simples para ele.

– Frito com farinha de rosca e servido em um cone de papel.

Ele pareceu extremamente cético, mas isso passou dez minutos depois. Nós subimos a rua com a boca cheia de lascas de peixe quente.

Markos lambeu a gordura dos dedos.

– Você devia ter feito isso assim na barca.

– Não tinha como. Eles o fritam em um caldeirão de gordura fervente.

Ele fez uma careta.

– Desculpe por perguntar.

Eu parei ao perceber uma loja na esquina e esfreguei a mão na calça. A placa dizia Argyrus & Filhos, e embaixo, em letras menores, Valonikos-Siscema.

Uma campainha tocou quando eu empurrei a porta para abri-la. A garota na recepção ergueu os olhos de sua papelada.

– Aqui é a Argyrus e Filhos? – perguntei. – A empresa de salvação de navios?

– Nós somos o que diz a placa – concordou. Ela usava uma blusa listrada de azul e branco enfiada por dentro da calça. Seu rosto e seus braços estavam dourados de sol; e seu cabelo castanho, preso em um coque frouxo na nuca. Eu gostei de sua aparência, uma garota trabalhadora como eu.

– Finion Argyrus está?

– Ele está em um trabalho em Pontal de Hespera – disse ela rapidamente. – Eu sou Docia Argyrus. A filha. Como posso ajudá-los?

A CANÇÃO DAS ÁGUAS

– Que a corrente vos leve – eu disse. – Eu não sabia que havia uma filha.

Ela estreitou os olhos e cruzou os braços.

– Não cabia na tabuleta.

– Eu sou Caroline Oresteia. – Comecei a tirar um saco de moedas do bolso.

– A garota pirata. – Ela me examinou dos pés à cabeça. – Não pensava que fosse conhecê-la. Interessante.

– Corsária – corrigi. – Tomei uma presa recentemente. O cúter *Victorianos*.

– Eu o conheço.

– Em seu compartimento de carga, ele tinha um baú de talentos de prata. – Eu larguei a bolsa na mesa. – Entendo que sua firma está cuidando do resgate da *Fabulosa* e das outras barcas perdidas em Pontal de Hespera. Eu desejo pagar.

Ela olhou para Markos. Se ela sabia quem era ele, não disse.

– Além disso – eu disse, quando ela pegou uma pena para anotar minhas instruções –, você pode incluir na carta que, no caso desses quatro homens – eu soletrei os nomes dos barqueiros que tinham morrido no forte dos Cães Negros –, eu desejo pagar dez talentos às mulheres ou aos herdeiros de cada um deles.

– Além dos outros custos?

– Ayah.

Sua pena parou.

– Isso é muito dinheiro.

– Basil Maki está me representando neste assunto. Ele é o cônsul kyntessano. Então, se precisar de mais dinheiro, por favor, procure-o.

Depois de deixarmos a loja, Markos se recusou a falar comigo por três quadras inteiras.

— Eu disse a você que queria fazer isso — ele disse, com um rosnado.

— Você não tem o dinheiro. Eu tenho. — Agarrei seu braço e o forcei a parar. — Eu não teria o *Vic* se não fosse por você. Portanto, de certa forma, é seu dinheiro, também.

— Não é — ele disse com azedume. — Enquanto você roubava esse navio e resgatava minha irmã, eu estava inconsciente e amarrado.

— Ayah, bem, nem todo mundo pode ser bom em todas as coisas. — Eu sorri. — Você sabe o que estou dizendo. Se eu não o tivesse conhecido, nada disso teria acontecido.

— Eu mesmo tenho pensado nisso — admitiu ele. — Sobre o quanto sou agradecido por estar predestinado a encontrá-la.

— Foi sorte. — Mesmo dizendo isso, eu sabia ser mentira.

— Você ainda não acredita, depois de tudo isso? Pense em todo mundo que ajudou a salvar a mim e Daria. Em todas as pessoas que encontramos pelo caminho. Os barqueiros, os Bollards, até Nereus. Todos eles têm uma coisa em comum.

Eu.

Todo aquele tempo eu estava achando estar na história de Markos, mas talvez eu tivesse entendido ao contrário. Talvez ele estivesse na minha. Eu ouvi o sussurro malicioso em minha cabeça. *Risadas.*

— Carô... — Markos pegou minha mão. — Eu quero que você fique. Comigo.

Em pânico, eu puxei a mão. Meus pensamentos corriam

confusos enquanto eu olhava para outro lugar, para todos os lugares – para qualquer lugar, menos para ele.

– Não *desse* jeito. – Ele me soltou. – Espere. Isso não saiu direito.

– É melhor que você não tenha tido a intenção de querer dizer isso.

Eu saí andando pelo calçamento de pedra. Minhas emoções borbulhavam e fervilhavam de um jeito que eu achei especialmente desagradável.

– Bem, eu não tive. Você quer parar? – Ele me perseguiu pela rua. – Carô. Eu não quis dizer isso. Mesmo porque, se eu tivesse dito, você provavelmente ia me dar um tapa. De novo. – Ele respirou fundo. – Deixe-me terminar

– Você disse, quando nós... – Eu estava embaraçada demais para continuar. – Você disse que não haveria nada dessa conversa.

– Eu sei – disse ele, em voz baixa. – Mas é preciso dizer algumas coisas.

Eu parei para encará-lo.

– Eu não quero que você mude minha vida.

Ele apertou os olhos e me encarou sob a luz do sol de meio-dia.

– É um pouco tarde demais para isso, não é?

Eu me lembrei do que meu pai tinha dito. *Às vezes, devemos deixar o passado para trás antes de poder ver nosso futuro bem ali, sentado à nossa frente.*

O mundo tinha mudado. Nós não podíamos voltar.

– Mas tenho pensado que um cúter rápido poderia ser de muita utilidade para mim. Quero dizer, nós. Quero dizer... –

Markos organizou o pensamento. – O que quero dizer é que, como você não vai voltar para o rio, eu gostaria que você navegasse a partir de Valonikos. Você pode ser uma corsária. Para mim. Sei que não tenho exército nem frota. – Ele deu de ombros. – Mas preciso começar de algum lugar.

Ele estendeu a mão, como trabalhadores fazem para selar um acordo.

Eu a apertei. Seus dedos estavam quentes em minha mão. Baixei a voz para que ninguém mais na rua escutasse e disse:

– Markos Andela, emparca de Akhaia. Senhor de *et cetera, et cetera*. Eu sempre serei sua amiga. Eu navegarei para você. – Eu ergui a mão livre em um alerta. – Não por Akhaia. Por você.

Ele não me beijou, optando por permanecer à distância de um aperto de mão. Eu podia dizer que ele sentia isso, também – o momento exigia certa solenidade.

– Bom – ele limpou a garganta –, então, está combinado.

Ficamos ali parados na rua por muito tempo, sorrindo estupidamente um para o outro e com o vento fresco do mar agitando nossas roupas. Eu tirei minha mão da dele e comecei a caminhar ao longo do passeio de madeira que conduzia além dos armazéns até o labirinto das docas. Markos caminhava ao meu lado, perto o bastante para sua manga roçar na minha.

– Então, você tem alguma ideia sobre o que podemos fazer com um cúter?

Nós fizemos a curva no armazém.

– Eu, não…

Eu parei no meio da frase. De repente, eu não conseguia respirar.

A CANÇÃO DAS ÁGUAS

Foi como levar um tiro de pistola de pederneira novamente. Era como ser golpeada no coração.

– O quê? – Markos disse, ao longe. Mas eu mal o escutei.

Tudo tinha parado. Eu estava hipnotizada pelas bordas bem delineadas de suas velas enroladas, paradas contra o céu azul. Sua madeira e sua pintura brilhavam. Seu cordame e seus estais eram delicados e graciosos. A curva de seu casco, a forma de suas tábuas superpostas, pareciam perfeitas para mim. Mas era algo mais que isso. Eu sentia sua essência.

Fui tomada por uma onda de uma música empolgante. E sorri.

Porque foi quando eu vi o *Vic*.

Agradecimentos

Quando comecei a escrever esta história, sentia que ela era especial. Eu estava certa, embora tenha sido uma jornada de quatro anos desde o primeiro rascunho. Um superobrigada à minha agente, Susan Hawk, por ser tão entusiasta deste projeto. Obrigada a meu editor, Cat Onder, que leu o manuscrito inteiro três dias depois que eu o apresentei. Gosto de pensar que tive sorte em encontrar a pessoa certa logo de cara. E também um imenso obrigada para as pessoas incríveis da Bloomsbury a da Bent Agency.

Agradeço aos meus amigos e à minha família, que foram submetidos a longos monólogos sobre edição que provavelmente eram bem pouco interessantes – e um agradecimento extra àqueles que leram as primeiras versões deste livro. Um grande viva à galera do grupo NBA Twitter, cuja empolgação constante na época em que eu tinha um blog me deixou mais confiante para seguir em frente. Talvez tudo isso soe estranho, mas o fato é que existe uma conexão legítima entre jovens leitores e fãs de basquete! Obrigada meus amigos do NBA Twitter, os primeiros leitores deste livro! Agradeço especialmente à Laura Walker e a Sarah Moon, as membras-fundadoras do time "Livro no Mundo". Sem o encorajamento de Laura como minha primeira "leitora beta", não sei se teria chegado sequer ao segundo rascunho. Meus queridos, vejam! Este é um livro! E ele agora está no mundo!

É engraçado a forma como as coisas vão se concretizando. Acabei de perceber que preciso agradecer a Chris Paul. Se você não tivesse deixado Nova Orleans, eu provavelmente nunca teria parado de escrever no blog. De um jeito bizarro, este livro existe por sua causa.

Obrigada ao meu pai, que me inspirou amor pela fantasia desde a infância, quando lia *O Hobbit* para mim. (Um dia, pai, vou escrever um romance de capa e espada!). Para minha mãe, que enquanto este livro era avaliado, me incentivou a visualizá-lo pronto e dizer: "As coisas sempre dão certo para mim". Elas realmente dão certo! E para meu irmão, Bryan, por descobrir todas as referências à cultura *geek* presentes no livro.

Obrigada Michael, meu querido, especialmente por todas as semanas em que estive louca revisando este livro e ignorei você completamente. De algum jeito, a casa não foi submersa por um mar de louça suja e tralhas, e todos os gatos sobreviveram. Tenho certeza que esse mérito não é meu. Amo você!

Este livro é dedicado à memória da minha avó, Barbara Proops, que nunca riu quando uma versão minha de apenas oito anos dizia a ela que se tornaria escritora. Sou grata por ter conseguido contar à minha avó que uma editora aceitou publicar meu livro. Infelizmente, ela nunca poderá lê-lo.

E, finalmente, este livro não existiria sem a obra clássica para crianças de Arthur Ransome. E sem a música de Stan Roger. Para ir em frente, às vezes você precisa olhar para trás. Me voltei às canções tradicionais e às aventuras de navegação que eu amava, aquelas que inspiraram uma garota sonhadora a se tornar pirata. A garota cresceu e os sonhos se transformaram neste livro.